MATTHIAS P. GIBERT
Tödliche Ferien

MATTHIAS P. GIBERT
Tödliche Ferien

Kriminalroman

GMEINER SPANNUNG

Bisherige Veröffentlichungen im Gmeiner-Verlag:
Unkrautkiller (2016), Paketbombe (2016),
Halbgötter (2015), Müllhalde (2014),
Bruchlandung (2014), Pechsträhne (2013),
Höllenqual (2012), Menschenopfer (2012),
Zeitbombe (2011), Rechtsdruck (2011),
Schmuddelkinder (2010), Bullenhitze (2010),
Eiszeit (2009), Zirkusluft (2009),
Kammerflimmern (2008), Nervenflattern (2007)

Besuchen Sie uns im Internet:
www.gmeiner-verlag.de

© 2017 – Gmeiner-Verlag GmbH
Im Ehnried 5, 88605 Meßkirch
Telefon 0 75 75 / 20 95 - 0
info@gmeiner-verlag.de
Alle Rechte vorbehalten
2. Auflage 2017

Lektorat: Sven Lang
Herstellung: Mirjam Hecht
Umschlaggestaltung: U.O.R.G. Lutz Eberle, Stuttgart
unter Verwendung eines Fotos von: © Markus Kothe / fotolia.com
Druck: GGP Media GmbH
Printed in Germany
ISBN 978-3-8392-2117-4

1

Hauptkommissar Thilo Hain ließ das kleine Mazda-Cabriolet in der Parklücke ausrollen, stellte den Motor ab und sah hinauf in den perfekt wolkenlosen, azurblauen Sommerhimmel. Der Kloß in seinem Hals wollte einfach nicht verschwinden, und seine Hände fühlten sich schwitzig und verklebt an. Eine Minute später stand er am Klingelbrett, legte den Finger auf den Taster und betrat nach dem Ertönen des bekannten Tons den angenehm kühlen Hausflur. Im dritten Stock wurde er von einer rothaarigen, etwa 55-jährigen Frau empfangen, die ihm wie immer die Hand entgegenstreckte, ihn freundlich begrüßte und dann vorausging. Der Hauptkommissar streifte sich die Schuhe von den Füßen und folgte ihr. Über eine geschwungene Treppe gingen sie in das Obergeschoss der großzügig geschnittenen Wohnung, und kurz darauf saßen sich die beiden, getrennt durch einen niedrigen Holztisch, in bequemen Sesseln gegenüber.

»Wie geht es Ihnen, Herr Hain?«, wollte die Frau wissen.

»Na ja, ging schon besser«, erwiderte der Polizist ein wenig gedrückt.

»Woran liegt es?«

Er schüttelte entrüstet den Kopf und riss dabei die Augen auf. »Sie fragen mich das nicht wirklich ernsthaft, oder?«

Die Frau fing sanft an zu lächeln. »Also konstatiere ich, dass es damit zusammenhängt, dass wir uns hier und heute zum zunächst letzten Mal sehen? Liege ich damit richtig?«

Nun fing auch Hain an zu grinsen. »Damit liegen Sie aber so was von richtig, Frau Schmers.«

»Und ich konstatiere weiter, dass Ihre Trauer und Ihre Wehmut mehr gespielt sind als den Tatsachen geschuldet.«

»Die Wahrheit liegt, wie immer, wahrscheinlich in der Mitte.«

Er wurde ernst.

»Klar geht es mir auf den Keks, dass ich mich in Zukunft nicht mehr bei Ihnen ausheulen kann. Dass ich ab jetzt mit meinem bescheuerten Boss allein klarkommen muss. Und dass ich mich über den Kollegen, den er mir heute als neuen Partner vor die Nase setzen wird, und der vermutlich der letzte Vollidiot sein dürfte, nicht mal bei Ihnen beschweren kann.«

»Vielleicht ist der neue Kollege ja jemand, mit dem Sie, ganz entgegen Ihrer jetzigen Erwartungshaltung, sehr entspannt und professionell zusammenarbeiten können«, gab sie zu bedenken.

»Ja, genau, so wie die letzten beiden auch, oder was?«

Er holte tief Luft.

»Ich weiß, Frau Schmers, dass wir nicht ewig und drei Tage mit diesen Sitzungen weitermachen können, aber wenigstens noch bis zum Ende des Jahres. Wollen Sie nicht noch einmal darüber nachdenken? Mir wäre es echt wichtig. Ehrlich.«

Die Psychotherapeutin sah ihn lange an.

»Wir haben eine Vereinbarung, Herr Hain. Ich habe Ihnen sehr klar auseinandergesetzt, dass wir am vorläufigen Ende Ihrer Psychotherapie angekommen sind. Wir haben ausführlich darüber gesprochen, dass auch eine Psychotherapie zu einer Abhängigkeit führen kann und dass wir dieses Risiko nicht eingehen sollten. Außerdem …« Sie griff zum vor ihr auf dem Tisch stehenden Wasserglas und trank einen Schluck. »Außerdem waren wir uns darüber einig, dass wir alle Sie belastenden Aspekte, die mit dem Tod Ihres Kollegen zu tun haben, bearbeitet haben.«

»Es fühlt sich trotzdem an, als würde ich von Ihnen ziemlich brutal ins kalte Wasser geworfen. Brutal und herzlos.«

Wieder huschte ein leichtes Grinsen über ihr Gesicht.

»Auch wenn es sich im Augenblick für Sie so anfühlt, was ich Ihnen allerdings nicht wirklich glaube, so wissen Sie, dass Sie sich im Fall einer Krise auch in Zukunft an mich wenden können.«

Ich kann die Krise praktisch schon fühlen, hätte Thilo Hain am liebsten erwidert, doch ein Blick über den Tisch und in ihre Augen brachte ihn davon ab.

Eine Stunde darauf saß er in seinem Büro und erledigte den Papierkram zu jenem Fall, der ihn in den letzten zwei Monaten vorrangig beschäftigt hatte. Gerade als er sich den abschließenden Sätzen widmen wollte, klingelte das Telefon auf seinem Schreibtisch.

»Ja, Hain«, meldete er sich.

»Ich bin's, Herbert.«

Hain freute sich, die Stimme von Kriminalrat Herbert Schiller, dem Leiter der Kriminalinspektion, zu hören.

»Klasse. Ich dachte schon, es sei der von mir so geliebte erste Hauptkommissar Vogler, der mir den neuen Kollegen aufs Auge drücken will.«

»Der von dir *so geliebte erste Hauptkommissar Vogler* ist wegen einer Familiensache heute Vormittag abwesend, weswegen wir beide uns mit der Sache beschäftigen müssen, Thilo.«

»Der Kollege Vogler ist erstens ein Arschloch, wie ich

schon des Öfteren zu Protokoll gegeben habe, und zweitens hat er vermutlich keine Lust, sich schon wieder mit mir rumärgern zu müssen, weswegen er eine Familiensache vorschiebt. Oder vortäuscht, was weiß ich.«

»Und drittens ist er der Erste Hauptkommissar der Mordkommission, und damit dein direkter Vorgesetzter. Und wenn du noch einmal in der Form von gerade erwähnst, was du von ihm hältst, lass ich dich abmahnen.«

Hain lachte laut auf. »Erzähl keinen Scheiß, Herbert. Du willst ihn doch lieber heute als morgen loswerden, weil du ihn selbst für die größte Flachpfeife unter der Sonne hältst. Also erzähl mir nichts vom Pferd.«

»Ich werde nie mehr in meinem Leben mit dir einen trinken gehen, Thilo. Nie mehr. Und jetzt setz deinen Arsch in Bewegung und schaff ihn hier her, es gibt Neuigkeiten im Fall deines neuen … Partners.«

»Wie du das sagst, haben sie mir vermutlich einen ganz jungen Frischling direkt nach der Ausbildung aufs Auge gedrückt. Muss das wirklich sein, Herbert.«

»Nun hör auf, mir die Ohren vollzuheulen, und trab hier an.«

Es knackte und das Gespräch war beendet.

»Familiensache«, presste Hain kaum hörbar heraus. »Am Arsch hängt der Hammer.«

Herbert Schiller empfing den Hauptkommissar hinter seinem Schreibtisch sitzend, wie immer mit einem Bleistift zwischen den Zähnen, auf dem er genussvoll herumkaute.

»Irgendwann wirst du an einer verdammten Bleivergiftung sterben«, brummte Hain.

»Quatsch«, winkte der Kriminalrat ab. »Das, was auf jeden Fall nicht in modernen Bleistiften drin ist, ist Blei.«

»Egal. Gesund wird es trotzdem nicht sein.«

»Aber es beruhigt. Speziell, wenn man mit Menschen wie dir zu tun hat.«

Der junge Polizist sah sich in dem Zimmer um. »Ich dachte, du willst mir meinen neuen Schatten vorstellen. Wo ist er denn?«

Schiller lehnte sich in seinem Stuhl zurück, kippelte ein wenig und grinste feist. »Zuerst wollte ich dir eigentlich einen 120-Kilo-Frischling vom Land zuweisen, aber dazu mag ich dich doch ein bisschen zu sehr. Also bin ich in mich gegangen.«

»Mann, Mann, du willst es heute aber spannend machen, Herbert.«

»Notwendigerweise, ja. Viel mehr Chancen haben wir nicht mehr, Thilo, nachdem die letzten beiden Versuche ja mit Pauken und Trompeten gescheitert sind.«

»Was nun wirklich nicht allein an mir lag«, startete Hain einen hoffnungslosen Versuch der Rechtfertigung.

»Geschenkt«, winkte Schiller ab. »Dieses Thema diskutiere ich nun wirklich nicht mehr mit dir, mein Lieber.«

Es klopfte. Die beiden Männer drehten den Kopf und starrten Richtung Tür.

»Einen kleinen Moment noch, bitte«, rief Schiller und wandte sich wieder Thilo Hain zu. »Ich hab getan, was ich konnte, um dich aus der Schusslinie zu holen, Thilo. Aber das jetzt darfst du nicht wieder versauen. Jetzt musst du liefern. Hab ich mich klar und deutlich ausgedrückt?«

Hain nickte demütig. »Hast du, ja.«

»Das heißt, dass du diesem neuen Kollegen nicht wieder eine schmieren wirst?«

Ein erneutes Nicken.

»Und du lässt ihn auch nicht wieder im Winter nachts

allein im Wald stehen? Dort, wo man mit seinem Super-Hightech-Smartphone nicht mal telefonieren kann?«

»Mach ich nicht mehr, versprochen.«

»Wir alle wissen, was du nach Pauls Tod durchgemacht hast, aber so langsam musst du wieder in die Spur kommen, Thilo. Sonst kriegen wir ernsthaft Probleme miteinander.«

»Ich verspreche dir, dass ich mich wirklich anstrengen werde.«

Schiller holte tief Luft und ließ seinen Stuhl nach vorn kippen. »Wenn du davon sprichst, dass du dich anstrengen willst, klingt das irgendwie wie eine Drohung.«

Damit wandte er sich zur Tür.

»Kommen Sie jetzt bitte herein, Frau Ritter.«

Die Tür wurde geöffnet und eine junge Frau betrat den Raum. Sie nickte dem völlig perplex dastehenden Hain im Vorübergehen zu und schüttelte dem Kriminalrat die Hand.

»Kriminaloberkommissarin Pia Ritter meldet sich zum Dienst«, sagte sie förmlich.

»Schön«, erwiderte Herbert Schiller mit einem matten Lächeln.

Thilo Hain war der Szene ebenso erstaunt wie schweigend gefolgt. »Ich will mich jetzt wirklich nicht zu weit aus dem Fenster lehnen, aber vielleicht gibt es ja doch einen Gott«, brummte er kopfschüttelnd.

*

Hain hielt seiner neuen Kollegin die Tür auf und bat sie in das ab sofort gemeinsame und ein wenig stickige Büro.

»Wusstest du eigentlich schon länger, dass wir beide in Zukunft zusammenarbeiten werden?«, wollte er noch immer überrascht von den Ereignissen wissen, während er die Kaffeemaschine in Gang setzte.

»Seit ungefähr einer Woche, ja«, erwiderte sie grinsend. »Aber Schiller hat mich dringend davor gewarnt, dir etwas davon zu erzählen.«

»Was für eine Kumpelsau.«

»Quatsch. Er wollte nur verhindern, dass du etwas dagegen sagen kannst.«

»Was sollte ich denn dagegen sagen?«, echauffierte sich der Hauptkommissar ein wenig zu deutlich gekünstelt. »Wenn ich hätte wählen können und du in der Verlosung gewesen wärst, hätte ich garantiert bei dir zugegriffen.«

Er holte tief Luft.

»Außerdem wusste ich doch überhaupt nicht, dass du die Uniform an den Nagel hängen und zur Kripo gehen willst. Ich habe mich zwar gewundert, dass ich dich nirgendwo mehr zu Gesicht gekriegt hab, aber das soll in diesen Zeiten nichts heißen. Hätte ja auch sein können, dass du in den Innendienst oder ganz woanders hin versetzt worden bist.«

»Nein, nein. Ich wusste schon länger, dass ich zur Kripo will. Aber wie du weißt, kann der Weg letztlich ein wenig länger sein als geplant.«

»Aber nun hat es ja geklappt, und ich freue mich wirklich, dass du es bist.«

Die junge Polizistin sah ihn ein wenig zweifelnd an. »Wie man hört, haben die letzten Versuche mit deinen neuen Partnern nicht so wirklich gut geklappt.«

Hain zog die Schultern hoch. »Natürlich sagen im Nachhinein alle, dass es nur an mir gelegen haben kann, aber das ist immer eine Sache der Betrachtung. Ich würde es nicht ganz so sehen.«

»Natürlich nicht«, erwiderte Pia Ritter süffisant.

»He, ehrlich. Der eine war ein Volltrottel und der andere eine begriffsstutzige Fressmaschine.«

»Und welcher von beiden hatte das Vergnügen, von dir nachts im Wald stehen gelassen zu werden?«

»Verdient hätten sie es beide gehabt, aber getroffen hat es nur die Fressmaschine.«

»Dann hat er also was auf die Mütze gekriegt?«

Der Hauptkommissar riss mit gespieltem Erschrecken die Augen auf. »Das hat sich bis zu dir herumgesprochen? Verdammt, dann ist mein guter Ruf jetzt vermutlich komplett ruiniert.«

»Bei mir nicht«, erwiderte die junge Polizistin gut gelaunt, während sie es sich in ihrem neuen Bürodrehstuhl gemütlich machte und eine Tasse Kaffee entgegennahm.

»Aber ich sag dir besser gleich, dass du weder das eine noch das andere jemals mit mir versuchen solltest. Vorher erschieße ich dich im Wald oder füge dir große Schmerzen zu.«

»Na, dann weiß ich wenigstens, woran ich bin.«

Die beiden lachten laut auf.

»Und jetzt genieß deinen Begrüßungskaffee. Danach mache ich dich mit der Abteilung und mit den Sachen vertraut, die bei mir auf dem Schreibtisch liegen.«

»Gute Idee. Allerdings würde ich zunächst gern ein paar Dinge über Ortwin Vogler, unseren Boss, erfahren. Stimmt es, was man sich über ihn erzählt?«

»Was erzählt man sich denn über ihn?«

Pia Ritter holte tief Luft, sah ihren Kollegen dabei mit hochgezogenen Augenbrauen an, sagte jedoch nichts.

»Also gut«, erklärte Hain nach ein paar Sekunden des Wartens. »Es stimmt alles, aber nur wenn es negativ, beleidigend, demütigend und herabwürdigend ist. Außerdem ist er ein komplett hirnrissiger, unglaublicher Vollspacken.«

Sie lachte laut auf. »Bei dem, was ich gehört habe, kommt er noch schlechter weg als bei dir. Doch ich vertraue da mal deiner Menschenkenntnis. Es stimmt also, dass er nur auf die Stelle des Ersten Hauptkommissars von K11 gesegelt ist, weil er in Wiesbaden über absolut perfekte Kontakte verfügt?«

»Dem würde ich auf keinen Fall widersprechen.«

»Ich habe gehört, ein Onkel von ihm soll ein hohes Tier im Innenministerium sein.«

»Um der Wahrheit die Ehre zu geben, er ist Voglers Patenonkel.«

»Wow.«

»Genau. Das macht ihn allerdings so gut wie unantastbar. Er kann sich hier in Kassel praktisch jeden Fehltritt leisten, was er auch weidlich ausnutzt, und nichts wird ihm schaden.«

»Dein Verhältnis zu ihm?«

»Er weiß, dass ich ihn für einen kompletten Idioten halte, aber irgendwie scheine ich so etwas wie Narrenfreiheit bei ihm zu genießen. Zumindest bis jetzt.«

Thilo bereitete für sich und Pia einen weiteren Kaffee zu und ließ sich mit der Tasse in der Hand auf seinem Stuhl nieder.

»Was aber nicht so bleiben muss. Ich habe auf einem Seminar mit einem Kollegen aus Gießen gesprochen, der gemeint hat, dass Vogler am Anfang seiner Zeit bei denen im PP ein ganz umgänglicher Typ gewesen sei, sich mit den Monaten jedoch immer mehr verändert habe.« Er seufzte. »Und als es richtig schlimm wurde, hat man ihn zu uns versetzt.«

»Mischt er sich ins Tagesgeschäft ein?«, wollte Pia wissen. »Ich meine, in deine … unsere aktuellen Fälle und so?«

»Zunehmend, ja. Neulich hat er davon gesponnen, jeden Abend über *die aktuelle Lage* informiert werden zu wollen.«

»Was heißt das genau?«

»Das hat er noch nicht ausgeführt, weil er so gut wie unsichtbar ist. Eigentlich sollte der Leitende Hauptkommissar deutlich sichtbar an der Spitze des Kommissariats stehen, aber das kannst du im Fall unseres guten Ortwin glatt vergessen.«

Pia Ritter fing an zu kichern. »Wer nennt sein Kind denn heutzutage noch Ortwin? Ich meine, auch wenn er nicht mehr unbedingt in meinem Alter ist.«

»Er ist nur ein paar Jahre älter als ich, falls du das meinst. Und über seinen Namen hab ich mir auch schon so meine Gedanken gemacht und mich gefragt, ob seine Eltern ihn schon vor der Taufe genau so blöd fanden wie ich ihn heute.«

»Eltern lieben ihre Kinder, Thilo, da kann kommen, was will.«

Hain lachte laut auf. »Echt? Wie viele hast du denn?«

»He, du weißt doch, wie ich das meine. Oder liebst du deine Jungs etwa nicht?«

Er dachte eine Weile nach. »Nicht immer im gleichen Maß und auf gar keinen Fall jeden Tag. Die beiden gehen mir nämlich manchmal so auf den Senkel, dass ich am liebsten aus der Hose hüpfen würde.«

Er nahm einen Schluck Kaffee, atmete tief durch und erzählte seiner neuen Kollegin anschließend sehr ausführlich, was genau ihn an seinen Zwillingen am meisten nervte.

Den Rest des Vormittags brachten die beiden damit zu, Pia Ritter in die aktuellen Fälle einzuarbeiten. Nach dem Mittagessen besuchten sie gemeinsam eine vom Polizeipräsidenten höchstpersönlich anberaumte Fortbildungsveranstaltung zum Thema ›Angemessenes Verhalten bei Großeinsätzen‹. Danach fuhren sie in Hains kleinem japanischem Cabriolet zu einer Baustelle am Stadtrand, auf der angeblich ein Zeuge in einem lang zurückliegenden Mordfall zu finden sein würde. Leider stellte sich die Information als Blödsinn heraus, und nachdem sie auf der Leipziger Straße in einem Café noch etwas getrunken hatten, beschlossen sie ihren ersten gemeinsamen Arbeitstag.

2

Evelyn Schürmann verließ das kleine indische Restaurant in der Kasseler Innenstadt, öffnete das Schloss ihres Fahrrades, zwängte ihre Handtasche in den Korb auf dem Gepäckträger und trat in die Pedale. Doch während sie mit einem kräftigen Tritt beschleunigen wollte, wurde ihr klar, dass mit dem Rad etwas nicht stimmte. Sie bremste und stieg ab.

»So ein Mist«, murmelte die 44-jährige Frau. Die Ursache war der fehlende Druck in ihrem Hinterradreifen, in dem ein rostiger Nagel steckte. Sie wog kurz ab und entschied sich dann gegen eine Reparatur vor Ort, obwohl sie Flickzeug dabeihatte. Aber um diese Uhrzeit, hier, im matten Licht der schwachen Straßenlaterne? Nein, dann lieber eine halbe Stunde nach Hause schieben und morgen früh eine schnelle Reparatur in der bestens ausgestatteten Garage.

Sie sog die warme Abendluft ein, zuckte kurz mit den Schultern und machte sich auf den Weg.

Die ersten 500 Meter auf dem Weg in die Karlsaue, dem großen innerstädtischen Park Kassels, ging es meist bergab, doch als es zunehmend ebener wurde, bemerkte sie jedes Kilo ihres hochwertigen Pedelecs. Und auf den unebenen, mit kleinen und kleinsten Steinchen übersäten Wegen innerhalb des Parks schob es sich gleich noch einmal etwas schwerer. Wieder dachte sie über eine Reparatur nach. Doch hier, in dieser nächtlichen Einsamkeit, wollte sie nicht länger verweilen als nötig. Ihr Blick fiel auf die Uhr an ihrem Handgelenk.

Halb eins. Komm, stell dich nicht so an, das ist doch nicht das erste Mal, dass du einen Platten hast.

Links von ihr wackelte eine erschrockene Ente Richtung Teich davon, ließ sich ins Wasser fallen und warf ihr schließlich aus sicherer Entfernung noch einen bösen Blick hinterher. Evelyn Schürmann musste unwillkürlich lächeln, schob ihr Rad weiter und betrachtete noch einmal das langsam davonschwimmende Federvieh.

Kurz hinter der Brücke über den Küchengraben bemerkte sie, dass zwei der Lampen, die den Weg beleuchten sollten, ausgefallen waren. Das kam immer wieder mal vor, und wenn sie mit gut 30 Stundenkilometern und ihrem eigenen, hellen Frontlicht unterwegs war, machte ihr das nicht wirklich viel aus. Nun aber sah sich die Frau ängstlich nach rechts und nach links um.

Mist.

Der Umweg um die dunkle Zone herum würde mindestens fünf Minuten mehr Zeit in Anspruch nehmen.

Darauf habe ich nicht die geringste Lust.

Ihr Nacken fühlte sich feucht an, sie schwitzte, während ihr Mund immer trockener wurde. Die 200 Meter Dunkelheit würde sie dennoch überbrücken. Sie verfiel in ein leichtes Joggen, verfluchte innerlich die blöde Panne und tauchte kurz darauf in den deutlich dunkleren Bereich der beiden defekten Leuchten. Auf einmal kam ihr eine Idee: *Ich habe doch einen Akku! Ich mache einfach das Licht an und …*

Evelyn fuhr erschrocken herum. Ein paar Meter rechts von ihr, in einem Gebüsch, hatte es ein Geräusch gegeben. Ein Knacken.

»Hallo!«, rief sie mit demonstrativ zur Schau gestelltem Selbstbewusstsein, während sie um das Hinterrad herumging, um es wie eine Mauer zwischen sich und die Quelle des Geräusches zu schieben.

Keine Reaktion.

Evelyn drückte hektisch auf dem Display am Lenker herum in dem Versuch, die akkugespeiste Beleuchtung in Gang zu setzen, wobei ihr Kopf immer wieder in Richtung des Gebüschs herum flog.

Verdammt!

In diesem Moment wurde sie mitsamt ihrem Rad brutal von hinten umgetreten. Sie spürte einen heftigen Stoß im Rücken und wunderte sich noch im Sturz, aus welcher Richtung der Angriff kam. Die Mathematiklehrerin breitete instinktiv die Arme aus und versuchte, den unvermeidlichen Aufprall auf dem Kies so gut wie möglich abzufangen. Einen Wimpernschlag später schlug ihre Brust auf den hochkant stehenden Lenker, während ihr rechtes Knie mit voller Wucht gegen die linke Pedale krachte. Sie schrie wimmernd auf und versuchte, sich von dem unter ihr liegenden Rad zu befreien, als sich zwei starke Arme um ihren Oberkörper schlangen, sie anhoben und Richtung Gebüsch schleiften. In Evelyn Schürmanns Gedanken mischte sich nun nackte Panik mit schlagartig aufkommender, grenzenloser Wut. Sie spürte weder die Schmerzen in der Brust, noch nahm sie die glatt in der Mitte gebrochene Kniescheibe wahr. Was sie jedoch wahrnahm, war das Parfüm oder Rasierwasser des Mannes, der sie unter Ächzen und Stöhnen ins Gebüsch bugsierte. In diesem Moment öffnete Evelyn instinktiv den Mund und begann, so laut wie möglich um Hilfe zu schreien. Der Griff löste sich und eine Hand legte sich um ihren Mund, doch sie hörte nicht auf zu brüllen. Dann wurde die Hand zurückgezogen und nahezu im gleichen Moment spürte Evelyn einen Schmerz, wie sie ihn noch nie in ihrem gesamten Leben verspürt hatte. Ihr Schreien verstummte zu einem Brabbeln, ihr gesamter Kopf schien zu explodieren und sie wäre nur zu gern bewusstlos geworden, was jedoch nicht geschah.

Soll er mich doch vergewaltigen. Ich werde mich nicht wehren. Wenn er mich nur am Leben lässt, wird schon wieder alles gut werden.

Der Griff um ihre Brust lockerte sich und sie wurde auf dem trockenen Boden im Gebüsch abgelegt. Wie in Trance nahm sie wahr, dass der Angreifer sich entfernte.

Er geht weg! Vielleicht hat das Brüllen etwas gebracht? Hab ich ihn verscheucht?

Die bei diesen Gedanken aufkommende Hoffnung zerplatzte nur eine Sekunde darauf wie eine Seifenblase. Sie nahm verschwommen wahr, dass der Mann, den sie nun von hinten sah, sich ihr Fahrrad schnappte und es ebenfalls ins Gebüsch zerrte. Dann herrschte für ein paar Sekunden Stille.

»Was … wollen … Sie von mir?«, stöhnte Evelyn Schürmann in die Dunkelheit.

3

Am nächsten Morgen fand Thilo Hain einen Zettel auf seinem Schreibtisch mit der Aufforderung, sich zusammen mit seiner neuen Kollegin bitte in Ortwin Voglers Büro einzufinden. Er knüllte das Papier zusammen und warf es aus drei Metern Entfernung in den Papierkorb.

»Wenn der Tag mit so einer Einladung losgeht, kann eigentlich nicht mehr viel schiefgehen, was meinst du? Wollen wir ihn noch etwas warten lassen oder sollen wir gleich los?«, fragte er seine verschlafen aussehende Kollegin.

Pia Ritter gähnte. »Ich bin, obwohl es vermutlich ganz und gar nicht so aussieht, schon ziemlich wach, Thilo, deshalb wäre es mir ganz recht, wenn wir die Sache möglichst bald hinter uns bringen würden.«

»Du Glückliche.«

Er trank seinen Kaffee aus, stellte die Tasse auf dem Tisch ab und wollte sich langsam auf den Weg zur Tür machen, als das Telefon auf dem Tisch sich meldete.

»Ja«, sagte er, weil der Klingelton auf ein internes Gespräch hinwies.

»Wo genau ist das?«, fragte er nach einer Weile des Zuhörens und zog dabei einen kleinen Notizblock aus der Innentasche seines Sakkos.

»Kann man da hinfahren oder muss man den Wagen irgendwo außerhalb stehen lassen?«

Die Antwort auf seine Frage schien ihn zu erfreuen.

»Gut, wenigstens etwas. Wir sind in zehn Minuten da.«

Damit legte er das Mobilteil in die Ladeschale und fing an zu grinsen.

»Das wird nichts mit unserem Antrittsbesuch bei dem geschätzten Ersten Kriminalhauptkommissar Vogler«, erklärte er der fragend dreinschauenden Pia Ritter. »Wir haben eine Leiche in der Karlsaue, und die ist allemal wichtiger als dieser Idiot.«

Die Oberkommissarin war schon an der Tür.

»Der zweite Morgen, und schon geht es richtig los. Eigentlich hatte ich mir meine erste Zeit etwas ruhiger vorgestellt, Thilo.«

»Da hättest du vor einem halben Jahr kommen müssen, da war es deutlich ruhiger. Aber immerhin mit der Gefahr verbunden, nachts allein im Wald rumstehen zu müssen.«

»Dann doch lieber so«, konstatierte sie gelassen. »Aber du rufst unseren Boss an und stornierst das Gespräch mit ihm.«

»Nichts lieber als das.«

*

»Lemmi« Lehmann vom Kriminaldauerdienst erwartete die beiden etwa 50 Meter vom großflächig abgesperrten Tatort entfernt.

»Moin«, begrüßte er Hain und reichte dann Pia Ritter die Hand. »Hallo, Pia. Wie macht er sich denn?«

»Geht so.«

Hain blickte den Kollegen vom KDD forschend an. »Sag bloß, du hast das gewusst?«

»Was denn gewusst?«, gab sich Lehmann unwissend.

»Dass Pia meine neue Partnerin wird, was denn sonst?«

»Ja, ich muss zugeben, dass ich das eine oder andere in dieser Richtung gehört hatte. Es gab ein paar Kollegen, die mich darauf angesprochen haben, um genau zu sein.«

»Ein *paar* Kollegen …? Scheinbar wusste jeder im PP davon, nur ich nicht«, brummte der Hauptkommissar.

»Ganz so würde ich es nicht darstellen, aber es nähert sich der Wahrheit schon ziemlich deutlich an.«

»Verdammtes Pack.«

Lehmann lachte laut auf. »Ich dich auch, Thilo.«

Damit wandte er sich um und bedeutete seinen Kollegen, ihm zu folgen.

»Wir haben die Leiche einer Frau. Gefunden wurde sie von einem Jogger, der ihr Fahrrad im Gebüsch hat liegen sehen. Und im Näherkommen dann auch die Frau.«

»Wann war das?«, wollte Hain wissen.

»Vor etwas mehr als einer Stunde, deshalb sind wir ja hier und nicht ihr.«

Der übergewichtige Mann vom KDD blieb abrupt stehen.

»Vielleicht sollte ich noch dazu sagen, dass es wirklich kein schöner Anblick ist, der uns da erwartet.«

»Wenn das in meine Richtung geht«, beschied Pia Ritter ihm, »dann muss ich dir sagen, dass ich seit mehr als zehn Jahren dabei bin und schon die eine oder andere Leiche gesehen habe.«

Lehmann sah sie an und nickte. »Soll nur hinterher keiner sagen, ich hätte ihn nicht gewarnt. Und jetzt die Füßlinge angezogen, Freunde, sonst gibt es wieder einen Höllentanz mit der Spurensicherung.«

Hain und Ritter folgten seiner Anweisung. Danach hielten die drei auf das Gebüsch zu, bückten sich unter dem Trassierband durch und hatten kurz darauf den Fundort der Leiche erreicht. Die Tote selbst wurde von Dr. Franz, dem am Boden kauernden Rechtsmediziner, verdeckt.

»Morgen, Doc«, begrüßte Hain den Arzt.

Franz drehte sich um und stand auf. »Ach, der Herr Hain.

Morgen auch.« Dann nahm er die auf die tote Frau starrende Pia Ritter wahr. »Und das ist, wenn ich recht informiert bin, Ihre neue Kollegin.«

»Sie also auch«, brummelte Hain ein wenig genervt und schob ein leises »Richtig, ja, das ist meine neue Kollegin« hinterher.

»Guten Morgen, Frau Ritter«, wurde nun auch die Oberkommissarin von Dr. Franz begrüßt.

»Guten Morgen, Herr Doktor«, erwiderte Pia Ritter, ohne den Blick zu heben.

»Nun lassen Sie mal los und tun sich das bitte nicht länger an als notwendig, Frau Ritter.«

Die Polizistin schluckte. »Man hat ihr die Kehle durchgeschnitten«, kommentierte sie die sich ihr bietende Szenerie.

Hain trat einen Schritt auf sie zu, sodass er sich zwischen ihr und dem sie deutlich verstörenden Anblick bewegte.

»Lass gut sein, Pia.«

»Das ist richtig, ja«, bestätigte Dr. Franz ihre These. »Wobei ich noch nicht sicher bin, ob das letztlich auch die Todesursache war. Meiner Meinung nach könnte sie auch schon an den vielen äußerst brutal ausgeführten Schlägen gestorben sein, die der oder die Täter ihr versetzt haben. Wenn ich sie bei mir auf dem Tisch hatte, wissen wir Genaueres.«

»Wie lange liegt sie hier?«, wollte Hain wissen.

»Sie meinen, wie lange sie tot ist, oder?«

»Ja, von mir aus auch das.«

»Der Tod trat zwischen Mitternacht und 2 Uhr ein.«

»Wurde sie vergewaltigt?«

»Nein, nach menschlichem Ermessen kann ich das zu diesem Zeitpunkt ausschließen.«

Der Hauptkommissar warf einen Blick auf die immer

größer werdende Menschenmenge rund um das Absperrband. Offenbar waren bereits viele Besucher der Kunstausstellung *documenta 14* unterwegs, um die auch in der Karlsaue verstreuten Exponate zu bewundern. Im Augenblick interessierte sie jedoch offenbar der Anblick des Tatorts deutlich mehr als jede Form zeitgenössischer Kunst.

Ein wenig angewidert zog er ein Paar Einweghandschuhe aus der Sakkotasche und streifte sie über. Mit bedachten Bewegungen ging er in die Knie und betrachtete eingehend das Gesicht und den Körper der Toten.

»Sieht aus wie mit einem Rasiermesser oder etwas ähnlich Scharfem«, bemerkte er mit Blick auf den Hals in Richtung des Rechtsmediziners.

»Gut erkannt, Herr Hain, meine Hochachtung. Einen solch sauberen Schnitt sieht man, wenn ich das mal so anmerken darf, nicht jeden Tag.«

Pia Ritter streifte sich ebenfalls Einweghandschuhe über. »Was bedeutet, dass er ihr hier aufgelauert haben könnte.« Sie kehrte der Fundstelle den Rücken und bewegte sich in Richtung Weg. »Ich denke, er hat sie hier an dieser Stelle erwischt und erst sie und dann ihr Rad rüber ins Gebüsch geschleift. So jedenfalls würde ich die Schleifspuren deuten.«

»Was ganz gut zu den Abschürfungen an ihren Knien und Knöcheln passen würde«, stimmte Hain ihr zu.

»Nach einem Kampf sieht es allerdings ganz und gar nicht aus, Thilo.«

Ihr Blick bewegte sich ein paar Meter nach links.

»Ich sehe hier zwar jede Menge Reifenabdrücke von Fahrrädern, aber die sollten alle schon ein paar Wochen alt sein und aus einer Zeit stammen, als es noch ab und zu geregnet hat in Kassel.«

Ihre Aussage bezog sich auf die schon seit mehr als fünf Wochen anhaltende Trockenperiode in Hessen.

»Komisch ist die Tatsache, dass es hier nicht die geringsten Kampfspuren gibt.«

»Vielleicht«, gab Hain zu bedenken, »ist er ihr einfach zu Fuß entgegengekommen, hat sie angehalten und dann niedergeschlagen.«

»Das glaube ich nicht«, widersprach Pia. »Schau dir mal ihr Fahrrad an, das ist ein Pedelec, was bedeutet, dass sie vermutlich mit ungefähr 30 Sachen unterwegs war; das wäre ich zumindest nach Einbruch der Dunkelheit in dieser gottverlassenen Gegend. Mit so einem Ding kannst du halt auch mal einen erwachsenen Mann ausbeschleunigen, wenn es wirklich darauf ankommt.«

»Du meinst, sie hat ihn vielleicht gekannt? Und wenn es ganz dumm läuft, war sie sogar mit ihm gemeinsam unterwegs?«

»Könnte schon sein, ja.«

»Habt ihr irgendwas Persönliches bei ihr gefunden, Lemmi?«, wandte sie sich an den Mann vom KDD. »Einen Ausweis oder irgendein anderes Dokument?«

»Nein, nichts dergleichen.«

»Ein Schlüsselbund? Ein Mobiltelefon?«

»Nein, auch nicht.«

»Du denkst an eine Beziehungstat?«, wollte Hain wissen. Sie schüttelte den Kopf.

»Das hieße, sie war mit einem Kerl unterwegs, der nur so aus Spaß eine rasiermesserscharfe Klinge dabeihat. Kann ich mir nicht vorstellen.«

Die Polizistin ging an Hain vorbei und beugte sich zu dem auf dem Boden liegenden Pedelec hinab. Mit Handgriffen, die aussahen, als hätte sie nicht zum ersten Mal ein Elektrorad vor sich, untersuchte sie das Fahrrad. Zum Schluss drehte sie das Hinterrad ein wenig, tastete dabei das Profil ab, drehte weiter, tastete weiter und kam schließlich wieder hoch.

»Sie hat einen Plattfuß am Hinterrad«, stellte sie fest.

Hain, Lehmann und auch Dr. Franz unterbrachen ihre Arbeit und bewegten sich auf sie zu.

»Hier«, deutete Pia Ritter auf den rostigen Nagel im Reifen. »Bleibt nur die Frage zu klären, wo sie sich den eingefangen hat.«

»Also ist deine Pedelec-Hochgeschwindigkeits-Theorie gerade beerdigt worden.«

»Möglicherweise, ja.«

»Scheiße.«

Ritter trat auf den Leichnam zu, beugte sich wieder hinunter und untersuchte sämtliche Taschen.

»Das hab ich schon gemacht, Pia«, bemerkte Hain.

»Ja. Aber mit den Augen und den Händen eines Mannes.«

»Hmm.«

Nachdem die junge Kommissarin alles oberflächlich untersucht hatte, ließ sie ihre Finger in jede Öffnung der Kleidung gleiten.

»Hilf mir mal, sie ein wenig auf die Seite zu drehen, damit ich an die hinteren Hosentaschen komme«, bat sie ihren Kollegen.

»Hab ich auch schon gemacht«, erwiderte Hain mit dem Anflug eines Grinsens. »Aber, wie du so treffend bemerkt hast, natürlich mit den Augen und den Händen eines Mannes.«

»Fühl dich nicht gleich angepisst«, meinte sie, während ihr rechter Daumen und ihr rechter Zeigefinger mit einem kleinen weißen Zettel dazwischen zum Vorschein kamen.

»Du kannst sie wieder loslassen.«

»Gern. Wenn du mir im Gegenzug erklärst, woher du wusstest, dass ich das Ding da übersehen habe.«

»Besser nicht.«

Die beiden kamen in die Vertikale und betrachteten das Papier zwischen Pias Fingern.

»Ein Abholschein«, stellte Hain ein wenig überrascht fest, nachdem seine Kollegin ihn aufgeklappt hatte.

»Das ist aber noch nicht alles, Thilo«, erwiderte sie. »Das ist ein Abholschein mitsamt der Adresse der dazugehörigen Änderungsschneiderei. Wenn das mal kein Volltreffer ist.«

Hain nickte.

»Trotzdem. Woher wusstest du, dass ich etwas übersehen habe?«

»Ich wusste es natürlich nicht, Thilo. Aber es wandelt nun mal keine Frau auf dieser Erde, die nicht in irgendeiner Jacken- oder Hosentasche irgendetwas vergessen hat. Manchmal ist es nur ein Geldschein, aber manchmal hat man bei der Suche eben auch so viel Glück wie wir beide jetzt.«

Eine knappe halbe Stunde später ließ Hain den Mazda auf einem Haltestreifen neben der oberen Ihringshäuser Straße ausrollen.

Ivana Semjonow, Schneidermeisterin, alle Arten von Änderungen an Stoff und Pelzen stand auf dem ein wenig verblichenen, ehemals weißen Schild über dem kleinen Ladengeschäft.

»Guten Morgen«, wurden die Polizisten von einer kugelrunden Frau mit herrlich rollendem R begrüßt, die hinter einer Pfaff-Nähmaschine saß.

»Guten Morgen«, erwiderten beide.

Hain hielt seinen Dienstausweis hoch und stellte sich und seine Kollegin vor.

»Polizei?«, ertönte es hinter der Maschine, die schlagartig verstummte.

»Ja. Kriminalpolizei, um genau zu sein.«

Pia Ritter zog den in einer Klarsichthülle steckenden Abholschein aus der Jackentasche und hielt ihn der Frau hin. »Wir sind auf der Suche nach einer Kundin von Ihnen. Sie hat hier vermutlich etwas zum Ändern abgegeben.«

Die Schneiderin stand auf und betrachtete das Papier.

»Ja, natürlich, ich erinnere gut. War gestern. Ist ein Hose. Warum wollen Sie wissen?«

»Die Hose ist nicht wichtig. Uns würde vielmehr interessieren, ob Sie die Frau kennen, die sie hergebracht hat.«

»Nein, leider, kenne ich nicht. War ein paarmal hier zum Reparatur, aber weiß ich nicht, wie sie heißt.«

Pia verzog enttäuscht das Gesicht. »Aber sie war schon ein paarmal hier, sagen Sie?«

»Ja, bestimmt. War ein paarmal hier wegen Hosen und Jacken und, ich glaube, habe ich auch einen Bademantel repariert für sie.«

»Kam sie mit dem Auto oder zu Fuß? Können Sie sich daran erinnern?«

»Nein, nix Auto und nix Fuß. Immer Fahrrad, immer. Auch wenn draußen Regen, immer mit Fahrrad.«

»Tja, dann können Sie uns leider nicht helfen, Frau …?«

»Semjonow. Semjonow Ivana«, erwiderte sie schulterzuckend.

»Bestimmt«, rief sie, als Ritter und Hain schon die Tür erreicht hatten, »wissen Leute von Schule drüben, wie Frau heißt. Ist Lehrerin dort, weiß ich genau. Hat mir einmal erzählt, weil immer kommt in Pause. Großes Pause am Morgen.«

4

Peter Hattenbach knallte wutschnaubend das Mobilteil seines Telefons auf den Tisch und sah erneut auf die große Übersichtskarte gegenüber an der Wand.

Es geht nicht, dachte er resigniert. *Es geht heute einfach nicht.*

Nach einem leisen, einzelnen Klopfen wurde die Tür zu seinem Büro geöffnet und seine Sekretärin betrat unaufgefordert den Raum.

»Nein«, erklärte die in einem dunkelblauen Rock und einer weißen Bluse steckende Frau mit rauchiger Stimme, »auch im Lehrerzimmer weiß niemand aus dem Kollegium, wo Frau Schürmann bleibt.«

Sie zog affektiert die linke Augenbraue hoch.

»Was mich, offen gesagt, nicht wirklich wundert.«

Hattenbach, der Leiter des Bertha-von-Suttner-Gymnasiums, lehnte sich in seinem Stuhl zurück. »Gut. Oder, besser gesagt, ganz und gar nicht gut. Ich habe sie auch noch nicht erreicht, und jetzt machen wir Nägeln mit Köpfen.«

Sein Blick ging zurück zur Übersicht.

»Da wir niemanden haben, der einspringen könnte, werden wir die 9a nach Hause schicken. Die hätten nach der fünften und sechsten Deutsch bei Frau Sobner, was ja wegen deren Unwohlseins von heute Morgen auch nicht stattfinden kann.«

Er seufzte.

»Also, lassen Sie die 9a wissen, dass ihr Schultag für heute zu Ende ist. Und wenn ich die Schürmann bis, sagen wir mal, 11 Uhr nicht erreicht hab, gilt das auch für die 11b. Dann muss deren Matheunterricht auch ausfallen.«

Elke Hommel, die Sekretärin, zog nun beide Augenbrauen hoch. »Es ist schon ein starkes Stück von Frau Schürmann, dass sie sich überhaupt nicht meldet. Ich kann mich nicht erinnern, dass so etwas überhaupt schon einmal an unserer Schule vorgekommen ist.«

»Vielleicht hatte sie ja einen Unfall oder einen Herzinfarkt oder irgendetwas in dieser Art und liegt im Koma. Dann wäre ihr Verhalten natürlich entschuldigt.«

»Ja, natürlich.«

»Aber so ist das nun einmal bei Menschen, die allein leben.«

»Was passiert denn auf ihrem Mobiltelefon? Geht wenigstens die Mailbox dran?«

Hattenbach winkte ab. »Sie hat uns doch nie eine mobile Nummer gegeben, schon vergessen? ›Entweder Sie erreichen mich zu Hause, oder Sie erreichen mich eben nicht‹, war ihre Einstellung dazu.«

»Stimmt genau, ich erinnere mich wieder.«

Der Schulleiter machte sich ein paar Notizen. »Wir können an der Tatsache leider nichts ändern. Also gehen Sie bitte rüber und schicken die 9a nach Hause. Der Rest muss sich im Lauf des Tages finden.«

Es folgte ein wütendes Schnauben.

»Aber das lass ich ihr diesmal nicht durchgehen, das können Sie mir glauben. Ich habe immer auf ihre schrullige und leicht weltfremde Art Rücksicht genommen, aber ein Mindestmaß an Verlässlichkeit und auch Höflichkeit muss sein. Und dazu gehört einfach, dass man die Schule darüber informiert, wenn man dem Unterricht, aus welchen Gründen auch immer, fernbleibt.«

»Selbstverständlich. Ich werde dann mal die 9a informieren.« Damit schloss Frau Hommel die Tür hinter sich.

Was für ein Kindergarten, dachte der Schulleiter gereizt. *Was für ein absurder Kindergarten.*

Er hatte etwa 15 Sekunden bewegungslos dagesessen, als es erneut an der Tür klopfte. Für einen Moment war er drauf und dran *Jetzt nicht, verdammt noch mal* zu brüllen, doch aus seinem Mund kam nur ein leises »Herein«.

»Na, mal wieder Grande Casino?«, wollte sein Besucher Werner Motte, Fachbereichsleiter Naturwissenschaften und Mitglied des Schulleitungsteams, in der Tür stehend wissen.

Hattenbachs Gesicht hellte sich etwas auf. »Komm rein und setz dich, Werner. An einem Tag wie diesem ist selbst das Auftauchen einer temporären Nervensäge wie dir eine wirklich positive Erscheinung.«

»Oh je. So schlimm?«

»Schlimmer. Wir haben vier Krankmeldungen und ein unentschuldigtes Fernbleiben.«

»Vermutlich die Schürmann, wenn ich das Auftauchen und die Fragen von Frau Hommel eben im Lehrerzimmer richtig einordne.«

Der Schulleiter nickte matt. »Ist eigentlich so ganz und gar nicht ihre Art, oder? Normal ist sie doch eine von den ganz Genauen, die sehr, eigentlich zu sehr, auf die Einhaltung von Regeln bedacht ist.«

»Was ist in der heutigen Zeit schon normal, Werner? Jeder der Kolleginnen und Kollegen weiß, wie dünn wir personell besetzt sind. Und trotzdem melden sie sich reihenweise krank. Das Einstehen für das Kollegium und die Solidarität, die hier mal geherrscht haben, sind längst komplett Schnee von gestern. Wir sind eine Horde von Egoisten geworden, in der jeder nur noch auf seinen eigenen Vorteil bedacht ist und versucht, mit so wenig Einsatz wie möglich bis zur Pension durchzuhalten.«

Motte, der immer noch in der Tür stand, kam nun langsam und etwas widerstrebend der Einladung seines Rektors nach und ließ sich in einen der beiden Besucherstühle vor dem Schreibtisch gleiten.

»Na, na, nun mal die Dinge mal nicht schwärzer an die Wand, als sie in Wirklichkeit sind. Klar machen wir gerade eine schwere Zeit durch, was die Ausfallzeiten angeht, aber es ist definitiv nicht der von dir gerade proklamierte Werteverfall innerhalb der Lehrerschaft. Das ist mir wirklich etwas zu plakativ.«

Hattenbach schloss die Augen.

»Vielleicht hast du recht, ja, aber an einem Morgen wie diesem kann man schon mal ein bisschen schwarzmalerisch werden, oder?«

»Musst du welche nach Hause schicken?«

Der Schulleiter nickte. »Mindestens eine, vielleicht sogar zwei Klassen. Und wenn es ganz schlecht läuft, auch vier.«

»Das ist Mist.«

»Ja, das ist durchaus Mist; aber es ist immer noch besser, als sie unbetreut hier herumsitzen zu lassen und uns hinterher das Geschrei der versammelten Elternschaft anhören zu müssen. Und so kurz vor den Ferien haben wir vielleicht Glück und es geht irgendwie in den Urlaubsvorbereitungen unter.«

»Auf jeden Fall, ja.«

»Hat dein Besuch eigentlich einen bestimmten Grund, oder wolltest du nur mal nach mir sehen?«

Motte lachte laut auf. »Nein, ich mag dich zwar gut leiden, aber deswegen einfach so mal nach dir zu sehen, käme mir trotzdem nicht in den Sinn.«

Er holte tief Luft.

»Ich habe gerade durch ein Gespräch mit ihr erfahren,

dass Sandra Wills aus der 11c schwanger ist. Und dass sie das Kind auf jeden Fall bekommen will.«

Der Rektor sackte in seinem Stuhl zusammen. »Oh Gott, das kann doch nicht dein Ernst sein. Von mir aus jede andere aus der Elften, aber bitte nicht die Tochter von Landrat Sören Wills. Weiß man schon etwas über den Kindsvater? Ein Mitschüler am Ende?«

»Nein. Da hält sie sich komplett bedeckt.«

»Na, dieses Detail wird ihr Herr Papa schon aus ihr herausprügeln.«

»Das steht zu befü…«

Er brach ab, weil es an der Tür klopfte und Elke Hommel den Kopf herein steckte. »Oh, Entschuldigung, ich wusste nicht, dass …«

»Nein, lassen Sie mal, Frau Hommel«, beschied Motte ihr mit einem Kopfnicken zur Begrüßung. »Wir haben alles Notwendige besprochen. Oder, Peter?«

»Ja klar. Und danke, dass du mich so zeitnah informiert hast.«

Der Fachbereichsleiter sprang aus dem Stuhl auf und war kurz darauf verschwunden. Elke Hommel kam einen Schritt auf ihren Chef zu. »Hier sind zwei Polizisten, die Sie gern sprechen würden, Herr Hattenbach«, erklärte sie mit einer Handbewegung in Richtung Vorzimmer, aus dem nun Pia Ritter und Thilo Hain eintraten und sich vorstellten.

Der Schulleiter stand mit deutlich erkennbarer Verwunderung auf, bedeutete seiner Sekretärin, sie allein zu lassen, und reichte den beiden Beamten die Hand. »Guten Morgen. Ich bin Peter Hattenbach, der Leiter des Bertha-von-Suttner-Gymnasiums.«

Er stockte einen Moment.

»Also, um es ganz präzise auszudrücken, haben wir ein

Schulleitungsteam und dessen Direktor bin ich. Und demzufolge derjenige, der den Hut aufhat, wenn es um die wirklich großen Probleme geht. Was … kann ich für Sie tun?«

»Wir haben ein paar Fragen an Sie, wobei wir noch überhaupt nicht sicher sind, ob Sie überhaupt der richtige Ansprechpartner für uns sind«, schwurbelte Hain ein wenig herum.

»Äh. Ach so? Aber Sie kommen vermutlich nicht wegen einer unserer Schülerinnen, oder?«

»Nein«, übernahm Pia Ritter die Gesprächsführung, »wir kommen auf keinen Fall wegen einer *Schülerin*.«

An Hattenbachs Reaktion konnten die Polizisten deutlich seine Erleichterung ablesen.

»Nicht? Das ist ja schon mal was.«

Hain und Ritter tauschten einen schnellen Blick aus, der mit *irritiert* nur sehr unzureichend beschrieben wäre.

»Wir sind hier wegen einer Frau, von der wir vermuten, dass Sie Lehrerin an dieser Schule sein könnte.«

»Ach, so. Wie heißt die Dame denn?«

Ritter zögerte. »Genau das wissen wir eben nicht.«

»Ist vielleicht«, wollte Hain nun wissen, »eine ihrer Lehrerinnen heute Morgen nicht zum Unterricht erschienen? Eine schlanke Frau von etwa 45 Jahren, dunkelblond und vermutlich überzeugte Radfahrerin?«

Der Schulleiter schluckte. »Sie beschreiben sehr zutreffend und auch ebenso beängstigend die einzige Kollegin, die heute ohne Angabe von Gründen nicht zum Unterricht erschienen ist. Muss ich mir Sorgen um sie machen?«

Ritter zog ihr Mobiltelefon aus der Jackentasche, drückte ein paar Mal auf das Display und zeigte Hattenbach einen Ausschnitt des Gesichts der Leiche, das sie keine Stunde zuvor aufgenommen hatte.

»Oh mein Gott«, stöhnte der Rektor laut auf, wankte einen Schritt zurück und ließ sich auf seinen Drehstuhl fallen. »Das sieht ja schrecklich aus.«

Pia zog mit einer schnellen Bewegung das Telefon zurück und schob es in die Jacke. »Wir müssen Sie leider darüber informieren«, erklärte sie dem kalkweiß gewordenen Schulleiter, »dass Ihre Kollegin in der vergangenen Nacht einem Verbrechen zum Opfer gefallen ist. Viel mehr können wir zum gegenwärtigen Zeitpunkt allerdings noch nicht sagen.«

Hain kramte seinen Notizblock aus der Innentasche des Sakkos und sah den Rektor an.

»Ja«, meinte der sichtlich erschüttert. »Es handelt ... sich um unsere Kollegin Evelyn Schürmann.«

Der Hauptkommissar schrieb den Namen auf und auch die Adresse der Frau, die Hattenbach ihm im Anschluss nannte.

»Wie ...? Wo ... wo ist das denn geschehen?«

»In der Karlsaue«, antwortete Hain. »Und wenn ich mir ihre Adresse anschaue, könnte sie auf dem Heimweg aus der Innenstadt gewesen sein.«

»Können Sie uns vielleicht ein paar Dinge zu Ihrer Kollegin sagen?«, hakte Pia Ritter nach. »War sie verheiratet, hatte sie Kinder? Einen Freund?«

Der Mann hinter dem Schreibtisch benötigte ein paar Augenblicke, ehe er antworten konnte.

»Im ganzen Kollegium gibt es leider keinen Menschen, über den ich Ihnen weniger erzählen könnte als über Frau Schürmann«, erklärte er schließlich mit Bedauern. »Sie hat sich immer aus allen Dingen herausgehalten und war auch sonst nicht sonderlich gut vernetzt ... ich meine, mit anderen Kollegen. Sie war mehr eine Einzelgängerin, wenn Sie verstehen, was ich meine.«

»Nicht so richtig«, gab Pia zurück. »Wie genau müssen wir uns das vorstellen?«

»Nun ja«, wand sich Hattenbach ein wenig. »Ich will das jetzt nicht dramatisieren, aber Frau Schürmann stand hier in der Schule schon in dem Ruf, es sich gern mal mit allen und allem zu verscherzen. Sie konnte sehr hartleibig sein, wenn es darum ging, ihre Interessen durchzusetzen. Und sie hat eigentlich nur mit den Kolleginnen und Kollegen gesprochen, wenn es wirklich gar nicht anders ging.«

»Klingt ein wenig schrullig«, meinte Hain.

»Ja, als schrullig könnte man es bezeichnen, wenn man es wohlwollend ausdrücken möchte.«

»Und wie würden Sie es mit weniger Wohlwollen ausdrücken, wenn ich Sie darum bitten würde?«

»Sie hat hinter jedem und allem eine wie auch immer geartete Verschwörung gegen ihre Person gewittert und war deshalb bei jedem unbeliebt.« Er hob den Kopf und sah eine Weile aus dem Fenster. »Es tut mir wirklich sehr leid, was mit ihr passiert ist, aber im Grunde muss man sagen, dass niemand Frau Schürmann auch nur im Ansatz leiden konnte. Die Schüler kamen nicht mit ihr aus, die meisten Eltern haben sie gehasst, und im Kollegium konnte ich in den letzten Jahren wirklich niemanden mehr finden, der Stunden von ihr übernommen hätte, wenn sie mal wieder, wie so häufig, krank oder sonst wie unpässlich gewesen ist. Das klingt jetzt sicher hart, aber es beschreibt die Situation leider sehr präzise.«

»Also«, fasste Hain zusammen, der kaum mit dem Schreiben hinterhergekommen war. »Frau Schürmann war eine Einzelgängerin, wie sie im Buch steht, hatte mit Gott und der Welt Krach und glänzte innerhalb des Kollegiums mit deutlich über der Norm liegenden Ausfallzeiten. Sonst noch was?«

»Na ja, über allem stand nach meiner Meinung, dass sie in keiner Weise teamfähig war. Überhaupt nicht.« Wieder blickte er ein paar Sekunden in den makellos blauen Himmel. »Was haben wir nicht alles unternommen, um sie wenigstens halbwegs in den Lehrkörper zu integrieren. Jede Form von Gespräch, Drohungen, hilflose Versuche mit Abmahnungen und im letzten Jahr sogar eine außerordentlich umfangreiche und wirklich sehr kostspielige Mediation, die allerdings genauso wenig von Erfolg gekrönt war wie alle anderen Versuche. Nichts, wirklich nichts, was wir gemacht haben, hat zur Umkehr oder Einsicht geführt.«

Pia Ritter holte tief Luft. Sie bekam bei jedem Wort des Schulleiters mehr den Eindruck, dass er gerade dabei war, sich den Frust von vielen Jahren Umgang mit der Ermordeten von der Seele zu reden.

»Puh, Herr Hattenbach, das klingt ja ziemlich … schlimm. Warum haben Sie das denn so viele Jahre mitgemacht? Kann man sich denn nicht von so jemandem trennen?«

Der Rektor lachte laut auf. »Verehrte junge Frau, wir sind hier an einer hessischen Schule. Vielleicht könnte man so jemanden bei der hessischen Polizei loswerden, aber nicht an einer hessischen Schule.«

Er dachte kurz nach.

»Es ist jetzt zwei Jahre her, da haben wir Frau Schürmann sogar von einem Amtsarzt untersuchen lassen, der hinterher in seiner Beurteilung schrieb, dass sie möglicherweise Mobbing ausgesetzt sein könnte. Mobbing! Bei dieser Frau! Ich würde die Hälfte meiner Pensionsbezüge dafür geben, wenn ich die Aufzeichnung dieser Untersuchung sehen dürfte, und kann es bis heute nicht verstehen. Aber wenn sie wollte, konnte sie anscheinend sogar Menschen für sich einnehmen. Vielleicht aber auch nur dann, wenn es ihr genutzt hat, wie in diesem Fall«, setzte er mit vermutlich mehr Sarkasmus hinzu als gewollt.

»Wie lang unterrichtete sie denn schon an dieser Schule?«

»Frau Schürmann war bereits hier, als ich vor elf Jahren anfing. Wenn Sie es genau wissen möchten, müsste ich mich informieren.«

»Nein, nein, das ist nicht notwendig.«

Hattenbachs Blick schwankte zwischen den beiden Polizisten hin und her. »Wie geht es denn jetzt eigentlich weiter? Darf ich dem Kollegium davon berichten, oder ist das gegen Ihre Vorschriften?«

»Sie dürfen Frau Schürmanns Kollegen natürlich über ihren Tod informieren, aus unserer Sicht spricht nichts dagegen. Außerdem dürfte es sowieso schon im Internet zu lesen sein. Zumindest, dass eine Frau ermordet wurde; und spätestens morgen ist dann vermutlich auch ihr Name in der Welt.«

»Ja, die modernen, ach so sozialen Netzwerke«, sinnierte der Rektor. »Wenn wir die nicht hätten.«

Sowohl Hain als auch Ritter verkniffen sich einen Kommentar. Der Hauptkommissar schob seinen Block zurück in die Tasche und nickte. »Vielleicht kommen wir noch einmal auf Sie zu, wenn sich weitere Fragen ergeben«, erklärte er dem Rektor. »Möglicherweise werden wir auch den einen oder anderen Kollegen von Frau Schürmann befragen. Aber das wird sich zeigen. Ich vermute aber, dass es deswegen nicht zu Problemen kommen wird, wir wissen ja, wo wir sie finden können.«

Hattenbach schüttelte energisch den Kopf. »Das ist alles andere als einfach, Herr Kommissar. Heute ist Dienstag und am Freitag beginnen die Sommerferien. Dann werden sich meine Kolleginnen und Kollegen für mindestens drei, eher für vier Wochen in alle Winde verstreuen. Und ich kann ihnen ja schlecht befehlen, ihren Urlaub, auf den sich viele schon sehr freuen und den sie sich auch über alle Maßen verdient haben, wegen Evelyn Schürmann abzusagen oder zu verschieben. Ob tot oder nicht.«

»Ach so, die Sommerferien«, murmelte Hain.

»Wir werden, soweit es uns möglich ist«, mischte Pia sich freundlich ein, »auf diesen Umstand natürlich Rücksicht nehmen, Herr Hattenbach. Was aber heißt, dass wir durchaus in dieser Woche noch einmal bei Ihnen vorstellig werden können.«

»Ja, tun Sie das, ich habe nichts dagegen. Wann immer wir helfen können, werden wir, und da spreche ich sicher für das gesamte Kollegium, nicht zögern.«

»Natürlich nicht.«

An der Tür angekommen drehte Pia sich noch einmal um und blickte den Schulleiter an. »Gibt es irgendeinen Ihrer Lehrer, mit dem Frau Schürmann öfter aneinandergeraten ist als mit den anderen? Von dem man sagen könnte, dass er ein wirkliches, ernsthaftes Problem mit ihr gehabt hat, das über den normalen Rahmen hinausging?«

Hattenbach hielt ihrem Blick mit hochgezogener Stirn stand. »Sie wollen wissen, ob ich einem unserer Kolleginnen oder Kollegen den Mord an Frau Schürmann zutrauen würde, oder?«

Die Oberkommissarin nickte, während der Mann hinter dem Schreibtisch eine Weile aus dem Fenster sah.

»In Gedanken durchgespielt hat es sicher schon der eine oder die andere, und da will ich mich bewusst gar nicht ausnehmen. Aber es liegt meiner Meinung nach eine beträchtliche Schwelle zwischen der Wut und der Empörung über das Handeln eines Menschen und der dann möglicherweise folgenden Tat. Und da tue ich mich wirklich schwer, dies irgendjemandem aus unserem Kollegium zuzutrauen.«

»Das heißt«, hakte Pia nach, »es gab niemanden, mit dem Frau Schürmann auch mal ernsthaft aneinandergeraten ist? Vielleicht sogar körperlich? Oder der sie bedroht hat?«

»Ich bin natürlich nicht über jeden noch so unbedeutenden Vorgang bei uns an der Schule informiert, aber nach meinem jetzigen Kenntnisstand kann ich etwas Derartiges ausschließen.« Er schüttelte den Kopf. »Die – ich nenne das mal *normalen* – Scharmützel zwischen Frau Schürmann und ihren Kollegen waren eigentlich an der Tagesordnung. Aber soweit ich das beurteilen kann, hat man sie im Kollegium in den letzten Jahren nicht mehr wirklich ernst genommen. Man ist sich, soweit das möglich war, aus dem Weg gegangen, das war es dann auch schon.«

»Aber man trifft sich doch eigentlich in jeder Pause im Lehrerzimmer?«, gab Hain zu bedenken.

»Frau Schürmann ist schon seit mehreren Jahren nicht mehr im Lehrerzimmer aufgetaucht.«

»Das ist ja interessant. Wo hat sie denn ihre Pausen verbracht?«

»Soweit ich weiß, hat sie sich in Klassenräumen … aufgehalten. Eingeschlossen, um präzise zu sein.«

»Herrje«, sprudelte es aus Pia heraus. »Das klingt wirklich über alle Maßen sozial inkompatibel.«

»Perfekt zusammengefasst.«

»Wäre es möglich, eine Liste mit den Namen aller bei Ihnen unterrichtenden Lehrkräfte zu bekommen? Oder würde das Umstände machen?«

»Nein, ganz und gar nicht. Ich habe die Liste gerade vor ein paar Tagen aktualisiert und kann Ihnen deshalb eine sozusagen taufrische offerieren.« Er bewegte ein wenig die

Computermaus auf dem Tisch und kurz darauf begann ein Laserdrucker, leise die gewünschte Übersicht zu erstellen. Nachdem das geschehen war, griff der Direktor hinter sich und reichte der Polizistin die Ausdrucke. Pia nickte zufrieden, bedankte sich und stand auf. Offenbar gab es keine weiteren Fragen.

Der Rektor erhob sich ebenfalls, griff in sein Sakko und reichte der Polizistin eine Visitenkarte. »Falls Sie Fragen haben, die ich auch am Telefon beantworten kann. Auch außerhalb der Schulzeit übrigens, es ist nämlich auch die Nummer meines Privattelefons darauf vermerkt.«

Die Polizistin reichte ihm im Gegenzug eine ihrer neuen Karten. Dann verabschiedeten sich die Kommissare endgültig von Direktor Hattenbach und standen fünf Minuten später vor Hains rotem Cabrio.

»Unter jedem Dach ein Ach«, stellte Pia trocken fest, nachdem sie den Kollegen Haberland im Präsidium und diejenigen an der Fundstelle über die Identität des Opfers informiert hatte. Außerdem würde Bernd Haberland sich um die Auswertung eines möglichen Mobilfunkanschlusses der Lehrerin kümmern.

»Und unter dem hier ein besonders ätzendes Exemplar«, erwiderte ihr Kollege, während er sich vorsichtig in dem brütend heißen Kunstledersitz niederließ.

Die Adresse, die Hain von Hattenbach genannt bekommen hatte, lag im Stadtteil Waldau. Der Hauptkommissar steuerte den Mazda in den Espenweg, eine Siedlung mit in Reih und Glied stehenden Einfamilienhäusern. Die Nummer 66, vor der die beiden Kommissare jetzt standen, wurde von einer eng gestaffelten Koniferenreihe vom Bürgersteig getrennt und gleichzeitig vor neugierigen Blicken geschützt. Nur ein kleiner freigelassener Bereich um das etwa einen

Meter breite Tor herum lockerte die Ansicht ein wenig auf. Hain drückte den Griff des alten, verrosteten Metallgestells herunter und schob es nach vorn. Der Streifen zwischen den Koniferen und der Hauswand war akkurat mit bunten Blumen angelegt und machte einen überaus gepflegten Eindruck. Die beiden Polizisten näherten sich der Haustür, neben der sich die Klingel befand.

›Schürmann‹, mehr Information war auf dem verblichenen Klebeschild neben der Klingel nicht vermerkt. Pia Ritter drückte mit ihrem rechten Zeigefinger auf den Taster. Hinter der Tür ertönte ein bemerkenswert lautes Klingeln. Nachdem sich etwa 20 Sekunden nichts getan hatte, wiederholte sie ihren Versuch und erhielt erneut das gleiche Ergebnis.

»Vielleicht hat sie ja wirklich allein gelebt«, gab sie zu bedenken.

Ihr Kollege betrachtete die Fassade.

»Viel Haus für eine einzelne Person, wenn du mich fragst.«

»Stimmt.«

Damit ließ Pia den Klingelton ein drittes Mal ertönen.

»Lass uns mal nach hinten gehen«, schlug Hain mit Blick auf einen gepflasterten Weg an der Hauswand vor.

Kurz darauf hatten sie die Rückseite erreicht und standen nun vor einer von vorn nicht einsehbaren Terrasse, die etwa 50 Zentimeter erhöht angelegt worden war. Pia und Thilo gingen zur verglasten Tür, die einen Zugang zum Haus darstellte. Pia legte, um mehr erkennen zu können, die Hand an die Scheibe und lugte in den großen hellen Raum.

»Ach du Scheiße.«

»Was ist denn los?«, wollte Hain wissen.

Die Polizistin deutete auf den rechten hinteren Bereich.

Ihr Kollege nahm ebenfalls die Hand als Blendschutz hoch und stöhnte laut auf.

»Oh Mann, das sieht wirklich scheiße aus.«

Wie auf Kommando rissen beide ihre Dienstwaffe aus dem Holster und brachten sie in Anschlag.

»Du bleibst hier und siehst zu, dass keiner über die Rückseite stiften geht«, flüsterte Hain. »Ich komme durch die Vordertür. Alles klar?«

Pia nickte. »Feiner Start ins Berufsleben ohne Uniform«, ergänzte sie angespannt.

»Ja, herzlich willkommen noch bei der Kripo«, erwiderte Hain grinsend, klopfte ihr auf die Schulter und verschwand um die Hausecke. Auf dem Weg zur Haustür schob er seine Heckler & Koch P30 zurück ins Holster und griff nach dem kleinen Lederetui, in dem sich seine Lockpicking-Utensilien befanden. Das vor ihm liegende Schloss stellte sich als seriöse Aufgabe heraus, doch nach einer Minute klackte es und der Sperrriegel gab den Weg ins Haus frei. Der Kommissar legte das Türöffnungswerkzeug links neben dem Eingang ab, nahm erneut seine Waffe in die rechte Hand und schob die Tür langsam in den Flur. Rechts von ihm ging eine geschwungene Treppe in den ersten Stock, geradeaus links an der Wand hing eine Garderobe mit zwei Jacken daran und auf der gegenüberliegenden Seite ein großer Spiegel. Hain richtete die Waffe nach oben und warf einen Blick in Richtung erster Stock. Wenn sich dort jemand aufhielt, würden sie sich zu zweit darum kümmern. Die Waffe mit beiden Händen umfasst drang er mit ein paar schnellen Schritten weiter ins Innere des Hauses vor. Rechts von ihm lag die Küche, auf dem Tisch waren noch die Überreste einer Mahlzeit zu erkennen. Gegenüber dem Eingang zur Küche befand sich eine weitere Tür, die geschlossen war. Thilo Hain überlegte kurz, drückte die Klinke herunter und öffnete langsam die Tür.

Ein Schlafzimmer. Zerwühltes Einzelbett, muffiger Geruch und ein recht geschmackloses 60er-Jahre-Ambiente. Er wich zurück und schob sich in das links davon liegende Wohnzimmer. Pia stand in eingreifbereiter Haltung vor der großen Scheibe auf der Terrasse und beobachtete ihn. Hain sicherte zunächst den Raum, um danach die Terrassentür zu öffnen.

»Wie ist es so bei der Kripo?«, fragte er ein wenig hechelnd. »Macht dir dein neuer Job Spaß?«

»Ich kann nicht klagen«, kam es von ihr leise zurück, während sie um ihn herum schritt und auf die neben einem Rollstuhl am Boden liegende Frauenleiche zuging. »Nur mein zur Schwatzhaftigkeit neigender Kollege geht mir schon am ersten Tag ziemlich auf die Nerven.«

Mit ein paar schnellen Bewegungen hatte sie überprüft, dass bei der Frau auch durch einen Notarzt nichts mehr zu machen war, und kam wieder in die Höhe.

»Die Kavallerie habe ich schon mal verständigt«, erklärte sie ihrem Kollegen leise, »während du dir offenbar auf dem Weg durchs Haus einen schönen Vormittag gemacht hast.«

Hain bedachte sie mit einem Schmunzeln und wies mit seiner Waffe in Richtung Zimmerdecke.

»Da ist leider noch ein Stockwerk, das wir uns näher ansehen müssen. Vielleicht lungert der Schurke, der das hier angezettelt hat, ja noch in der ersten Etage herum.«

»Möglich, aber nicht sehr wahrscheinlich«, widersprach Pia Ritter. »Dafür ist die arme Frau hier schon deutlich zu kühl.«

Die beiden standen kurz darauf am Fuß der Treppe. Hain bedeutete Ritter, sich hinter ihm zu halten und seinen Weg nach oben zu sichern, und stieg langsam Stufe um Stufe aufwärts. Mit jedem Schritt reckte er seinen Hals ein wenig weiter in die Höhe und betrat schließlich den dunkelgrauen Teppichboden der ersten Etage. Von einem langen Flur gingen drei Zimmer ab. Die ihm gegenüberliegende Tür stand offen, sodass er in den Raum sehen konnte.

Ein weiteres Schlafzimmer.

Pia hatte nun ebenfalls den ersten Stock erreicht, schob sich mit vorgehaltener Pistole an ihrem Kollegen vorbei und sicherte den Flur.

»Bitte sehr«, flüsterte sie mit Blick auf die offen stehende Tür.

Der Hauptkommissar drang langsam in den Raum ein, sicherte den Bereich hinter der Tür, öffnete kurz die Türen des dunklen Schranks, sah unter das Bett und kehrte zufrieden nickend in den Flur zurück.

»Alles klar«, murmelte er.

»Dann weiter.«

Auch die anderen Zimmer hielten keine Überraschungen für sie parat, sodass die beiden kurz darauf noch einen Blick in den kleinen Keller des Hauses werfen konnten. Auch hier gab es, bis auf kistenweise Bücher und irgendwelche Akten, nichts Bemerkenswertes zu entdecken. Weil im gleichen Moment Sirenengeheul ertönte, machten sich die Kommissare wieder auf den Weg nach oben und begrüßten die Besatzungen von zwei Streifenwagen. Innerhalb der nächsten 30 Sekunden kamen drei weitere an, und zum guten Schluss ein Notarztwagen.

»Direkt geradeaus durch und dann links«, wies Pia Ritter dem medizinischen Personal den Weg.

Hain teilte den Streifenpolizisten die zu erledigenden Aufgaben wie Sperrung der Straße und Sicherung des

Grundstücks zu und kehrte im Anschluss zu seiner Kollegin zurück.

»Der Notarzt ist noch bei ihr«, klärte sie ihn auf, »aber vermutlich nicht mehr lang. Wird den Tod feststellen und wieder verduften, nehme ich an.«

»Darauf wird es hinauslaufen«, ertönte es hinter den beiden.

Der Notfallmediziner in der auffallend roten Jacke kam auf die beiden zugeschlendert. »Die Frau ist nämlich sicher schon ein paar Stunden tot. Was bedeutet, dass es für uns hier nichts mehr zu tun gibt.«

»Ja, schon klar«, gab Ritter kleinlaut zurück. »Als ich den NAW angefordert habe, war das leider noch nicht so klar wie jetzt.«

Der Arzt schüttelte nachsichtig den Kopf. »Das macht gar nichts. Wir kommen lieber und fahren ohne Arbeit wieder weg, als wenn wir in einem Fall zu spät gerufen werden, obwohl wir noch etwas hätten ausrichten könnten.«

»Danke.«

»Haben Sie vielleicht eine Idee, was als Todesursache infrage kommen könnte?«

»Ich bin ja nun kein Gerichtsmediziner«, erwiderte der Arzt irritiert, »aber die deutlich zu erkennenden Strangulationsmale am Hals der Frau lassen nicht viel Raum für Spekulationen, meine ich.«

»Sorry, aber wir hatten bis jetzt noch keine Zeit, uns die Leiche genauer anzusehen.«

»Kein Problem. Wie es ausschaut, wurde sie mit einem Seil oder einem Kabel erwürgt. Und das mit großem Furor, was zumindest die Tiefe der Verletzungen vermuten lässt.«

»Und wie lang ungefähr ist sie schon tot?«

»Wie gesagt, ich bin kein Gerichtsmediziner, aber ich

würde davon ausgehen, dass sie seit vier, höchstens sechs Stunden tot ist.«

Die beiden Begleiter des Notarztes gingen mit großen, silbernen Koffern an der kleinen Gruppe vorbei Richtung Ausgang.

»Wenn dann nichts mehr wäre …?«

»Nein, nein, Herr Doktor. Danke und einen schönen Tag noch.«

»Gern.«

Damit verließ der Notarzt ebenfalls das Haus. Hain holte tief Luft und wischte sich den Schweiß von der Stirn. In dem Haus war es nach wie vor stickig und heiß.

»Und wir sollten jetzt, obwohl mir das in solchen Fällen immer ein klein wenig irre vorkommt, unsere Schuhe in Füßlinge stecken«, schlug Hain vor. »Sonst gibt es wieder Höllenärger mit den Jungs von der Spurensicherung.«

5

Eine halbe Stunde später war klar, dass es sich bei der Toten um Edith Schürmann handelte, die Mutter von Evelyn Schürmann. Pia hatte in einer Schublade der Kommode im Wohnzimmer den seit langer Zeit abgelaufenen Personalausweis der Frau gefunden.

»Da draußen steht eine Frau, die sagt, dass sie ein paar Häuser weiter wohnt und hier im Haus putzt. Wollen Sie vielleicht mir ihr sprechen?«, fragte ein Streifenpolizist, der gerade das Haus betrat.

»Ja, natürlich«, erwiderte Hain. »Wir kommen.«

Die vor der Absperrung stehende Frau war etwa 50 Jahre alt, von untersetzter Statur, sah ein wenig ungepflegt aus und stellte sich als Helga Weidemann vor.

»Ja, Frau Weidemann«, begann Pia Ritter nach der obligatorischen Vorstellungsrunde das Gespräch. »Sie sind also hier die … Zugehfrau?«

Frau Weidemann zögerte einen Moment. »Ich putze hier, ja. Bei Mutter und Tochter Schürmann.«

Sie sah sich um und betrachtete mit völligem Unverständnis das Aufgebot an Polizeifahrzeugen.

»Was ist denn hier überhaupt los? Ist irgendwas mit Frau Schürmann passiert? Ich meine, mit der alten Frau Schürmann?«

»Sind Sie schon länger die Putzfrau der Schürmanns?«, wollte Hain wissen.

»Na ja, was heißt schon länger? Seit zwei Jahren ungefähr. Aber nun sagen Sie mir doch erst mal, was hier eigentlich los ist.«

»Frau Schürmann wurde tot in ihrem Haus aufgefunden. Also die … alte Frau Schürmann.«

Bei dem Wort *tot* hatte Frau Weidemann kurz gezuckt.

»Sie war ja nun schon ziemlich alt«, bemerkte sie trocken, »also überrascht mich das jetzt nicht. Sie hat letzten Monat ihren 80. Geburtstag gefeiert, wissen Sie.«

»Wie es aussieht«, klärte Hain die Frau nun auf, »wurde Frau Schürmann das Opfer eines Verbrechens.«

»Wie, eines Verbrechens? Sie meinen, sie wurde umgebracht?«

»So sieht es im Moment aus, ja.«

»Wer sollte denn so was machen? Bei denen gab es doch wirklich nichts zu holen. Nicht die Bohne.«

Ihr Blick ging zwischen Hain und Ritter hin und her.

»Weiß denn ihre Tochter schon Bescheid? Die ist bestimmt in der Schule. Sie ist nämlich Lehrerin.«

»Wir kümmern uns darum, Frau Weidemann«, unterbrach Pia. »Wann waren Sie denn zuletzt bei den Schürmanns? Oder wann haben Sie die Mutter und die Tochter zum letzten Mal gesehen?«

»Gesehen habe ich die alte Frau Schürmann vorgestern, als ich hier war zum Putzen. Die junge Frau Schürmann habe ich am letzten Wochenende gesehen, aber nur im Vorbeifahren, als ich mit meinem Mann in die Innenstadt wollte. Am Samstag war das, Samstagvormittag. Sie stand hier am Tor und war mit dem Briefträger zu Gange.«

»Was heißt das *zu Gange*?«

Frau Weidemann winkte ab. »Die junge Frau Schürmann ist nicht einfach, wissen Sie. Die hat immer was zu meckern. Mir steht sie, wenn sie Ferien hat und nicht in der Schule ist, auch immerzu auf den Füßen herum und kontrolliert mich. Ich freue mich immer, wenn die Ferien rum sind, ganz ehrlich.«

»Und wer hat Sie engagiert? Die junge oder die alte Frau Schürmann?«

»Die alte. Aber die hat hier im Haus ja gar nichts zu sagen gehabt. Die Hosen hat schon immer, oder besser, solange ich die beiden kenne, die junge Frau Schürmann an.«

»Wissen Sie, ob die beiden in der letzten Zeit mit irgendjemandem Ärger hatten?«, wollte Pia wissen. »Handwerker, Vertreter, Ämter, irgendwas in dieser Richtung?«

»Nein, darüber habe ich mit der alten Frau Schürmann nicht gesprochen. Sie konnte ja auch nicht mehr so richtig reden nach dem Schlaganfall letztes Jahr. Und mit der Evelyn Schürmann wollte ich eigentlich gar nichts groß zu tun haben, das hat ja meistens nur Ärger gegeben, wenn man mit der geredet hat.«

»So schlimm?«

Die Putzfrau sah sich ängstlich um, bevor sie antwortete. »Schlimmer. Viel, viel schlimmer. Mein Mann hat mir schon ein paar Mal gesagt, dass ich doch aufhören soll für die zu arbeiten, weil das mit der jungen Frau Schürmann so nervig ist, wenn sie keine Schule hat. Aber er ist seit ein paar Jahren arbeitslos, deshalb brauchen wir das Geld. Sonst hätte ich das bestimmt auch gemacht. Also aufgehört.«

»Hat die junge Frau Schürmann einen Mann? Oder einen Freund?«

»Oh Gott, nein. Nicht, dass ich wüsste«, erwiderte Frau Weidemann mit weit aufgerissenen Augen.

»Ist die Frage denn so abwegig?«

»Wenn Sie sie kennengelernt haben, werden Sie das nicht mehr fragen, ganz bestimmt nicht.«

»Was ist mit der alten Frau Schürmann? Da gab es auch keinen Mann mehr?«

»Der ist, soweit ich weiß, vor mehr als 20 Jahren weggegangen. Aber das ist nur das, was man sich hier in der Siedlung erzählt. Zu der Zeit haben wir, also mein Mann und ich, noch drüben in Thüringen gewohnt.«

»War ... ist Evelyn die einzige Tochter? Oder gibt es noch weitere Kinder?«

»Dazu kann ich Ihnen nichts sagen, das müssen Sie mit Evelyn besprechen. Ich jedenfalls weiß nichts von weiteren Kindern im Hause Schürmann. Und habe auch nie etwas darüber läuten gehört.«

Ritter und Hain tauschten einen kurzen Blick aus.

»Ja, das wäre es dann fürs Erste, Frau Weidemann. Falls noch Fragen auftauchen, werden wir uns bei Ihnen melden.«

»Ja, machen Sie das. Ich wohne unten in Hausnummer 78, einfach die Straße runter.«

»Vielen Dank.«

»Wir müssen auf jeden Fall herausfinden«, meinte Hain, nachdem die Frau das Gelände verlassen hatte, »ob der Mann noch lebt. Vermutlich ist er längst gestorben, aber überprüfen müssen wir es.«

»Klar.«

Pia nickte, trat auf den Hauseingang zu und zog ein neues Paar Füßlinge über ihre Sportschuhe.

»Wenn man hört«, erwiderte sie auf einem Bein hüpfend, »wie die Leute über Evelyn Schürmann reden, kann einem angst und bange werden. Sollte die wirklich so unbeliebt gewesen sein, gibt es wahrscheinlich genug Mordmotive für ein ganzes Ermittlerleben.«

»Genau das dachte ich auch, als die gute Frau Weidemann eben über sie gesprochen hat. Aber vielleicht ist das alles auch nur ein bisschen aufgebauscht. Es mag wohl sein, dass sie eine schwierige Person war, aber so wie das bis jetzt dargestellt wurde …? Das kann ich mir beim besten Willen nicht vorstellen.«

Hain schob sich an seiner neuen Kollegin vorbei und untersuchte das Türschloss eingehend.

»Hier sieht es ganz und gar nicht nach einer gewaltsamen Öffnung aus«, stellte er wenig überrascht fest. »Das gleiche dürfte für die anderen Türen und auch die Fenster gelten. Was aber nicht verwundert, wenn man davon ausgeht, dass der Täter mithilfe von Evelyn Schürmanns Schlüssel ins Haus eingedrungen ist.«

»Was uns allerdings ein paar nicht ganz unerhebliche Hinweise gibt«, führte Pia seinen Gedanken weiter.

»Nämlich?«

»Zum einen, dass der oder die Täter entweder hinter etwas her sind, das sie bei Evelyn nicht gefunden und hier gesucht haben. Oder zum anderen, dass es sich bei der Sache um etwas Familiäres handelt.«

»Vielleicht hat sich der Mörder von Evelyn auch nur gedacht, dass es hier etwas mehr zu holen gäbe als nur bei ihr oben, und wurde von der alten Frau Schürmann überrascht? Die Adresse konnte er vermutlich leicht ihrem Personalausweis entnehmen, wenn sie ihn denn bei sich hatte.«

Pia dachte eine Weile nach. »Auch eine These. Ich glaube aber eher an meine.«

»Warum das denn?«

»Weil sie von mir ist, warum sonst.«

»Klingt schlüssig.«

Die Polizistin ging zurück ins Haus.

»Und weil das so ist, schauen wir uns jetzt die Bude ganz genau unter dem Gesichtspunkt an, dass der Täter nach etwas gesucht haben könnte. In Ordnung?«

»Klar, warum nicht. Aber wonach könnte ein Täter in diesem Hort der Spießigkeit suchen? Auf Anhieb will mir da wirklich nichts einfallen.«

»Genau deswegen werden wir ja jetzt aktiv, Thilo. Wir stellen diesen *Hort der Spießigkeit* komplett auf den Kopf. Vielleicht hat der Täter das, was er gesucht hat, ja nicht gefunden, aber wir finden es.«

»Wir finden also das, von dem wir gar nicht wissen, was es ist?«

»Schöner hätte ich es nicht zusammenfassen können.«

Leider war auch zwei Stunden und etliche Kollisionen mit den Mitarbeitern der Spurensicherung später überhaupt nicht klar, auf was es der oder die Täter im Haus der Schürmanns abgesehen hatten. Und Ritter und Hain setzten sich immer mehr mit dem Verdacht auseinander, dass sie entweder einem Hirngespinst hinterherjagten oder das Gesuchte im Lauf der Nacht tatsächlich gefunden worden war.

»Komm, lass uns was essen gehen«, schlug Hain deshalb ein wenig genervt vor.

»Gut. Ich lade dich ein.«

»Einverstanden. Wir machen das aber, wie wir das immer in der Abteilung gemacht haben. Heute zahlt der eine, beim nächsten Mal der andere.«

»Gern.«

20 Minuten nach diesem Dialog saßen die beiden kauend vor zwei Salaten. Das Gespräch zwischen den Bissen drehte sich vornehmlich um den Tod der beiden Schürmann-Frauen.

»Vermisst du ihn noch?«, wollte Pia nach einer Weile des Schweigens unvermittelt wissen. »Ich meine, auch jetzt noch, nach fast einem Jahr?«

Hain sah auf, schluckte, kämpfte mit den schlagartig aufkommenden Tränen und holte schließlich tief Luft. »Jeden verdammten Tag.«

»Wie lang habt ihr eigentlich insgesamt zusammengearbeitet?«

Der Hauptkommissar legte die Gabel neben den Teller und nahm einen großen Schluck von seinem Wasser. »Zehn Jahre. Aber mir kommt es viel länger vor.«

»Das verstehe ich. Ihr beiden wart immer so etwas wie das Dream-Team des Präsidiums. Der große Paul Lenz und sein immer gut aufgelegter Sidekick Thilo Hain.«

Sie ließ ihre Gabel auf den Teller zurücksinken.

»Du und Paul habt das vielleicht gar nicht so mitbekommen, aber die meisten Kollegen – und natürlich auch ich – haben immer mit ganz viel Respekt und auch ein klein wenig Ehrfurcht zu euch aufgeschaut. Das klingt jetzt bestimmt komisch, war aber echt so.«

»Stimmt, mitbekommen haben wir, oder erst mal besser ich, es nicht. Und bei Paul bin ich mir ganz sicher, dass er es auch nicht so wahrgenommen hat.«

Das Gespräch der beiden drehte sich um den im Jahr zuvor während eines Einsatzes getöteten Ersten Hauptkommissar Paul Lenz, mit dem Thilo Hain zusammengearbeitet hatte, seit er zur Mordkommission gekommen war.

»Außerdem«, fuhr Pia fort, »gab es da noch etwas, das uns Uniformierte ziemlich beeindruckt hat.«

»Nämlich?«

»Eure Art, mit der *Trachtentruppe* umzugehen.«

Sie trank nun ebenfalls einen Schluck Wasser.

»Viele der Kollegen von den anderen Kommissariaten sind offenbar der Meinung, dass wir … dass die Uniformierten so etwas wie die letzte Arschgeigentruppe sind, die man herumschubsen kann, wie es einem gerade passt. Und du und Paul, ihr habt das immer anders gehandhabt. Egal ob es draußen heiß war oder kalt, ob es Mittagszeit war oder morgens um drei, ihr habt uns immer das Gefühl gegeben, dass unsere Arbeit für euch wichtig ist. Und so etwas merkt man sich halt.«

»Was heißt das genau?«

»Dass ich mir mit meinem Abschluss ziemlich viele Jobs

hier in Kassel oder sonst wo in Hessen hätte aussuchen können. Und dass ich als ersten Wunsch angegeben habe, deine neue Partnerin werden zu wollen.«

Hain holte tief Luft, kratzte sich ein wenig verlegen am Ohr und goss dann für beide Wasser nach. »Obwohl ich dem einen Kollegen eine geschmiert und den anderen draußen im Wald stehen gelassen habe?«

Pia winkte ab. »Das sind doch Peanuts. Obwohl, wenn du gleich Pauls Job als Erster Hauptkommissar gekriegt hättest, hätte ich es wohl noch mal überdacht.«

»Warum das denn?«

»Dafür bist du deutlich zu jung, das kannst du noch nicht leisten. Außerdem ist bei dem Job viel mehr Politik und so was im Spiel, und darauf hätte ich keine Lust gehabt. Also finde ich, dass die jetzige Konstellation schon ziemlich gut ist.«

»Was die Politik angeht, kann ich dir leider nicht widersprechen. Aber so ein Arsch wie unser Ortwin Vogler hätte es nun auch nicht werden müssen.«

Als hätte Vogler das Gespräch der beiden mit angehört, meldete er sich genau in diesem Moment auf Hains Mobilanschluss.

»Ja, Hain.«

»Herr Hain, wo sind Sie denn?«

»Bei meiner gewerkschaftlich vorgeschriebenen Mittagspause.«

»Hören Sie mit diesem Unsinn auf, bei uns gibt es keine Gewerkschaft. Ich erwarte einen Bericht von Ihnen, und zwar zeitnah. Haben wir uns verstanden?«

»Absolut, ja.«

»Dann möchte ich jetzt eine kurze Voraberklärung von Ihnen. Also, was gibt es Neues im Fall der toten Radfahrerin?«

»Dass ihre Mutter genauso tot ist wie sie selbst auch.«

»Und was genau soll das mit dem Fall zu tun haben? Es ist nicht schön, dass sie tot ist, aber das wird sie sicher schon eine Zeit lang sein. So what?«

›So what‹ war eine der Lieblingsfloskeln von Ortwin Vogler.

»Na ja, der Tod der Mutter dürfte nicht mehr als zwei Stunden *nach* dem der Tochter eingetreten sein. Und weil nach Aussage des Notarztes zwei große, kräftige Hände im Spiel gewesen sind, die am Hals der Frau aktiv waren, vermuten wir schon einen wie auch immer gearteten Zusammenhang.«

Es dauerte gefühlt eine Minute, bis vom anderen Ende der Leitung wieder etwas kam.

»Das würde ja heißen … Ich meine, das kann ja eigentlich nur bedeuten …«

»Ja …?«, machte Hain keinerlei Anstalten, die Sätze seines Vorgesetzten zu vervollständigen.

»Das kann ja eigentlich nur heißen, dass die beiden Delikte etwas miteinander zu tun haben.«

Nun ließ Hain Vogler eine Weile warten. »Ist das eine Frage oder eine Aussage?«

»Herr Hain, machen Sie mich nicht wahnsinnig. Das Eis, auf dem Sie unterwegs sind, ist sehr, sehr dünn. Man könnte es auch überaus brüchig nennen.«

»Hmm.«

»Ich stelle also fest, dass Sie und Ihre neue Kollegin, die ich natürlich sehr gern heute Morgen kennengelernt hätte, an zwei überaus aktuellen Mordfällen arbeiten, aber nichts Besseres zu tun haben, als seelenruhig Ihre Mittagspause zu erledigen?«

»Ohne Mampf kein Kampf«, gab Hain völlig entspannt

zurück. »Und außerdem gehen gerade sowohl die Spurensicherung als auch der Rechtsmediziner ihrer Arbeit nach, da würden die Kollegin Ritter und ich nur im Weg herumstehen.«

»Ja, und was ist mit Zeugenbefragungen? Den Nachbarn, Freunden, der Familie? Das muss doch alles gemacht werden! Und die Unterrichtung Ihres Vorgesetzten über die neuen Erkenntnisse in dem Fall hätte auch schon längst angestanden, oder meinen Sie nicht?«

»Kommt ja auch noch, versprochen. Aber wenn der Magen knurrt, muss man schon darauf hören.«

Es folgte eine längere Pause, während der Hain auf einem Salatblatt herumkaute.

»Sie sind ein überaus renitenter Vertreter eines nicht sehr sympathischen Menschenschlags, Herr Hauptkommissar Hain, das möchte ich hier noch einmal in aller Deutlichkeit betonen. Und jetzt setzen Sie sich augenblicklich in Bewegung und machen Ihren Job. Haben wir uns verstanden?«

»Jep.«

»Dann los. Und ich will noch heute einen Zwischenbericht von Ihnen, am liebsten schriftlich.«

»Ich sehe, was ich für Sie tun kann, Herr Vogler. Könnte aber spät werden.«

»Das ist mir egal«, schrie der Leiter der Mordkommission völlig unvermittelt. »Ich will einen Bericht, und damit basta.«

Es knackte in der Leitung. Hain warf das Telefon neben den Salatteller und setzte seine Mahlzeit fort.

»Das klang nach mächtig Ärger«, bemerkte Pia Ritter mit deutlicher Besorgnis in der Stimme.

»Diese Einschätzung trifft es wohl ziemlich genau.«

»Und warum provozierst du ihn dann auch noch mit

deiner Leck-mich-am-Arsch-Haltung? Der wird sich das nicht ewig gefallen lassen, Thilo.«

Der Hauptkommissar tunkte ein Stück gebratenes Putenfleisch ins Salatdressing und schob es sich in den Mund. »Stimmt auch.«

»Das heißt, du willst um jeden Preis Ärger kriegen?«

Hain legte seine Gabel zwischen Telefon und Teller ab. »Nein, Pia, ich will nicht um jeden Preis Ärger kriegen.« Er wischte sich mit der Serviette den Mund ab und sah seiner Kollegin direkt in die Augen. »Es ist, um ehrlich zu sein, noch viel schlimmer, Pia. Ich will nämlich um jeden Preis diesen verdammten Polizistenjob nicht mehr. Ich will, dass sie mich rausschmeißen.«

Die Oberkommissarin zögerte einen Moment. Es schien, als brauchte sie eine Weile, um das Gehörte zu verarbeiten.

»Sag mal, hast du sie nicht mehr alle?«, fragte sie völlig empört. »Ich will jetzt gar nicht davon reden, was du nach einem Rausschmiss bei uns machen könntest, sondern davon, dass du mit diesem Verhalten nicht nur dich, sondern auch deine Kollegen – und das bin seit heute ich, über alle Maßen in Gefahr bringst. Mit einem Spinner, der es darauf anlegt, rausgeworfen zu werden, will ich auf jeden Fall nicht zusammenarbeiten.«

Es entstand eine längere Pause.

»Nach Pauls Tod«, begann Hain schließlich leise, »war ich völlig im Arsch. Ich bin, von der Arbeit abgesehen, fast überhaupt nicht mehr aus dem Haus gegangen. Ich habe meine Frau und meine Kinder bis zu einem Punkt vernachlässigt, an dem mir mein bisheriges Leben völlig um die Ohren zu fliegen drohte.«

Er schluckte.

»Auf Anraten unserer hauseigenen Psychotante habe

ich mir dann professionelle Hilfe gesucht. Auch eine Psychotante, aber eine außerhalb unseres Mikrokosmos, das war mir lieber. Man weiß ja nie, was nicht doch die Runde macht von dem, was man so erzählt.«

»Jetzt bleib aber mal auf dem Teppich. Unsere psychologischen Berater unterliegen genau der gleichen Schweigepflicht wie deine externe *Psychotante*.« Pia schüttelte sich. »Hätte ich gar nicht gedacht, dass du so ein Verschwörungstheoretiker bist.«

»Lass den Quatsch, ich bin kein Verschwörungstheoretiker.«

»Dann erzähl nicht so eine gequirlte Kacke.«

»Von mir aus. Auf jeden Fall hat es mir gutgetan, zusammen mit ihr an meiner Trauer um Paul zu arbeiten. Aber das war leider nicht alles, ich hatte in dieser Zeit nämlich auch noch mit ein paar anderen Problemen zu kämpfen, nämlich ziemlich fiesen Panikattacken. Und das ist verdammt noch mal wirklich scheiße.«

»Ich kenne das glücklicherweise nicht«, erwiderte Pia, »aber ich kann mir vorstellen, dass man damit echt nicht gut zurechtkommt.«

»Schön ausgedrückt. Aber, um es genau zu sagen, mit einem Mal ist das ganze Leben ziemlich im Arsch. Wenn du aus heiterem Himmel so was erlebt hast, so eine Panikattacke, willst du am liebsten nie wieder aus dem Haus gehen.«

»Und deine Therapeutin hat dir helfen können, das loszuwerden?«

»Zumindest hatte ich in den letzten sieben Monaten Ruhe.«

»Nimmst du irgendwelche Medikamente deswegen?«

»Nö, schon länger nicht mehr.«

»Aber hast du?«

»Ja. Sonst wäre ich damals aus dem Fenster gesprungen.«

»Jetzt machst du aber Scheiß, oder?«

Hain schüttelte wortlos den Kopf.

»Verdammt.«

»Wenn du das alles gewusst hättest, wärst du vermutlich lieber nach Frankfurt oder sonst wohin gegangen, was?«

»Wahrscheinlich, ja.«

Der Hauptkommissar schnaufte kurz durch. »Noch kannst du aussteigen, Pia. Ich komme schon zurecht, ganz ehrlich.«

Pia Ritter streckte sich, trank ein paar Schlucke Wasser und ließ sich in ihren Stuhl zurückfallen. »Das werde ich auf der Stelle machen, wenn du mir glaubhaft versichern kannst, dass sich an deiner Haltung, am liebsten heute als morgen bei uns rausgeworfen werden zu wollen, nichts geändert hat.« Sie fixierte ihren Kollegen mit starrem Blick. »Und erzähl mir jetzt besser keinen Scheiß, sonst werde ich ziemlich unleidlich. Klar?«

»Klar. Aber ich wollte dir sowieso keinen Unfug erzählen.« Er wich ihrem noch immer drängenden Blick aus. »Heute Morgen hätte ich Stein und Bein geschworen, dass ich das nicht länger mitmachen kann, dieses verdammte Bullenleben. Aber da hatte ich ja noch keine Ahnung, dass du als meine neue Partnerin auftauchen würdest.«

»Was genau ist an diesem Mist jetzt *kein Scheiß*?«

»Lass mich bitte ausreden. Klar denkst du jetzt vermutlich, der Kerl ist ein Idiot und will sich jetzt nur rausreden, aber das ist wirklich nicht so. Ich habe vorhin, als du beim Händewaschen warst, meine Frau angerufen und ihr von dir, meiner neuen Kollegin, erzählt. Und ob du es glaubst oder nicht, sie hat zum Schluss dieses kurzen Gesprächs gesagt, dass ich mich zum ersten Mal seit vielen Monaten so anhöre wie der Mann, den sie mal geheiratet hat.«

»Und das soll an mir liegen? An meinem Auftauchen?«

»Eine andere Erklärung habe ich nicht.«

»Was dich aber nicht davon abgehalten hat, unserem Boss so richtig den Arsch vorzuspielen.«

»Stimmt, dafür entschuldige ich mich. Das muss an seiner Stimme liegen, die bewirkt irgendwas bei mir, das ich nicht kontrollieren kann. Aber ich werde daran arbeiten, versprochen.«

Pia Ritter fing laut an zu lachen. »Du bist echt ein durchgeknallter Spinner, Thilo.«

»Was würdest du sagen, wenn der durchgeknallte Spinner dich bitten würde, ihm eine Chance zu geben? Ich meine, wenn er dich wirklich bitten würde.«

Sie fuhr sich durch ihre langen, dunkelbraunen Haare. »Für mich fühlt es sich gar nicht so an, als würdest du *mich* um eine Chance bitten. Es scheint mir eher, als würdest du diese Chance von *dir* erbitten.«

»Das kann gut sein. Aber das eine scheint mir ein wenig vom anderen abhängig zu sein.«

Die Oberkommissarin dachte eine Weile nach. »Ich weiß es nicht, Thilo, ich weiß es wirklich nicht. Lass uns erst mal an dem Fall arbeiten und uns beschnuppern, der Rest kommt dann oder auch nicht. In diesem Augenblick fühlt es sich an, als würde es mich überfordern, aber das kann sich ja wieder ändern.«

»Das passt für mich. Obwohl, irgendwie schon komisch, dass die Neue im Team in einer besseren Position ist als der Etablierte, der Platzhirsch sozusagen.«

»Das solltest du lieber nicht mir vorwerfen, Thilo.«

»Einverstanden. Und jetzt lass uns zurück zum Haus der Schürmann-Mädels fahren.«

6

Peter Hattenbach betrat das Lehrerzimmer des Bertha-von-Suttner-Gymnasiums, ging an der langen Wand gegenüber den Fenstern entlang, machte ein paar Schritte nach links und stellte sich mit dem Rücken vor einem Poster der ›Gewerkschaft Erziehung und Wissenschaft‹ auf.

»Vielen Dank, liebe Kolleginnen und Kollegen«, begann er mit belegter Stimme, »dass Sie auf mich gewartet haben. Ich weiß, dass viele von Ihnen zu Hause erwartet werden oder die Kinder abholen müssen, aber ich habe Ihnen etwas wirklich Wichtiges mitzuteilen.«

»Das ist wohl auch das Mindeste, was man nach so einer ... Internierung erwarten kann«, kam es leise aus der hinteren linken Ecke.

»Ich weiß«, erwiderte Hattenbach ruhig, »dass es Ihnen, Kollege Müllenhaupt, als ledigem Kinderlosen immer ganz besonders wichtig ist, möglichst schnell unser Gelände zu verlassen, aber heute ließ es sich leider nicht anders bewerkstelligen.«

»Ja, was denn nun?«, hallte es von einer anderen Seite. »Was gibt es denn *so* besonders Wichtiges zu verkünden?«

»Ich muss Ihnen leider mitteilen, dass die Kollegin Schürmann in der vergangenen Nacht ... ermordet wurde.«

Unter den etwa 80 im Raum stehenden oder sitzenden Lehrern brach sofort große Unruhe aus. Einige Frauen hielten sich die Hand vor den Mund, andere Kolleginnen und Kollegen hatten noch während Hattenbachs Mitteilung erschrocken die Augen aufgerissen.

»Das kann doch gar nicht sein«, rief eine ältere Frau mit

Dutt kopfschüttelnd. »Wenn das einer Ihrer abgehobenen Scherze sein soll, so ist er überaus geschmacklos, Herr Direktor Hattenbach.«

Der Rektor hob die Arme und bat damit um Ruhe, doch das interessierte die Lehrerschaft nicht im Geringsten.

»Nein«, rief er deshalb in die Menge, »es handelt sich selbstverständlich nicht um einen Scherz. Es ist, leider, genau wie ich es Ihnen gesagt habe.«

»Wie ist das denn passiert?«, wollte Florian Gabriel, ein junger Referendar mit Baseballkappe über den strohblonden Haaren, wissen. »Können Sie dazu schon etwas sagen?«

»Nein, das tut mir leid. Mehr kann ich Ihnen wirklich nicht sagen, weil die Polizisten, die es mir berichtet haben, noch keine weitere Auskunft über den Hergang weitergegeben haben. Die Tat ist nach Aussage der Kriminalbeamten in der Karlsaue geschehen, das zumindest kann ich Ihnen mitteilen.« Der Direktor hatte noch immer große Mühe, sich gegen das allgemeine Gemurmel im Raum durchzusetzen.

»Die Tatsache«, rief nun Harald Dieser, ein Sportlehrer, mit deutlich wahrnehmbarer Empörung, »dass Sie uns aufgefordert haben, uns hier einzufinden und auf Sie zu warten, besagt aber nicht, dass wir jetzt alle unter Generalverdacht stehen, oder? Ich persönlich verwahre mich, falls es so sein sollte, jedenfalls ausdrücklich gegen diese unverschämte Unterstellung.«

Hattenbach schüttelte unwirsch den Kopf. »Was reden Sie denn für einen hanebüchenen Unsinn, Herr Kollege. Niemand, weder die Polizisten, die mich aufgesucht haben, noch ich selbst haben einen in diese Richtung weisenden Verdacht ausgesprochen.«

»Und das ist auch gut so«, zischte Dieser.

»Ich habe den Kriminalbeamten gegenüber natürlich erwähnt, dass wir uns in der letzten Woche vor den Sommerferien befinden und dass es deshalb kompliziert werden könnte, wenn sie nach dem Wochenende noch Fragen zur Kollegin Schürmann hätten. Das haben sie zur Kenntnis genommen.«

»Ich werde meinen am Dienstag beginnenden Urlaub wegen des Todes dieser … Schnepfe ganz sicher nicht absagen«, rief eine Frau von ganz hinten.

»Etwas Derartiges erwartet auch niemand von Ihnen, Frau Parker. Wenn es Klärungsbedarf gibt, wird er im Verlauf dieser Woche abgearbeitet.«

»Was mich allerdings viel mehr interessieren würde«, schob die Englischlehrerin nach, »ist die Frage, ob wir jetzt, nachdem die leidenschaftlichste Verfechterin dieses Unsinns nicht mehr unter uns weilt, weiter über die getrennten Klassenzimmer für Männer und Frauen des Lehrkörpers nachdenken müssen.«

Wieder schüttelte Hattenbach den Kopf. Diesmal sah es sogar etwas angewidert aus. »Wir sollten doch versuchen, die Pietät zu wahren, Frau Kollegin, zumindest im Ansatz. Was für mich ganz eindeutig heißt, dass wir Frau Schürmann zumindest einen würdigen Abschied bereiten sollten, bevor wir über die Folgen ihres … Ablebens nachdenken. Und damit sind Sie jetzt alle entlassen, soweit Sie keine Unterrichtsstunden mehr abdecken müssen. Vielen Dank für Ihr Entgegenkommen.«

Hattenbach warf Werner Motte einen kurzen Blick zu, den dieser mit einem ebenso kurzen Kopfnicken bestätigte. Zehn Minuten darauf saßen sich die beiden im Büro des Schulleiters gegenüber. Auf dem Schreibtisch zwischen ihnen standen zwei mit Grappa gefüllte Gläser.

»Was für eine Horde Hyänen«, schnaubte Hattenbach.

»Und da kannst du noch von Glück sagen«, bemerkte sein Gegenüber mit gekräuselter Stirn, »dass es nicht schlimmer gekommen ist, mein Lieber. Es hätte mich nicht gewundert, wenn es zu einem echten Tumult gekommen wäre.«

Er trank einen Schluck Schnaps.

»Wobei, wenn ich es recht überlege, wären spontane Beifallsbekundungen für den Bösewicht, der ihr das angetan hat, auch nicht völlig undenkbar gewesen. Weißt du wirklich nicht mehr über die Sache, oder wolltest du nicht mehr preisgeben?«

»Ich weiß wirklich nicht mehr.«

Es vergingen ein paar Sekunden, in denen nicht gesprochen wurde. Hattenbach sah aus dem Fenster, Motte betrachtete die kristallklare Flüssigkeit im Glas.

»Sie war zwar eine mordsmäßige Nervensäge«, bemerkte Hattenbach schließlich leise, »aber ermordet zu werden, das hat nach meiner Meinung niemand verdient.«

Motte hatte zu grinsen angefangen, während der Direktor sprach.

»Was ist?«, wollte der ein wenig erbost wissen.

»Eine *mordsmäßige Nervensäge* war die Schürmann also. Deine Wortwahl war eindeutig schon mal weniger zweideutig.«

»Stimmt«, fiel nun auch Hattenbach seine unpassende Ausdrucksweise auf. »Das sollte man so nicht sagen.«

»Ich habe eben, als du die Sache öffentlich gemacht hast, mal in die Gesichter der Kolleginnen und Kollegen geschaut, und das Ergebnis dieser Beobachtung hat mich wirklich ein bisschen erschüttert, Peter. Da waren einige dabei, die nicht nur innerlich gelächelt haben.«

»Aber du glaubst nicht ernsthaft, dass es einer oder eine aus dem Kollegenkreis gewesen sein könnte, oder?«

Werner Motte dachte eine Weile nach. »Die Hand ins Feuer würde ich für keinen legen, und auch ich hätte diese blöde Kuh mindestens eine Million Male auf den Mond schießen können. Und wenn wir beide hier unter uns ganz ehrlich zueinander sind, müssen wir feststellen, dass die Zusammenarbeit innerhalb des Kollegiums mit ihrem Ableben garantiert einfacher werden wird.«

»Da kann ich dir leider nicht widersprechen. Aber alles in allem war sie trotzdem ein Mensch, und Menschen sollten sich nicht gegenseitig umbringen.«

»So weit zur Theorie. Die Praxis sieht leider grundlegend anders aus.«

Hattenbach trank sein Glas leer, stellte es auf den Tisch und sah seinen Freund und Kollegen an. »Nehmen wir noch einen?«

»Nein, das kann ich nicht machen. Ich muss heute Nachmittag mit meiner Großen einkaufen gehen und will nicht, dass sie mir eine Fahne um die Ohren haut.«

»Auch wieder richtig.« Der Rektor zog eine Schublade unter dem Schreibtisch auf, kramte darin und warf eine Packung Pfefferminzpastillen auf den darauf liegenden Aktenstapel. »Das sollte helfen.«

Motte nickte und schob sich zwei der weißen Pillen in den Mund. »Mir macht die Schwangerschaft der kleinen Wills offen gesagt viel mehr zu schaffen als der Mord an Evelyn Schürmann. Da kommt garantiert noch eine ziemlich böse Zeit auf uns zu.«

Der Direktor riss die Augen auf. »Herrje, du hast recht, das hatte ich jetzt glatt verdrängt.«

»Tja«, konstatierte Motte süffisant, »die eine geht, und die andere bringt dafür neues Leben auf die Welt.«

»Wahrscheinlich zur übergroßen Freude ihres Herrn

Papa, wie wir vermuten dürfen. Meinst du, er hat schon Kenntnis von der guten Nachricht?«

»Ich denke nicht. Sie hat mir erzählt, dass sie erst mal mit dem Erzeuger reden will.«

Hattenbach nickte anerkennend. »Ich bin immer wieder erstaunt über das Vertrauensverhältnis, das du imstande bist, mit deinen Schülerinnen und Schülern zu entwickeln, Werner. Da ziehe ich wirklich meinen Hut vor dir.«

»Manchmal«, seufzte Motte, »und ganz speziell jetzt in diesem konkreten Fall, würde ich es wirklich deutlich besser finden, wenn sie zu einer Beratungsstelle marschieren würden, als mich mit diesen Sachen zu behelligen. Aber wenn du erst mal den Ruf des in fast jeder Situation zur Verfügung stehenden Problemlösers hast, ist es längst zu spät für diese frommen Wünsche.«

»Ach komm, du sonnst dich doch auch in dem Lob und der Anerkennung, die du aus dem Tatbestand ziehen kannst, dass sie mit nahezu all ihren Problemen zu dir – und genau zu dir – kommen. Du würdest vermutlich eingehen wie eine Primel, wenn das eines Tages mal nicht mehr so wäre.«

»Möglich, ja.«

Der Schulleiter stand auf und räumte die beiden Gläser auf ein Tablett. »Und jetzt schmeiße ich dich raus und mache mich an die überaus unangenehme Arbeit, die Unterrichtsstunden der leider von uns gegangenen Frau Schürmann irgendwie und an irgendwen zu verteilen.«

7

Sören Wills trat auf den Balkon hinaus, zündete sich eine Zigarette an und blies den Rauch in den strahlend blauen Sommerhimmel. Mit seinen 42 Jahren war er im besten Politikeralter, zumindest nach seiner Meinung, die allerdings in nahezu allen Fällen von den meisten seiner Parteikollegen geteilt wurde. Gerade einmal 15 Stunden war es her, dass er auf dem Nominierungsparteitag seine, nun ja, Krönungsmesse erfahren hatte. Er, Sören Wills, Sohn eines spießigen Werkzeugmachers und einer unscheinbaren Hausfrau, würde als Spitzenkandidat seiner Partei in den Landtagswahlkampf im nächsten Frühjahr ziehen. Und, sofern man den Umfragen traute, mit absolut glaubwürdigen Chancen. Der Landrat zog erneut an der Zigarette und drückte sie im auf dem Tisch stehenden Aschenbecher aus. Dann trat er ans Geländer und sah in die Ferne.

Eigentlich, dachte er zufrieden, *gibt es nun nichts mehr, das mich auf dem Weg nach oben aufhalten kann.*

Das letzte echte Hindernis hatte er mit seiner Gegenkandidatin Renate Weller am Abend zuvor aus dem Weg geräumt. 84,2 zu 15,8 Prozent. Das war eindeutig, ach was, das war ein Erdrutschsieg gewesen.

Mit einem breiten Grinsen dachte Wills an den kaum enden wollenden Glückwunschmarathon im Anschluss an seine Wahl. Händeschütteln, Schulterklopfen, Hochrufe, genau das, was er sich immer gewünscht hatte. Seine Partei hatte ihren Kandidaten gefunden, und er machte seine Partei glücklich. Eine echte Win-win-Situation also.

Er betrat wieder sein Arbeitszimmer, schloss die Tür hinter sich und ließ seinen Blick durch den Raum schweifen.

Kein ganzes Jahr mehr, ging es ihm durch den Kopf, *und ich werde meinen Amtssitz in Wiesbaden in der Staatskanzlei haben. Werde Ministerpräsident eines der wichtigsten Bundesländer sein, werde mit den wirklich Mächtigen der Republik am Tisch sitzen. Und mich über den Bundesrat sogar in die Bundespolitik einmischen können. Und wer weiß, was danach noch kommen wird?*

Wills bemerkte, dass ihn seine Gedanken in eine Art innere Erregung versetzten. Mit fliegenden Fingern weckte er seinen Computer aus dem Ruhezustand und betrachtete zum vermutlich zwölften Mal an diesem Tag den Bericht über ihn auf der Internetseite der Lokalzeitung.

Wills auf dem besten Weg nach Wiesbaden? lautete dick und fett die Schlagzeile, und wenn es nach dem Mann vor dem Bildschirm gegangen wäre, hätten sich die Macher das am Ende des Satzes stehende Fragezeichen glatt schenken können. Nein, er war wirklich auf dem Weg nach oben, und zwar ganz nach oben. Schwer atmend schloss er die Seite der Zeitung und wollte sich gerade auf den Weg zu einem Termin mit seinem Referenten machen, als sein privates Mobiltelefon sich mit ein paar gedämpften Tönen meldete. Der Landrat warf einen Blick auf das Display und schaute dabei in das Gesicht seiner Frau.

»Ja, Jessica, was gibt es?«

Wills lauschte ein paar Augenblicke.

»Aber worum genau geht es denn?«

Wieder ein unruhiges Zuhören.

»Ja, dann müssen wir das eben so machen, Jessica. Aber du sagst Sandra bitte, dass sie auf jeden Fall da sein und uns nicht wieder versetzen soll. Ich habe später noch einen sehr wichtigen Termin bei der IHK, zu dem ich auf jeden Fall pünktlich erscheinen muss und natürlich auch möchte.« Er beendete das Gespräch und legte das kleine Gerät auf den Schreibtisch.

Sandra, Sandra, immer wieder Sandra. Sören Wills war regelmäßig kurz vor der Schnappatmung, wenn er befürchten musste, dass seine Tochter mal wieder etwas Dummes oder Unreifes getan hatte. Unreif, das war das Attribut, das er am liebsten in Bezug auf sie verwendete. Sehr, sehr unreif.

Klar, viele Eltern hatten ihre liebe Not mit dem pubertierenden Nachwuchs, aber bei Familie Wills war es, seiner Meinung nach, hart an der Grenze des Erträglichen. Während eines kurz gehaltenen Gesprächs mit seinem Referenten verschob er den anstehenden Termin auf den nächsten Tag und machte sich anschließend mit seinem Fahrrad auf den Heimweg.

Sören Wills liebte es, sich als Mann des Volkes zu inszenieren. Schon während des Wahlkampfes für seinen derzeitigen Job war es ihm gelungen, den Wählern die Vision zu vermitteln, dass er einer von ihnen ist, keiner aus dem ein wenig anrüchigen ständigen Politikbetrieb. Dass dieses Fantasiebild mit der Realität nicht einmal im Ansatz übereinstimmte, kümmerte ihn nicht. Er stellte sich als Mann aus einfachen Verhältnissen vor, dem es durch harte Arbeit gelungen war, es zu etwas zu bringen. Und die Leute glaubten ihm.

Teil dieser Inszenierung war die Nutzung des Fahrrads. Natürlich konnte er über einen Dienstwagen verfügen, sogar mit Chauffeur, wenn es sein musste, doch darauf verzichtete er auf Wegen innerhalb des Stadtzentrums. Immer wieder geschah es, dass Passanten ihn im Vorbeifahren erkannten und ihm ein freundliches »Guten

Tag, Herr Landrat« hinterherriefen. Und selbstverständlich wurde in den Medien ausführlich über seine nach außen hin sehr bodenständige Amtsführung berichtet. Wills liebte es geradezu, wenn wieder einmal ein Artikel in diesem Zusammenhang erschien, was recht häufig der Fall war. Zweimal waren bereits Reporterteams von privaten Sendern bei ihm zu Hause gewesen und hatten hinterher sehr wohlwollend über den »einfach etwas anderen Landrat« berichtet.

Zwölf Minuten nach der Abfahrt vom Kreishaus hatte er sein kleines Haus im Stadtteil Oberzwehren erreicht, stellte das Rad in der Garage ab und nahm den direkten Weg durch den Keller ins Erdgeschoss. Seine Frau saß rauchend in der modern eingerichteten Küche.

»Ach, Mensch, ich dachte, du hättest diesmal endgültig aufgehört«, begrüßte er sie mit einem auf die Wange gehauchten Kuss.

»Das hatte ich auch, aber vor einer Stunde habe ich wieder angefangen.«

»Nun fange ich wirklich an, mir Sorgen zu machen, Jessi. Was um alles in der Welt ist denn geschehen?«

Sie winkte entnervt ab. »Eigentlich weiß ich gar nicht, ob wirklich etwas Schlimmes passiert ist, aber das wird sich hoffentlich gleich klären.«

»Also wieder mal unsere Tochter«, stöhnte der Landrat auf. »Ich hätte es mir ja denken können.«

»Warte, bevor du dich wieder aufregst und es dieses Mal am Ende nur falscher Alarm ist. Was ich eigentlich nur hoffen kann.«

Wills beugte sich zu seiner Frau hinunter und legte ihr eine Hand auf die Schulter.

»Nun sag schon, was ist es?«

Jessica schüttelte den Kopf. »Warte.«

In diesem Moment wurde die Haustür geöffnet. Jemand betrat das Haus, warf etwas in den Flur und zog offensichtlich seine Schuhe aus. Ein paar Sekunden später tauchte das Gesicht ihrer Tochter Sandra im Türbogen auf.

»Was ist denn hier los?«, fragte sie gelangweilt. »Großer Familienrat, oder was?«

Ihre Mutter bedachte sie mit einem missbilligenden Blick. »Setz dich bitte, Sandra, wir haben mit dir zu reden.«

Das Mädchen mit den blonden Locken und dem bauchfreien Top schüttelte den Kopf. »Keine Zeit. Ich muss in zehn Minuten bei Britt sein, wir wollen zusammen ins Schwimmbad gehen.«

Ein weiterer, noch etwas schärferer Blick.

»Du gehst verdammt noch mal im Moment nirgendwo hin, verstanden?«

»Hui, hui, da hat aber jemand schlechte Laune. Hast du deine Tage gekriegt, oder was?«

»Womit wir ansatzlos beim Thema wären«, erwiderte Jessica Wills trocken. »Wie sieht es denn mit *deinen* Tagen aus?«

Sandra schluckte, beantwortete die Frage jedoch nicht.

»Los, Sandra, was ist mit deinen Tagen?«

»Dieses Miststück«, flüsterte das Mädchen. »Dieses verdammte Miststück. Dafür zeige ich sie an, das darf die gar nicht. Die hat Schweigepflicht!«

Sören Wills, der dem Dialog zwischen seiner Frau und seiner Tochter schweigend gefolgt war, begann langsam zu verstehen, um was es hier ging.

»Sandra …«, murmelte er.

»Ja, Sandra, verdammte Scheiße«, schrie Jessica. »Unsere Tochter ist schwanger.«

Sandra fing an zu weinen, während ihr Vater verwirrt von seiner Tochter zu seiner Frau und wieder zurück blickte.

»Aber von wem …? Ich dachte, du …?«

»Ja, frag sie mal, wer ihr das Kind angedreht hat. Los! Ich weiß es nämlich nicht.«

»Ja, das hat dir deine Frauenarztfreundin nicht verraten können, diese Schlampe. Aber alles andere schon, oder?«

Der Politiker sah seine Frau ein wenig hilflos an. »Bibi hat dir verraten, dass Sandra schwanger ist?«

»Ja, hat sie. Aber sie hat es ja nur gut gemeint.«

»Ja klar.«

Sein Blick richtete sich wieder auf seine Tochter. »Stimmt es, was deine Mutter sagt? Was deine Frauenärztin sagt?«

»Die ist nicht mehr meine Frauenärztin.«

»Sandra! Weich mir nicht aus!«

Das Mädchen schnaufte, schloss die Augen und schwieg. Wills kam auf sie zu und baute sich vor ihr auf.

»Ich glaube echt, es hackt. Du sagst mir jetzt auf der Stelle, was los ist und – wenn es wahr ist – von wem dieses Kind ist.«

»Ihr könnt mich nicht zwingen, euch irgendwas zu sagen. Ich muss das nämlich nicht, damit das mal klar ist.«

Die ansatzlose Ohrfeige ihres Vaters traf sie nicht völlig unvorbereitet, weil solche Ausbrüche im Hause Wills an der Tagesordnung waren. Die Wucht des Schlages ließ sie herumwirbeln, sodass ihr Kopf gegen die marmorne Arbeitsplatte krachte. Aus ihrem Mund tropfte Blut.

»Geil«, flüsterte das Mädchen mit zusammengekniffenen Lippen. »Wenn du was richtig gut kannst, dann ja wohl das.«

Der nächste Schlag, diesmal ausgeführt mit der Faust, traf sie mit voller Wucht am Hinterkopf.

»Dir werde ich zeigen, so mit uns zu reden, mein Fräulein«, keuchte Wills. »Damit *das* mal klar ist.«

»Sören, bitte«, kam es nun von Jessica. »Das macht die Sache doch nun auch nicht besser.«

Der Landrat hörte die Worte seiner Frau entweder nicht oder er ging nicht darauf ein. »Und nun will ich wissen, ob und von wem du schwanger bist. Sofort, los!«

Sandra ließ sich leise wimmernd auf den Boden sinken. Mit einer ruckartigen Bewegung hob sie den Kopf und funkelte ihren Vater an.

»Ja, ich bin schwanger. Ich, Sandra Wills, die Tochter des genialen, großartigen und unfehlbaren Sören Wills ist schwanger. Und ob du mich nun weiter verdrischst oder gleich ganz totschlägst, ich werde weder dir noch Mama erzählen, wer der Vater ist.«

»Sandra«, mischte sich ihre Mutter ein, »ich kann verstehen, dass du vielleicht sauer bist auf Bibi, weil sie mir das verraten hat, aber was wäre denn gewesen, wenn du zu lange gewartet hättest und ein Abbruch nicht mehr möglich wäre? So können wir das alles noch regeln, und keiner wird dabei zu Schaden kommen.«

Sandra wischte sich die feuchten Haare aus dem Gesicht, hob den Kopf und sah ihre Mutter mit einem resoluten Blick an. »Hier wird nichts abgebrochen, Mama. Ich bin alt genug und will dieses Kind kriegen. Es ist ein Kind der Liebe und deswegen kommt eine Abtreibung absolut nicht infrage.«

»Aber was redest du denn da, Sandra? Du wirst nächsten Monat gerade mal 17. Willst du dir denn dein ganzes restliches Leben mit dieser einen, schwachsinnigen Entscheidung ruinieren? Das kann doch unmöglich dein Ernst sein.«

»Glaub mir, Mama, das ist mein voller Ernst. Und bestimmt habe ich in meinem ganzen Leben noch nie etwas so ernst gemeint.«

»Schluss jetzt mit diesem Unsinn«, ging Sören Wills mit hoher Stimme und wild gestikulierend dazwischen. »Du wirst dieses Kind niemals bekommen, Sandra, darauf gebe ich dir Brief und Siegel. Und wenn du dich ernsthaft bockig stellen willst, gehst du ab August in das am weitesten von Kassel entfernte Internat in Deutschland.«

»Dann werde ich Weihnachten vermutlich schon einen ziemlich dicken Bauch haben, was meinst du?«, giftete Sandra leise. »Und im Frühjahr werdet ihr dann Großeltern sein.«

Wills sah seine Frau an und schüttelte dabei ungläubig den Kopf. »Was haben wir nur verbrochen, um mit so einem unfassbar blöden Kind gestraft worden zu sein«, fragte er, »das noch nicht einmal auch nur die elementarsten Dinge begreift.«

»Sören, bitte.«

Sie wandte sich wieder ihrer Tochter zu.

»Mit wem bist du denn zusammen, Sandra? Oder war es nur ein einmaliger Ausrutscher?«

»Danke, dass auch du mich so bescheuert wie Papa findest.«

»Aber das stimmt doch gar nicht.«

»Dann solltest du mir wenigstens zutrauen, verhüten zu können.«

»Na, wenn man den Tatsachen ins Auge sieht«, schrie Sören Wills, »bist du wirklich deutlich zu blöd dazu.«

»Ach so, wirklich? Dann wäre ich aber vermutlich schon mit 13 schwanger geworden.«

Nun starrten beide Elternteile das Mädchen fassungslos an. Jessica fand als Erste wieder zu Worten: »Du willst uns jetzt provozieren, Sandra. Du hast nicht schon mit 13 mit einem Jungen geschlafen.«

»Obwohl es euch eigentlich einen feuchten Dreck angeht

und ihr euch auch nie wirklich dafür interessiert habt, aber es war genau so. Ich habe mit 13 meine …«

Sie brach ab.

»Das kann nicht sein.«

»Wie gesagt, was hat euch mein Leben schon interessiert? Ihr wart immer so intensiv mit schöner, höher, weiter beschäftigt, dass ihr mich doch mehr oder weniger gar nicht wahrgenommen habt. Und wenn doch, dann gab es in der Regel von dir, Mama, geschimpft und von dir, Papa, was auf die Fresse. Aber Hauptsache euren Politikfreunden gegenüber war bei uns immer heile Welt.«

Sören Wills atmete ein paarmal tief durch, ließ sich auf einen der Stühle fallen und kramte nach einer Zigarette.

»Ich werde diesen Mist nicht mit dir diskutieren, Sandra. Du bist noch Lichtjahre von der Volljährigkeit entfernt und deshalb wirst du genau das tun, was deine Mutter und ich anordnen.«

Der Rauch seiner Zigarette verteilte sich wabernd im Raum.

»Das heißt, wir alle zusammen werden uns darum kümmern, dieses Problem aus der Welt zu schaffen. Wir sind eine Familie und wir müssen demzufolge auch zusammenhalten.«

»Du hast das immer noch nicht verstanden, Papa. Ich werde das Kind nicht wegmachen lassen. Ich mach das nicht. Nicht mit mir.«

»Sandra, es ist genau so, wie Papa gesagt hat. Wir werden dich in allen Belangen unterstützen. Wir schaffen das, versprochen, aber du musst dir auch ein bisschen Mühe geben und Rücksicht auf unsere Interessen nehmen.«

»Ach so, es geht hier um *eure* Interessen«, höhnte Sandra und blies eine Strähne aus dem Gesicht. »Na dann mal los, wie genau soll das denn laufen?«

Die Eltern tauschten einen kurzen Blick aus.

»Na«, bemühte sich die Mutter um Sachlichkeit, »ich denke, ohne das jetzt groß durchgeplant zu haben, würden wir beide in den Ferien zur Oma nach Freiburg fahren, dort die Sache regeln, vielleicht noch ein paar Tage Urlaub dranhängen und dann wieder zurück nach Kassel kommen.«

Sandra wartete eine Weile, bis sie antwortete. »In Kassel gibt es auch eine Pro-Familia-Beratungsstelle.«

»Ja, aber Kassel ist ein Dorf. Da kennt jeder jeden, und in Nullkommanichts wäre es rum, dass du einen Abbruch hast machen lassen. Das wäre wirklich nicht gut, speziell jetzt, wo es beim Papa ... so richtig gut läuft.«

»Ach so, das hatte ich jetzt glatt für einen Moment vergessen. Ihr wollt ja gar nicht das Beste für mich, sondern dass ich Papas Wahlchancen nicht durch meine Schwangerschaft verkacke.«

»Sandra«, rief Wills, »nicht diese Ausdrucksweise!«

»Ja, schon gut. Wir würden also nach Freiburg fahren, damit hier niemand was davon mitbekommt. Und nach unserer Rückkehr wäre alles wie vorher und wir wieder die heile Vorzeigefamilie.«

»So würde ich das nicht nennen, aber wir sollten uns für diese Vorgehensweise entscheiden, ja.«

Sandra stand auf, riss sich ein Küchentuch von der Rolle und wischte sich über den noch immer blutenden Mund. Dann trat sie auf ihre Eltern zu, ließ sich in den Stuhl zwischen ihnen fallen und holte tief Luft.

»Dann werde ich euch jetzt noch einmal erklären, wie wir es in echt machen, ja? Wir, Mama, werden nirgendwo hinfahren, und schon gar nicht zu einem Schwangerschaftsabbruch. *Ich* werde mit meinem Freund darüber reden, wie *wir beide* uns die Zukunft vorstellen, und nichts anderes.«

Sie wandte sich direkt ihrem Vater zu. »Und wenn du Arsch mich noch einmal anfasst, schlägst, verletzt oder sonst wie traktierst, sitze ich spätestens am nächsten Morgen beim Jugendamt. Außerdem werde ich dich dann wegen Körperverletzung bei der Polizei anzeigen. Hast du das kapiert? Und dann will ich mal sehen, was deine schönen Parteifreunde und speziell deine potenziellen Wähler zu so etwas sagen.«

Anscheinend hatte Sören Wills nichts von dem verstanden, was seine Tochter ihm soeben dargelegt hatte, denn er sah ihr mit völligem Unverständnis ins Gesicht.

»Und jetzt gehe ich mit Britt ins Schwimmbad. Wartet nicht mit dem Abendessen auf mich, es wird sicher zehn, bis ich nach Hause komme.«

8

»Nein, der Rudi Schürmann ist lange tot. Seit … sechs Jahren, um genau zu sein.«

Die Frau in der himmelblauen Kittelschürze steckte die Hände in die aufgesetzte Taschen.

»Ich weiß das so genau, weil mein Mann noch viele Jahre

Kontakt mit ihm hatte, nachdem er sich vom Acker gemacht hatte.«

Pia Ritter sah der rotgesichtigen Nachbarin der Schürmanns direkt in die Augen.

»Wo hat er denn gelebt? Wissen Sie das?«

»Ja klar, der war doch in die Toskana gezogen. Mit dieser jüngeren Schnepfe.«

Sie winkte ab.

»Hat aber nicht lang gehalten, das Ganze. Da war der Rudi wohl 'ne ganze Zeit lang ziemlich verzweifelt drüber, wie ich gehört hab.«

»Von ihrem Mann?«

»Ja klar, von meinem Mann.«

Die Frau, die sich gegenüber Hain und Ritter als Hella Mischke vorgestellt hatte, beugte sich nach vorn und senkte verschwörerisch die Stimme.

»Stimmt es denn, dass die Edith umgebracht worden ist? Ich kann mir das gar nicht vorstellen, dass hier einer umgebracht wird bei uns in der Siedlung.«

»Wir ermitteln in alle Richtungen, deshalb kann ich die Frage im Augenblick leider nicht beantworten«, redete Pia sich heraus.

»Na ja, früher hat es das ja nicht gegeben, dass man einfach so umgebracht worden ist. Eine Frau von 80, die sich kaum noch bewegen konnte, das ist doch schrecklich. Ich mach mir richtig Sorgen, dass mir das auch so gehen könnte.«

»Nein, das glaube ich nicht. Das werden wir zu verhindern wissen. Außerdem haben Sie ja noch Ihren Mann, wenn ich Sie richtig verstanden habe.«

»Ach was, der Walter ist seit zwei Jahren auf dem Friedhof. Der kann rein gar nichts mehr für mich tun, und ein großer Beschützer war der sowieso nie gewesen.« Sie wandte den Blick nach rechts, wo gerade der Sarg mit Edith Schürmann darin aus dem Haus getragen wurde. Frau Mischke hob den Arm und schob sich theatralisch die Hand vor den Mund. »Die arme Edith«, flüsterte sie.

Pia trat zwischen die Nachbarin und den Hauseingang der Schürmanns. »Was uns sehr interessieren würde, sind ein paar Informationen zur jungen Frau Schürmann, also zu Evelyn.«

»Die ist Lehrerin und bestimmt noch in der Schule.« Die Hand presste sich noch ein wenig fester an den Mund. »Oh Gott, die weiß ja bestimmt noch gar nicht, dass ihre Mutter ermordet wurde. Oder haben Sie ihr das schon gesagt? Na ja, das glaube ich nicht, weil dann wäre sie ja garantiert schon hier.«

»Wir arbeiten daran, ja«, erklärte Hain der Frau mit seinem freundlichsten Schwiegermutterlächeln. »Wie gut kennen Sie denn Evelyn Schürmann?«

»Na, hören Sie mal. Die kenne ich, seit sie zum ersten Mal in die Windeln gemacht hat. Die wurde ja hier geboren, hier, direkt im Haus.«

»Ach, das ist ja interessant.«

»Ja klar. Das war damals eine richtig abenteuerliche Geschichte, weil es ja so unglaublich geschneit hatte in dieser Nacht. Keiner ist durchgekommen, nicht der Rudi, nicht mein Walter und auch der Krankenwagen nicht.«

Sie sah von Hain zu Ritter und zurück.

»Und dann ist die Evelyn einfach rausgerutscht aus der Edith.«

Mehr als ein leises »Aha« fiel Hain dazu nicht ein. Pia zog es vor, ihre Gedanken für sich zu behalten.

»Ja? Auf jeden Fall war die Evelyn schon immer ein bisschen anders als andere Mädchen oder Frauen. Wir haben ja lange gedacht, die sei andersrum, aber irgendwann hatte sie dann doch mal einen Freund. Aber das ist schon lang her. Sehr lang sogar.«

»Hat sich Evelyn in den letzten Jahren verändert?«, wollte Pia wissen.

Nun bedachte Hella Mischke die junge Kommissarin mit einem fragenden Blick. »Warum wollen Sie denn so viel über die Evelyn wissen? Man könnte ja fast glauben, dass die was mit dem Tod ihrer Mutter zu hat, wenn man Ihnen so zuhört.«

In diesem Moment trat ein älterer, grauhaariger, ungepflegt wirkender Mann neben sie. »Wie geht's denn der Edith?«, wollte er grußlos wissen. »Wie hat sie es denn aufgenommen?«

»Was soll sie denn aufgenommen haben? Was redest du denn wieder für einen Quatsch, Horst? Sie ist tot, hast du das noch gar nicht mitgekriegt?«

»*Du* bist es doch, die hier den Unsinn redet, du Tratschtante«, blaffte er zurück. »Die Evelyn ist tot, nicht die Edith. Die Evelyn ist letzte Nacht umgebracht worden.« Er starrte sie kopfschüttelnd an. »Ich komme gerade aus der Stadt, und da redet niemand über was anderes als darüber, dass die Evelyn in der Aue ermordet wurde. Also ich meine, dass da eine Frau umgebracht worden ist, aber es macht auch die Runde, dass es die Evelyn ist. Und ich weiß es ganz genau, weil ich mit einem Bekannten geredet hab, der bei der Parkverwaltung arbeitet.«

»Aber die Edith ist … auch umgebracht worden«, beharrte die Nachbarin. »Gerade eben haben sie die Leiche abtransportiert.«

Frau Mischke suchte nach Hilfe heischend den Augenkontakt zu Hain oder Ritter.

»Was …?«, wollte sie im gleichen Moment wissen, in

dem der Rechtsmediziner aus dem Haus trat und nach den Polizisten rief.

»Wir müssen dann mal«, gab Pia der Frau mit einer entschuldigenden Geste zu verstehen. »Vielen Dank noch für Ihre Hilfe.«

»Aber …«, wollte die noch einwenden, doch die beiden zogen wortlos ab. »Gern geschehen«, blaffte Hella Mischke ihnen schroff hinterher. »Wirklich. Sehr gern geschehen.«

Dr. Franz streifte seine Einweghandschuhe ab und steckte sich eine Zigarette in den Mund.

»Na, immer noch nicht weg von der Sucht?«, wollte Hain grinsend wissen.

»Mein letztes Laster, seit ich endlich geschieden bin«, erwiderte der Arzt. »Das wenigstens sollten Sie mir lassen.«

»Von mir aus, rauchen Sie nur.«

»Sie ist wohl erdrosselt worden«, tippte Pia, nachdem der Arzt die Zigarette angezündet und genussvoll daran gezogen hatte.

»Ganz richtig, ja, sie wurde erdrosselt. Und zwar von ein paar ziemlich kräftigen Händen.«

»Was vermutlich auf einen Mann als Täter hinweist?«

»Hmm«, machte Dr. Franz und saugte erneut an seinem Glimmstängel. »Es gibt mittlerweile auch mächtig kräftige Frauen. Das soll jetzt nicht heißen, dass ich vermute, dass es eine war, aber ich weise Sie darauf hin, dass es auch eine Frau gewesen sein könnte.«

»Aber dann eine sehr kräftige.«

»Genau.«

»Der Tatzeitpunkt?«, wollte Hain wissen.

»Zwischen 1 Uhr und 1:30 Uhr, spätestens 1:45 Uhr.«

»Dann dürfte es nach menschlichem Ermessen der gleiche Täter wie auch bei der Tochter gewesen sein«, mutmaßte der Hauptkommissar. »Oder spricht aus Ihrer Sicht etwas gegen diese These?«

»Nein, ganz und gar nicht, das Gleiche habe ich auch schon gedacht. Er bringt zuerst die Tochter um, verschafft sich mithilfe deren Schlüssels Zugang zum Haus und nimmt sich die Mutter zur Brust.«

»Also entweder eine Familiensache oder der Täter kam hierher, weil er nach etwas auf der Suche war.«

Dr. Franz nickte, drückte die Zigarette auf einem Mäuer- chen aus und warf den Stummel in die Mülltonne. »Für mich gibt es hier nichts mehr zu tun, den Rest werde ich im Institut erledigen. Also, einen schönen Tag noch, und verschonen Sie mich auf absehbare Zeit bitte mit Leichen, ich bin voll bis zur Dachkante mit Arbeit und will außer- dem übernächste Woche in den Urlaub.«

»Wir tun, was wir können, Doc«, versprach Hain. Kurz darauf verließ der Mediziner das Gelände.

»Also, wir sind auf der Suche nach etwas, das der oder die Täter auch gesucht haben, wobei wir nicht wissen, ob sie es während ihrer nächtlichen Visite vielleicht schon gefun- den haben«, meinte Pia, als die beiden wieder im Flur des Schürmann-Hauses standen. »Und zunächst stellt sich die drängende Frage, was genau das eigentlich sein könnte.«

»Ja«, stimmte ihr Kollege zu, »was könnten zwei Frauen wie Edith und Evelyn Schürmann Wichtiges in ihrem Spießerpalast gebunkert haben?«

»Es geht nach meiner Meinung um etwas, das mit Eve- lyn zu tun hat. Wenn der Täter der Meinung gewesen wäre, dass er es bei der Mutter finden würde, hätte er nicht erst die Tochter umbringen müssen, von der er ja wissen musste, wo sie sich aufhielt. Dann wäre er gleich hier bei der Mutter eingefallen und hätte sich nur um die gekümmert.«

»Allerdings hätte er dann keinen Schlüssel gehabt«, gab Thilo Hain zu bedenken.

Pia legte die Stirn in Falten. »Diesen Einwand werde ich zu gegebener Zeit gebührend würdigen, jetzt allerdings noch nicht.«

»Warum nicht?«

»Weil er zwar gut und schlüssig ist, leider aber nicht von mir stammt.«

»Das verstehe ich.«

»Wir haben«, fuhr die Kommissarin fort, »weiterhin eine Lehrerin, die nach dem jetzigen Stand der Ermittlungen kein Mensch wirklich leiden konnte, ganz im Gegenteil, sie wurde von ihrem Umfeld eher abgrundtief gehasst. Das aber als mögliches Motiv heranzuziehen, fällt mir verdammt schwer.«

»Warum das denn? Hass ist immer ein Top-Motiv bei Gewaltverbrechen.«

»Von mir aus. Bliebe immer noch die Frage nach einem möglichen Familiendrama.«

»Schon klar. Aber warum sollte der Täter das Risiko mit dem Mord mitten in der Karlsaue eingehen, wenn er die beiden hier praktisch auf dem Silbertablett serviert bekäme? Und was, zum Teufel, ist an diesen beiden Frauen ohne jeglichen Anhang so dramatisch, dass es einen Doppelmord rechtfertigen würde?«

Pia Ritter zog die Schultern hoch. »Ich weiß es leider nicht, Thilo. Oder besser gesagt: noch nicht.«

»Das beruhigt mich ja richtig ein ...«, setzte Hain zu einer Replik an, wurde aber von Pias Telefon unterbrochen. Die meldete sich und lauschte ein paar Sekunden.

»Und da bist du ganz sicher? Auch keinen Prepaid-Anschluss oder so was?«

Wieder ein paar Sekunden des Zuhörens.

»Gut, dann wissen wir das wenigstens. Am Festnetzanschluss bleibst du dran und meldest dich, sobald du was weißt.«

Sie steckte das Gerät zurück in die Tasche.

»Die Lehrerin hat kein Mobiltelefon, zumindest keinen Vertrag, der mit ihrem Namen in Verbindung zu bringen wäre. Bernd kümmert sich um den Festnetzanschluss, der auf die Mutter läuft, und versucht, da irgendwelche Verbindungsdaten zu bekommen.«

»Ein Mensch ohne Mobiltelefon«, sinnierte Hain kurz. »Dass es so etwas heutzutage noch gibt.«

»Ach was, das gibt es öfter, als man denkt. Menschen wie du und ich haben nur zu solchen Leuten in der Regel keinen Kontakt.«

Die Polizistin zog mit der einen Hand ihr Telefon wieder aus der Tasche und mit der anderen die Visitenkarte, die ihr Peter Hattenbach in die Hand gedrückt hatte.

»Aber zumindest verifizieren, ob das wirklich so ist, könnten wir schon.« Damit gab sie die Nummer ein, hob das Gerät ans Ohr und wartete.

»Hattenbach, guten Tag«, meldete er sich nach dem ersten Klingeln.

Die Polizistin nannte ihren Namen und fragte ihn nach einer möglichen Mobilfunknummer von Evelyn Schürmann.

»Da würde ich Ihnen wirklich gern helfen, Frau Ritter, aber nach meinem Kenntnisstand besaß die Kollegin Schürmann kein Mobiltelefon. Uns gegenüber hat sie jedenfalls nie mitgeteilt, ob sie ein solches Gerät besitzt und benutzt. Wir hätten es natürlich gern gesehen, aber es war leider nicht so.«

Pia bedankte sich und beendete auch dieses Gespräch.

»Scheint tatsächlich ohne ausgekommen zu sein, die Gute«, erklärte sie ihrem Kollegen.

»Immerhin wissen wir damit schon mal, dass wir nicht mehr nach einem Telefon suchen müssen«, erwiderte er.

»Hmm.«

»Was heißt dieses *Hmm*?«

»Ich kann mir tatsächlich vorstellen, dass diese Frau mit ihrer wirklich merkwürdigen Persönlichkeitsstruktur fast in ihrem kompletten Leben ohne Telefon ausgekommen ist. Was ich mir aber auf gar keinen Fall vorstellen kann, ist, dass sie im Umgang mit ihrer Mutter darauf verzichten konnte oder darauf verzichtet hat.«

Sie sah ihren Kollegen durchdringend an.

»Oder wie würdest du das handhaben, Thilo, wenn du mit deiner alten, gebrechlichen Mutter unter einem Dach leben würdest, die noch dazu im Rollstuhl sitzt? Würdest du ohne Telefon aus dem Haus gehen?«

»Du kennst meine Mutter nicht, Pia.«

»Was meinst du damit?«

»Dass ich nie mit dieser Frau unter einem Dach leben würde.«

»Depp.«

Beide lachten.

»Aber ich denke«, fasste Hain zusammen, »dass du schon recht haben könntest. Allerdings haben wir nur deine Theorie und nicht den kleinsten Beweis dafür.«

»Dann lass uns noch mal die Bude auf den Kopf stellen, Thilo. Vielleicht finden wir einen Abbuchungsbeleg oder irgendetwas in dieser Richtung.«

Etwa eine halbe Stunde später stand Hain vor einer der mit Dokumenten gefüllten Kisten im Keller. Der Hauptkommissar hatte den Deckel angehoben und eine Kladde herausgezogen.

»Verdammt«, murmelte er.

»Was ist denn?«, wollte Pia wissen.

»Die war ja noch viel schräger, als alle behaupten.«

Seine Kollegin drehte sich um, stellte sich neben ihm auf und las mit.

»Oh Gott«, entfuhr es ihr.

Was die beiden so entsetzt reagieren ließ, war so etwas wie ein Tagebuch, erstellt von Evelyn Schürmann. Darin ging es aber nicht um von ihr erlebte schöne oder auch weniger schöne private Dinge oder Situationen, sondern ausschließlich um schulische Belange. Die Frau hatte ebenso jede einzelne Unterrichtsstunde protokolliert wie die Begegnungen mit Lehrerkollegen. Außerdem hatte sie detaillierte, fast schon wörtlich nacherzählte Aufschriebe der Lehrerkonferenzen angefertigt.

»Die hat sich ja wirklich alles aufgeschrieben, was sie gehört hat«, grübelte Pia Ritter. »Das ist schon verdammt krank.«

»Hat ja auch niemand ernsthaft behauptet, dass sie gesund gewesen ist.«

Die Kommissarin zog eine weitere Kladde aus der Kiste, blätterte kurz darin, legte sie zur Seite und sah sich um.

»Das müssen Hunderte sein«, stellte sie angewidert fest.

»Stimmt. Und wir werden jetzt nachsehen, ob ihr etwas zu den letzten Wochen ihres Lebens eingefallen ist. Vielleicht finden wir ja in dieser Tagebuchorgie irgendeinen Hinweis darauf, wer ihr nach dem Leben getrachtet haben könnte.«

Zum Leidwesen der Polizisten hatte Evelyn Schürmann etwa ein halbes Jahr vor ihrem gewaltsamen Tod das Protokollieren ihres Schulalltags komplett eingestellt.

»Scheiße«, murmelte Hain.

Auch die Suche in den oberen Stockwerken beförderte keine weiteren Kladden ans Tageslicht. Ebenso wenig fand sich irgendein Hinweis auf ein Mobiltelefon.

»Das war es«, fasste Hain eine knappe Stunde später das Ergebnis ihrer Bemühungen zusammen. »Wenn es etwas gäbe, hätten wir es gefunden.«

»Dann lass uns, bevor wir gehen, noch einen Blick auf ihren Laptop werfen«, schlug Pia vor. »Vielleicht hat sie ja wenigstens mit E-Mails gearbeitet.«

Hain und seine Kollegin betraten den Raum neben dem Schlafzimmer der Lehrerin, der ihr offenbar als Arbeitszimmer gedient hatte. Auf dem Schreibtisch lagen mehrere Stapel mit noch nicht korrigierten Klassenarbeiten. Hain startete den modern und neuwertig erscheinenden Laptop und wartete. Schließlich erschien ein Pop-up mit dem Hinweis, ein Passwort einzugeben.

»So, das war es dann zunächst auch in dieser Richtung«, stellte der Hauptkommissar ein wenig angesäuert fest, klappte das Gerät zusammen, legte das Netzteil dazu und klemmte alles zusammen unter den Arm.

Im gleichen Augenblick erklang ein laut gerufenes »Hallo« im Flur des Erdgeschosses. Hain und seine Kollegin gingen zur Treppe und standen ein paar Sekunden später einer etwa 35-jährigen Frau gegenüber, die sich als Lisa Weinberg, Mitarbeiterin des Maklerbüros Höger, Krumpe und Kaminski vorstellte.

»Ja, schön, und was führt Sie hierher?«, wollte Hain extrem kurz angebunden wissen, nachdem er der Frau seinen Namen genannt hatte.

»Ich habe einen Termin mit Frau Schürmann, der Hausbesitzerin.«

Der Hauptkommissar bedachte die Besucherin mit einem missbilligenden Blick. »Hier gibt … gab es zwei Frau Schürmann. Mit welcher der beiden sind Sie denn verabredet?« Frau Weinberg öffnete ihre Kollegmappe und blätterte in ein paar Unterlagen. »Mit Frau Evelyn Schürmann.«

»Dann muss ich Ihnen mitteilen, dass Frau Schürmann leider nicht mehr lebt. Womit sich vermutlich auch Ihr Termin mit ihr erledigt haben dürfte.«

Die Maklerin lief kreidebleich an. »Sie wollen damit sagen, dass Frau Schürmann tot ist?«

»Na ja, viel Interpretationsspielraum gibt meine Aussage nicht her, was meinen Sie?«

»Ja, da haben Sie wohl recht.«

Pia Ritter trat ein paar Zentimeter nach vorn, reichte der Frau die Hand, und gab sich deutlich freundlicher als ihr Kollege.

»Um was genau ging es denn bei Ihrem Termin mit Frau Schürmann? Dürfen wir das erfahren?«

Ein längeres Zögern bei Lisa Weinberg. »Eigentlich … eigentlich gehen wir sehr diskret um mit … diesen Dingen.«

»Was heißt denn *diese Dinge*?«

Erneut zögerte die Maklerin eine Weile. Dann hatte sie offenbar eine Entscheidung getroffen. »Frau Schürmann hatte vor, dieses Haus hier zum Verkauf anzubieten. Und sie hatte mir während eines Telefonats zugesagt, dass unser Büro die Exklusivvermittlungsrechte erhalten sollte.«

»Huh«, ätzte Hain, »da geht Ihnen jetzt wohl jede Menge Courtage durch die Lappen, was?«

»Vermutlich, ja.«

Pia bedachte ihren Kollegen mit einem Blick der Marke *Es wäre mir deutlich lieber, wenn du jetzt mal für eine Weile deinen vorlauten Mund halten würdest.*

»Wann genau«, setzte sie das Gespräch mit Lisa Weinberg entgegenkommend fort, »haben Sie denn zum ersten Mal Kontakt mit Frau Weinberg wegen dem Objekt gehabt? Und wissen Sie vielleicht, warum sie das Haus verkaufen wollte?«

»Frau Schürmann und ich haben vorgestern zum ersten Mal miteinander telefoniert. Sie hat mich angerufen und über ihre Vorhaben informiert. Während dieses Telefonats haben wir auch den heutigen Termin vereinbart, bei dem es um die Details wie Preisfestsetzung und Abwicklung gehen sollte. Außerdem hätte Frau Schürmann natürlich den Vertrag mit unserem Büro unterzeichnen sollen.«

»Hat Frau Schürmann irgendeine Andeutung darüber gemacht, warum Sie sich von dem Objekt trennen wollte?«

»Nein, darüber haben wir uns noch nicht ausgetauscht.«

»Und auch vermutlich nicht darüber«, mischte Hain sich wieder ein, »wie es dabei mit Frau Schürmanns pflegebedürftiger Mutter weitergehen sollte. Oder war vielleicht Thema, dass die ältere Frau Schürmann hier so etwas wie Wohnrecht auf Lebenszeit genießen soll?«

»Nein«, zeigte sich die Maklerin zutiefst erstaunt. »Ich wusste bis gerade eben noch nicht einmal, dass es diese Konstellation mit der pflegebedürftigen Mutter überhaupt gibt. Und auf eine Vereinbarung mit Wohnrecht oder Nießbrauch und diesen Dingen hätten wir uns auch auf keinen Fall eingelassen.«

Hain hob interessiert den Kopf. »Warum nicht?«

»Weil wir mit Bedingungen wie diesen sehr schlechte Erfahrungen gemacht haben. Außerdem sind Einfamilienhäuser, die nicht zum sofortigen Bezug oder zumindest zur Renovierung bereitstehen, am Markt nur schwer an den Mann zu bringen.«

»Wie viel«, wollte Pia wissen, »wäre denn ein Haus in dieser Lage und im vorliegenden Zustand wert – vorausgesetzt es wäre zum Bezug frei?«

Frau Weinberg sah sich abschätzend um. »Ich hatte mich im Vorfeld dieses Termins schon ein bisschen schlaugemacht, deshalb kann ich zu dieser Frage eine recht schlüssige Einschätzung abgeben. Nahezu alle Häuser hier im Viertel sind in der Nachkriegszeit erbaut worden, die meisten wurden weder energetisch noch sonst irgendwie an die Moderne angepasst. Was nichts anderes heißt, als dass wir es hier mit einer eigentlich niedrigpreisigen Lage zu tun haben. Andererseits haben natürlich das gegenwärtige Zinsniveau und das de facto Nichtvorhandensein irgendwelcher Objekte einen gewaltigen Einfluss auf die Preisgestaltung. Außerdem haben wir es hier mit einem für die heutigen Verhältnisse riesigen Grundstück zu tun. Zusammengefasst würde ich von einem Verkaufspreis von ungefähr 300.000 Euro ausgehen.«

Hain und Ritter sahen die Frau ungläubig an.

»300 Mille?«, erwiderte Hain kopfschüttelnd. »Für diese Bude? Da muss man aber schon einen echten Liebhaber finden.«

»Das glaube ich nicht«, widersprach Lisa Weinberg. »Ich persönlich würde das Haus abreißen, das Grundstück teilen, und auf die beiden Hälften jeweils ein Doppelhaus setzen. Das alles schön gemacht, und schon rechnet sich die Sache perfekt.«

»Und was kostet dann eine solche Doppelhaushälfte?«

»Hmm«, machte die Frau. »Irgendwas zwischen 450.000 und 550.000 Euro. Mit ein bisschen Luxus wie Tiefgaragen und Penthäusern obendrauf natürlich deutlich mehr.«

»Interessant. Und wie soll das für eine normal verdie-
nende Familie dann zu finanzieren sein?«

Lisa Weinberg schaute den Polizisten an wie einen
Außerirdischen. »Das weiß ich nicht, und offen gesagt interessiert es mich auch nicht. Ich richte mein Augenmerk
auf Angebot und Nachfrage, und im Moment werden einfach sehr stark renditeorientierte Objekte erstellt. Und wer
weiß, vielleicht ist diese Gegend hier in zehn Jahren ja der
Prenzlauer Berg von Kassel.«

»Bei Ihren Ideen ganz bestimmt«, brummte der Kommissar.

»Das sind nicht *meine Ideen*. Das sind die Ideen jener
Menschen, die Geld in die Hand nehmen, um für andere
Wohnraum zu schaffen. Verstehen Sie das nicht oder wol-
len Sie es nicht verstehen?«

Hain nickte, drehte sich um und ging wortlos Richtung
Wohnzimmer. Dort traf er auf die Männer der Spurensicherung, die gerade ihre Utensilien zusammenpackten.

Pia Ritter verabschiedete sich etwas höflicher von der
Maklerin, die mehr als enttäuscht das Haus verließ, und
folgte ihrem Kollegen.

»Wir hauen ab«, erklärte Tobi Prenzel, der Leiter des
Zwei-Mann-Spurensicherungsteams. »Alles Relevante
gibt's spätestens morgen Nachmittag, aber stellt euch schon
mal darauf ein, dass es nicht viel sein wird. DNA-Spuren
konnten wir kaum sichern, dafür Fingerabdrücke am langen Meter.« Er nahm seinen silbernen Koffer hoch und ging
Richtung Tür. »Interessant ist, dass wir im ganzen Haus
nichts gefunden haben, was als Tatwaffe infrage kommt. Es
könnte also sein, dass der Strolch, der das hier angerichtet
hat, den Strick oder das Seil mitgenommen hat. Blöd von
ihm, ist aber so.«

»Stimmt, das ist wirklich außergewöhnlich«, sagte Hain. Kurz darauf waren die beiden Ermittler der Mordkommission allein im Haus.

»Was sollte das mit der armen Maklerin denn, Thilo? Kanntest du die, oder warum hast du so angepisst auf sie reagiert?«

Hain setzte sich auf die Bank des riesigen Fensters zur Terrasse hin und atmete tief durch.

»So reagiere ich immer auf Makler, den Parasiten des Wirtschaftslebens. Ich hatte bisher drei Mal mit Leuten wie dieser Weinberg zu tun, und jede einzelne Begegnung war eine herbe Enttäuschung. Ich hasse mittlerweile, dass es Menschen gibt, die sich am Mangel an Wohnraum gesundstoßen wollen. Und jetzt komm mir bloß nicht mit diesen Sprüchen wie: *Man muss ja nicht unbedingt mit denen zu tun haben.* Denn das klappt leider nicht oder nur unbefriedigend.«

Er sah hinaus auf das riesige, mit altem Baumbestand bewachsene Grundstück.

»Meine letzte Erfahrung habe ich gemacht, als Carla und ich nach der Geburt der Jungs nach einem Haus gesucht haben. Es gab praktisch nichts auf dem Markt, auf dem nicht ein Makler den Daumen gehalten hat, und wenn ich was zu der Hütte wissen wollte, habe ich in der Regel entweder unzureichende oder besser noch ziemlich blöde Antworten gekriegt. Und am Ende, als wir was gefunden haben, ging der Tanz erst richtig los, weil dasselbe Objekt von mehreren Maklern vermarktet wurde. Ein viertel Jahr nach dem Kauf, nachdem wir längst eingezogen waren, flatterte uns eine Rechnung von genau dieser Truppe Höger, Krumpe und Kaminski ins Haus, in der sie die längst von uns an einen dieser anderen Haie bezahlte Courtage noch einmal

forderten. Erst ein paar wirklich böse Briefe unseres Rechts-
anwalts konnten sie davon überzeugen, dass sie bei uns mit
ihrer Masche nicht landen würden. Wir hatten bei denen
wirklich nichts unterschrieben oder so was, aber sie haben
uns einfach unterstellt, dass wir auf das Wissen eines ihrer
Kunden zurückgegriffen hätten, denen sie das Haus, also
unser jetziges Haus, angeboten haben. Krass, oder?«

»Stimmt, das ist wirklich krass.«

»Also kannst du mein Verhalten ein bisschen verstehen?«

»Ein bisschen zumindest, ja. Aber was Diplomatie im
Großen und im Detail angeht, müssen wir wirklich noch
ein paar Übungseinheiten mit dir veranstalten.«

»Hoffentlich kommt es noch dazu. Ich würde auf jeden
Fall mitmachen.«

Pia sah ihren neuen Boss, der Kollege und Sorgenkind in
einem war, eindringlich an. »Fang jetzt bloß nicht an zu drän-
geln, Junge, sonst bin ich schneller weg, als du gucken kannst.«

»Nein, mach ich nicht.« Er stand auf und sah sich im
Wohnzimmer der Schürmann-Frauen um. »Wir müssen auf
jeden Fall checken, wer diesen Tempel hier erben wird. Wenn
ich glaube, was die Weinberg gesagt hat, und das alles hier
wirklich 300.000 Euro wert ist, könnte das auf jeden Fall ein
Motiv sein, die beiden Damen zu killen.«

»Richtig«, stimmte Pia ihm zu. »Und es gibt noch etwas
anderes zu beachten.«

»Nämlich.«

»Dass Edith Schürmann die Erblasserin ist, nicht die
jüngere Evelyn Schürmann. Nach Aussage von Dr. Franz
wurde Evelyn gegen Mitternacht getötet, ihre Mutter
dagegen mindestens eine Stunde danach, vermutlich sogar
noch später. Wenn man also davon ausgeht, dass die klas-
sische Erbfolge eintritt, ist die Mutter die Vererbende. Und

das wiederum macht die Sache, zumindest für mich, ein bisschen spannend.«

»Genauso spannend wie die Frage, warum Evelyn Schürmann das Haus verkaufen wollte, und vor allem, welche Pläne sie mit ihrer Mutter hatte.«

»Also brauchen wir zunächst wegen des Hauses einen Auszug aus dem Grundbuch und dann müssen wir Evelyns Laptop dazu überreden, mit uns zu kooperieren. Und während dieser ganzen Ermittlungen müssen wir den oder die Erben dieser schönen Immobilie finden.«

Die Kommissarin ging auf die Tür zu.

»Dann lass uns doch am besten gleich damit anfangen.«

9

Sandra Wills legte sich auf dem riesigen Badelaken auf die Seite und sah ihrer Freundin Britta ins Gesicht.

»Ich bin schwanger«, erklärte sie ohne jegliche Emotion.

Britta Andersen, die dösend in der prallen Nachmittagssonne gelegen hatte, drehte ruckartig den Kopf in Sandras Richtung, riss die Augen auf und schob ihre viel zu große Sonnenbrille ins Haar.

»Mit so was macht man keine Witze, Sandra. Also hör auf mit dem Scheiß.«

»Ist kein Scheiß. Und meine Alten wissen es auch schon.«

»Aber du hast doch noch nicht mal einen festen Freund. Von wem, verdammt noch mal, willst du dann schwanger sein?«

Sie riss die Augen noch ein wenig weiter auf.

»Jetzt sag nicht, dass du doch mit diesem Irren von vor ein paar Monaten gevögelt hast. Dem mit dem Iro, du weißt schon.« Sie knuffte ihre Freundin in den Oberarm. »Du hattest mir in die Hand versprochen, es nicht mit ihm zu machen.«

»Hab ich auch nicht. Er ist nicht der Erzeuger.« Sandra gluckste los. »Es sei denn, man könnte mittlerweile über die Speiseröhre schwanger werden.«

»Nein!«

»Doch, leider. Danach hat er mich noch mindestens ein Dutzend Mal angetextet, aber ich habe einfach keine Lust mehr auf ihn gehabt. Wahrscheinlich hat es ihm so gut gefallen, dass er es gern noch einmal gehabt hätte, aber für mich war das Ganze eher so was wie eine Megaenttäuschung.«

»Dabei sah der so unscheinbar aus.«

»War er auch«, erwiderte Sandra und deutete auf den vorderen Bereich ihres Bikiniunterteils. »Zumindest in dieser Körperregion. Außerdem lief da gerade das mit … mit dem anderen Typen an.«

»Und mit dem hast du es dann so doll getrieben, dass dabei gleich die größte denkbare Katastrophe eingetreten ist? Außerdem nimmst du doch die Pille, oder etwa nicht mehr?«

Sandra drehte sich wieder auf den Rücken.

»Mann, kannst du vielleicht mal aufhören, mich zu ver-hören? Das ist ja wie zu Hause.«

»Na, hör mal«, echauffierte sich Britta. »Du informierst mich so ganz nebenbei darüber, dass du einen Braten in der Röhre hast, und ich soll dich danach einfach in Ruhe las-sen? Das kannst du ja wohl total vergessen.«

»Aber ich will im Moment noch nicht erzählen, wer der Vater ist. Das musst du verstehen.«

»He, he, das klingt jetzt aber nicht wie *beste Freundin* oder so. Als ich im letzten Sommer dran war, hab ich dir sofort alles darüber erzählt. Wirklich alles! Und du durf-test sogar mit mir zu Pro Familia gehen und mein Händ-chen halten.«

Britta war augenscheinlich enttäuscht. Sandra fasste nach der Hand ihrer Freundin und drückte sie.

»Aber ich will es gar nicht wegmachen lassen, Britt. Ich will es echt kriegen und behalten.«

Nun setzte Britta sich aufrecht und funkelte ihre Freun-din mit zusammengekniffenen Augen an.

»Sag mal, hast du sie nicht mehr alle? Du wirst nächsten Monat 17. Was willst du denn mit einem Kind?«

»Das verstehst du nicht, Britt, echt nicht. Das ist ein Kind der Liebe, und es wird immer ein Kind der Liebe bleiben. Mein Kind. Und … sein Kind.«

»Aber du willst mir ums Verrecken nicht sagen, wer die-ser große Unbekannte ist?«

»Nein, noch nicht. Aber sobald es so weit ist, wirst du die Erste sein, die es erfährt. Versprochen, hoch und heilig.«

»Kenne ich ihn wenigstens?«

»Ich weiß nicht, ob du ihn schon mal gesehen hast, echt nicht. Er kommt nicht aus Kassel und ist auch nicht oft in der Stadt.«

»Aber er ist doch cool, oder? Nicht so ein Weichei?«

»Klar ist er cool. Und schon ein bisschen älter als ich. 18, um genau zu sein.«

»18? Und dann noch zu blöd zum Verhüten?«

»Wir haben uns auf meine Pille verlassen, aber du weißt doch selbst am besten, wie oft wir das morgens vergessen. Und irgendwann vor zwei Monaten ist das dann wohl mal in die Hose gegangen.«

Britta lachte laut auf.

»Na, wenn's in die Hose gegangen wäre, würden wir jetzt ja wohl nicht dieses Gespräch führen, oder?«

Sandra stimmte in ihr Gegiggel ein.

»Nein, in die Hose ist das ganz sicher nicht gegangen.«

Britta drehte sich wieder auf die Seite und legte die Hand auf den Bauch der Freundin.

»Welcher Monat denn?«

»Dritter.«

»Wow, schon im dritten. Dann wird es, falls du es dir doch noch anders überlegst, langsam wirklich knapp.«

»Ich überleg es mir aber nicht anders, garantiert nicht. Ich will dieses Kind, und zwar echt ganz doll. Ich freu mich wie irre drauf, um ehrlich zu sein.«

Britta zog ihre Hand zurück. »Du weißt aber schon, dass dann die Abende in den Clubs und so zu Ende sind? Mit so einem kleinen Scheißer an den Hacken wird das nämlich nichts mehr.«

»Stimmt. Aber dafür wachsen endlich meine Titten. Und zwar in einem echt geilen Tempo.«

Die Freundin hob den Kopf, um diese These zu überprüfen. »Davon sehe ich aber noch nichts. Vielleicht bildest du dir das eher ein. Was meinst du?«

»Dann bilde ich mir auch ein, dass die Dinger in keinen

BH mehr passen. Die quellen in der Mitte raus wie verdammte Königsberger Klopse.«

Wieder lachten die beiden Mädchen laut auf. Britta zog eine Zigarettenschachtel aus ihrer Strandtasche und bot Sandra eine an. Die jedoch schüttelte den Kopf.

»Die Frauenärztin hat mir geraten, damit komplett aufzuhören, wenn ich den Wurm kriegen will. Und das mache ich auch. Keine Kippen, kein Bier und keinen Schnaps die nächsten sechs Monate.«

»Ach du Scheiße«, murmelte Britta, während sie nach dem Feuerzeug griff.

10

Peter Hattenbach schob die Planungsmatrix in die Mitte seines Schreibtischs, lehnte sich in seinen Bürostuhl zurück und schloss die Augen.

Was für ein Mist, dachte er.

Seine Gedanken rasten wild durcheinander und seine Finger fanden keine Ruhe. Gern hätte er sich noch ein Glas Grappa gegönnt, doch er wusste, dass ihm das zu Hause wieder nur Ärger mit seiner Frau einbringen würde. Außerdem war er mit dem Auto da, und ein Unfall würde ihn dann sicher den Führerschein kosten.

Wie gut, dass diese verdammte Schürmann endlich weg ist und auch nie wieder auftaucht, dachte er. *Aber wie elendig, dass es deswegen mit der Stundenplangestaltung und der Planung der Vertretungsstunden ein noch viel größeres Chaos geben wird als ohnehin schon.*

Wie jeder Rektor einer deutschen Schule war auch Hattenbach der Verwalter des Mangels, und das schon seit vielen Jahren. Doch so schlimm wie im vergangenen Schuljahr war es noch nie gewesen. Immer wieder hatte er um Unterstützung beim Schulamt nachgesucht, was mit der gleichen Regelmäßigkeit negiert wurde.

Früher, ja früher, da konnte er noch viel mehr selbst entscheiden, auch was das Geld anging. Aber diese Zeiten waren längst vorbei. Er lehnte sich nach vorn und wollte sich wieder der nicht enden wollenden Unterrichtsplanung widmen, als es an seiner Tür klopfte.

»Ja«, brummte er muffig.

Elke Hommel öffnete vorsichtig die Tür und schob den Kopf herein. »Herr Direktor, Herr Dieser ist hier und lässt fragen, ob Sie vielleicht ein paar Minuten Zeit für ihn hätten.«

»Natürlich, schicken Sie ihn bitte herein.«

Ohne auf ein Zeichen der Sekretärin zu warten, drängte sich der Sportlehrer in das Schulleiterzimmer, stellte seine Tasche neben der Tür ab und nahm unaufgefordert vor dem Schreibtisch Platz.

»Herr Kollege Dieser, was führt Sie um diese Zeit noch zu mir?«, wollte Hattenbach nicht ohne eine gewisse Ironie wissen. »Normalerweise sind Sie um diese Zeit doch schon zu Hause und längst mit Ihrem Hund auf Tour.«

»Heute nicht«, gab Harald Dieser ein wenig pikiert zurück. »Aber das ist an einem Tag wie diesem wohl nicht unbedingt ungewöhnlich, oder?«

»Nein, sicher nicht«, stimmte Hattenbach ihm seufzend zu, beugte sich nach vorn und sah sein Gegenüber fragend an.

»Also, was kann ich für Sie tun, Herr Dieser?«

Der Sportlehrer legte den Kopf in den Nacken. »Es geht, natürlich, um den Mord an der Schürmann. Und da gibt es eine Sache, die mich … ich weiß jetzt gar nicht, wie ich es sagen soll …«

»Ach, einfach raus damit. So schlimm wird es schon nicht sein.«

»Na ja.«

Hattenbach holte tief Luft und sah Dieser dabei bedrückt an. »Sie wollen mir hoffentlich nicht gestehen, dass Sie die Kollegin um die Ecke gebracht haben? Das wäre mir heute leider zu viel, Herr Dieser.«

»Nein, nein, das wollte ich keinesfalls. Ich meine, ich habe mit der Sache natürlich nicht das Geringste zu tun.«

»Immerhin, das ist ein guter Anfang. Was also wollen Sie mir erzählen?«

Der Schulleiter war mehr als überrascht von Diesers Verhalten, kannte er den Mann doch als einen eher rustikalen Gesprächspartner, der vor einem offenen, häufig auch wenig diplomatisch vorgetragenen oder gar verletzenden Wort nicht zurückschreckte.

»Es gab vor ein paar Wochen eine Szene, die ich beobachtet habe und die mir im Licht der heutigen Ereignisse gehöriges Kopfzerbrechen bereitet.« Er zögerte.

»Ja?«, hakte der Rektor nach.

»Es geht um einen Vorfall, in den die Schürmann und

Brenda Parker verwickelt waren. Aber er war, sozusagen, ein wenig … heikel.«

»Nun kommen Sie mal zum Punkt, Herr Dieser«, polterte Hattenbach ungehalten und genervt los. »Ich habe wirklich noch einen Haufen Arbeit vor mir und kann den Nachmittag nicht damit verplempern, Ihnen beim Zieren und Genieren zu assistieren. Also, entweder es kommt jetzt Butter bei die Fische oder Sie müssen sich einen anderen Gesprächspartner suchen.«

»Nun reagieren Sie doch nicht gleich so ungehalten. Es ist, wie gesagt, nicht leicht für mich, über die Sache zu sprechen.«

»Welche *Sache*, verdammt noch mal?«

»Ein Aufeinandertreffen zwischen der Schürmann und Brenda Parker.«

»Ja, das erwähnten Sie bereits.«

»Es war an einem Mittwoch. Wenn Sie möchten, kann ich das genaue Datum leicht recherchieren, aber das sollte zunächst nicht so wichtig sein. Auf jeden Fall ist es nicht länger als sechs Wochen her, das weiß ich genau.« Er wischte sich die Hände an den Hosenbeinen ab. »Ich befand mich im Gerätelager der Sporthalle. Es sind ein paar kleinere Reparaturen angefallen, die ich erledigt habe. Eigentlich wollte ich gerade Schluss machen, als ich auf ein Gespräch in der Halle aufmerksam wurde. Oder besser gesagt, einen handfesten Streit. Natürlich dachte ich zunächst, dass sich ein paar Schüler in den Haaren liegen würden, und wollte einschreiten. Doch noch bevor ich an der Tür war, wurde mir klar, dass es sich bei der einen Person um Frau Schürmann handelte.« Wieder wischte er seine Hände über die Hose. »Ich habe mich dann an die Tür begeben, die nur angelehnt war, und sie einen kleinen Spalt geöffnet, sodass ich die beiden Frauen sehen konnte. Nämlich zum einen die Schürmann und zum anderen Brenda Parker. Die beiden standen sich wild gestikulierend gegenüber und waren offensichtlich sehr erregt.«

»Aber wie kommen denn Brenda Parker und Frau Schürmann in die Sporthalle? Dort hat doch weder die eine noch die andere etwas zu suchen.«

»Im Verlauf des Disputs wurde klar, dass sie sich dort wohl verabredet hatten.«

»Um was genau zu tun? Sich irgendwelchen Unsinn an den Kopf zu werfen?«

»Nein, Unsinn würde ich das nicht gerade nennen. Brenda, also Frau Parker, hat der Schürmann vorgeworfen, irgendetwas öffentlich machen zu wollen. Um was genau es ging, konnte ich nicht eruieren, aber das dürfte vermutlich auch von peripherer Bedeutung sein.«

»Warum das denn? Geht es nicht bei einem Streit für die Beteiligten *immer* um etwas Wichtiges?«

»Das weiß ich nicht und ich will mir auch kein Urteil darüber erlauben. Viel wichtiger ist für mich, dass Frau Parker Frau Schürmann damit gedroht hat, sie *fertigzumachen*. Genau das hat sie gesagt: *Ich mach dich fertig, wenn du das tust.*«

»Ja was denn nun? Was wollte die Schürmann denn tun?«

»Ich … ich weiß es nicht. Was ich aber genau gehört habe, ist die Drohung. Und von *ich mach dich fertig* bis zu einem Mord ist es nach meiner Meinung nicht weit hin. Ist ja auch eine Form von Fertigmachen.«

»Na, na, jetzt gehen wohl ein wenig die Gäule mit Ihnen durch, Herr Kollege. Für mich liegen zwischen diesen beiden Dingen noch ganze Galaxien, um ehrlich zu sein.«

Dieser schnaubte auf. »Aber die Analogie ist doch klar und deutlich. Brenda hat der Schürmann massiv gedroht, und ein paar Wochen darauf ist sie tot. Wenn Sie da keinen Zusammenhang sehen, kann ich Ihnen auch nicht helfen.« Hattenbach lehnte sich zurück und atmete tief durch. »Gut. Mal angenommen, Sie haben recht mit Ihrer Einschätzung. Wie wollen Sie weiter vorgehen? Zur Polizei rennen und die Kollegin Parker anschwärzen?«

»Aber das ist doch beileibe kein Anschwärzen, Herr Hattenbach. Ich habe eine Beobachtung gemacht, die vermutlich im Zusammenhang mit dem Tod der Schürmann von Bedeutung ... sein könnte, und es wäre nach meiner Meinung geradezu fahrlässig, den Behörden diese Beobachtung nicht zu melden.«

»Sicher, sicher. Aber sind Sie sich auch darüber im Klaren, was das hier für uns bedeuten würde? Ich bin nämlich fest davon überzeugt, dass Frau Parker nichts, aber auch nicht das Geringste mit diesem Mord zu tun hat.«

»Vielleicht sollte ich einfach mal mit ihr ein Gespräch führen?«, schlug Dieser ein wenig eingeschüchtert vor.

»Das ist schon mal eine bessere Idee, als gleich zur Polizei zu gehen.« Der Schulleiter sah seinen Mitarbeiter durchdringend an. »Wie ging die Sache mit den beiden Frauen denn aus? Oder weiter?«

»Na ja, sie haben sich noch ein wenig beschimpft, wobei Frau Schürmann sehr, sehr aggressiv auf mich gewirkt hat. Oder vielleicht doch nicht, weil auch die Parker nicht mit Aggressionen hinter dem Berg gehalten hat.«

»Wie darf ich das verstehen? Wurde eine der beiden handgreiflich?«

»Zuerst habe ich das befürchtet, ja. Aber dann hat sich Frau Parker langsam zurückgezogen und schließlich die

Halle verlassen. Die Schürmann ist noch eine Weile geblieben, weil sie sich irgendetwas aufgeschrieben hat, ist aber nach ein paar Minuten ebenfalls gegangen.«

»Haben Sie im weiteren Verlauf irgendetwas zwischen den beiden bemerkt? Vielleicht, dass der Streit zwischen ihnen weiter gegangen ist?«

»Nein, mir ist absolut nichts aufgefallen. In der Sporthalle ist jedenfalls keine der beiden mehr aufgetaucht. Und im Lehrerzimmer lässt sich Frau … hat sich Frau Schürmann ja schon länger nicht mehr blicken lassen.«

Hattenbach nickte. »Ja, das ist ja nun hinlänglich bekannt. Und Sie haben wirklich nicht die geringste Idee, worum es bei dem Streit der beiden gegangen sein könnte? Kein Anhaltspunkt?«

»Wirklich nicht. Als ich anfing, das Gespräch zu verfolgen, hatten sie diesen Teil der Auseinandersetzung anscheinend hinter sich.«

Der Schulleiter überlegte eine Weile. »Mir ist leider auch nichts bekannt, was in diesem Zusammenhang von Bedeutung sein könnte.«

Harald Dieser faltete die Hände vor der Brust. »Sie meinen also, ich sollte, bevor ich irgendetwas unternehme, das Gespräch mit Brenda Parker führen?«

»Wenn Sie wollen, könnte ich das auch für Sie übernehmen«, schlug Hattenbach vor. »Dann wären Sie zunächst mal völlig raus aus der Diskussion. Und wenn dieses Gespräch zu nichts führt, können Sie noch immer zur Polizei gehen und dort von Ihren Beobachtungen berichten.«

Diesers Miene hellte sich schlagartig auf. »Das finde ich sehr nobel von Ihnen, Herr Direktor. Genau so würde ich es, wenn es für Sie wirklich in Ordnung ist, gern handhaben.«

»Dann machen wir es einfach so. Ich werde Sie auf dem

Laufenden halten, was das Gespräch mit Frau Parker ergeben hat.«

»Vielen Dank.«

11

Thilo Hain schaltete Evelyn Schürmanns Laptop ein,
drückte ein paarmal auf die F12-Taste und änderte anschließend die Bootreihenfolge des Computers so, dass das CD-
Laufwerk vor der Festplatte angesprochen wurde. Dann
startete das System mit dem von ihm auf DVD gebrannten
Programm *Offline NT Password & Registry Editor* neu. Es
dauerte keine Minute, und er hatte in der Registry des Rech-
ners Evelyn Schürmanns Passwort gefunden und gelöscht.
Nachdem er die DVD entfernt hatte, startete er den Laptop neu. Offenbar arbeitete das System mit einer der über-
ragend schnellen SSD-Festplatten, denn es vergingen keine
zehn Sekunden, bevor der Polizist auf das nach seinen Vor-
gaben entsperrte Displaybild blickte.

Wenn es doch immer so einfach wäre, dachte er zufrieden.

Mit ein paar schnellen Klicks öffnete er das Mailpro-
gramm der Lehrerin und hatte kurz darauf den kompletten

Posteingangsordner in der Übersicht. Links waren einige Unterordner angelegt, die mit *Garten*, *Haus* oder *Schule* bezeichnet waren. Weiterhin gab es *Rechtsanwalt*, *Mietsachen*, *Privat* und *ADFC*, also ein Fahrradclub, und *Verlage*. Hain nahm sich zunächst den Ordner *Privat* vor. In ihm befanden sich weit über 1.000 Mails, die bis ins Jahr 1999 zurückreichten.

Verdammt, hat die noch nie was von löschen *gehört?*

Auch in den anderen Ordnern fand der Hauptkommissar gleich alte Nachrichten; offenbar hielt Evelyn Schürmann tatsächlich nichts davon, sich von alten Mitteilungen zu trennen. Hain sah zunächst in jedem Ordner die aktuellsten Mails durch, konnte jedoch nichts augenfällig Interessantes entdecken.

In der mit *Verlage* bezeichneten Ablage musste Hain ein wenig schmunzeln, denn offenbar hatte sich Frau Schürmann bemüßigt gefühlt, einen Roman zu schreiben. Das Ergebnis hatte sie verschiedenen Verlagen zur Veröffentlichung angeboten. Die Kommentare der Lektoren allerdings waren, wie Hain deutlich erkennen konnte, sicher nicht dazu geeignet gewesen, bei der Lehrerin Jubelstürme auszulösen.

Im Ordner *Mietsachen* fand der Polizist jede Menge Korrespondenz zu vermieteten Wohnungen. Offenbar waren die Damen Schürmann, oder zumindest Evelyn Schürmann, auf diesem Gebiet überaus aktiv gewesen.

Bei Durchsicht der Post fiel Hain auf, dass der Ton, den die Lehrerin gegenüber ihren Mietern anschlug, deutlich rauer war als gemeinhin zwischen Vermieter und Mietpartei üblich. Einige der Nachrichten waren in der Betreffzeile mit *Letzte Warnung* oder auch *Als Nächstes kommt die Räumungsklage* gekennzeichnet.

Mann, Mann, Mann, dachte Hain.

Bevor er sich dem nächsten Ordner zuwenden konnte, wurde die Tür zum Büro geöffnet und Pia kam herein. In der Hand hielt sie ein paar DIN-A4-Blätter.

»Die Schürmann und ihre Mutter waren so was wie Großgrundbesitzer«, sprudelte es sofort aus ihr heraus. »Du glaubst nicht, wie viele Häuser die beiden besessen haben.«

»Doch, das glaube ich natürlich«, gab der Hauptkommissar ruhig zurück. »Und ich weiß sogar, wie sie mit ihren Mietern umgesprungen sind. Zumindest per Mail.«

»Du hast das Ding geknackt?«

Hain winkte ab. »Sie hat es mir nicht besonders schwer gemacht.«

»Und, schon was in den Mails gefunden?«

»Ja. Sie war eine Schriftstellerin, allerdings noch nicht entdeckt und von der breiten Masse bemerkt.«

»Eine Schriftstellerin? Was hat sie denn geschrieben?«

»Das weiß ich noch nicht«, erwiderte Hain mit einem Fingerzeig auf den Laptop. »Ich hoffe allerdings schwer auf dieses Ding hier. Normalerweise hält man seine literarischen Ergüsse ja eher auf dem Rechner fest, und eine Schreibmaschine haben wir bei ihr auch nicht gefunden.«

»Stimmt.«

Der Kommissar lehnte sich in seinem Drehstuhl zurück, legte die Füße auf der Ecke des Schreibtischs ab und nahm einen Schluck Wasser.

»Und wo genau haben, oder besser hatten die beiden nun ihre Liegenschaften?«

Pia kramte in ihren Unterlagen. »Das ist alles ein bisschen verworren. Darauf gekommen bin ich eigentlich auch nur, weil auf das Grundstück, wo die beiden gelebt haben, irgendwann mal eine Hypothek eingetragen worden war, die jedoch nie gelöscht wurde. Über dieses Detail und mithilfe des netten jungen Mannes am Amtsgericht, der vermutlich mehr auf meinen Busen als auf irgendeinen Monitor gestarrt hat, ist es mir gelungen, eine gehörige Menge Immobilien als Schürmann-Eigentum zu identifizieren. Wir reden hier von immerhin vier Häusern mit insgesamt 13 Wohneinheiten. Allesamt schuldenfrei übrigens.«

»Wow«, zeigte Hain sich wirklich erstaunt. »Und dann leben die in so einer Borkenbude.«

»Na komm, so schlecht, wie du es jetzt darstellst, ist das Haus nun auch wieder nicht.«

»Ansichtssache. Ich jedenfalls würde es nicht kaufen.«

»Und schon gar nicht über den beauftragten, aber leider nicht zum Zug gekommenen Makler.«

Der Hauptkommissar grinste. »Gut erkannt und noch besser erinnert.«

»Danke, war nicht wirklich schwer«, gab Pia belustigt zurück. »Aber was war jetzt mit den Mails? Gab es da vielleicht noch etwas mehr zu entdecken als die Tatsache, dass Madame Schürmann sich als Schriftstellerin versucht hat?«

»Zunächst mal hat sie, wie es aussieht, nicht eine einzige ihrer jemals erhaltenen Mails gelöscht; die Ältesten gehen ins Jahr 1999 zurück. Sie hat sich, wie schon erwähnt, ihren Mietern gegenüber ziemlich oft im Ton vergriffen, aber das ist nur eine persönliche Einschätzung von mir. Und viel weiter bin ich noch nicht gekommen.«

Pia legte ihre Unterlagen zur Seite und setzte sich auf den Platz an der gegenüberliegende Schreibtischseite.

»Aber die Tatsache, dass die beiden irgendwie reich gewesen sind, zumindest aber über einen beträchtlichen Immobilienbesitz verfügten, verändert unsere Arbeit schon ein bisschen. Oder was meinst du?«

»Auf jeden Fall. Allerdings, und das ist die schlechte Nachricht, verändert es nicht nur unsere Arbeit, es macht uns auch deutlich mehr davon.«

»Weil wir uns auch unter den Mietern umsehen müssen?«

»Ganz genau. Hast du die genauen Adressen der Häuser?«

Die junge Kommissarin wies auf den Stapel mit den Unterlagen. »Alles da. Wenn du willst, können wir gleich loslegen.«

»Na, na, nun mach mal nicht meinen Akkord kaputt«, grinste Hain. »Wir müssen uns auch noch was für …« Er brach ab, weil das Mobiltelefon seiner Kollegin klingelte.

Pia nahm den Anruf an und hörte einen Moment zu.

»Ja, Herr Hattenbach, wenn Sie meinen, dass es wichtig ist, dann kommen wir am besten gleich vorbei. Passt das?«

Wieder eine kurze Unterbrechung.

»Gut, dann bis gleich.«

»Der Rektor?«

Sie steckte ihr Telefon zurück. »Ja. Anscheinend ist ihm etwas überaus Wichtiges eingefallen, denn er bittet um eine schnellstmögliche Konsultation.«

»Du kennst ja Wörter, mein lieber Mann.«

Peter Hattenbach empfing die beiden in der gleichen Position wie am Morgen. Nach einer kurzen Begrüßung kam er ohne Umschweife zur Sache.

»Ich habe Sie hierher gebeten, weil es schon jetzt zu ersten, sagen wir mal, Geschwätzigkeiten kommt.«

Er strich sich mit der rechten Hand durch seine fast durchweg grauen Haare.

»Frau Schürmann ist nicht einmal einen Tag tot, und schon kommen die ersten Kollegen zu mir, um mir über irgendwelche Auseinandersetzungen zwischen ihr und anderen Kollegen zu berichten. Das ist definitiv nicht im Interesse unserer Schule.«

Hain und Ritter sahen sich fragend an.

»Und was genau ist Ihr Anliegen an uns, Herr Hattenbach?«, wollte Pia wissen. »Wir können nun so gar nichts dazu, wenn die Kollegen von Frau Schürmann über *irgendwelche Auseinandersetzungen* berichten. Außerdem sind solche Aussagen für uns natürlich von großer Bedeutung, immerhin ermitteln wir in einem Mordfall.«

Sie warf ihrem Kollegen einen kurzen Blick zu, der ihn mit einem Nicken bedachte.

»Besser gesagt, in zwei Mordfällen, denn auch Evelyn Schürmanns Mutter wurde letzte Nacht im gemeinsam bewohnten Haus umgebracht.«

Hattenbach führte die Hand, mit der er sich noch eben den Kopf gekratzt hatte, zum Mund.

»Auch ihre Mutter? Das ist ja furchtbar.«

Nach der ersten, vielleicht ein wenig zu dramatisch dargebrachten Erschütterung entspannten sich seine Züge merklich. »Dann muss ich ja, … ich meine, … darf ich ja vermutlich davon ausgehen, dass diese beiden Verbrechen nichts mit unserer Schule zu tun haben. Also … wenn auch Frau Schürmanns Mutter umgebracht wurde.«

»Was bringt Sie zu dieser Erkenntnis?«, fragte Hain den Schulleiter.

»Na ja, wenn auch die Mutter …? Ich denke, wenn es irgendetwas mit den schulischen … Bedingungen zu tun gehabt hätte, dann wäre doch die Mutter nicht auch …« Der Rest seines Satzes verebbte unausgesprochen im Nichts.

»Interessante These«, brummte der Hauptkommissar. »Wir werden sie gern in unsere Überlegungen einbeziehen. Allerdings ist, wie meine Kollegin schon gesagt hat, die Tatsache, dass sich jemand aus dem Kollegenkreis bei Ihnen gemeldet hat, viel bedeutsamer für uns. Wenn ich Sie richtig verstanden habe sogar mehrere Kollegen von Frau Schürmann.«

Hattenbach stöhnte leise auf. »Das war vermutlich ein wenig übertrieben. *Ein* Kollege hat mir von einem Zusammenstoß zwischen ihr und einer Kollegin berichtet, und das, was er sagte, halte ich für ein wenig aufgebauscht.«

»Wer genau«, hakte Pia bestimmt nach, »war das, der mit Ihnen das Gespräch gesucht hat?«

»Das möchte ich jetzt und hier nicht öffentlich machen.«

Die Polizisten wechselten verdutzte Blicke untereinander.

»Das habe ich gerade nicht richtig verstanden«, murmelte Hain. »Oder irgendwas in meinem Kopf hat sich geweigert, es zu verstehen. Sie haben nicht wirklich gesagt, dass Sie uns das nicht sagen wollen.«

Wieder flog Hattenbachs Rechte über seine schüttere Haarpracht. »Hören Sie, Sie müssen das verstehen«, bat er um Nachsicht. »Das Leben mit der Kollegin Schürmann war, wie ich Ihnen ja heute Morgen schon dargelegt habe, alles andere als einfach. Und dass da jetzt alte Rechnungen beglichen werden, ist doch nur zu menschlich und deshalb auch, zumindest für mich, verständlich.«

»Ach ja?«, polterte Hain eine Nuance zu laut los. »Das heißt also, dass wir diesen Informationen nur deshalb nicht nachgehen sollen, weil Sie meinen, es handele sich um die Begleichung alter Rechnungen? Das kann unmöglich Ihr Ernst sein, Herr Hattenbach.«

Er stand auf und trat bis auf einen halben Meter an den Schulleiter heran.

»Und wenn Sie nicht wollen, dass wir Sie wegen des Verdachts der Strafvereitelung gleich in Handschellen über den

Schulhof zerren, dann sollten Sie augenblicklich Ihr Wissen mit uns teilen.«

Hain wusste, dass er von einem Juristen vermutlich ein müdes Lächeln geerntet hätte, aber Peter Hattenbach war kein Jurist, sondern Schulleiter. Und die Aussicht auf Hains angedrohte Maßnahme war ihm alles andere als angenehm.

»Nun regen Sie sich doch nicht gleich so auf, Herr Kommissar. Ich habe ja gar nicht explizit gesagt, dass ich nicht mit Ihnen über das sprechen will, was mir zugetragen wurde. Ich habe eindeutig gesagt, dass ich es jetzt nicht möchte.«

»Aha. Und warum?«

»Ich möchte mir gern selbst eine Meinung bilden.«

Der Hauptkommissar schüttelte entnervt den Kopf.

»Interessant. Und wie soll das gehen?«

»Ich möchte mit der Beteiligten zuerst selbst ein Gespräch führen. Und ich möchte es deshalb gern so handhaben, weil ich der Meinung bin, dass sich diese Lappalie in Nullkommanichts in Luft auflösen wird.«

Pia hatte den Ausführungen des Direktors eher entspannt gelauscht. Nun jedoch wippte sie in ihrem Stuhl nach vorn, stand auf, griff sich das nächstbeste weiße Blatt Papier auf dem Schreibtisch und ließ es vor Hattenbach niedersegeln. Mit einem schnellen Griff hatte sie einen Kugelschreiber darauf platziert und sah ihm direkt ins Gesicht.

»Sie haben jetzt genau zwei Möglichkeiten, Herr Hattenbach. Die eine hat Ihnen mein Kollege gerade sehr plastisch näher gebracht; die andere besteht darin, uns den Namen und die Kontaktdaten des Kollegen oder der Kollegin aufzuschreiben, die sich bei Ihnen gemeldet hat. Und wenn Sie noch einmal innerhalb der nächsten zehn Minuten die Verben *können* oder *wollen* in den Ableitungen *kann* oder *will* zusammen mit dem Negationspartikel *nicht* in den

Mund nehmen, reagiere ich sehr ungehalten und werde zu meinem Gürtel greifen, an dem sich wunderschöne und aus rostfreiem Edelstahl gefertigte Handschellen befinden, die sich ideal jedem Handgelenk anpassen. Haben wir uns verstanden?«

Das Fragezeichen, das die junge Kommissarin unsichtbar an das Ende ihres Satzes gepinnt hatte, war an Schärfe nur schwer zu überbieten. Hattenbach nahm mit zitternden Fingern den Stift und fing augenblicklich an zu schreiben. Dann schob er Pia das Blatt zu und lehnte sich zurück.

»Herr Dieser hat mir von einem Vorfall berichtet, der sich angeblich in der Sporthalle abgespielt hat. Dort sind Frau Schürmann und Frau Parker, der andere Name auf dem Zettel, offenbar in einen sehr heftigen Streit verwickelt gewesen.«

Die Oberkommissarin faltete das Blatt zusammen und steckte es ein. »Und wann war dieser Streit genau?«

»Das müssen Sie Herrn Dieser fragen. Nach seiner Aussage ist er aber keinesfalls länger als sechs Wochen her.«

»Gut. Vielen Dank.«

»Sie hätten mir nicht drohen müssen, sicher nicht.«

»Und Sie nicht solch einen Zinnober veranstalten müssen«, entgegnete Hain genervt.

»War es das dann jetzt?«

Pia schüttelte den Kopf. »Noch nicht ganz. Wir haben noch ein paar Fragen zu Frau Schürmanns Privatleben. Wussten Sie, dass sie mehrere Häuser besaß?«

Der Schulleiter schaute überrascht auf. »Nein. Woher auch?«

»Sie hat also nie ein Wort darüber verloren? Oder vielleicht mal einem Kollegen oder einer Kollegin, der etwas gesucht hat, eine Wohnung angeboten?«

»Nein, so glauben Sie mir doch. Ich weiß nichts von irgendwelchen Häusern.«

»Und sie hat auch nie über ihre finanziellen Verhältnisse gesprochen?«

»Sie hat eigentlich mit niemandem ernsthaft ein Gespräch geführt, das sagte ich doch bereits. Frau Schürmann hat sich aus nahezu allem herausgehalten, was einen Kontakt mit der Lehrerschaft oder auch mir bedeutet hätte.«

»Aber Sie sind doch Ihr disziplinarischer Vorgesetzter, oder verstehe ich da etwas falsch?«

»Das bin ich durchaus. Aber wenn Sie denken, dass mir das Macht über den Lehrkörper beschert, dann sind Sie komplett auf dem Holzweg. Natürlich habe ich ein Weisungsrecht, aber meine Möglichkeiten der Sanktionierung sind nicht gerade üppig. Und wenn man dann noch weiß, dass wir chronisch und völlig unterbesetzt sind, speziell in den naturwissenschaftlichen Fächern, wie sie zum Beispiel von Frau Schürmann abgedeckt wurden, dann muss ich Ihnen vermutlich nicht viel mehr dazu sagen.«

»Sie haben das alles ertragen, damit Sie Frau Schürmann nicht als Lehrerin verlieren?«, fragte Pia Ritter.

»Genau deshalb. Und genau aus diesem Grund ertrage ich auch die ganzen anderen Gemeinheiten, denen ich als Leiter dieser Schule tagtäglich ausgesetzt bin.«

Nun waren sowohl Pia als auch ihr Partner sprachlos. Die Kommissarin klopfte auf das gefaltete Blatt in ihrer Sakkotasche und ging Richtung Tür.

»Danke für Ihre Kooperation, Herr Hattenbach.« Sie nickte ihm zu und nahm die Klinke in die Hand. »Eine Frage hätte ich doch noch«, sagte sie, während sie noch einmal den Blickkontakt mit dem Rektor suchte.

»Ja, bitte.«

»Sie haben mich angerufen und mir erzählt, dass Sie gern ein Gespräch mit uns führen würden. Dass Sie etwas Wichtiges mit uns besprechen müssen. Als wir dann in Ihr Büro kommen, wollen Sie eigentlich gar nichts mit uns besprechen und uns auch nichts Wichtiges mitteilen, sondern erklären uns, dass Ihnen von Auseinandersetzungen im Zusammenhang mit Frau Schürmann berichtet wurde. Und Sie sagten, und jetzt zitiere ich Sie mal: Das ist nicht im Interesse unserer Schule.«

Hattenbach nickte mit versteinerter Miene.

»Was ich also überhaupt nicht verstehe ist«, fuhr die junge Polizistin fort, »was wollten Sie eigentlich von uns? Können Sie mir das erklären?«

»Das ist vermutlich wirklich nicht so ganz leicht zu verstehen«, bestätigte der Schulleiter Ritters Aussage. »Als ich Sie angerufen habe, also in dem Moment wollte ich wirklich mein Wissen mit Ihnen teilen. Aber in der Zeit zwischen dem Ende des Telefonats und Ihrem Erscheinen hier bekam ich irgendwie kalte Füße.«

Er schluckte.

»Ich dachte, ich werde zum Verräter, wenn ich Ihnen erzähle, was der Kollege Dieser mir anvertraut hat. Und ich bekomme vielleicht noch mehr Schwierigkeiten, meine jetzt schon mehr als chaotische Stundenplanung bis zu den Ferien halbwegs zu retten.«

»Als wir telefonierten, wollten Sie also etwas ganz anderes von uns?«

»Durchaus, ja.«

»Dann wird es mir langsam klar. Danke.«

Hattenbach sah der Kommissarin direkt in die Augen. »Nehmen Sie es mir bitte nicht übel. Ich bin leider auch nur ein Mensch, und als solcher mache ich Fehler wie jeder andere.«

»Kein Problem. Schon vergessen.«

Hain trat nun ebenfalls zur Tür. Finden wir Frau Parker oder Herrn Dieser noch hier in der Schule?«, wollte er wissen.

Der Schulleiter sah auf seine Armbanduhr. »Herrn Dieser ganz bestimmt nicht mehr. Bei Frau Parker bin ich mir nicht sicher. Sie ist manchmal die Letzte, die das Gebäude verlässt. Doch das kann an einem Tag wie diesem auch anders sein. Am besten, Sie sehen selbst im Lehrerzimmer nach. Einfach aus dem Vorzimmer raus, links, den Gang runter bis zur Ecke, wieder links und die erste Tür rechts. Es steht auch dran.«

»Vielen Dank.«

*

Der Eingang zum Lehrerzimmer des Bertha-von-Suttner-Gymnasiums besaß zwei Türen hintereinander. Dadurch sollte vermutlich gewährleistet werden, dass die Worte, die im Innern gewechselt wurden, keinesfalls auf dem Flur zu hören waren. Hain betrat nach einem zaghaften Klopfen den Raum. Offenbar wirkten die in vielen Jahren des Schulbesuchs trainierten Reflexe bei dem Hauptkommissar noch immer. Auch Pia benahm sich deutlich zurückhaltender als gewöhnlich. Die beiden sahen sich um. Es waren nur noch zwei Männer und drei Frauen anwesend.

»Entschuldigung, wir sind auf der Suche nach Frau Parker«, formulierte Hain sein Anliegen höflich.

Eine der in eine Lektüre vertieften Damen wies mit dem Kopf auf eine weißhaarige, korpulente Frau von etwa 55 Jahren, die jedoch keine Reaktion zeigte. Die Kripobeamten steuerten auf sie zu und blieben etwa einen Meter vor ihr stehen.

»Frau Parker?«

Sie hob den Kopf und bedachte die beiden mit einem nicht unbedingt als wohlwollend zu bezeichnenden Blick.

»Wenn Sie wegen Ihres Kindes hier sind, werde ich nicht mit Ihnen reden«, gab sie ihnen zu verstehen. »Wir haben Sprechzeiten, an die wir alle, also auch Sie und ich, uns halten können und müssen. Ich muss Sie also bitten, mich in Ruhe zu lassen und zu einem dieser Termine wiederzukommen.«

»Nein«, widersprach Pia ihr freundlich, »wir kommen nicht wegen eines unserer Kinder. Wir ...«

Sie kramte ihren Dienstausweis hervor und hielt ihn der Lehrerin vor die Nase.

»Wir kommen, weil wir ein paar Fragen an Sie haben. Es geht dabei um den Tod Ihrer Kollegin Evelyn Schürmann. Sie wurde letzte Nacht ...«

»Ich weiß, was mit ihr passiert ist«, fuhr Brenda Parker energisch dazwischen. »Und was wollen Sie deswegen von mir?«

Hain sah sich in dem großen Raum um. »Könnten wir uns vielleicht unter sechs Augen unterhalten, Frau Parker? Hier ...«

»Sind Sie auch von der Polizei?« Sie wies auf Pia. »Also ein Kollege dieser Frau?«

»Ganz richtig, ja«, bestätigte Hain und präsentierte ihr ebenfalls seinen Dienstausweis.

Die Frau warf einen Blick darauf, packte ein paar Utensilien in ihre Handtasche, stand wortlos auf und nahm langsam und schwerfällig Kurs auf die einzige Tür des Lehrerzimmers.

»Na los, worauf warten Sie?«, blaffte sie die beiden erstaunt hinter ihr hersehenden Polizisten an. »Folgen Sie mir.«

Es ging um ein paar Ecken, dann eine Etage nach oben und schließlich hatten sie ein leer stehendes Klassenzimmer erreicht.

»Bitte«, wies Brenda Parker keuchend vor Anstrengung den beiden Stühle in der ersten Reihe zu und nahm selbst am Lehrertisch Platz. Sowohl Hain als auch Ritter hatten offenbar wenig übrig für die nicht zu übersehende Lehrerattitüde der Frau, denn sie blieben vor dem Tisch stehen und lehnten sich mit ihren Hintern an die Vorderkante. Ihr Verhalten kommentierte sie zwar nicht, aber Brenda Parker warf den beiden einen Blick zu, der keiner Erklärung bedurfte.

»Also, was kann ich für Sie tun?«

Pia verschränkte die Arme vor der Brust. »Wie gut kannten Sie Ihre Kollegin Frau Schürmann?«

»Niemand hat Frau Schürmann gut gekannt. Also warum sollte das bei mir anders gewesen sein?«

»Und wie sind Sie mit ihr ausgekommen? Also einmal als Kollegin, und dann natürlich als Mensch?«

»Gut, warum?«

»Man hat uns berichtet, dass Frau Schürmann ein eher schwieriger Charakter gewesen sei.«

»Davon weiß ich nichts. Um das herausfinden zu können, hätte ich ihr vermutlich näher stehen müssen, und das tat ich nun einmal nicht.«

»Wann haben Sie Frau Schürmann zuletzt gesehen?«

Die Lehrerin überlegte. »Dazu kann ich eigentlich gar nichts sagen, denn ich erinnere mich nicht. Wir haben hier so viele Lehrer, und mit den meisten von ihnen komme ich täglich zusammen, also ist mir eine genaue Einschätzung darüber, wann genau ich die Kollegin Schürmann zuletzt gesehen habe, nicht möglich.«

»Unterrichten Sie eigentlich auch Sport?«, wollte Hain wissen.

»Wie kommen Sie denn darauf?«, fuhr Frau Parker ihn entrüstet und mit stechendem Blick an. »Sehe ich in Ihren Augen wie eine Sportlehrerin aus?«

»Darüber wollte ich mir natürlich kein Urteil anmaßen«, erwiderte der Kommissar so sachlich wie möglich. »Aber uns wurde ein Vorfall zugetragen, der sich neulich in der Sporthalle ereignet haben soll.«

»Ich war vermutlich seit mehr als zehn Jahren nicht mehr in der Sporthalle«, gab sie schnippisch zurück. »Oder nein, warten Sie, das stimmt ja gar nicht. Letztes Jahr hatten wir einen Vorfall mit einer Schülerin, die sich in einer der Umkleiden eingeschlossen hatte und damit drohte, sich umzubringen. Wegen dieses Affenaufstands, den die offenbar unglücklich verliebte junge Dame angezettelt hatte, war auch ich seinerzeit in die Sporthalle beordert worden.«

»Aber in den letzten, sagen wir mal sechs Wochen, waren Sie auf jeden Fall nicht in der Sporthalle?«

»So hören Sie mir doch zu!«, rief Brenda Parker erregt. »Ich war eine sehr lange Zeit nicht in der Sporthalle, und innerhalb der letzten sechs Wochen schon gerade gar nicht.«

»Diese Aussage ist für uns ein wenig irritierend«, übernahm wieder Pia die Gesprächsführung. »Denn wie mein Kollege sagte, haben wir einen Zeugen, der Sie und Evelyn Schürmann in der Sporthalle beobachtet hat. Bei einem handfesten Streit. Und das ist noch gar nicht so lange her.«

Die Frau hinter dem Schreibtisch verengte die Augen zu sehr schmalen Schlitzen. »Dann leidet dieser Zeuge leider unter Halluzinationen. Das ist das Einzige, was mir dazu einfällt. Und außerdem, um was genau soll es denn bei diesem ominösen Streit überhaupt gegangen sein?«

Pia Ritter zögerte. »Wo waren Sie in der zweiten Hälfte der letzten Nacht, Frau Parker? In der Zeit zwischen Mitternacht und 3,4 Uhr früh?«

Die Lehrerin funkelte die Kommissarin bedrohlich an, stützte sich auf dem Pult ab und schnaubte laut. »Wollen Sie mir ernsthaft einen Mord anhängen, Frau Kommissarin? Ist das die Intention, die hinter Ihrer Frage steckt?«

»Denken Sie sich einfach«, erwiderte Pia völlig ruhig, »dass wir Sie gern möglichst schnell von der Liste der potenziellen Verdächtigen streichen würden. Und das geht am einfachsten, wenn Sie uns ein möglichst wasserdichtes Alibi bieten.«

»Ich war zu Hause. Leider aber allein, sodass mein Alibi einzig aus meiner Erklärung bestehen kann. Allerdings ist es völlig absurd, mich zu einer Verdächtigen im Mordfall meiner Kollegin machen zu wollen.«

»Das ist so nicht ganz richtig, Frau Parker«, widersprach Hain mit erstaunlich sanfter Stimme. »Wir wollen Sie nicht *zu einer Verdächtigen machen*, ganz im Gegenteil. Wir sind immer froh, wenn wir jemanden von unserer Verdächtigenliste streichen können. Aber dazu sind wir auf die Mitarbeit der Menschen angewiesen, mit denen wir sprechen. Und bei Ihnen bleibt da, wenn ich es richtig einschätze, ein gewisser Spielraum, was diese Mitarbeit angeht.« Er machte ein möglichst freundliches Gesicht und breitete die Arme einladend aus. »Und deshalb wäre es für uns eminent wichtig, wenn Sie noch einmal über diese Szene in der Sporthalle nachdenken würden. Wir wissen, dass Sie da waren, und wir wissen in etwa, worüber Sie mit Frau Schürmann gesprochen haben. Allerdings wirkt die Tatsache, dass Sie das alles bestreiten, nicht gerade wie eine vertrauensbildende Maßnahme auf uns.«

Pia Ritter bedachte ihren Kollegen mit einem kaum wahrnehmbaren, anerkennenden Augenaufschlag, während der fortfuhr:»Also, geben Sie sich einen Ruck und sagen Sie uns, was genau sich hinter diesem Streit verbirgt. Und schon sind Sie von der Liste gelöscht, und wir können unsere gesamte Kraft in die Suche nach dem wahren Täter stecken.«

Brenda Parker schien ein wenig von Hains Worten beeindruckt zu sein. Sie sah dem Polizisten lange in die Augen und nickte schließlich.»Es war sicher nicht klug von mir, diesen Disput in der Sporthalle abzustreiten, denn er hat tatsächlich stattgefunden. Und ja, ich habe während dieser Auseinandersetzung Evelyn Schürmann auch gedroht, aber das wissen Sie vermutlich ebenfalls. Und wenn jemand einem Menschen, der ein paar Wochen darauf tot ist, droht, ihn fertig zu machen, dann macht er sich dadurch mehr als verdächtig. Aber ich kann Ihnen definitiv versichern, dass diese Kontroverse nicht das Geringste mit dem Tod der Schürmann zu tun hat. Es ging dabei um eine Sache, in die sie sich wider besseres Wissen eingemischt hatte oder die sie gar kontrollieren wollte. Ich werde Ihnen garantiert nicht mitteilen, um was genau es ging, aber ich schwöre Ihnen, dass ich die Kollegin Schürmann nicht umgebracht habe.«

Sie hob die Arme, drehte die Handflächen nach innen und wies auf ihren Oberkörper.

»Es fällt mir nicht leicht, das jetzt zu sagen, und trotzdem werde ich es tun. Ich bin etwa 40 oder 50 Kilo zu schwer für meine Größe, und man muss kein Ernährungswissenschaftler sein, um das zu erkennen. Nun weiß ich nicht, wie genau Frau Schürmann das Zeitliche gesegnet hat, jedoch weiß ich genau, dass mir für eine Mordtat allein die körperlichen Voraussetzungen fehlen. Ich leide als Folge meines viel zu hohen Gewichts an starkem Diabetes, und außerdem sind meine beiden Knie komplett ruiniert. Sieht so, nach Ihrer Meinung, eine Mörderin aus?«

Sowohl Hain als auch seine Kollegin brauchten eine Weile, um den Gedanken sacken zu lassen. Aber beiden war klar, dass Brenda Parker zumindest für die Attacke in der Aue auf Evelyn Schürmann wohl eher nicht infrage kam.

»Wir haben kein konkretes Bild im Kopf, wie ein Mörder oder eine Mörderin auszusehen hat, Frau Parker. Auch nicht der Ihrer Kollegin. Aber natürlich gibt es Indizien, die wir ins Kalkül ziehen und bewerten.«

»Dann machen Sie es einfach wie meine Schüler und sehen mich als unbeweglichen fetten Fleischklops.« Sie atmete tief ein und wieder aus. »So hat mich übrigens noch letzte Woche ein Schüler der achten Klasse genannt. Und er hat es nicht einem Mitschüler gegenüber geäußert, sondern mir direkt ins Gesicht gesagt. Vor der gesamten Klasse.« Sie lachte sarkastisch auf. »Immerhin hat er es mir in perfektem Englisch an den Kopf geworfen. Trotzdem, diese Chuzpe muss man erst mal haben.«

Die beiden Polizisten schwiegen. Sogar Hain empfand so etwas wie Mitleid für die Lehrerin.

»Wie geht man mit so etwas um? Was macht man mit solch einem Schüler?«

»Nichts. Was sollte ich machen?«

»Na, ihn bestrafen.«

»Für die Wahrheit, auch wenn sie schwer auszuhalten ist? Das würde mir nicht in den Sinn kommen.« Frau Parker sah durch die Kripobeamten hindurch, und ihr Gesichtsausdruck hatte jegliche Härte verloren, die vorher noch dominiert hatte.

»Ich habe noch ein Jahr, vielleicht zwei, dann gehe ich in

Pension. Diese Zeit sitze ich ab und werde mir alle Anzüglichkeiten und sämtliche Demütigungen gefallen lassen. Und damit meine ich ausdrücklich nicht nur diejenigen der Schüler.«

Hain und Ritter sahen sich ein wenig unsicher an.

»Was meinen Sie damit?«, wollte der Hauptkommissar wissen.

»Ich habe letztes Jahr einen wirklich guten Artikel in einer deutschen Wochenzeitung gelesen. Es war der Gastbeitrag einer Lehrerin, die über ihren schulischen Alltag berichtet hat. Gut geschrieben, wirklich, aber ein Satz hat sich wie mit dem heißen Eisen in meinem Kopf festgebrannt: *Wenn Sie Menschen sehen wollen, die wirklich hemmungslos weinen, dann müssen Sie einfach einen Blick in das Lehrerzimmer einer beliebigen deutschen Schule werfen. Dort finden Sie diese Menschen.* Und Sie glauben nicht, wie recht die Dame hat. Das Lehrerzimmer ist tatsächlich ein Refugium für Raubtiere.«

»War Evelyn Schürmann eines dieser *Raubtiere*?«

Wieder lachte Brenda Parker auf. »Sie war ganz sicher ein Raubtier, allerdings hat sie sich seit Jahren nicht mehr im Lehrerzimmer blicken lassen. Für sie wurde immer eine Extrawurst gebraten, fragen Sie mich nicht warum, aber es war so. Sie hat ihre Pausen nicht im Lehrerzimmer, sondern in einem Klassenraum oder auf dem Hof verbracht. Und gesprochen hat sie mit den Kolleginnen und Kollegen nur das absolut Unvermeidliche.«

»Was den Umgang mit ihr vermutlich nicht gerade leicht gemacht hat.«

»Sie irren, da gab es keinen Umgang, zumindest von meiner Seite nicht. Und wenn, dann war er der Tatsache geschuldet, dass sie wieder mal völlig übergriffig oder unverschämt einem Kollegen oder einer Kollegin gegenüber gewesen ist. Denn das konnte sie wirklich gut.«

»Wie meinen Sie das?«

»Das werden Sie sicher im Lauf Ihrer Ermittlungen noch herausfinden, davon bin ich überzeugt.« Sie warf einen Blick auf ihre Armbanduhr. »Und jetzt muss ich Sie leider verlassen, denn ich habe einen Termin bei meinem Orthopäden. Wenn Sie weitere Fragen haben, können Sie mich aber auch gern privat anrufen.« Damit reichte sie eine Visitenkarte über den Tisch, die Pia sich in die Tasche schob, und reckte langsam ihren massigen Körper in die Höhe.

Eine knappe halbe Stunde und eine nervige Stop-and-go-Fahrt durch den Kasseler Feierabendverkehr später stellte Hain den kleinen Japaner hinter dem Polizeipräsidium ab.

»Ich bin ziemlich fertig«, bemerkte der Hauptkommissar mit einem Gähnen. »Was hältst du davon, für heute Feierabend zu machen? Ich würde noch schnell unsere neuen Erkenntnisse nach oben weitergeben und dann auch Schluss machen. Diesem Lehrer Dieser fühlen wir dann gleich morgen früh auf den Zahn.«

Pia nickte. »Mir geht es genauso, ich bin auch ziemlich durch. Also übertreiben wir es nicht gleich am Anfang und schauen, dass wir uns noch etwas Kraft für morgen aufheben.«

Sie zog am Türöffner des Mazda.

»Allerdings räume ich freimütig ein, dass mir das Gespräch mit dieser Frau Parker schon ein bisschen den Zahn gezogen hat. Zuerst dachte ich wirklich, dass sie eine arrogante, widerliche Kuh ist, aber eigentlich ist sie eher eine ganz arme, verletzliche Person.«

»Mit einem kleinen Übergewichtsproblem und dem unübersehbaren Hang zu Arroganz und Widerlichkeit«, ätzte der Hauptkommissar mit einem Grinsen. »Du weißt genau, was ich meine, Thilo. Die versteckt sich doch nur hinter dieser harten Schale, um sich nicht angreifbarer zu machen, als sie ohnehin schon ist.«

»Da gebe ich dir absolut recht, ja. Aber ihr Verhalten am Anfang unseres Zusammentreffens kann ich einfach nicht ausblenden. Vielleicht auch, weil es mich zu sehr an ein paar meiner eigenen Lehrer erinnert hat.«

»Ging mir genauso«, stimmte Pia ihm vorbehaltlos zu. »Aber trotzdem versuche ich, ihr mit der gebotenen Empathie zu begegnen. Und das bedeutet, dass ich echt Mitleid mit ihr habe.«

»Mitleid, meine verehrte neue Kollegin, hat in unserem Job …«

»Spar dir diese Merksätze aus dem Polizistenhandbuch«, ging sie dazwischen, öffnete die Tür und stieg aus. »Wir sehen uns morgen früh im Büro. Bis dann.«

11.1

Gesendet von Sandra um 17:22 Uhr

*Ich muss dich unbedingt sehen!
Es gibt was total Wichtiges, das
ich dir erzählen muss. Ruf mich
bitte an.*

LoveU

*

Gesendet von Erzengel um 18:12 Uhr

*Bin gerade beim Sport. Melde mich,
sobald es passt.*

Pass auf dich auf

12

Sören Wills stellte das Telefon zurück in die Ladeschale und ließ sich in den Designerstuhl fallen. Seine Frau Jessica saß bereits am Küchentisch und hatte sein Telefonat ebenso interessiert wie ambivalent verfolgt.

»Ich weiß wirklich nicht, ob das richtig ist, Sören«, gab die dunkelhaarige Frau mit den ebenmäßigen Zügen vorsichtig zu bedenken. »Sie ist unsere Tochter, und was sie macht, ist schließlich auch das Produkt unserer Erziehung.«

»*Unserer* Erziehung?« Der Landrat lachte hämisch auf. »Du meinst wohl eher *deines Versagens*. Ich werde mir diesen Schuh nämlich garantiert nicht anziehen.«

»Wenn du meinst, dann ist es von mir aus auch mein Versagen. Aber wir sollten jetzt nicht zurückblicken, sondern nach vorn. Und da sehe ich ein noch nicht einmal 17-jähriges Mädchen, das schwanger ist. Und das dringend unsere Hilfe braucht.«

»Aber wir haben ihr doch unsere Hilfe mehr als angeboten, Jessica. Wir … du hast ihr den definitiv sehr guten Weg mit Freiburg eröffnet. Und was hat sie damit gemacht? Gedroht hat sie mir, mit dem Jugendamt und der Polizei. Also werden wir jetzt Nägel mit Köpfen machen und sie, von mir aus auch mit ein wenig Nachdruck, auf den richtigen Weg zurückführen. Anders geht das nicht mehr, glaub mir.«

Er schnaufte durch.

»Ich werde mir die Chance meines Lebens nämlich ganz sicher nicht von einem minderjährigen, liebestollen Mädchen ruinieren lassen. Auch dann nicht, wenn es meine eigene Tochter ist.«

Jessica Wills stand auf, ging zum Kühlschrank und kam mit einer halb vollen Weißweinflasche zurück. Dann holte sie zwei Gläser aus dem Schrank und füllte sie.

»Wäre es nicht auch eine denkbare Lösung, noch einmal mit ihr zu sprechen? Ich meine ohne Drohungen und … Gewalt?«

»Was heißt denn hier *Gewalt*?«, rief Wills empört. »Nur weil ich ihr mal eine Ohrfeige gebe, musst du doch nicht gleich von Gewalt reden.«

»Du hast sie heute zum wiederholten Mal mit der Faust geschlagen, Sören. Du hast es gemacht, obwohl du mir in die Hand versprochen hattest, das nicht mehr zu tun. So wie du mir schon mehrmals versprochen hattest, sie überhaupt nicht mehr zu schlagen.«

Sören Wills funkelte seine Frau an. »Ach so, klar, jetzt sind wir wieder an diesem Punkt angekommen. Der böse Sören schlägt die gute Sandra, und die noch bessere Jessica missbilligt das.« Sein Blick verfinsterte sich noch ein wenig mehr. »Wo wären wir denn hingekommen«, schrie er völlig unvermittelt los, »wenn ich ihr nicht manchmal gezeigt hätte, dass es auch Grenzen gibt? Wenn wir alles nach Art von Jessica mit Eideidei und Streicheleinheiten geregelt hätten? Dann würde unsere Tochter uns noch dreister und frecher auf dem Kopf herumtanzen. Nein, meine Liebe, das kannst du komplett vergessen, das Argument zieht nicht mehr bei mir.«

Er trank einen Schluck Wein.

»Und es bleibt dabei, wie ich es eben am Telefon mit dem Verantwortlichen in Salem vereinbart habe. Sie wird noch in den Sommerferien dort im Internat einchecken. Und dann wollen wir doch mal sehen, ob sie dieses Kind wirklich so ernsthaft bekommen will, wie sie tut.«

Auch seine Frau trank ein wenig von ihrem Wein, bevor sie zu einer Replik ansetzte. »Ich bin nicht überzeugt davon, dass wir, oder besser du, diesmal das Richtige tun, Sören. Ich würde in diesem Fall gern einen anderen Weg gehen. Ich würde ihr viel lieber unsere Hilfe anbieten, sie unsere Liebe spüren lassen. Und vielleicht sogar auf die Kompetenz eines Profis vertrauen. Ich denke da an einen Jugendpsychologen.«

»Ach komm, jetzt wirst du aber albern, Jessi. *Sie unsere Liebe spüren lassen! ... Auf die Kompetenz eines Profis vertrauen!* Auf so einen Esoterikscheiß habe ich echt keine Lust. Außerdem finde ich, dass Sandra immer unsere Liebe gespürt hat. Zumindest dann jedenfalls, wenn sie sich dafür interessiert hat.«

Jessica nahm das Weinglas vom Tisch und bewegte es zwischen ihren Handflächen hin und her. Dann holte sie tief Luft. »Nein, das stimmt nicht, Sören; zumindest stimmt es nicht für dich. Du warst immer nur daran interessiert, dass Sandra funktioniert, alles andere hat dich eher belastet. Du hast Konflikte schon seit Jahren nur noch mit Gewalt beantwortet, für echte Auseinandersetzung hat dir doch längst die Zeit gefehlt. Wenn ich es auf den Punkt bringen müsste, würde ich sagen, sagen müssen, dass dir deine Karriere immer wichtiger gewesen ist als deine Tochter.«

»Jetzt mach aber mal einen Punkt, Jessica. Wer wollte denn unbedingt ein Kind, du oder ich? Und wer hat mir immer wieder versichert, dass dieses Kind niemals unsere Pläne beeinträchtigen würde? Du allein warst das, du allein. Ich habe damals nachgegeben, weil es mir wichtig war, dass du dich verwirklichen konntest, also wirf mir jetzt bitte nicht vor, dass ich mich nicht für unsere Tochter interessieren würde. Oder noch besser, dass sie hinter meiner Karriereplanung zurückstehen muss. Das, liebe Jessica, ist schon immer Teil des Deals gewesen.« Er machte eine ausladende Bewegung mit dem rechten Arm. »Und wenn ich mich hier so umschaue, dann bist auch du mit diesem Deal nicht schlecht gefahren. Es hat dir nie an irgendetwas gemangelt, ganz im Gegenteil, und das hast du über alle Maßen genossen. Also wirf mir jetzt bitte nicht auch noch vor, dass ich uns drei so perfekt versorgt habe.«

»Ja, Geld und Karriere«, flüsterte Jessica Wills, »das waren schon immer die bestimmenden Faktoren in deinem Leben. Und da haben eine attraktive Frau und eine wohlgeratene Tochter natürlich gut ins Bild des erfolgreichen Machers Sören Wills gepasst.«

Sie nahm das Glas an die Lippen und trank es aus.

»Aber wie es ausschaut, könnte dieses Bild jetzt die ersten feinen oder auch gröberen Risse erhalten. Es könnte tatsächlich sein, dass die Menschen erfahren, wer wirklich hinter dieser sorgsam aufgebauten Fassade steckt. Was für ein Mann das eigentlich ist, der unter Umständen im nächsten Jahr ihr Ministerpräsident wird.«

Wills hatte durchaus den in den Worten seiner Frau mitschwingenden, Unbehagen verbreitenden Unterton wahrgenommen.

»Was soll das, Jessica? Willst du mir drohen?«

Sie schüttelte den Kopf. »Das sicher nicht. Aber ich will auch nicht, dass Sandra für unsere ureigenen Fehler büßen muss, indem wir sie in ein weit entferntes Internat abschieben.«

»Und? Willst du, dass sie Händchen haltend mit ihrem Lover und ihrem dicken Bauch fröhlich durch Wiesbaden schlendert? Ist es das, was du willst?«

»Noch, Sören, ist es ja nicht einmal völlig sicher, dass wir nach Wiesbaden gehen werden. Lass erst mal die Wahlen gelaufen sein, dann können wir immer noch entscheiden, was wir tun. Und bis dahin sollten wir darauf achten, es uns mit Sandra nicht zu verderben. Ich bin nämlich davon überzeugt, dass sie es wirklich ernst meint mit dem, was sie dir heute angedroht hat.«

»Also willst du mir doch drohen. Und ich soll, weil das ja noch nicht reicht, auch noch auf die Drohungen meiner Tochter achten. Ja, seid ihr denn alle verrückt geworden?«

Es schien, als würde ihm erst in diesem Moment die eigentliche Tragweite von Jessicas Aussagen bewusst werden.

»Und außerdem gibst du mir hier recht unverblümt zu verstehen, dass du ziemlich wenig Vertrauen in mich setzt, was die Wahl angeht. Du hast sie doch wirklich nicht mehr alle.«

Jessica stand wortlos auf, stellte ihr Glas in die Spülmaschine und ging Richtung Tür. Dann jedoch drehte sie sich noch einmal um und sah ihren Mann scharf an. »Wenn du Sandra noch ein einziges Mal schlägst, ist nicht nur sie am nächsten Tag beim Jugendamt und der Polizei, sondern ich auch beim Anwalt.« Sie schluckte. »Was nichts anderes bedeutet, als dass ich in diesem Fall ohne jegliches Zögern oder eine weitere Aussprache mit dir die Scheidung einreichen werde. Ich habe es nämlich so was von satt, immer nur nach deiner Pfeife zu tanzen, Sören. Ich will, dass du das einlöst, was du mir bei unserer Hochzeit versprochen hast, nämlich dass du ein liebevoller Ehemann und sensibler Vater sein wirst. Du hast es vielleicht vergessen oder verdrängt, aber genau das hast du mir versprochen. Und ich werde dich auch dann verlassen, wenn du Sandra gegen ihren Willen in irgendein Internat steckst, egal welches. Ich will das nicht, weil ich meine Tochter nicht verlieren, sondern für sie da sein will. Ich werde mit dir und Sandra nach Wiesbaden gehen und ich werde, falls es so kommen sollte, die beste Frau eines Ministerpräsidenten aller Zeiten sein, aber ich stelle ein paar Forderungen. Einige hast du gerade gehört, aber es gibt noch ein paar weitere. Jetzt bin ich zu müde und fertig und in Sorge um unsere Tochter, um das zu besprechen, aber es ist nur aufgeschoben, nicht aufgehoben. Also, denk bei allem, was du in der nächsten Zeit tust, daran, dass du nicht allein auf dieser Welt bist. Dass es Menschen gibt, denen du etwas bedeutest und die dir etwas bedeuten sollten.«

Ihre rechte Hand legte sich auf den Türgriff.

»Und für heute Nacht machst du es dir besser im Gästezimmer gemütlich. Ich habe in meiner jetzigen Verfassung nämlich weder Lust, heute Abend neben dir einzuschlafen, noch morgen früh neben dir aufzuwachen.«

»Aber Jessi …«, entfuhr es Sören Wills völlig entgeistert, doch seine Frau hatte längst die Küche verlassen.

12.1

Gesendet von Sandra um 22:40 Uhr

Bist du immer noch beim Sport?
Ich warte auf deinen Anruf.

Küsschen

*

Gesendet von Erzengel um 23:54 Uhr

Klappt leider heute nicht mehr,
bin noch mit ein paar Kumpels
in der Kneipe. Wir telefonieren
morgen.

Küsschen zurück und schlaf gut

13

Elke Hommel genoss ihren dritten Orgasmus in dieser Nacht leise wimmernd. Mit zitternden Fingern schob sie Werner Mottes Kopf aus ihrem Schoß und öffnete die Augen.

»Welche ein unfassbares Vergnügen, von dir befriedigt zu werden«, murmelte sie.

Motte hangelte sich nach oben und küsste sie auf den Mund. »Dieses Kompliment kann ich nur zurückgeben. Welch ein Naturereignis.«

Er griff nach seinem auf dem Nachttisch liegenden Mobiltelefon und sah auf die Uhr.

»Schon viertel nach zwölf. So langsam muss ich ans Aufbrechen denken, sonst bekomme ich wirklich Schwierigkeiten zu Hause.«

Sie nickte.

»Steve ist auf dem Flug nach Orlando und es könnte durchaus sein, dass er noch auf die Idee kommt, mich anzurufen. Mit einem Verkehrsflugzeugführer verheiratet zu sein, hat den einen oder anderen Vorteil, wie ich immer wieder sage. Aber ich will auch nicht erst um zwei zu Hause ankommen.«

»Was? Mitten in der Nacht?«

»Für ihn ist es nicht mitten in der Nacht, und wir haben das eigentlich immer so gemacht. Ich konnte einfach besser schlafen, wenn ich wusste, dass er gut gelandet ist.«

»Wann landet er denn in Orlando?«

»Um 1 Uhr unserer Zeit. Bis alles erledigt und er durch den Zoll ist, wird es aber immer mindestens eine Stunde später.«

»Piloten müssen durch den Zoll?«

»In den USA mittlerweile schon, ja. Seit 2001 ist dort alles anders geworden. Es ist zwar keine so gründliche Untersuchung wie bei gewöhnlichen Passagieren, aber anstehen und sich registrieren lassen, müssen sie auf jeden Fall.«

»Krass.«

Die noch immer leicht bebende Frau setzte sich im Bett auf und griff nach der Zigarettenschachtel.

»Warte doch damit, bis ich weg bin«, bat Motte sie. »Sonst muss ich zu Hause wieder erklären, warum meine Haare nach Rauch stinken. Viola ist zwar ein klein wenig begriffsstutzig, aber dumm ist sie nicht.«

»Klar, hatte ich vergessen. Und ich will auf keinen Fall, dass du Ärger bekommst wegen mir und unseres kleinen, großen Geheimnisses.«

»Das klappt schon. Manfred, Stefan und ich geben uns gegenseitig Alibis, wie du weißt. Und keine unserer Frauen ist jemals auf die Idee gekommen, dieses wöchentliche Treffen der alten Studienkollegen infrage zu stellen.«

Er küsste sie erneut auf den Mund.

»Und wenn du mich fragst, sind die Frauen, zumindest meine ganz sicher, absolut nicht böse darüber, dass wir für einen Abend aus dem Haus sind.«

Elke Hommel zog die Decke nach oben und wickelte sie um sich und ihren Liebhaber.

»Das mit der Schürmann ist schon ein Hammer, oder?«, kam sie unvermittelt auf das Thema des vergangenen Tages schlechthin zurück. Die beiden hatten nach ihrer Ankunft im Hotelzimmer ein paar Worte darüber verloren, sich jedoch schnell und ausdauernd den körperlichen Genüssen hingegeben.

»Wenn du mich fragst, konnte unserer Schule nichts Besseres passieren«, antwortete Motte. »Ich jedenfalls bedanke mich in aller Form bei demjenigen, der uns diese Nervensäge vom Hals geschafft hat.« Er fing an zu grinsen. »Und wenn jemand gesammelt hätte für einen Killer, dann hätte ich garantiert 50 Euro in den Pott getan, so wie jeder andere aus dem Kollegium auch.«

»Das ist ganz schön zynisch, findest du nicht?«

»Das sage ich jetzt auch nur dir, in der Öffentlichkeit würde ich das so nie wiederholen. Und wenn du jetzt mal ganz ehrlich bist, dann ging sie dir doch auch fürchterlich auf die Nerven.«

»Ja, das stimmt tatsächlich«, gab Direktor Hattenbachs Sekretärin freimütig zu. »Aber sie deswegen gleich umbringen?«

»Alles andere hat ja nichts genützt.«

»Werner«, stieß sie ihm mit gespielter Empörung in die Rippen. »So etwas kann man denken, aber doch nicht auch noch aussprechen.«

»Ich empfinde es aber genauso. Du glaubst nicht, wie oft ich die Schürmann in Gedanken grausam gefoltert oder gar auf ganz perfide Weise umgebracht habe. Und dazu stehe ich auch.«

Elke Hommel reckte den Kopf komplett in seine Richtung. »Aber … Du willst mir damit nicht durch die Blume sagen, dass du sie wirklich … umgebracht hast?«

»Nein, natürlich nicht. Obwohl, seit ich es erfahren habe, dachte ich manchmal, welch große Befriedigung die Tat mir verschafft hätte. Aber fortan muss ich leider damit leben, dass mir ein anderer zuvorgekommen ist.«

»Wenn man dir so zuhört und dich nicht so gut kennt wie ich, könnte man tatsächlich Angst vor dir kriegen, Werner.«

Motte lachte laut auf. »Nein, das muss wirklich niemand. Und jetzt schon gar nicht mehr, weil sich das Problem ja praktisch von selbst gelöst hat. Zum Glück, wie ich noch einmal betonen will.«

»Meinst du, es war jemand aus dem Kollegium?«, wollte Elke Hommel vorsichtig wissen.

»Durchaus denkbar, wenn du mich so fragst. Jemand aus dem Kollegium, jemand aus der Elternschaft, jemand aus ihrem privaten Umfeld, alles ist denkbar. Und wer weiß, vielleicht hatte sie ja auch einen Liebhaber, der die Nase von ihr voll hatte.«

Die Frau an seiner Seite riss die Augen auf. »Was soll das *auch* in deinem Satz bedeuten? Hast du die Nase voll von mir?«

»Aber nein, was redest du denn für einen Unsinn. Ich wollte damit nur zum Ausdruck bringen, dass es vermutlich jede Menge Menschen gibt, die die Nase voll hatten von ihr. Nur genau das wollte ich sagen, ehrlich.«

»Ich glaube nicht, dass sie einen Freund oder gar eine Freundin hatte«, erwiderte die Sekretärin ein wenig ruhiger. »Wer oder was auf der Welt sollte sich denn solch eine Furie aussuchen? Und optisch war sie auch nicht gerade eine Augenweide. Oder was meinst du?«

»Na komm, so schlecht ausgesehen hat sie ja nun nicht. Und schlank war sie auch.«

»Was hoffentlich auch alles auf mich zutrifft«, bemerkte Elke Hommel spitz.

»Worauf du dich verlassen kannst, meine Seelenverwandte. Das alles trifft voll und ganz und zu 100 Prozent auf dich zu.«

Sie schob die Decke zur Seite und sah an sich herunter. »Na, wie mit 20 sieht das alles nicht mehr aus.«

Motte bewegte seinen Kopf nach unten und küsste ihre Vulva.

»Muss es auch nicht mehr, wirklich nicht. Das Leben hat seine Spuren hinterlassen, sowohl auf unseren Körpern als auch auf unseren Seelen. Und das ist gut so, wenn du mich fragst.«

»Wie meinst du das?«

»Vor 20 Jahren hätte ich niemals ein Verhältnis mit dir angefangen. Treue und Beständigkeit waren immer die Grundpfeiler meiner Ehe mit Viola, aber das hat sich im Verlauf der Jahre nun einmal geändert. Sie und ich schlafen, wie du weißt, seit ganz vielen Jahren nicht mehr miteinander, und es hat mir einfach gefehlt. Ihr nicht, und das hat mich, wenn man es so sehen will, praktisch in deine Arme getrieben.«

»Also bin ich gerade gut genug zum Ficken?«

»Hör auf. Du weißt, dass ich das nicht mag, wenn du so redest.«

»Aber währenddessen findest du es doch auch geil. Da macht es dich schon an.«

»Wenn wir dabei sind, ja. Aber danach klingt es in meinen Ohren immer ein bisschen ... so ein bisschen nuttig.«

»Hm. Alles, was der Mann will. Die Heilige und die Hure, und zu Hause wartet der Mamaersatz am Herd mit was zu futtern.«

»Du bist ungerecht. Das stimmt so nicht, und das weißt du auch ganz genau.«

»Da muss ich dir recht geben. Aber es macht zu viel Spaß, dich damit aufzuziehen.«

»Na, vielen Dank.«

Er streckte die Beine aus dem Bett und schwang sich über die Kante. »Und jetzt muss ich mich wirklich auf den Weg machen.«

Elke Hommel griff nach der Zigarettenschachtel und zündete sich eine an. »Werner …?«

»Ja, was ist denn«, gab er zurück, während er in die Hose schlüpfte.

»Ich habe eine Frage an dich und ich möchte, dass du sie mir ganz ehrlich beantwortest. Geht das?«

»Klar, schieß los.« Er drehte sich um und warf sich zurück aufs Bett. »Warte, warte. Ich kann dir die Frage nur dann ehrlich beantworten, wenn ich mich mit der Antwort nicht selbst belasten muss. Wie bei Gericht, du verstehst schon.«

»Warum sollte dich eine Antwort *selbst belasten*? Das verstehe ich nicht.«

»Na, ich dachte gerade daran, dass du mich fragen könntest, ob ich außer dir noch eine oder vielleicht sogar mehrere andere … *Amouren* habe.« Er grinste seine Geliebte an. »Und das könnte ich dir deshalb nicht ehrlich beantworten, weil du mich dann auf der Stelle umbringen würdest. Verstehst du es jetzt?«

»Du hast keine andere neben mir, das weiß ich ganz genau.«

»Warum?«

»Weil ich dich so fordere, dass da gar kein Platz mehr ist für jemand anderes. Das würdest du schon rein körperlich gar nicht leisten können.«

Er sprang aus dem Bett. »Schon möglich, aber vielleicht unterschätzt du auch einfach mein Leistungsvermögen. Aber was genau wolltest du mich denn jetzt fragen?«

Die Frau hob den Kopf, schwieg jedoch.

»Also, was gibt es so Wichtiges, dass du keine unehrliche Antwort dulden kannst?«

»Ich will von dir hören«, sagte sie nun gerade so laut, dass Motte es verstehen konnte, »dass du wirklich nichts mit dem Tod der Schürmann zu tun hast. Und ich würde es sogar wissen wollen, wenn du sie umgebracht hast. Also belüge mich bitte nicht.«

Der Lehrer sah zu ihr auf und band sich dabei die Schnürsenkel. »Aber das wäre doch genau der von mir gerade angesprochene Fall. Du würdest von mir verlangen, dass ich mich mit einer Antwort möglicherweise selbst belaste.«

»Mein Gott.«

»He, Elke, nun hör mal auf zu spinnen. Ich habe die Schürmann nicht auf dem Gewissen und was ich da vorhin gesagt habe, war nicht mehr als postkoitaler Unsinn. Also krieg dich mal wieder ein und hör mir zu: *Ich war es nicht!* Und damit erkläre ich diese verrückte Diskussion jetzt ein für alle Male für beendet. Verstanden?«

»Ja, verstanden.«

Er schlüpfte in sein Sakko, trat ans Bett, beugte sich zu seiner Geliebten hinunter und küsste sie auf die Stirn. »Bis übermorgen. Ich kann es jetzt schon kaum erwarten. Tschüss.«

Elke Hommel lag noch eine Weile rauchend und an die Decke starrend da. Immer wieder ließ sie sich die vergangene halbe Stunde mit ihrem Liebhaber durch den Kopf gehen. Irgendwann kam sie zu dem Schluss, dass es nur ein Wort gab, das ihre aktuelle Gemütsverfassung treffend widerspiegelte. Ein einziges Wort, und je ausführlicher sie darüber nachdachte, desto größer und unbehaglicher wurde es in ihrem Gehirn.

Sie *zweifelte.*

13.1

Gesendet von Sandra um 5:12 Uhr

*Bin jetzt wach. Rufst du gleich
mal an? Bitte!*

1000 Küsse

14

Pia Ritter suchte schlaftrunken nach ihrem Mobiltelefon, griff danach und schaltete den enervierenden Weckton aus. Sie rieb sich mit den Handinnenflächen über das Gesicht, schwang die Beine über die Bettkante und stand auf. Als sie in der Küche Kaffee in den Filter löffelte, wurden hinter ihr Geräusche laut. Die Kommissarin fuhr herum, verengte die Augenlider zu schmalen Schlitzen und atmete genervt aus.

»Ich habe dir doch gesagt, dass ich dich nicht mehr hier sehen will, David. Also, was soll das?«

»Ich weiß, Pia, aber so einfach geht das nicht. Ich will nicht gehen und das weißt du. Ich kann und will nicht ohne dich sein.«

Die junge Frau schob den Filterträger in die Maschine und drückte auf den Einschaltknopf. Dann drehte sie sich herum und funkelte ihren ehemaligen Freund böse an.

»Das hättest du dir überlegen sollen, bevor du dein Ding in Sara Köllner geschoben hast, du Arsch. Jetzt ist es einfach zu spät für solche Arien.«

»Aber Pia …«, wollte er ihr widersprechen, doch sie legte ihm den Zeigefinger kurz auf den Mund, schob sich an ihm vorbei und ging ins Badezimmer.

»Und bevor du gleich für immer gehst, leg die beiden Schlüssel, die du noch hast, auf den Küchentisch. Falls du noch hier rumhängst, wenn ich aus der Dusche komme, kriegen wir ernsthaft Ärger miteinander.«

Ihr Blick traf das zerwühlte Bettzeug auf der Couch.

»Und räum bloß diesen Scheiß weg.«

»Mensch Pia«, kam es von hinter ihr. »Wir hatten doch auch echt schöne Zeiten. Warum vergisst du das denn so einfach? Es kann doch nicht sein, dass du das alles mit einem Handstreich wegwischen willst.«

Pia Ritter drehte sich um, holte tief Luft und trat dann bis auf ein paar Zentimeter an David Strohl heran.

»Verpiss dich, du Arschloch. Ich sage es nicht noch einmal. Es gibt keine Zukunft für uns, weil es keine Gegenwart mehr gibt. Und die Vergangenheit hast du mit deiner blöden Sara-Köllner-Eskapade ein für alle Male beerdigt. Hast du das jetzt endlich kapiert? Kam das in deinem testosteron-geschwängerten Hirn an?«

Er sah ihr ein paar Sekunden in die leeren, müden Augen und nickte schließlich.

»Gut. Dann raus hier.«

Als Pia mit einem Handtuch um den Kopf und der Zahnbürste in der Hand aus der Dusche kam, war David tatsächlich verschwunden. Sie fing an, sich die Zähne zu putzen, setzte sich an den Küchentisch und sah sich um.

Schönen guten Morgen, Frau Ritter, dachte sie sarkastisch.

Eine knappe Stunde danach wurde sie von Thilo Hain begrüßt. Ihr neuer Vorgesetzter und Kollege hielt ihr einen Kaffeebecher hin und grinste sie dabei an.

»Herrje, du siehst ja aus, als würde der intakte Teil deines Bewusstseins noch im Bett liegen.«

»So fühle ich mich auch. Aber das wird schon, versprochen.«

»Muss es auch. Wir haben nämlich einen dringenden Termin.«

»Oh Gott. Wo und bei wem denn?«

»Bei Ortwin Vogler, unserem Herrn und Meister.«

»Scheiße.«

»Ach was, das wird keine große Sache. Ich habe, wie erwähnt, Narrenfreiheit bei ihm. Und die dürfte vermutlich auch für dich gelten, weil du meine Partnerin bist.«

»Hoffen wir es mal.«

Als die beiden kurz darauf im Zimmer des Ersten Hauptkommissars von K11 saßen, wurde diese Annahme schon mit den ersten Worten Voglers ad absurdum geführt.

»Was fällt Ihnen beiden eigentlich ein, sich in solch impertinenter Weise über meine Anweisungen hinwegzusetzen?«, polterte er ohne große Begrüßung los. »Ich hatte einen schriftlichen Bericht angefordert, allerdings ohne jeglichen Erfolg. Was sagen Sie dazu?«

»Dass wir«, erwiderte Hain seelenruhig, »gestern Abend

bis 19 Uhr mit den Ermittlungen zu den beiden Mordfällen beschäftigt waren und demzufolge einfach keine Zeit mehr für Ihren depperten Bericht hatten.«

»Meinen *depperten Bericht*? Sind Sie noch zu retten, Hain? Was Sie hier veranstalten, schreit geradezu nach disziplinarischen Maßnahmen.«

»*Herr Hain*, bitte. So viel Zeit muss schon drin sein.«

Ortwin Vogler lief puterrot an. »Das wird Konsequenzen haben, darauf können Sie Gift nehmen. Mit einem Mitarbeiter wie Ihnen muss ich mich nicht herumschlagen, so viel ist sicher.« Vogler schüttelte den Kopf. »Ich werde mich auf der Stelle daran setzten, einen Bericht über Ihr Verhalten und Ihre Arbeitsauffassung zu erstellen. Der wird dann ohne irgendwelche Verzögerungen den betreffenden Stellen vorgelegt. Und dann wollen wir doch mal sehen, wer hier zuletzt lacht.«

Er wandte sich Pia zu.

»Es tut mir aufrichtig leid, dass Sie mit solch einem renitenten Kollegen zurechtkommen müssen, Frau Kollegin Ritter. Wenn Sie es wünschen, werde ich, was Ihr Einsatzgebiet angeht, auf der Stelle eine Veränderung veranlassen.«

Noch bevor Pia zu einer Antwort ansetzen konnte, ergriff wieder Hain das Wort. »Haben Sie das in Gießen auch so gemacht, Herr Vogler?«

Der Erste Hauptkommissar funkelte ihn an. »Was soll diese freche Frage? Es geht Sie einen Dreck an, was in Gießen passiert ist.«

»Kann sein, muss aber nicht.«

Voglers Augen wurden weit. Auf seinem Gesicht tauchten blitzartig Schweißperlen auf und er keuchte angestrengt.

»Sie wissen gar nichts von Gießen. Sie bluffen.«

»Auch das könnte so sein. Wenn nicht, dürfte es für Sie

allerdings mächtig ungemütlich werden, sich mit mir anzulegen, Herr Vogler.«

Nun sprang der Mann hinter dem Schreibtisch so ruckartig auf, dass Pia instinktiv die Arme hochriss. Er baute sich vor Hain auf und schrie ihn wie von Sinnen an: »Ich werde Sie fertigmachen, Sie kleines Arschloch. Sie Penner werden noch den Tag verfluchen, an dem ich hier in Kassel angekommen bin.«

»Ja, ich weiß. Auf dem Ticket Ihres Patenonkels vom Innenministerium in Wiesbaden übrigens, vergessen Sie das bitte nicht. Weil Ihre eigenen Kompetenzen für den Job, den Sie machen, nämlich niemals gereicht hätten.«

Der Hauptkommissar schlug in aller Ruhe das linke Bein über das rechte und strich sich die Hose glatt.

»Und wo wir gerade dabei sind, Herr Vogler. Wenn Sie das hier in Kassel verkacken, wird auch ihr Onkel nichts mehr für Sie tun können. Dann sind Sie komplett im Arsch, wie man hier bei uns sagt. Dann wird kein Hund jemals wieder einen Knochen von Ihnen nehmen.«

Vogler ließ das Gehörte etwa eine Sekunde lang sacken und stürzte sich dann mit aller Kraft auf Hain. Der blieb ungerührt und ohne jegliche Abwehrreaktion in seinem Stuhl sitzen und kippte nach hinten um. Vogler griff noch im Fallen nach der Kehle des Hauptkommissars und fing an, ihn unter weiteren wüsten Beschimpfungen zu würgen.

Pia Ritter war bereits aufgesprungen, als Vogler vorpreschte. Sie griff sich nun den rechten Arm ihres Vorgesetzten und bog ihn unerbittlich nach hinten.

»Herr Vogler, nun kriegen Sie sich mal wieder ein! Was Sie hier veranstalten, ist ja unter aller Kanone.«

Der Erste Hauptkommissar stöhnte auf, wehrte sich

noch einen Moment gegen den Griff und gab schließlich nach.

»Lassen Sie mich los, sofort.«

»Nur wenn Sie mir versprechen, sich vernünftig zu verhalten.«

Es dauerte eine Weile, bis Vogler zustimmend nickte.

Pia lockerte langsam ihren Griff, half ihrem Chef auf die Beine und baute sich zwischen ihm und ihrem regungslos daliegenden Kollegen auf.

»Sie sind ja gemeingefährlich«, flüsterte Hain von unten, während er sich mit schmerzverzerrter Miene krümmte. »Jemand wie Sie müsste man sofort aus dem Verkehr ziehen.«

Pia Ritter sah von einem zum anderen, bis ihr Blick an ihrem Boss hängen blieb. »Sie, Herr Vogler, gehen jetzt auf der Stelle zur Toilette und richten sich ein bisschen. Der Kollege Hain und ich werden unterdessen Ihr Büro verlassen. Und dieses Treffen hat niemals so stattgefunden, wie es stattgefunden hat. Haben Sie das verstanden?«

Offenbar war während ihrer Worte auch Vogler klar geworden, in welch missliche Lage er sich durch den körperlichen Angriff auf seinen Mitarbeiter gebracht hatte. Er schluckte, nickte demütig und schlich davon. Pias Blick traf nun ihren Kollegen.

»Und du Arsch kommst jetzt hoch und folgst mir, wenn du nicht einen noch größeren Ärger kriegen willst, als du ihn ohnehin schon hast.«

Sie hielt ihm den ausgestreckten Arm hin, half ihm in die Vertikale und gab ihm, als er schließlich stand, eine schallende Ohrfeige.

»Aua, verdammt«, brummte Hain. »Wofür war die denn?«

»Das fragst du noch? Für deinen Auftritt gerade. Oder was glaubst du?«

Sie rieb sich die brennende Hand, er die brennende Wange.

»Und jetzt los, wir müssen hier weg sein, wenn er zurückkommt.«

*

Mit einer Tasse Kaffee in der noch immer zitternden rechten Hand stand Pia kurz darauf neben Hain, der auf seinem Stuhl saß.

»Du musst nicht glauben, dass du mit dieser Nummer auch noch durchkommst, Thilo.«

»Was genau meinst du damit?«

»Was glaubst du wohl? Die Tatsache, dass du Vogler so irre provoziert hast, dass er praktisch durchdrehen *musste*. Was sonst.«

»He, he, bei der Hessischen Polizei darf niemand irgendjemand körperlich angreifen, das ist sogar dem lieben Gott und dem Heiligen Geist verboten. Und ob ich ihn wirklich so massiv provoziert habe, ist reine Interpretationssache.«

»Ich interpretiere es so, wie ich es dir gerade dargelegt habe. Und wenn du das mit mir gemacht hättest, bräuchtest du jetzt mindestens einen Notarztwagen.«

»Du musst unbedingt an deiner Impulskontrolle arbeiten, liebste Pia. So oft, wie du hier irgendwelche Gewaltfantasien beschreibst, kann einem ja angst und bange werden.«

Die Kommissarin funkelte ihren Kollegen mit zusammengekniffenen Augen an. »Du hörst jetzt besser auf.«

Obwohl sie vermutlich wirklich sauer war, bedachte sie ihn mit der Andeutung eines Lächelns.

»Komm«, nahm er die Einladung gern an, »die *Nummer*, wie du das nennst, war doch eine eins a schauspielerische Leistung. Ich hätte mir beinahe selbst abgekauft, dass ich Schiss vor ihm habe.«

»Trotzdem werde ich nirgendwo auf der Welt erzählen, dass er sich auf dich gestürzt hat. Weder in einer internen Ermittlung noch in einem wie auch immer gearteten Rechtsstreit.«

»Du meinst«, erwiderte Hain mit deutlich zu großer Geste, »dass ich es auf einen Rechtsstreit mit ihm anlege? Vergiss es. Aber ich weiß, dass er mich … oder besser uns, jetzt ein für alle Male in Ruhe lassen wird.«

»Das glaube ich nicht. Und wie gesagt, ich bin in dieser Auseinandersetzung höchstens interessierte Zuschauerin, auf keinen Fall mehr. Außerdem geht mir dein Verhalten verdammt noch mal auf die Nerven. So geht man nicht mit Vorgesetzten um, Thilo. Selbst dann nicht, wenn es sich bei einem von ihnen um ein echtes Arschloch handelt.«

»Ich finde wirklich, dass er angefangen hat, Pia.«

Hain erhob sich von seinem Bürostuhl und goss sich ein Glas Wasser ein.

»Und irgendwie muss ich ja morgens noch den Blick in den Spiegel schaffen. Wenn ich eben nachgegeben oder klein beigegeben hätte, wäre das nicht mehr möglich gewesen.«

»Trotzdem finde ich dein Verhalten scheiße. Das geht einfach so nicht. Und wie gesagt, auf mich solltest du in keiner Weise zählen, wenn es hart auf hart kommt.«

»Aber das musst du Vogler ja nicht unbedingt auf die Nase binden. Wenn er einfach nur glaubt, dass du …«

Er brach ab, weil das Telefon auf dem gemeinsamen Schreibtisch klingelte.

»Ja, Hain«, meldete er sich und lauschte dann eine Weile dem Anrufer.

»Ach, interessant. Wann war das?«

Wieder hörte er eine Zeit lang zu.

»Gut. Wir fahren gleich los.«

Er legte das Telefon zurück in die Ladeschale und griff nach seinem Sakko.

»Komm, wir müssen los.«

Pia Ritter stellte den Kaffeebecher neben der Maschine ab.

»Wo müssen wir denn hin, und wie dringend ist es denn? Ich würde gern vorher noch unsere Diskussion zu Ende führen.«

»Das klappt leider nicht, so lieb ich sie auch habe, die Diskussion mit dir. Wir müssen zur Bertha-von-Suttner-Schule, das war nämlich gerade Herr Direktor Hattenbach. Eine Schülerin hat ihm gesteckt, dass ein Klassenkamerad damit geprahlt hat, die Schürmann umgebracht zu haben. Und das steht doch wirklich über jeder noch so schönen Diskussion, was meinst du?«

»Spacko.«

Die Schülerin, derentwegen die beiden sich auf den Weg zur Bertha-von-Suttner-Schule gemacht hatten, erwartete sie in Direktor Hattenbachs Sekretariat. Elke Hommel, die Vorzimmerdame, hatte sie mit einer Tasse Kaffee versorgt und war dabei, Papiere zu sortieren. Das etwa 16-jährige Mädchen stellte sich als Dorothee Berster vor und reichte sowohl Pia Ritter als auch Thilo Hain die Hand.

»Wollen wir uns irgendwo ein ruhiges Plätzchen suchen, wo wir ungestört miteinander reden können?«, fragte Pia freundlich.

»Mich stören Sie nicht«, kam es aus dem Hintergrund von Elke Hommel. »Und ich Sie garantiert auch nicht.«

»Vielen Dank für das nette Angebot, Frau Hommel, aber wir hätten schon gern ein wenig mehr Diskretion. Das richtet sich nicht gegen Sie, aber …«

»Nein«, ging die Sekretärin dazwischen, »ich nehme das nicht persönlich. Gehen Sie nur, bitte.«

»Wie wäre es«, schlug Dorothee Berster nach einem kurzen Blick auf ihre Armbanduhr vor, »wenn wir rüber in die Mensa gehen würden? Jetzt ist Unterricht und demzufolge garantiert nichts los.«

»Gute Idee.«

Der Weg durch die wie ausgestorben wirkenden Flure und über den Hof kam den Polizisten wie ein Ausflug in die eigene Schulzeit vor. Eine Mensa allerdings hatte es weder in Ritters noch in Hains Schule gegeben.

»Also, Frau Berster«, kam die junge Kommissarin zur Sache, nachdem die drei sich an einem Ecktisch niedergelassen hatten. »Sie haben Ihrem Direktor davon berichtet, dass ein Klassenkamerad Ihnen gegenüber etwas über den Mordfall Evelyn Schürmann erwähnt hat.«

»Wollen Sie nicht lieber Doro zu mir sagen. Ich werde zwar von den Lehrern gesiezt, aber auch daran habe ich mich noch nicht so richtig gewöhnt.«

Die beiden Polizisten nickten.

»Gern«, sagte Hain.

»Schön.«

Die Schülerin fuhr sich durchs Haar und holte tief Luft.

»Ich muss, bevor ich richtig anfange, erst mal klarstellen, dass ich mit dem Sebastian Probst, um den geht es nämlich, bis vorletzte Woche zusammen gewesen bin. Wir waren eineinhalb Jahre ein Paar, und er hat es noch nicht so richtig kapiert, dass ich nicht mehr wollte. Aber das nur am Rand.«

Wieder nickten die beiden Kommissare so verständnisvoll wie möglich.

»Der Sebastian ist ein echt netter Kerl, aber eben auch ein echter Spinner. Er kann von einer Minute auf die andere komplett sein Verhalten wechseln und deswegen wollte ich auch nicht mehr mit ihm zusammen sein. Er ist auf der einen Seite total lieb und zärtlich, aber auf der anderen auch aufbrausend und ziemlich … ja, ziemlich gewalttätig.«

»Hm«, machte Pia.

»Ja, und den Wechsel schafft er manchmal innerhalb von Sekunden. Und das hält man einfach nicht aus; ich jedenfalls habe es nicht mehr ausgehalten.«

»Aber das heißt ja noch nicht, dass er etwas mit Frau Schürmanns Tod zu tun haben muss.«

»Daran hätte ich natürlich auch gar nicht gedacht, nicht im Traum, ganz ehrlich. Aber er ist ganz früh heute Morgen bei mir aufgetaucht, zu Hause, und hat an mein Fenster geklopft.«

Wieder fuhr sie sich durchs lange, braune Haar.

»Ich habe ein Zimmer im Souterrain, wissen Sie, da kann man direkt vom Garten ins Zimmer.«

Sie errötete.

»Sebastian kennt ja meinen Stundenplan, deshalb wusste er auch, dass ich noch zu Hause bin, und hat geklopft. Zuerst wollte ich ihn nicht reinlassen, aber er hat noch ein paar Sachen bei mir, die er abholen wollte, zumindest hat er das gesagt. Aber als er dann drin war, hat er mich ziemlich beschimpft.«

»Ich hoffe, es ist beim Schimpfen geblieben«, meinte Pia Ritter.

»Ja klar. Mir gegenüber ist er nie handgreiflich geworden.«

»Bei anderen schon?«, fragte Hain.

Dorothee Berster nickte.

»Ja, bei anderen schon. Aber nur Jungs.«

»Das macht die Sache nicht wirklich besser.«

»Stimmt.«

»Wenn ich dich richtig verstehe«, wollte Pia wissen, »ist er heute Morgen aber schon richtig aggressiv zu dir gewesen. Stimmt das?«

Wieder das Nicken der Schülerin. Es war ihr offensichtlich peinlich, über ihren ehemaligen Freund und dessen Verhalten zu sprechen.

»Wie ging es dann weiter?«

»Er hat, wie eigentlich jeden Tag, seit ich mich von ihm getrennt habe, an mir herumgeredet. Mir versichert, dass ich die Einzige sei, mit der er sich eine Beziehung vorstellen kann, und das alles. Aber ich will halt nicht mehr mit ihm zusammen sein. Und dann ist er irgendwann wirklich aggressiv geworden. Hat gemeint, dass er auch ganz anders könne, wenn ich mich … na ja, weiter … so blöd anstellen würde. Und irgendwann kam er damit, dass die Schürmann das ja auch zu spüren bekommen hätte.«

»Das hat er gesagt? Dass *Frau Schürmann das auch zu spüren bekommen* hätte?«

»Genau so, ja.«

»Seid ihr beiden in einer Jahrgangsstufe?«

»Ja.«

»Und ihr habt bei Frau Schürmann Unterricht … gehabt?«

»Ja, Mathe und manchmal Physik, in Vertretung. Unser Physiklehrer ist ziemlich oft krank.«

»Und Frau Schürmann hat dann dessen Vertretung übernommen?«

»Ja. Wie gesagt, nicht sehr oft, aber manchmal schon.«

»Wie bist du denn mit Frau Schürmann ausgekommen?«

»Wie kann man … ich meine konnte man, mit der schon auskommen? Die war echt schräg, wenn Sie mich fragen.«

»Wie meinst du das, *schräg*?«

»Na schräg halt. Wollte mit den anderen Lehrern nichts zu tun haben, wollte mit uns Schülern nichts zu tun haben und wollte auch mit unseren Eltern nichts zu tun haben. Das, finde ich, ist für eine Lehrerin schon ziemlich schräg.«

Sie zögerte einen Moment.

»Mein Vater ist Psychologe, und der meinte mal nach einem Elternabend zu mir, dass sie vermutlich eher in eine Klinik als in eine Schule gehören würde. Aber das dürfen Sie bitte nicht weitersagen.«

Pia sah das Mädchen freundlich an. »Versprochen.«

»Aber jetzt«, unterbrach Hain das Gespräch der beiden, »müssen wir noch ein bisschen über deinen Exfreund sprechen. Wie, glaubst du, hat er das denn gemeint, was er über Frau Schürmann gesagt hat?«

»Dazu kann ich leider wirklich nichts Konkretes sagen. Sebastian ist eigentlich ein echt lieber Mensch, aber wenn er seine fünf Minuten hat, dann ist ihm einfach nicht zu helfen.«

»Hätte es denn einen Grund für ihn gegeben, Frau Schürmann etwas anzutun? Hatten die beiden Ärger miteinander?«

»Frau Schürmann hatte mit jedem Menschen Ärger. Wirklich mit jedem. Sebastian ist mit ihr vor ein paar Wochen ganz schön heftig aneinandergeraten, weil er sich von ihr bei der Bewertung der letzten Klassenarbeit ungerecht behandelt gefühlt hat. Das hat er ihr ganz deutlich gesagt, sie hat ihn abblitzen lassen, und darauf hat er sie … ziemlich übel beleidigt.«

»Was genau hat er denn zu ihr gesagt?«, wollte Pia wissen.

Wieder zögerte Dorothee Berster.

»Muss ich das wirklich wiederholen? Ich meine, das war echt nicht nett von ihm.«

»So schlimm?«

Sie nickte, überlegte ein paar Sekunden und nickte schließlich erneut.

»Wenn ich es Ihnen nicht sage, dann wird es jemand anders aus dem Kurs machen, also ist es gerade egal. Allerdings muss ich dazu sagen, dass ich mich furchtbar geschämt habe, als er ihr das an den Kopf geworfen hat. Und irgendwie war das dann auch der Anfang von unserem Ende, weil ich meine, dass man einem Menschen so etwas nicht sagen sollte. Keinem Menschen.«

Die beiden Kommissare sahen Dorothee erwartungsvoll an.

»Er hat ihr gesagt, dass er von einer so trocknen Zitrone wie ihr eigentlich gar nichts anderes erwartet hatte. Und dass sie sich mal einen Mann suchen soll, der es ihr … so richtig besorgt, dann würde sie auch wieder ein bisschen lockerer werden.«

»Puh«, kommentierte Pia Ritter die Ausführungen der Schülerin. »Das ist wirklich harter Tobak. Und wie hat Frau Schürmann darauf reagiert?«

»Das hat uns alle total überrascht. Sie hat nämlich so getan, als hätte sie es gar nicht gehört. Ist einfach zur Tagesordnung übergegangen und fertig.«

»Wirklich kein Wort mehr dazu? Bei solch einer massiven Beleidigung?«

»Nicht ein einziges Wort, ehrlich.«

»Und wie würdest du seine Aussage persönlich einordnen? Du kennst ihn ja nun vermutlich viel besser als die meisten anderen Menschen. Könnte es wirklich sein, dass er etwas mit Frau Schürmanns Tod zu tun hat?«

Wieder ließ sich Dorothee Berster Zeit, bevor sie antwortete. »Ich würde jetzt natürlich gern sagen, dass ich es mir absolut nicht vorstellen kann und so, aber das kann ich nicht. Ich habe Seiten an Sebastian kennengelernt, die echt gefährlich sind, und ich weiß, wie jähzornig er sein kann. Klar ist das nicht leicht, wenn man in so einer Situation nicht Nein sagen kann, aber es wäre nun mal nicht ehrlich, wenn ich es machen würde.«

Hain nickte zustimmend. »Das verstehen wir. Und die Tatsache, dass du damit deine Schwierigkeiten hast, macht Sebastian ja nicht automatisch zum Täter.«

»Hoffentlich. Das könnte ich gerade jetzt nämlich echt nicht gebrauchen.«

»Warum?«

»Ich fliege nächste Woche in die USA zu einem Ferienaustausch. Und ich freue mich wirklich wie blöd darauf.«

»He«, meinte Pia, »das ist ja klasse. Wohin denn in den USA?«

»Zuerst nach Seattle und später noch nach San Francisco und Los Angeles. Ich werde bei verschiedenen Familien leben, deren Kinder zur gleichen Zeit in Europa sind.«

»Das klingt verdammt gut. Und ich kann mir vorstellen, dass du jetzt anderes im Kopf hast als eine tote Lehrerin und einen ehemaligen Freund, der auch noch behauptet, etwas mit ihrem Tod zu tun zu haben.«

Die Schülerin sah die Polizistin dankbar an. »Das habe ich wirklich.«

»Ist Sebastian gerade hier in der Schule?«

»Nein. Er wollte heute blaumachen. Ist sowieso nicht mehr viel los jetzt in den letzten Tagen vor den Ferien. Wir schreiben zwar noch einen oder zwei Tests, aber das macht er mit links. Er ist wirklich ein guter Schüler.«

Hain ließ sich von ihr die Personaldaten von Sebastian Probst geben, und kurz darauf verabschiedeten sich die Beamten von der Zeugin. Als die beiden wieder im Mazda saßen, schüttelte Pia Ritter skeptisch den Kopf.

»Ein Schüler, der seiner verhassten Lehrerin die Kehle durchschneidet? Und danach noch ihre pflegebedürftige Mutter ins Jenseits befördert? Das glaube ich nicht, und wenn ich alles glaube.«

»He, he«, ging Hain dazwischen, »nun sei doch nicht gleich so pessimistisch. Warum sollte er damit prahlen, wenn er nichts mit dem Mord oder den Morden zu tun hat?«

»Mann, Thilo, der Typ ist nicht mal volljährig. Der steckt garantiert noch mitten in der Pubertät. Wie warst du denn so in der Pubertät? Nicht auch super großmäulig, unschlagbar aufschneiderisch und verdammt prahlerisch?«

Der Hauptkommissar hob den rechten Arm und sah seiner neuen Kollegin dabei grinsend ins Gesicht. »Solche und ähnliche Worte, wie du sie gerade benutzt hast, sind mir von Geburt an fremd gewesen. Ich schwöre.«

»Blödmann.«

»Nein, ehrlich, ich glaube, dass es einen großen Unterschied gibt zwischen Prahlerei und dem Hinweis, möglicherweise ein Mörder zu sein. Aber am besten kommen wir der Sache auf die Spur, wenn wir dem jungen Mann mal mit dem nötigen Ernst auf den Zahn fühlen.«

»Sehe ich genauso.«

Auf der Fahrt zum Brasselsberg, nach landläufiger Meinung eine der besten Wohnlagen Kassels, ließen sich die beiden unabhängig voneinander noch einmal all das durch den Kopf gehen, was ihnen Dorothee Berster geschildert hatte. Und sowohl Pia als auch ihr Kollege konnten sich nicht dazu durchringen, die Meinung des jeweils anderen zu übernehmen.

Die Familie Probst bewohnte ein großes Anwesen mit einer langen Auffahrt zum Haupthaus und mehreren auf dem Grundstück verteilten kleineren Bauten. Hain stellte den kleinen Japaner direkt vor dem Eingang ab und sah sich um.

»Mannomann, wie es aussieht, lebt der gute Sebastian nicht gerade an der Schwelle zum Prekariat.«

»Nur kein Neid, Herr Kollege«, murmelte Pia und stieg aus. Hain folgte ihr, und gemeinsam traten sie an die große, doppelflügelige Tür, neben der ein Leichtkraftrad und ein teures Mountainbike standen.

Die Polizistin klingelte und kurz darauf wurde der linke der beiden offenbar sehr gewichtigen Türflügel langsam geöffnet.

Eine etwa 70-jährige, in glänzend weißer Schürze steckende Frau wurde sichtbar, deren forschende Augen zwischen den Besuchern hin und her sprangen.

»Guten Tag«, sagte sie schließlich, jedoch sagte dieses *Guten Tag* im Subtext deutlich mehr aus als die sachliche Begrüßung. Der interessierte Zuhörer konnte ein deutlich mitschwingendes *Wie haben Sie sich denn hierher verlaufen und was wollen Sie eigentlich verkaufen?* heraushören. Hain als nachdrücklich interessierter Zuhörer konnte einen spontan aufkommenden Lachreiz nur mühsam unterdrücken.

»Auch Ihnen einen guten Tag«, flötete Pia, doch die Dame im Türrahmen ließ sich dadurch nicht beeindrucken.

Ohne ein Wort zu erwidern, sah sie zwischen den beiden Störern hin und her.

»Wir«, hob Hain seinen Dienstausweis in die Höhe, »sind von der Polizei und würden uns gern mit Sebastian unterhalten. Sebastian Probst.«

»In welcher Angelegenheit?«

»In der privatesten Privatangelegenheit, die Sie sich vorstellen können. Ist er zu Hause?«

»Da müsste ich nachsehen. Warten Sie bitte.«

Damit fiel die Tür zurück ins Schloss.

»Ich hätte gar nicht gedacht, dass so was in Deutschland noch zu erleben ist«, fasste Pia das soeben Erlebte zusammen. »Meinst du, die gehört zur Familie, oder ist das eher eine Bedienstete?«

»Das Faktotum vielleicht«, sinnierte der Hauptkommissar. »Zumindest erinnert sie mich an diese Gattung Mensch aus diversen Schwarz-Weiß-Filmen der 60er-Jahre.«

»Stimmt«, grinste Pia. »Edgar Wallace und so.«

Noch bevor Hain etwas dazu sagen konnte, wurde der Türflügel wieder geöffnet und die Frau erschien.

»Sie können im Besucherzimmer warten. Sebastian ist in fünf Minuten für Sie zu sprechen.«

Damit drehte sie sich um und verschwand langsam im Halbdunkel des Flurs. Hain und Ritter folgten ihr und saßen kurz darauf in den tiefen, cognacfarbenen Ledersesseln des Besucherzimmers, aus dessen Quadratmetern ein begabter Architekt ohne jegliche Probleme eine Dreizimmerwohnung hätte schneidern können.

»Darf ich Ihnen etwas zu trinken anbieten?«, wollte das undefinierbare Wesen mit vor der Brust gefalteten Händen wissen. »Ein Glas Wasser vielleicht? Oder eine Tasse Kaffee?«

Die beiden verneinten, was der Fragestellerin offensichtlich nicht ungelegen kam.

»Ich hätte tierische Angst gehabt, dass sie uns in das Wasser spuckt«, bemerkte die Oberkommissarin, nachdem sie allein waren. »Oder noch besser, irgendwelche Drogen in den Kaffee mixt. K.-o.-Tropfen vielleicht.«

Hain sah seine neue Kollegin verwundert an. »Deine Fantasie geht schon manchmal mit dir durch, oder?«

»Sag bloß, du hättest etwas von dem getrunken, das sie uns reichen wollte?«

»Nicht für Geld und gute Worte. Aber an Drogen oder K.-o.-Tropfen hätte ich in diesem Zusammenhang bestimmt nicht gedacht. Spucke oder Pipi, von mir aus, aber wo soll denn eine solche Schrapnelle Dope hernehmen?«

»Die Welt ist voller Mysterien. Es gibt nichts, was es nicht ...« Sie brach ihren Satz ab und hob den Kopf. »Hörst du das?«, wollte sie wissen.

»Nein, was denn?«

Die junge Polizistin schoss in die Höhe, sprang auf die Tür zu und stürmte in Richtung Doppelflügel. Dessen linker Teil stand sperrangelweit offen.

»Scheiße«, brüllte Hain auf der Treppe, der hinter seiner Kollegin hergekommen war, und nestelte nach seinem Autoschlüssel.

Im gleichen Augenblick bog das Leichtkraftrad, das bei ihrer Ankunft noch vor dem Haus gestanden hatte, mit mörderischem Tempo auf die Hauptstraße ein und verschwand aus ihrem Blickfeld.

Der Hauptkommissar riss die Tür des Mazda auf, während Pia sich mit einem eleganten Satz auf den Beifahrersitz katapultierte.

»Wow«, machte Hain, während er den Schlüssel ins

Schloss fummelte. Pia hatte bereits ihr Telefon in der Hand und leitete die Fahndung ein.

An der Einmündung zur Elgershäuser Straße trat er mit voller Kraft auf die Bremse und sah sie fragend an. »Richtung Stadt oder Richtung Herkules und damit aus der Stadt raus?«

»Aus der Stadt raus«, antwortete Pia spontan. »Aber hau mich bloß nicht in die Pfanne, wenn er in die andere Richtung gefahren ist.«

»Das werden wir gleich wissen«, meinte Hain, während er die Kupplung kommen ließ und mit durchdrehenden Hinterreifen die Gegenfahrbahn passierte. Kurz darauf jagten sie mit mehr als 140 Stundenkilometern Richtung Ehlener Kreuz, wo es rechts zum Herkules ging.

»Wenn er hier lang ist«, schrie Pia gegen den Fahrtwind an, »dann wird er auf keinen Fall Richtung Herkules abgebogen sein. Auf der Geraden ins Tal kann er richtig Meter machen.«

Hain fand die Idee gut, schaltete in den fünften Gang und ließ das Kasseler Wahrzeichen rechts liegen.

Genau drei überholte Autos und 90 Sekunden später standen sie erneut vor einer Entscheidung, diesmal an der T-Kreuzung am Ortseingang von Ehlen.

»Hier kann es nur nach rechts gehen«, entschied Hain, wobei er den kleinen Japaner mit wimmernden Pneus um die Ecke wuchtete. »Ich kann mir nicht vorstellen, dass er mit seiner 125er auf die Autobahn will.«

Wieder hob er das Tempo auf das maximal verantwortbare Limit an, doch ein paar Minuten später und an der Stadtgrenze zu Kassel wurde ihnen klar, dass entweder eine ihrer Entscheidungen nicht die Richtige gewesen oder Sebastian Probst einfach in einen der vielen Wald- oder Feldwege eingebogen war.

»Mist«, brummte Pia.

14.1

Gesendet von Sandra um 11:22 Uhr

*Warum meldest du dich nicht?
Stimmt alles bei dir, oder bist du
krank? Kann ich irgendwas für dich
tun?
1000 Küsse*

*

Gesendet von Erzengel um 11:25 Uhr

*Bin heute Morgen mit fiesen Kopfschmerzen
aufgewacht. Tut echt scheiße weh,
deswegen hab ich mich nicht gemeldet.
Ich drück dich*

*

Gesendet von Sandra um 11:26 Uhr

*Du hast Kopfschmerzen und kannst dich
deswegen nicht bei mir melden? Findest
du das nicht ein bisschen merkwürdig?
Sandra*

*

Gesendet von Erzengel um 11:45 Uhr

Glaubst du mir nicht? Und was soll denn dieser schroffe Ton auf einmal? Fang bitte nicht an, komisch zu werden, Sandra, das kann ich wirklich nicht leiden.

*

Gesendet von Sandra um 11:46 Uhr

Ich bin überhaupt nicht komisch, du bist komisch! Wir haben wirklich was ganz, ganz Wichtiges und echt Schönes zu besprechen, und du benimmst dich wie ein Arsch. Das finde ich total ätzend von dir.

15

Jessica Wills betrat das schmucke Haus der Familie, stellte keuchend die beiden Einkaufskörbe im Flur ab und hängte ihr leichtes Sommersakko an die Garderobe. Anschließend brachte die Frau des Landrats die bunten Behältnisse in die Küche und räumte sie aus. Mit ein paar schnellen Handgriffen schaffte sie die Körbe an ihren Platz in der Speisekammer und war gerade in die Küche zurückgekehrt, als aus dem hinteren Teil des Hauses Geräusche zu hören waren.

»Sandra? Bist du schon zu Hause?«

»Hmm.«

»Ich dachte, mit dir sei heute nicht vor 15:30 Uhr zu rechnen. Ist wieder Unterricht ausgefallen?«

»Nee. Ich fühle mich nur einfach nicht gut und bin deshalb nach Hause gegangen.«

Jessica Wills hatte das Zimmer der Tochter erreicht und sah hinein. »Oh Gott, du siehst ja furchtbar aus, Sandy. Was ist es denn genau? Wieder mal Migräne oder …?

»Ich würde auf *oder* tippen«, entgegnete das Mädchen und warf sich müde auf das Bett. »Außerdem hab ich letzte Nacht super schlecht geschlafen. Und gekotzt habe ich heute auch schon drei Mal.«

»Sandra«, unternahm Jessica Wills einen hoffnungslosen Versuch, an die gute Kinderstube ihrer Tochter zu appellieren. »Du musst dich doch nicht immerzu solch einer Gossensprache bedienen. Das passt einfach nicht zu dir.«

»Und wie das zu mir passt.« Sandra drehte sich schwer atmend mit dem Gesicht zur Wand. »Und jetzt wäre ich wirklich gern allein, Mama.«

»Dass du dich jetzt öfter übergeben musst, in deiner … Situation, ist wirklich nicht ungewöhnlich, Sandy.«

Die Mutter zögerte.

»Aber vielleicht magst du ja noch mal mit mir über die Sache an sich reden. Das, was da gestern Mittag passiert ist, kann man ja nun wirklich nicht als Gespräch bezeichnen.«

Wieder ein Zögern.

»Ich denke, dass der Papa da nicht alles richtig gemacht hat. Und das meine ich ganz ehrlich.«

»Ich werde trotzdem nicht mit dir nach Freiburg fahren, um das Kind wegmachen zu lassen. Wenn es dir darum geht, kannst du es dir gleich aus dem Kopf schlagen.«

»Aber darum geht es mir doch gar nicht, wirklich. Ich will, dass du glücklich bist, das ist alles.«

Ihre linke Hand fuhr nach vorn und begann, den Rücken der Tochter zu streicheln.

»Allerdings würde ich dich unheimlich gern vor einem fatalen Fehler bewahren. Und die Tatsache, dass du jetzt ein Baby kriegst … kriegen willst, wirkt auf mich wie ein fataler Fehler.«

»Spar dir deine warmen Worte. Ich werde das Kind kriegen, egal was du, Papa oder sonst jemand dazu sagt. Kapier das bitte.«

»Was … sagt denn der Vater dazu? Will er das Kind genauso gern bekommen wie du?«

Sie verstärkte ihre Bewegungen mit den Fingern, weil sie wusste, wie gern Sandra diese Streicheleinheiten leiden mochte.

»Wenn du mir wenigstens sagen würdest, wer er ist, Sandy. Und vielleicht wie alt er ist, dann könnte ich vermutlich ein wenig entspannter mit der Situation umgehen. So stochern wir doch alle ein bisschen im Nebel herum.«

Sandra hob den Kopf. »Was heißt das denn? Habt ihr gestern, nachdem ich weg war, hier das fröhliche Vaterschaftsraten gemacht, oder wie darf ich das verstehen?«

»Na ja.«

Wieder brauchte die Frau ein paar Augenblicke, um ihre Gedanken in Form zu bringen.

»Wir haben uns natürlich schon überlegt, wer infrage

kommen könnte. Du hattest ja schon den einen oder anderen Freund. Aber von denen kann ich mir persönlich keinen vorstellen, mit dem du …«

Der Rest ihres Satzes blieb unausgesprochen in der Luft hängen. Sandra schob ihre Hand zur Seite und richtete sich auf.

»Mit dem ich gern ein Kind hätte? Meinst du das?«

»Ja, schon. Aber das sind ja selbst alles noch Kinder, wenn ich es richtig sehe.«

»Da hast du recht.«

Es entstand eine längere Pause.

»Der Vater ist keiner von meinen Exfreunden, so viel kann ich dir auf jeden Fall verraten. Er verdient schon eigenes Geld, sodass du und Papa euch wirklich keine Sorgen machen müsst, für uns aufzukommen. Das kriegen wir garantiert auch ohne euch hin.«

»Was heißt das, *er verdient schon eigenes Geld*? Das kann ja nur bedeuten, dass er deutlich älter ist als du.«

»Quatsch. Er ist in der Ausbildung, aber das klappt wirklich. Und ich kann ja auf jeden Fall was dazuverdienen, wenn das Baby erst mal in den Kindergarten geht.«

Jessica Wills riss die Augen auf. »Heißt das, du planst schon gar kein Studium mehr? Das kann doch unmöglich dein Ernst sein. Du willst tatsächlich dein ganzes Leben einfach so wegwerfen?«

Ihre Tochter stöhnte auf. »Ich will gar nichts *wegwerfen*, Mama. Ich will einfach nur selbstbestimmt leben, und zwar mit dem Mann, den ich liebe, und mit unserem gemeinsamen Kind.«

»Aber Sandra, ein Junge, der noch in der Ausbildung ist, kann doch unmöglich eine Familie ernähren. Das klappt doch hinten und vorne nicht.«

»Doch, das klappt, ich habe schon alles durchgerechnet. Mit dem Kindergeld und den sonstigen Leistungen, auf die man Anspruch hat, kommen wir garantiert supergut zurecht.«

»Hat dein … der Junge denn schon eine eigene Wohnung?«

»Herrje, was denkst du denn? Klar hat er eine eigene Wohnung.«

»Und du willst mir wirklich nicht sagen, wer es ist? Ich verspreche dir auch, mit niemandem, auch mit Papa nicht, darüber zu sprechen. Großes Ehrenwort.«

»Nein, will ich nicht. Ich muss erst mal …« Sie brach ab und drehte sich wieder zur Wand.

»Was musst du erst mal, Sandra? Du willst mir jetzt aber nicht erzählen, dass er noch gar nichts von dem Kind weiß, oder?«

»Blödsinn! Natürlich weiß er davon und er freut sich genauso darauf wie ich. Mindestens ganz genau so.«

Jessica Wills zog ihre Tochter an der Schulter und sah ihr tief in die Augen. »Ich mache jetzt wirklich keinen Spaß, Sandra. Wenn der Junge, also der Vater, noch gar nichts von seinem Glück weiß, dann will ich das auf der Stelle wissen. Ist das so?«

»Sag mal, hörst du mir überhaupt zu? Das habe ich doch gerade gesagt. Und außerdem, fang nicht gleich wieder mit dieser blöden Autoritätsmasche an, nur weil es nicht nach deinem Willen geht. Er weiß es, er freut sich darauf und ich werde dir trotzdem nicht verraten, wer es ist. Sei sicher, du wirst es noch früh genug erfahren.«

Die Mutter setzte sich aufrecht, legte die Hände ineinander und holte tief Luft.

»Papa hat dich gestern in Salem angemeldet.«

»Salem? Was ist das denn?«

»Ein Internat. In der Nähe des Bodensees.«

Das Mädchen setzte sich ruckartig auf und sah seiner Mutter hasserfüllt und voller Abneigung in die Augen.

»Ein … was? Und wo soll das sein? Ich glaube, ihr habt sie nicht mehr alle. Das könnt ihr euch ja so was von aus dem Kopf schlagen.«

Sie sprang aus dem Bett und baute sich vor ihrer Mutter auf.

»Und von dir hätte ich nicht erwartet, dass du so was mitmachst. Echt nicht. Und jetzt raus aus meinem Zimmer, und zwar sofort.«

Mit ihren letzten, geschrienen Worten hatte Sandra hemmungslos zu weinen angefangen.

»Aber Sandra, nun krieg dich mal wieder ein. Da ist das letzte Wort doch noch gar nicht gesprochen. Der Papa hat dich angemeldet, aber das ist erst mal ein rein formaler Vorgang, damit, falls es dazu kommen sollte, du auch einen Platz bekommst. Wir reden noch mal darüber. Wir reden darüber wie … erwachsene Menschen.«

»Schlag dir das aus dem Kopf«, heulte Sandra. »Ich gehe nicht aus Kassel weg, auf gar keinen Fall, und wenn ihr euch auf den Kopf stellt.«

Jessica Wills stand nun ebenfalls auf und versuchte, ihre Tochter in den Arm zu nehmen. »Hör mal, Sandy, vielleicht bekommen wir beide ja eine Lösung hin, die wir dann dem Papa verkaufen können. Ich bin ganz sicher, dass sich da was machen lässt und dass mit ihm zu reden ist, wenn wir beide einen guten Vorschlag ausbaldowern.«

Sandra wischte sich mit dem Handrücken über die Augen, schnaubte und schluckte mehrmals. »Und wie sähe so eine Lösung aus?«, wollte sie mit tränenerstickter Stimme wissen. »Was genau schwebt dir da vor?«

Wieder zögerte ihre Mutter. »Wir könnten … einen Deal machen. Einen guten Deal, den wir dann dem Papa vorschlagen können.«

Das Mädchen hob den Kopf. »Ah, jetzt verstehe ich. Ich lass das Kind wegmachen und dafür darf ich weiterhin in Kassel wohnen und zur Schule gehen. Ist das der *Deal*, der dir vorschwebt?«

»Na immerhin wäre das eine denkbare Lösung, von der niemand einen Nachteil hätte.«

»Von der niemand einen Nachteil hätte?«, stieß Sandra nun völlig hysterisch aus. »Davon hätte niemand einen Nachteil? Und was ist mit mir?«

»Du könntest immerhin deine Zukunft weiterhin selber bestimmen und müsstest nicht auf ein viel zu früh geborenes Kind Rücksicht nehmen. Das, auch wenn du das heute noch nicht verstehen kannst oder willst, Sandra, ist tatsächlich ein riesiger Vorteil.«

»Ja klar, für euch ist er das. Aber nicht für mich. Ich will das nicht, dass das mal gleich völlig klar ist.«

Die Mutter trat ein paar Schritte zurück. »Was du willst, ist nicht immer machbar, Sandra. Und am Ende müssen, solang du noch nicht volljährig bist, der Papa und ich entscheiden, wie es mit dir weitergeht. Und wie es aussieht, wollen wir einfach nicht, dass du jetzt Mutter wirst; dass du dir dein Leben schon in diesen jungen Jahren ruinierst.«

»Ach, und wie genau wollt ihr das anstellen? Du hältst mich fest und der Papa macht mir das Kind mit Stricknadeln weg? Vorstellen könnte ich es mir ja, aber das würdet nicht mal ihr wagen. Und wenn doch, werde ich euch so dermaßen anscheißen, dass ihr euch wünschen werdet, niemals Eltern geworden zu sein.«

»Darüber solltest du wirklich noch mal nachdenken, mein liebes Mädchen. Ich finde, ich habe dir eine goldene Brücke gebaut, du musst nur noch darüber gehen. Und wenn du willst, halte ich dir sogar die Hand dabei.«

Sandra warf ihrer Mutter einen vernichtenden Blick zu. »Steck dir deine goldene Brücke sonst wohin, ich jedenfalls will nicht mal in ihrer Nähe sein. Und wenn du es wirklich darauf anlegen solltest, mich zu einem Abbruch zu zwingen, werde ich morgen früh bei der Zeitung stehen und denen von euren ach so grandiosen Ideen berichten. Und dann werden wir ja sehen, wer von uns zuletzt lacht.«

»Das würdest du nicht tun, Sandra. Du würdest nicht unser gesamtes, wie ich finde, wirklich schönes Leben aufs Spiel setzen, um deinen Kopf durchzusetzen. Das wagst du nicht!«

»Leg es besser nicht drauf an, Mama.«

Jessica Wilms schnaufte durch, bedachte ihre Tochter mit einem bösen Blick und ging Richtung Tür. In diesem Moment vermeldete Sandras Telefon den Eingang einer SMS.

15.1

Gesendet von Erzengel um 12:28 Uhr

*Das wird mir jetzt alles zu blöd. Wir
sollten uns nicht mehr treffen, das ist
bestimmt das Beste.
Ich will dir nicht wehtun, aber ich will
auch nicht so weitermachen wie bisher.
Pass auf dich auf
E.*

*

Gesendet von Sandra um 12:29 Uhr

*Was soll denn das heißen? Willst du Schluss
machen, oder was?*

*

Gesendet von Erzengel um 12:33 Uhr

*Ja, das will ich. Ich denke wirklich, das ist
für uns beide das Beste.*

*

Gesendet von Sandra um 12:34

Sag mal spinnst du? Du kannst nicht so einfach Schluss machen, das geht nicht. Und wenn du dich jetzt fragen solltest warum, dann denk mal darüber nach, was ich dir Wichtiges zu sagen haben könnte.

*

Gesendet von Erzengel um 12:38 Uhr

Komm, Sandra, nun mach es doch nicht so kompliziert. Wir hatten eine schöne Zeit miteinander, aber die ist jetzt nun mal rum. Und wenn du jetzt anfängst, mich zu stalken oder so was, dann denk dran, was ich alles über dich weiß. Also bleib lieber vernünftig

*

Gesendet von Sandra um 12:40 Uhr

Ich weiß jetzt nicht genau, ob dich Spacko das überhaupt interessiert, aber ich bin SCHWANGER, und zwar von dir.

16

»Sie haben wohl nicht mehr alle Latten am Zaun?«, brüllte Hain die vor ihm in der Tür stehende Frau mit der schneeweißen Schürze an, die ihm gerade mitgeteilt hatte, dass Sebastian Probst nicht mehr im Haus sei und sie demzufolge nicht mehr mit den Beamten zu sprechen gedenke.

»Was ist denn das für ein Lärm hier?«, ertönte es ein paar Augenblicke später hinter ihr. Gleich darauf tauchte das Gesicht eines etwa 45-jährigen Mannes auf. Sein Teint war makellos braun, seine Haare komplett weiß und seine Brille war vermutlich ein Designerobjekt mit Kostenschwerpunkt im mittleren vierstelligen Eurobereich. »Sie haben hoffentlich eine Erklärung für diesen Tumult, Frau Wasem!«

Sein Blick streifte beiläufig die beiden Polizisten.

»Wer ist das?«, wollte er von der Frau wissen, die seit seinem Auftauchen stumm dagestanden hatte.

»Niemand«, erwiderte sie gereizt. »Wirklich niemand.«

»Wir sind von der Polizei«, widersprach Pia ein wenig leiser als ihr Kollege, »und wurden gerade, unter gütiger Mithilfe dieser Frau hier, von Sebastian Probst verladen.«

»Was soll dieses Wort bedeuten, bitte? Und was wollen Sie eigentlich von meinem Sohn?«

»Sebastian Probst ist Ihr Sohn?«, wollte der noch immer ziemlich geladene Hain wissen.

»Natürlich ist er mein Sohn. Hat er etwas angestellt, oder wie sonst darf ich Ihr Erscheinen hier deuten?«

»Wir wissen nicht, ob er etwas angestellt hat, hätten ihm

aber gern ein paar Fragen gestellt. Leider hat er sich dem durch … na ja, ein ziemlich überstürztes Verlassen des Hauses entzogen.«

Der Weißhaarige drängte sich an der Schürzenfrau vorbei und schob sie zurück in den Hausflur. »Danke, ich brauche Sie nicht mehr, Frau Wasem. Wir reden später über die Angelegenheit.«

»Wie Sie wünschen, Herr Probst.« Sie setzte ihren adipösen Körper in Bewegung und war Sekundenbruchteile später aus dem Blickfeld der Kripobeamten verschwunden.

»So, und nun erklären Sie mir bitte, in welcher Angelegenheit Sie meinen Sohn Sebastian zu sprechen wünschen«, forderte der Mann in der Tür scharf.

»Mit wem haben wir denn das Vergnügen?«, fragte Hain mit demonstrativ zur Schau gestellter Gelassenheit zurück.

»Ich bin Henning Probst, der Gründer, Leiter und alleinige Eigentümer von *Probst-Engineering*.«

»*Probst-Engineering*? Kenne ich nicht«, log der Polizist.

Henning Probst, der offensichtlich eine andere Reaktion erwartet hatte, trat einen Schritt auf die beiden Besucher zu, blieb jedoch immer noch zwei Treppenstufen über ihnen.

»Wie auch immer«, zischte er. »Was wollen Sie von meinem Sohn?«

»Ihm ein paar Fragen stellen.«

»Das sagten Sie bereits. In welchem Zusammenhang bitte?«

Über Hains Gesicht huschte die Andeutung eines Grinsens. »Da muss ich Ihnen leider die gleiche Antwort geben wie der Dame, die Sie gerade weggeschickt haben. Es handelt sich um die privateste Privatangelegenheit, die Sie sich vorstellen können.«

Henning Probsts Gesicht verfinsterte sich um ein paar

weitere Nuancen. »Sprechen Sie bitte nicht mit mir wie mit einem Halbidioten. Worum geht es?«

»Ich würde mich nie erdreisten, mit Ihnen wie mit einem Halbidioten zu sprechen, Herr Probst.«

In der Mitte des Satzes hatte Pia kurz zusammengezuckt, denn ihr war im Gegensatz zu dem Unternehmer aufgefallen, dass die Betonung ihres Kollegen sehr deutlich auf dem *Halb* gelegen hatte.

»Ganz im Gegenteil. Ich versuche eine Situation herzustellen, die ihrem Sohn entgegenkommt.«

Probst dachte eine Weile über die Worte des Polizisten nach. »Mein Sohn hat nichts mit Ihnen zu besprechen, Herr ...?«

»Ach, genau, wir haben uns ja noch gar nicht vorgestellt«, äußerte Hain mit gespieltem Bedauern und holte den vermeintlichen Lapsus nach. »Und Ihr Sohn hat ganz sicher etwas mit uns zu besprechen, sonst wäre er wohl nicht vor uns abgehauen. Womit er sich, das möchte ich auf keinen Fall unerwähnt lassen, bei uns natürlich unsagbar beliebt gemacht hat.«

»Sebastian hat es glücklicherweise nicht nötig, sich bei Menschen wie Ihnen beliebt zu machen. Und wenn Sie mir nicht sagen wollen, warum ...«

»Lassen Sie uns das abkürzen«, mischte Pia sich von der Seite ein, indem sie Probst einfach unterbrach, »und richten Sie Ihrem Sohn aus, wenn Sie ihn sehen, dass wir einen Haftbefehl gegen ihn erwirkt haben, das wird nämlich unsere nächste Maßnahme sein. Und wenn wir ihn erwischen, was über kurz oder lang auf jeden Fall geschieht, dann könnte es länger dauern, bis er in dieses schöne Anwesen zurückkehren wird.« Sie bedachte Probst mit einem wortlosen Gruß und wandte sich ab.

»Moment, Moment«, rief der Unternehmer postwendend. »Wir können doch sicher einen gemeinsamen Weg finden, diese wie auch immer gearteten Schwierigkeiten, in denen sich Sebastian offenbar befindet, aus der Welt zu räumen. Und ein Haftbefehl, ich bitte Sie, dabei kann es sich doch vermutlich nur um eine nicht ernst gemeinte Drohung handeln.«

Pia drehte sich um, ging ein paar Schritte auf ihn zu und musterte den Mann vor ihr. »Ich an Ihrer Stelle würde es nicht darauf anlegen.«

Probst sah von ihr zu Hain und wieder zurück. »Gut. Fangen wir noch einmal ganz bei null an, wenn Sie damit einverstanden sind«, schlug er mit völlig veränderter, geradezu milder Stimme vor, trat zur Seite und machte eine einladende Armbewegung. »Kommen Sie bitte herein.«

»Gern. Aber zunächst geben Sie uns bitte das Kennzeichen des Leichtkraftrades, mit dem Ihr Sohn unterwegs ist. Sonst wird in der nächsten Stunde jeder arme Schüler, der mit solch einem Ding unterwegs ist, von unseren Kollegen gestoppt.«

»Natürlich«, beeilte Probst sich zu erklären und gab ohne Verzögerung die erforderlichen Daten heraus.

»Seit seine Mutter mich vor drei Jahren verlassen hat und ausgezogen ist, hat sich Sebastian leider sehr verändert«, begann Henning Probst, nachdem alle drei durch Frau Wasem mit Kaffee versorgt worden waren und in der gleichen Ledersitzgruppe des Besucherzimmers Platz genommen hatten, in der die Polizisten schon eine gute halbe Stunde zuvor gesessen hatten. »Das bezieht sich sowohl auf die schulischen Leistungen wie auch auf den Umgang mit anderen Menschen. Außerdem hat er, so vermute ich zumindest, ein veritables Rauschgiftproblem.«

»Wie kommen Sie darauf?«, wollte Pia wissen.

»Ich wurde mehrmals in seine Schule zitiert und dort mit aussagekräftigem Beweismaterial konfrontiert. Er hat dieses Problem, glauben Sie mir.«

»Als Konsument oder als Dealer?«

Probst zögerte einen Moment. »Als Konsument, denke ich. Oder, besser gesagt, hoffe ich es wohl eher.«

»Hat er Geldprobleme?«

Der Hausherr machte eine ausladende Armbewegung. »Schauen Sie sich hier um. Hier sieht es wahrlich nicht aus wie bei Leuten mit Geldproblemen, oder was denken Sie?«

Pia schüttelte zustimmend den Kopf. »Also unterstützen Sie ihn finanziell?«

»Natürlich. Er bekommt sein Taschengeld wie jeder Junge in seinem Alter. Leider kann ich nicht abschätzen, wie viel ihm meine geschiedene Frau von dem Geld gibt, das ich ihr jeden Monat überweise. Aber vermutlich dürfte das weit über dem liegen, was er von mir bekommt.« Er schnaubte leise. »Alles eine Frage des schlechten Gewissens weil sie gegangen ist vermutlich.«

»Haben Sie eine Idee, wo wir nach ihm suchen könnten?«, wollte Hain wissen.

»Vermutlich ist er bei seiner Freundin untergekrochen. Sie heißt Dorothee, Dorothee Berster. Ein sehr nettes Mädchen, wirklich. Leider kann ich Ihnen nicht sagen, wo sie wohnt, weil ich es nicht weiß.«

Die beiden Polizisten tauschten einen kurzen Blick aus, wobei Hain kaum wahrnehmbar den Kopf schüttelte. Pia gab ihm mit einem Augenaufschlag zu verstehen, dass auch sie zu diesem Zeitpunkt Probst nicht mehr erzählen wollte als unbedingt notwendig. Und dazu gehörte sicher nicht, dass Dorothee sich von seinem Sohn getrennt hatte.

»Allerdings würde es mir sehr helfen, wenn Sie mir nun sagen würden, warum Sie nach meinem Sohn suchen. Ich denke, ich habe es mir durch meine Offenheit Ihnen gegenüber verdient.«

Hain nickte diesmal für alle sichtbar. »Wir wollen mit ihm ein paar Fragen erörtern, die mit dem Tod einer seiner Lehrerinnen in Zusammenhang stehen. Wir gehen zum jetzigen Zeitpunkt nicht davon aus, dass Sebastian etwas mit ihrem Tod zu tun hat, aber die Details würden jetzt zu weit führen.«

»Dann dreht es sich vermutlich um die arme Frau, die in der Karlsaue tot aufgefunden wurde?«, wollte der Unternehmer wissen.

»Genau, ja«, bestätigte Pia Ritter.

Wieder dachte Probst ein paar Augenblicke nach. »Ich werde trotzdem mit unserem Justiziar sprechen, damit er sich auf die Sache einstellen kann.«

»Das steht Ihnen natürlich frei. Und selbstverständlich werden wir Sebastian, sofern wir ihn finden, nach Recht und Gesetz behandeln. Er muss nicht mit uns sprechen, wenn er das nicht möchte, und er kann sich jederzeit um juristischen Beistand bemühen.«

»Danke für Ihre Fairness.«

Probst sah der Polizistin tief in die Augen.

»Ich wünschte, er wäre hier geblieben und hätte mit Ihnen gesprochen, das können Sie mir glauben. Aber der Umgang mit einem 17-Jährigen ist in der heutigen Zeit viel komplizierter, als ich jemals gedacht habe. Ehrlicherweise muss ich Ihnen und auch mir eingestehen, dass ich ihn eigentlich gar nicht mehr erreiche. Weder mit guten Worten noch mit wie auch immer gearteten Drohungen.«

»Ja, das hört man leider öfter«, gestand Pia ihm zu. »Sie sind also mit diesem Problem nicht allein.«

»Was sicher kein Trost ist.«

»So war es auch nicht gemeint.«

»Können wir uns ein wenig in seinem Zimmer umsehen?«, fragte Hain.

Probst nickte. »Sicher. Ich bringe Sie nach oben.«

Den Bereich, den Sebastian Probst bewohnte, als *Zimmer* zu bezeichnen, wurde der Sache nicht einmal im Ansatz gerecht. Es handelte sich vielmehr um ein sehr großzügiges Zweizimmerappartement mit riesiger Terrasse und Whirlpool. Im größeren der beiden Räume befand sich der riesige Flachbildfernseher, vor dem mehrere Spielkonsolen lagen und der von einer beeindruckenden Surroundanlage eingerahmt wurde. Überall lagen irgendwelche Kleidungsstücke, Spiele und sonstige Utensilien herum.

»Mit der Ordnung hat es mein Herr Sohn nicht so«, erklärte Henning Probst ein wenig verschämt.

»Das macht nichts«, erwiderte Pia, während sie mit geübtem Blick die Spiele durchsah. Viele Ballerspiele, die meisten davon ab 18 Jahren, einige standen auf dem Index.

»Hmm«, machte sie.

Hain war schon ins Schlafzimmer des Jungen vorgedrungen und sah sich dort um. Mit schnellen Bewegungen öffnete er ein paar Schubladen, in denen sich nur Wäsche befand. Im Nachtschränkchen neben dem Bett wurde er allerdings fündig.

»Pia, kommst du mal?«, rief er nach seiner Kollegin, die kurz darauf neben ihm stand und zusammen mit ihm die kleine Menge Marihuana bestaunte.

»Mehr als Eigenbedarf ist das allerdings nicht«, vermutete Hain.

»Sehe ich genauso. Lassen wir ihm also sein Schlafmittel.«

Der Hauptkommissar wühlte noch etwas in der Schublade herum, bevor er sie schließlich wieder schloss.

»Lass uns abhauen«, brummte er leise. »Je schneller wir ihn kriegen, desto besser für alle Beteiligten.«

»Gibt es etwas, worüber ich mir Sorgen machen müsste?«, wollte Probst wissen, als die beiden Kripobeamten wieder im Wohnzimmer ankamen.

Hain blieb direkt vor ihm stehen. »Ich denke schon«, beschied er dem Mann. »Sie sollten sich einfach mal Gedanken darüber machen, warum Sie und Ihr Sohn nicht mehr miteinander reden können. Dann wäre sicher schon viel gewonnen.«

Damit wollte der Polizist sich abwenden, überlegte es sich jedoch augenscheinlich anders.

»Können Sie mir erklären, was das mit dieser komischen Angestellten, dieser Frau Wasem, auf sich hat? Ich meine, ihr Benehmen ist schon irgendwie merkwürdig, oder?«

Der Hausherr senkte den Kopf. »Ich würde Ihnen sehr gern widersprechen, kann es aber leider nicht.«

Sowohl Hain als auch Ritter sahen ihn erstaunt an.

»Ja, Frau Wasems Benehmen ist mehr als merkwürdig, aber ich habe keine Handhabe, sie des Hauses zu verweisen. Sie ist ein Relikt aus den Tagen meines Vaters, der vor mehr als zehn Jahren gestorben ist. Und als letzten ›Liebesbeweis‹ hat er mir diese Dame vererbt, ausgestattet mit einem Vertrag auf Lebenszeit als Haushälterin. In meinen eigenen vier Wänden.«

»Klingt, als hätten Sie und Ihr Vater sich sehr gemocht«, bemerkte Pia süffisant.

»Wir haben uns abgrundtief gehasst«, erklärte Probst. »Oder nein, mehr als das.«

»Aber kann man denn diesen Vertrag nicht irgendwie

anfechten?«, wollte Hain wissen. »Der Umgang mit ihr scheint ja mehr als gewöhnungsbedürftig zu sein. Oder sie in irgendeiner Weise auszahlen?«

Der Unternehmer stöhnte auf. »Das habe ich alles schon probiert, keine Chance. Mein seliger Herr Vater war Jurist, und wie ich im Nachhinein erkennen musste, ein sehr gewiefter. Ich hatte nur die Wahl, das komplette Erbe auszuschlagen oder es mit allen Konsequenzen anzunehmen. Da es um sehr große Vermögenswerte ging, habe ich das tunlichst unterlassen. Allerdings war mir nicht einmal im Ansatz klar, auf was genau ich mich eigentlich eingelassen habe.«

»Nämlich?«

»Dass ich zum Beispiel dieses Anwesen nicht verkaufen darf, ja nicht einmal vermieten, und das solange ich lebe. Und dass sich Frau Wasems und meine Wege nur dann trennen, wenn sie selbst es möchte. Sie kann jederzeit gehen, wenn es ihr beliebt. Ich hingegen habe keine Möglichkeit, sie in irgendeiner Form loszuwerden.«

»Ach du lieber Gott«, murmelte Hain. »Da erscheint es mir richtig angenehm, aus einfachen Verhältnissen ohne große Erbschaftserwartung zu stammen.«

»Sie glauben mir sicher, dass ich es schon tausendfach bereut habe, mich unter dieses Joch begeben zu haben. Aber irgendwann ist es einfach zu spät für Reue.«

Er hob den Kopf und fing müde an zu lächeln.

»In einem Krimi wäre die Frau vermutlich schon mehrmals eines unnatürlichen Todes gestorben, aber wir sind hier leider in der Realität und nicht in einer Fiktion.«

»Und mit Kripobeamten sollte man solche Ideen besser nicht besprechen, die kommen sonst noch auf richtig dumme Gedanken. Speziell, wenn die merkwürdige Frau Wasem denn wirklich eines Tages mal das Zeitliche segnet.«

»Und wenn Sie einfach wegziehen würden?«, schlug Pia vor. »Ich meine, Sie sehen nicht aus wie jemand, der sich das nicht leisten kann.«

Probst gefror das Lachen ein. »Sie machen sich kein Bild davon, wie viel Geld ein Anwesen wie dieses hier im Jahr verschlingt, Frau Kommissarin. Ja, ich könnte wegziehen, aber dann wäre Frau Wasem hier ganz allein, und die möglichen Konsequenzen wage ich mir gar nicht …«

Er brach ab und drehte den Kopf zur Seite, weil die Frau, über die sie in den letzten Minuten geredet hatten, auf der obersten Stufe der Treppe zum Keller stand.

»Haben Sie über mich gesprochen?«, fragte sie leise. »Oder beliebten Sie nach mir zu rufen.«

»Wir haben tatsächlich über Sie gesprochen, Frau Wasem. Nur *über* Sie. Und jetzt lassen Sie uns bitte allein. Ich brauche Sie heute nicht mehr.«

Sie drehte sich wortlos um und verschwand.

»Ich habe bis heute nicht herausgefunden«, flüsterte Probst, nachdem aus dem Untergeschoss keine Schritte mehr zu hören waren, »ob sie etwas mit meinem Vater hatte oder nicht.«

»Hmm«, machte Hain. »Eigentlich schwer vorstellbar.«

»Sagen Sie das nicht. In meiner Jugend war die Frau ein richtig heißer Feger. Man sieht zwar heute nichts mehr davon, aber ich kann mich noch gut daran erinnern, wie eifersüchtig meine Mutter dann und wann auf sie gewesen ist.«

»Dann muss die Frau ja schon seit ewigen Zeiten hier im Haus Dienst tun«, staunte Pia.

»Das kann man wohl sagen. Ich jedenfalls kann mich …«

Er brach erneut seinen Satz ab, weil er diesmal von Hains Telefon unterbrochen wurde.

»Ja«, meldete der Kommissar sich und lauschte einen Moment.

»Gut, wir sind unterwegs. Die Kollegen sollen keinen Unsinn machen oder ihn irgendwie hetzen. Verstanden?«

Er wartete nicht auf eine Antwort, beendete das Gespräch und steckte das Gerät weg.

»Wir müssen los«, sagte er zu Pia.

»Wurde Sebastian gefunden?«, wollte Probst wissen.

»Ja. Er ist einem Streifenwagen aufgefallen, der ist jetzt hinter ihm. Hoffen wir, dass er vernünftig bleibt.«

16.1

Gesendet von Erzengel um 13:45 Uhr

Schwanger??? Von mir??? Du machst dich echt lächerlich, Sandra. Und lass mich bloß mit so einem Scheiß in Ruhe.

*

Gesendet von Sandra um 13:47 Uhr

Der Einzige, der sich hier lächerlich macht, bist du. Ich jedenfalls weiß, was mit mir los

ist, was man von dir ja anscheinend nicht
behaupten kann, du Blödmann.

*

Gesendet von Erzengel um 13:55 Uhr

Lass mich jetzt besser in Ruhe, Sandra.
Ich glaube dir absolut nicht, dass du
schwanger bist, und damit ist es gut
für mich.

*

Gesendet von Sandra um 13:58 Uhr

Dann kann ich ja morgen in der Schule
überall mein Ultraschallbild herumzeigen
und auch erzählen, wer der Vater dieses
kleinen Dings ist, oder?

*

Gesendet von Sandra um 14:08 Uhr

Ich muss dich unbedingt sehen, wirklich.
Streiten ist doof, und ich will nicht,
dass Schluss ist. Schreib mir
bitte, wo wir uns treffen können.
Hdtugdl

17

»War es das für heute?«, wollte Peter Hattenbach von Elke Hommel, seiner Sekretärin, wissen.

»Wie es ausschaut, ja.«

»Vielleicht sollte ich noch mal im Lehrerzimmer vorbeigehen, der guten Laune wegen.«

»Wenn Sie meinen, Herr Direktor. Ich würde es nicht machen, und die Laune der Lehrerschaft wäre mir an einem Tag wie diesem verdammt noch mal egal.«

Der Schulleiter fing an zu grinsen. »Ich bin immer wieder erstaunt, wie sehr Sie doch die Dinge auf den Punkt bringen können, Frau Hommel.«

»Ist das ein Kompliment oder ein Vorwurf?«

»Suchen Sie sich das für Sie Passende einfach aus.«

»Das werde ich …«

Sie stoppte, weil es an der Tür zum Sekretariat klopfte.

»Ja«, rief sie mit heller Stimme.

Die Tür wurde geöffnet und das braun gebrannte, von lockigem blondem Haar eingerahmte Gesicht des Referendars Florian Gabriel tauchte auf. Ohne die geringste Übertreibung hätte der junge Mann sich in jedem Hawaii-Surfer-Film für die Hauptrolle bewerben können.

»Ja, Herr Gabriel, was gibt es denn?«, fragte Elke Hommel.

Der Blick des angehenden Lehrers fiel auf Direktor Hattenbach.

»Ich wollte fragen, ob der Herr Direktor ein paar Minuten seiner kostbaren Zeit für mich erübrigen kann.« Er setzte sein schönstes Schwiegermutterlächeln auf. »Es dauert auch wirklich nicht lang, versprochen.«

»Na«, nickte Hattenbach zustimmend, »dann kommen Sie mal rein. Aber löchern Sie mich bitte nicht wieder mit Ihrer Übernahme, da gibt es nämlich noch immer nichts Neues.«

»Das dachte ich mir schon«, gab der Referendar zurück. Der Schulleiter ging zu seinem Büro, ließ Gabriel passieren, schloss die Tür und nahm hinter dem Schreibtisch Platz. »Also, was gibt es?«

»Eigentlich geht es doch um meine Übernahme, Herr Direktor«, gestand der junge Mann vor dem Schreibtisch ein, um im gleichen Atemzug entschuldigend die Arme zu heben. »Aber wirklich nicht, wie Sie jetzt vermutlich denken. Ich habe nämlich eine Entscheidung getroffen, die ich Ihnen gern mitteilen möchte.«

»Ach, das klingt ja spannend. Wollen Sie sich gleich als Schulleiter bewerben und mir am Ende meinen Job streitig machen?«

»Nein, ganz so weit geht mein Ehrgeiz dann doch nicht.«

»Aber irgendwann einem Schulleitungsteam vorzustehen, das ist Ihnen schon zuzutrauen, wenn Sie mich fragen.«

»Danke für die Blumen. Aber bis es dazu kommen könnte, werden noch viele Schüler das BvSG besucht und auch wieder verlassen haben.«

»Und uns jede Menge Lehrer abhandengekommen sein.«

Sofort, nachdem der Satz seinen Mund verlassen hatte, wurde dem Rektor in Anbetracht der aktuellen Ereignisse dessen Unangemessenheit bewusst. »Das war wohl ein wenig pietätlos«, setzte er deshalb schnell hinzu.

Gabriel zuckte mit den Schultern. »Wenn ich die Reaktionen im Kollegium richtig deute, dann hält sich die Anteilnahme am Tod der Kollegin Schürmann in wirklich sehr engen Grenzen. Ich selbst hatte ja so gut wie nichts mit ihr zu tun, aber wenn man den Kommentaren der Kollegen zuhört, dann läuft einem schon der eine oder andere Schauer über den Rücken.«

»So schlimm?«

»Na ja, wenn sie als Nervensäge, Quälgeist oder Stänkerin bezeichnet wird, dann sind das noch die netteren Attribute. Über die weniger netten breiten wir besser den Mantel des Schweigens.«

»Interessant. Haben Sie sie eigentlich kennengelernt?«

»Nein, wir hatten persönlich nie das Vergnügen. Natürlich ist man sich mal auf dem Flur begegnet, aber im Lehrerzimmer habe ich sie eigentlich nie gesehen.«

»Da war sie auch nicht anzutreffen.«

»Nicht? Das ist außergewöhnlich.«

»Ja. Wie vieles andere an der Dame auch.«

»Das klingt, als könnten Sie in den Chor derer einstimmen, die ihr eher argwöhnisch gegenüberstanden.«

»Ich musste gegenüber den Kollegen sehr oft die Kohlen für sie aus dem Feuer holen, wenn mal wieder etwas schiefgelaufen war. Und das ist wirklich sehr, sehr oft passiert.«

Florian Gabriel sah den Schulleiter freundlich an. »Tja, dann sollte ich vielleicht wirklich keine Stelle als Schulleiter anstreben. Denn das, was Sie mir gerade schildern, klingt nicht gerade nach einem leichten Teil der Schulleiterstelle.«

»Das ist es auch wahrlich nicht, aber insgesamt bin ich mit meiner Berufswahl schon sehr zufrieden. Und wenn wir Ihre Übernahme fürs kommende Jahr in trockene Tücher gebracht haben, kann ich nächste Woche mit gutem Gewissen in meinen, wie ich finde, überaus verdienten Urlaub gehen.«

Hattenbach beugte sich nach vorn und bedachte den Referendar mit einem verschwörerischen Blick.

»Ich habe, weil ich es wirklich vor diesen Ferien wasserdicht machen wollte, gestern noch einmal mit der zuständigen Dame im Schulamt telefoniert, und die hat mir versichert, dass es noch diese Woche spruchreif wird. Intern ist es bei denen schon durch, es muss eigentlich nur noch der Vertrag aufgesetzt werden, und schon sind Sie mit Ende Ihres Referendariats im nächsten Sommer feste Lehrkraft am Bertha-von-Suttner-Gymnasium.«

Gabriel holte tief und schwer Luft. »Und genau das ist der Grund, warum ich mit Ihnen sprechen muss, Herr Direktor. Es haben sich nämlich in den letzten Wochen ein paar Veränderungen in meinem Leben ergeben, was zur Folge hat, dass ich Kassel definitiv verlassen werde.«

Der Schulleiter riss die Augen auf. »Kassel verlassen? Warum das denn? Und wann?«

»Das ist das wirklich Traurige, und ich muss mich auch bei Ihnen entschuldigen dafür, dass ich jetzt hier so hereingeplatzt komme mit dieser Nachricht, aber es ist nun einmal, wie es ist.« Er fuhr sich mit der rechten Hand durch die helle Mähne. »Meine Freundin hat zum Wintersemester eine Juniorprofessur in Hamburg angeboten bekommen und wird deswegen nicht zu mir nach Kassel umziehen. Und da ich auf keinen Fall eine Wochenendbeziehung führen möchte, werde ich zu ihr nach Hamburg gehen.«

Sein trauriges Gesicht hellte sich nun etwas auf.

»Und außerdem haben wir gestern Abend beschlossen, in den Sommerferien nach Las Vegas zu fliegen. Wir wollen dort heiraten und uns als Mann und Frau an der Elbe niederlassen.«

Hattenbach zögerte einen Augenblick. »Na, dann gratuliere ich ganz herzlich. Wobei ich bis eben noch nicht einmal wusste, dass Sie überhaupt eine Freundin haben. Aber das sind wohl die Bedingungen, mit denen wir im 21. Jahrhundert zurechtkommen müssen. Zu meiner Anfangszeit als Lehrer wusste man noch viel mehr über die Kollegen oder auch den Direktor. Und wenn man heute nicht bei Facebook ist, so wie ich, dann steht man schon ein wenig am Rand. Aber das ist ja ein selbst gewähltes Schicksal.«

»Ich bin auch nicht bei Facebook«, bemerkte Gabriel sofort. »Jedenfalls nicht mehr aktiv. Ich hatte früher natürlich mal einen Account, aber das ist lange vorbei. An WhatsApp kommt man schlecht vorbei, auch nicht als Lehrer, aber ansonsten lebe ich auch eher im analogen Zeitalter.«

»Verwunderlich, so etwas von einem Mann in Ihrem Alter zu hören«, gestand Hattenbach ein. »Was aber nicht meinen Groll darüber mindert, dass Sie mir so mir nichts, dir nichts von der Fahne gehen, Herr Gabriel. Ich habe mich sehr für Sie und Ihren Verbleib starkgemacht, speziell nach unseren Gesprächen im Verlauf des zweiten Halbjahrs, in denen Sie mir überdeutlich zu verstehen gegeben haben, dass Sie Ihre Zukunft ganz klar am Bertha-von-Suttner-Gymnasium sehen. Ich halte viel von Ihnen und wollte Ihnen hier eine Chance für die Zukunft bieten, was ja nun leider obsolet ist.«

»Ich habe auch sehr mit mir gehadert, das können Sie mir glauben, Herr Direktor. Aber eine Fernbeziehung, speziell, wenn man ganz frisch verheiratet ist, das ist doch sicher nicht das Richtige. Und wenn ich ganz ehrlich bin, dann hoffe ich wirklich auf Ihr Verständnis.«

»Na ja«, brummte Hattenbach. »Was soll ich denn machen, Sie hier anbinden? Reisende soll man nicht aufhalten, speziell frisch vermählte nicht.« Er ließ sich in seinen Lederstuhl zurückfallen. »Wobei, nein, ein bisschen enttäuscht bin ich wirklich. Vielleicht weil ich Sie hier schon in verschiedenen tragenden Rollen gesehen habe, aber natürlich auch, weil ich Sie für einen erstklassigen Pädagogen halte. Finden Sie denn in Hamburg so auf die Schnelle eine Schule, in der Sie Ihr Referendariat zu Ende bringen können?«

»Da bin ich wirklich guter Dinge. Auch wenn es nicht leicht ist, als Lehrer das Bundesland zu wechseln. Meine Freundin kommt von dort und hat die besten Kontakte, also sollte sich da schon etwas ergeben.«

»Wie gesagt, Sie sind nach meiner Meinung ein guter Pädagoge. Und für gute Pädagogen gibt es immer Arbeit. Lassen Sie es mich wissen, wenn Sie eine Bewertung Ihrer Arbeit brauchen sollten.«

»Das mache ich, und nochmals meinen Dank für das wirklich große Kompliment. Und würden Sie nicht in meiner Situation genauso handeln?«

Peter Hattenbach ließ sich mit seiner Antwort lange Zeit. »Wenn ich noch einmal in Ihrem Alter wäre, mein lieber Herr Gabriel, dann würde ich ganz sicher viele Dinge anders machen. Und vielleicht würde ich in Ihrer Lage wirklich ganz ähnlich oder gar genauso handeln, aber glücklicherweise stehe ich nicht vor dieser Entscheidung. Und jetzt raus hier, sonst überlege ich es mir am Ende noch anders.«

»Danke, Herr Hattenbach. Vielen Dank.«

Nachdem Florian Gabriel die Tür hinter sich geschlossen hatte, goss sich der Rektor einen Grappa ein und trank ihn genussvoll und in kleinen Schlucken.

Und wie du dich darauf verlassen kannst, dass ich es nicht anders gemacht hätte als du, dachte er mit traurigem Blick.

17.1

Gesendet von Sandra um 15:22 Uhr

Ich denke gerade ganz fest an dich.
Warum meldest du dich nicht?
Bitte, ich weiß sonst nicht, was
passiert!

18

Das Leichtkraftrad lag auf dem Bürgersteig direkt vor der Hauswand. Die linke Lenkerhälfte stand in einem merkwürdigen Winkel nach oben und die Sitzbank befand sich etwa vier Meter entfernt neben einem Gully. Die Gabelholme der Honda zeigten wie stumme, gebogene Finger Richtung Motor, das Vorderrad war komplett zertrümmert und die Verkleidung bestand nur mehr aus Tausenden kleinen und kleinsten Plastikteilen, die sich wie Schneeflocken um die Unfallstelle verteilt hatten.

Sebastian Probst lag auf dem Rücken. Ein Notarzt beugte sich über ihn und war mit präzisen, rhythmischen Bewegungen damit beschäftigt, sein Herz zu massieren. Daneben stand ein Rettungssanitäter mit einem Beutel in der Hand, von dem eine transparente Plastikleitung nach unten baumelte. Links davon stand ein weiterer Notarztwagen, dessen Besatzung jedoch bereits die Arbeitsutensilien in den Wagen räumte.

»Scheiße«, murmelte Pia, während Hain den Mazda vor der Absperrung ausrollen ließ und noch auf dem letzten Meter den Zündschlüssel umdrehte. Dann sprangen die beiden aus dem japanischen Cabrio.

»Was ist passiert?«, wollte Hain von einem der Uniformierten wissen, der die Unfallstelle absicherte.

»Soweit ich weiß, ist er vor den Kollegen abgehauen. Angeblich lief eine Fahndung nach ihm, aber davon habe ich nichts mitbekommen. Dann hat er wohl hier infolge überhöhter Geschwindigkeit die Kontrolle über sein Moped verloren und ist praktisch ungebremst in die Hauswand geknallt.«

»Wer war hinter ihm?«

»Wie meinen Sie das?«

»Na, welche Kollegen genau in dem Wagen hinter ihm saßen. Irgendjemand muss ihn doch verfolgt haben.«

Der Uniformierte deutete auf einen Polizeiwagen, der etwa 100 Meter abseits stand. Dahinter konnte Hain mehrere Streifenpolizisten sehen.

»Fragen Sie mal bei denen, da sind sie vermutlich dabei.«

Der Hauptkommissar bedankte sich und nahm, begleitet von seiner Kollegin, Kurs auf den blauen Opel Vectra.

»Hallo, Kollegen«, begrüßte er die Versammlung knapp, was mit allgemeinem Kopfnicken quittiert wurde. Mehrere der Angesprochenen kannten Pia Ritter offenbar, denn es wurden freudige Blicke ausgetauscht.

»Wer von euch ist denn hinter ihm her gewesen?«, wollte Hain wissen.

»Das waren wir«, antwortete ein groß gewachsener, dunkelhaariger Mann von etwa 30 Jahren, auf dessen linker Hemdklappe der Name ›Wiese‹ zu lesen war, und wies dabei auf eine pummelige, blonde Frau. »Der Kollegin Abt und mir ist das Moped auf der Wolfhager Straße aufgefallen und wir haben es im Anschluss verfolgt.«

»Wie muss ich mir das vorstellen?«

Der Angesprochene zuckte mit den Schultern. »Wie muss man sich das schon vorstellen, wenn man hinter einem Leichtkraftrad her ist?« Er suchte den Blickkontakt mit den um ihn herum gruppierten, uniformierten Kollegen. »Das Ding ist nicht wirklich eine Herausforderung für ein Auto. Also haben wir die Kapelle angeschaltet und auf uns aufmerksam gemacht. Gleichzeitig haben wir den Fahrer natürlich über Lautsprecher aufgefordert, sein Fahrzeug zu stoppen.«

»Ja, und dann?«

»Der Junge hat Gas gegeben. Ist ein paar Schlangenlinien gefahren, hat versucht, sich zwischen den vor ihm stehenden Autos durchzuschlängeln. Das hat aber nicht geklappt. Dann ist er eine Weile auf den Straßenbahnschienen gefahren, was aber, wie er gemerkt hat, keine besonders gute Idee war, weil es da sehr holprig ist. Und 'ne Motocross-Maschine hat er ja keine unter dem Hintern gehabt.«

Er lachte laut auf. Einige seiner Kollegen beteiligten sich an der fröhlichen Stimmung.

»Als wir dann hier auf die Kreuzung zugefahren sind,

war er einfach viel zu schnell. Er konnte das Moped noch nicht einmal abwinkeln und ist praktisch ungebremst gegen die Wand geknallt.«

»Wäre es unter den gegebenen Umständen nicht besser gewesen, ohne große Kapelle einfach hinter ihm herzufahren und andere Streifen einzubeziehen? Dann hätte man ihn vielleicht ohne diese, wie ich finde, fatale Auswirkung stellen können.«

Die Kollegin Abt, die mit im Wagen gesessen hatte, ergriff das Wort. »Nein, das wäre garantiert nicht besser gewesen. Wir haben dem Kerl nichts getan, sondern ihn einfach aufgefordert anzuhalten. Wenn er dem nicht Folge leistet und Gas gibt, lädt er uns ja geradezu ein, die Verfolgung aufzunehmen. Außerdem wussten wir lediglich, dass nach dem Leichtkraftrad und dem Fahrer gefahndet wird, aber nicht, aus welchem Grund.«

»Hmm«, machte Hain, und suchte den Blickkontakt mit Pia, die seine wortlose Bitte erkannte und einen Schritt nach vorn trat.

»Schon klar«, sagte sie. »Das ist eine schwierige Situation, und vermutlich hätten wir es nicht anders gemacht. Hoffen wir also, dass der Junge durchkommt.«

Mit dem Ende ihres Satzes nickte die Oberkommissarin der Runde zu, drehte sich um und ging zurück Richtung Unfallstelle. Hain folgte ihr.

»Was war denn das jetzt?«, wollte er, sichtlich angepisst, wissen, nachdem sie sich weit genug entfernt hatten. »Ich hatte die Hoffnung, dass du den Typen noch ein wenig ans Kreuz nagelst dafür, dass er den Jungen durch die Stadt gehetzt hat.«

»Ich weiß«, erwiderte Pia völlig ruhig. »Und habe es gerade aus diesem Grund gelassen.«

Hain griff seiner Kollegin an die Schulter und stoppte sie. »Das musst du mir erklären.«

Die Polizistin sah auf Hains Arm und suchte dann den Blickkontakt mit ihrem Kollegen. In ihrem Gesichtsausdruck lag eine schwer zu definierende Entschlossenheit. Sofort zog Hain seine Hand zurück.

»Das war schon mal ziemlich gut, Thilo. Und wenn du mich noch mal so blöd anlangst, kriegst du eine gescheuert. Klar?«

Er nickte und senkte schuldbewusst den Blick. »'tschuldigung. Das war echt doof von mir.«

»Kein Ding. Und was die Situation da drüben angeht: Was genau wolltest du da noch erreichen?«

Sie stemmte die Hände in die Hüften, während Hain sichtbar nach Worten suchte.

»Klar wissen wir«, kam sie ihm zuvor, »dass der Wiese und die Abt den armen Kerl durch die Stadt gescheucht haben. Und klar wissen wir, dass es ihnen einen Mordsspaß gemacht haben dürfte. Aber was würde eine Konfrontation mit ihnen jetzt bewirken?«

Die Kommissarin wartete einen Moment, bevor sie die Antwort selbst gab: »Rein gar nichts, Thilo. Sebastian Probst wird vielleicht sterben, ja, vermutlich sogar, wenn ich die Bemühungen des Notarztes da drüben richtig deute. Aber wir können die Situation nicht dadurch ungeschehen machen, dass wir jetzt die beiden, wie du es nennst, *ans Kreuz nageln*. Nichts und niemand auf der Welt wird sie für diesen Blödsinn zur Rechenschaft ziehen, und ich wäre die Letzte, die es täte. Und zwar deshalb, weil sie zwar wussten, dass der Junge verunglücken könnte, und es auch billigend in Kauf genommen haben, aber letztlich einfach nur ihren Job gemacht haben. Sie haben einfach nur das gemacht, für was sie ausgebildet wurden.«

»Das ist bestimmt in weiten Teilen richtig, Pia. Aber ich denke, sie hätten ihren Job auch so machen können, dass er gerade eben *nicht* in Todesgefahr geraten wäre. Wenn irgendwo fünf oder sechs Streifenwagen als Straßensperre aufgebaut gewesen wären, dann hätte er vermutlich auch ohne Unfall klein beigegeben.«

»Vielleicht, vielleicht aber auch nicht. Und du solltest dich nicht zum Richter machen über dieses Vielleicht.«

Hain schüttelte den Kopf. »Das mache ich nicht. Aber vielleicht denkst du einfach noch zu sehr in der Uniform, Pia. Vielleicht bist du noch zu sehr Streifenpolizistin.«

»Das hoffe ich, und ich wünsche mir, dass es niemals anders werden wird. Natürlich bin ich im Herzen noch eine Uniformierte, denn die Nächte im kalten Streifenwagen sind noch gar nicht so lange her. Und es ist auch noch nicht so lange her, dass ich von den verehrten Kollegen ohne Uniform echt scheiße behandelt wurde.«

»Von mir wurdest du nie scheiße behandelt.«

»Das stimmt, Thilo. Aber ich kann mich auch nicht erinnern, dass ich dich jemals ohne Paul getroffen habe, und der hätte sich niemals, und zwar nie, nie, niemals, so inquisitorisch aufgeführt, wie du es eben angedeutet oder gar versucht hast.«

Der Hauptkommissar schluckte, schwieg jedoch.

»Der Mann hat dir ziemlich große Fußabdrücke hinterlassen, Thilo, und gerade eben hast du eine richtig gute Chance verkackt, einen deiner noch recht kleinen Schuhe da hineinzuschieben.«

Sie winkte lächelnd ab.

»Aber lass mal, wir sind alle auf der Welt, um dazuzulernen, und das jeden Tag. Vielleicht erlebe ich es ja irgendwann, dass du dich dieses Vermächtnisses würdig erweist.«

»He, he, das ist jetzt aber ein bisschen zu viel Pathos. Wobei ich einsehe, dass du mit deiner Kritik recht hast. Das eben war eine echte Blödheit.«

Pia Ritter verengte die Augen zu Schlitzen. »Meinst du das jetzt ernst, rechtschaffen und ehrlich? Oder verlädst du mich gerade mit deinem miesesten Schwiegermuttergewinntrick?«

»Die Wahrheit dürfte, wie immer, irgendwo in der Mitte liegen«, flüsterte Hain, was ihm einen bösen Blick einbrachte. Er hob entschuldigend die Arme und ergänzte: »Nein, diesmal meine ich es ganz ehrlich, Frau Kollegin. Das, was ich gerade abgezogen habe, war nicht okay. Danke, dass du mich mit ein paar zutreffenden Sätzen auf den Pott gesetzt hast.«

»Gern geschehen. Und wo wir gerade dabei sind: Vielleicht solltest *du* an deiner Impulskontrolle arbeiten, so wie du es mir empfohlen hast. Denn das, was du da drüben gerade gemacht hast, ist einzig deiner Wut darüber geschuldet gewesen, dass es nicht so gelaufen ist, wie du es dir gewünscht, oder besser, es angeordnet hast.«

»Nun werd aber mal nicht ungerecht, Pia«, gab Hain mit gespielter Betroffenheit zurück. »Irgendwann muss mal Schluss sein mit der Kritik.«

Nun lachte die Oberkommissarin laut auf. Hain sah seine Kollegin irritiert an.

»Was soll denn dieses unmotivierte Gegacker jetzt?«

»Ich lache über dein Ansinnen, dass irgendwann mal Schluss sein muss mit der Kritik. Menschen wie du, die andere gern mal verprügeln oder nachts draußen im Wald parken, sollten nicht über Kritik jammern. Das kommt mir irgendwie unpassend vor, um es mal ganz vorsichtig auszu…«

Sie hielt inne, weil einer der beiden Notarztwagen mit maximaler Beschleunigung davonraste. Die Besatzung des anderen rüstete ebenfalls zur Abfahrt.

»Wir reden später weiter«, murmelte sie und machte sich auf den Weg.

»Wie geht es ihm, Herr Doktor?«, fragte sie ein paar Sekunden darauf den Mediziner, der neben dem Wagen stand und eine Zigarette rauchte.

»Er lebt, noch jedenfalls. Aber es sieht alles andere als gut aus für ihn.«

»Was ist ihm denn genau passiert?«

»Er hat beim Aufprall gegen die Mauer schwerste Kopfverletzungen davongetragen. Sogar sein Helm ist bei dem Aufprall zerborsten. Mein Kollege hat ihn zweimal reanimieren müssen.«

Er nahm einen tiefen Zug.

»Und wie es um seine Halswirbelsäule steht, wird erst eine Computertomografie zeigen müssen. Es sieht aber so aus, als ob es durch die massive Stauchung auch dort zu erheblichen Verletzungen gekommen ist.«

»Das klingt nicht wirklich gut.«

Er nickte, warf wortlos die Zigarette in den Gully und machte sich mit schweren Schritten auf den Weg zur Beifahrertür des Notarztwagens, der kurz danach davonfuhr.

»Und?«, wollte Hain wissen, der sich ein wenig abseits gehalten hatte.

»Sieht nicht gut aus. Oder besser gesagt sieht es ziemlich schlecht aus.«

»Kommt er durch?«

»Das wird sich zeigen. Auf jeden Fall musste er zweimal reanimiert werden und hat ziemliche Treffer am Kopf und dem Rückgrat abgekriegt.«

»Verdammt.«

Die Kommissarin nickte und ging zu dem Uniformierten, der ihr am nächsten stand.

»Hat er irgendetwas dabeigehabt? Eine Tasche oder so etwas? Oder gab es ein Topcase am Motorrad?«

»Ja, er hatte einen Rucksack auf dem Rücken, den der Notarzt ihm abgeschnitten hat. Liegt bei mir hinten im Wagen.« Er ging zu einem der Opel Vectra und öffnete die Heckklappe. »Hier«, sagte er, und reichte der Kommissarin einen kleinen, dunkelblauen Tagesrucksack.

Pia nahm ihn entgegen, ging ein paar Schritte nach links und legte ihn auf dem Kofferraumdeckel des Mazda ab.

Hain war ihr gefolgt und beobachtete gespannt, wie sie zunächst ein Paar Einweghandschuhe über die Finger streifte, dann das große Fach des Rucksacks öffnete und die darin befindlichen Utensilien herauskramte. Zunächst holte sie eine Brieftasche heraus, in der sich Ausweis, Führerschein, zwei EC-Karten und eine Kreditkarte befanden. Es folgten ein Taschenmesser, ein kleines Fahrradwerkzeugset und ein Fahrradschlauch. Offenbar benutzte Sebastian Probst den Rucksack auch zu Ausflügen mit dem Mountainbike. Der Rest an Inhalt waren zerknüllte Verpackungen von Süßigkeiten und eine geleerte Cola-Plastikflasche. Nun öffnete Pia den Reißverschluss des kleinen aufgesetzten Fachs und fuhr hinein. Als die Kommissarin die Hand wieder herauszog, betrachteten die beiden Polizisten den Fund. Nahezu gleichzeitig pfiffen sie durch die Zähne.

»Sieht aus wie Meth«, mutmaßte Hain.

»Entweder das oder Koks«, gab Pia zurück, öffnete

den Schnellverschluss des etwa 80 Gramm schweren, prall gefüllten Plastikbeutels, und betrachtete das weißliche Pulver ein wenig intensiver.

»Eindeutig Crystal Meth«, stellte sie mit ebenso großer Überzeugung wie Verwunderung fest und drückte den Verschluss wieder zu. »Ein bisschen Gras für den Hausgebrauch geht ja durch, wenn du mich fragst, aber das hier überschreitet ganz klar und eindeutig die Grenze zum Rauschgifthandel.«

18.1

Gesendet von Erzengel um 15:50 Uhr

Hey Sandra, du kannst jetzt aufhören mit diesem Schwangerschaftsfake. Mit uns ist es definitiv rum, und daran ändert auch jede noch so blöde Horrorgeschichte von dir nichts. Kapier das oder lass es, mir ist es egal.

✳

Gesendet von Sandra um 15:52 Uhr

Hi, das klang vorgestern aber alles noch ganz anders. Da hast du mir von der großen Liebe erzählt und so, und davon willst du jetzt komplett nichts mehr wissen? Du bist echt ein richtiges Arschloch.
Sandra

✳

Gesendet von Sandra um 15:53 Uhr

Wenn du denkst, dass du mich so einfach auf den Müll schmeißen kannst, hast du dich aber mal richtig geschnitten. Eine Vergewaltigung ist kein Kavaliersdelikt!!! Und schwanger bin ich auf jeden Fall

✳

Gesendet von Erzengel um 15:54 Uhr

Was soll denn die Scheiße jetzt? Bist du total übergeschnappt? Ich habe dich nie vergewaltigt. Hör bloß auf, so einen Stuss zu erzählen. Und jetzt geh mir nicht länger mit diesem Schwachsinn auf den Wecker. ES IST AUS!

✳

Gesendet von Sandra um 15:55 Uhr

*Das, was du da oben siehst, ist der
Ausdruck des Schwangerschaftstests
von meiner Frauenärztin. Ich hab ihn
fotografiert und wünsch dir viel Spaß
beim Lesen. ES IST NÄMLICH DEIN
KIND, VON DEM WIR HIER REDEN!!!*

*

Gesendet von Erzengel um 16:01 Uhr

*Geile Sache. Nur ist nicht ein Wort davon
wahr. Das ist ein Fake, das sieht jeder
Depp auf hundert Kilometer Entfernung!*

*

Gesendet von Sandra um 16:02

*0561–2216658
Das ist die Nummer von uns zu Hause.
Meine Mutter ist hier und wird ans Telefon
gehen. Frag sie doch mal, ob es wirklich
ein Fake ist, dass ich schwanger bin. Meine
Eltern wissen übrigens noch nicht, dass
du der Vater bist, aber sie gehen mir mit
der Frage ganz schön auf den Zeiger. Ich
werde es ihnen wohl demnächst mal erzählen
müssen.
Sandra*

19

Sandra ging zur Tür ihres Zimmers und öffnete sie langsam und vorsichtig ein paar Zentimeter. Weiter vorn im Haus, vermutlich in der Küche, hörte sie ihre Mutter. Auf jeden Fall könnte sie jetzt das Klingeln des Festnetzanschlusses hören und auch das, was ihre Mutter am Telefon sagen würde. *Wenn er denn anruft*, dachte das Mädchen.

Sie traute sich nicht, sich wieder aufs Bett zu legen, weil sie den Anruf dann vielleicht doch nicht mitbekommen würde. Mit zitternden Fingern stand sie hinter der Tür und wünschte sich nichts sehnlicher, als dass dieses blöde Telefon endlich läutete.

Eine ganze Minute passierte nichts. Und noch eine. Dann ertönte ein Klingelton, der sie zunächst zusammenzucken ließ, weil er direkt hinter ihr ertönte. Als sie realisierte, dass es ihr Mobiltelefon war, war sie für einen Moment zutiefst verunsichert.

Wer ruft denn ausgerechnet jetzt an? Das kann doch nicht wahr sein!

In ihr stieg die entsetzliche Angst hoch, durch diesen Anruf den viel wichtigeren auf dem Festnetz möglicherweise nicht mitzubekommen.

»Scheiße«, murmelte sie, sprang aufs Bett und griff nach ihrem Telefon.

Private Nummer, konnte sie auf dem Display lesen. Eigentlich gab es nur einen Menschen auf der Welt, der mit unterdrückter Nummer anrief.

»Ja, hier ist Sandra«, meldete sie sich mit klopfendem Herzen.

»Ich bin's. Ich werde nicht bei deiner Mutter anrufen. Das ist nämlich total irre, was hier abläuft.«

Sandra konnte kaum das kleine Gerät in ihrer schwitzenden und zitternden Hand halten.

»Ach ja. Wenn du mich fragen würdest, wie es mir geht, dann könnte ich dir erzählen, dass ich heute früher aus der Schule abgehauen bin, weil mir so schlecht war. Und du hast ausnahmsweise mal recht, es ist wirklich total irre, was so abläuft, wenn man schwanger ist.«

»Sandra, bitte, du hast mir erzählt, dass du die Pille nimmst. Und ich hab mich da wirklich total drauf verlassen. Ich kann nicht … Vater werden. Das geht einfach … noch nicht.«

»Ja klar, aber ich schon, oder was?« Über das Gesicht der Schülerin liefen dicke Tränen. »Und ich hab wirklich gedacht, du würdest dich genauso darüber freuen wie ich. Immerhin hast du mir gesagt, dass du dir vorstellen kannst, irgendwann mal Kinder mit mir zu haben.«

»Ja, Sandra, aber doch *irgendwann*. Und nicht jetzt. Wie stellst du dir das vor?«

Stille zwischen den beiden.

»Wir ziehen zusammen und … sind glücklich. Ich hab dich so lieb, das glaubst du gar nicht, und ich freu mich echt auf das Baby. Ich will mit dir zusammen sein, am liebsten jeden Tag und jede Nacht. Und das Gleiche hast du mir doch erst letzte Woche auch gesagt; dass du es kaum aushalten kannst, wenn wir uns mal nicht sehen.«

Wieder Stille.

»Ja, das stimmt schon, Sandra. Aber du bist wirklich manchmal total kompliziert, und vorhin ist mir das echt völlig auf den Keks gegangen, das musst du verstehen. Ich weiß halt nicht, wie das alles gehen soll mit dir und mir und … einem Kind.«

»Das heißt, du freust dich überhaupt nicht darauf? Und willst echt Schluss machen mit mir?«

Diesmal herrschte für mehrere Sekunden Stille.

»Nein, das würde ich nie machen, dich in dieser Situation hängen lassen. Das würde ich nicht übers Herz bringen.«

»Aber ich will nicht, dass du nur wegen des Babys mit mir zusammen bist. Dann krieg ich es lieber allein und zieh es auch allein groß.«

»Hast du vielleicht auch mal an die … andere … Möglichkeit gedacht? Es gibt ja nicht nur Baby mit mir oder ohne mich, sondern da gibt es ja noch eine weitere … Option.«

»Du sprichst davon, dass ich es ja wegmachen lassen könnte, oder?«

»Na ja, das muss man doch wenigstens diskutieren dürfen, oder? Immerhin machen das viele Frauen, wenn ich richtig informiert bin.«

Sandra schnaubte auf. »Wenn du mich zu einer Abtreibung überreden willst, musst du dich hinten anstellen. Meine Eltern sind auf jeden Fall vor dir dran. Ich will das Kind nämlich auf jeden Fall.«

»Ja, schon klar, Sandra. Ich dachte nur, dass es vielleicht …«

»Ist es nicht. Und ich rede ab jetzt auch nicht mehr darüber, weder mit dir noch mit meinen Eltern. Und Britta nicht zu vergessen, die hat auch schon in diese Richtung gedacht.«

»Ja, gut, dann wird es wohl so kommen müssen. Aber auf jeden Fall müssen wir uns so bald wie möglich treffen, um alles genau zu besprechen. Wie ist es bei dir heute Abend?«

Sandra dachte kurz nach. »Heute Abend kann ich nicht. Ich habe zwei Nachhilfeschüler, denen ich auf keinen Fall schon wieder absagen kann. Und außerdem wolltest du, oder besser hast du, Schluss gemacht mit mir. Schon vergessen?«

»Mensch, Sandra, das war doch nur, weil du so komisch gewesen bist. Und so bist du doch nicht immer, zumindest hoffe ich das. Und außerdem wusste ich da doch noch nicht, dass wir beide wirklich ein Kind kriegen.«

»Und das mit dem Geld kriegen wir bestimmt auch hin. Meine Eltern werden uns bestimmt unterstützen, wenn sie sich erst mal mit dem Gedanken angefreundet haben, dass sie bald Großeltern sind.«

»Ich will aber auf jeden Fall meine Ausbildung zu Ende machen, Sandra. Ohne das geht gar nichts, und das ist auch für unsere Zukunft total wichtig.«

»Klar, das sehe ich genauso. Aber das klappt alles, vertrau mir einfach. Und ich freue mich wirklich darauf.«

»Ja. Ich … auch.«

»So richtig überzeugt klingt das in meinen Ohren aber noch nicht.«

»Mensch, Baby, vielleicht gibst du mir mal ein bisschen Zeit, mich an den Gedanken zu gewöhnen. Bis vor einer halben Stunde habe ich noch gedacht, du wolltest mich mit einer gefakten Schwangerschaft erpressen oder so was, und dass es jetzt wirklich so ist, muss ich doch erst mal verdauen.«

»Verdauen ist gut. Ich könnte den ganzen Tag nur fressen, fressen, fressen. Vermutlich werde ich in den nächsten sieben Monaten 100 Kilo zunehmen.«

»Und wenn, ich hab dich trotzdem lieb. Von mir aus auch mit 200 Kilo extra.«

Sandra holte tief Luft. »Das klingt echt schön, wenn du so was sagst, aber ich muss halt immer noch dran denken, dass du mich vor ein paar Stunden ziemlich eiskalt abservieren wolltest.«

»Aber Sandra, doch nur, weil du dich echt scheiße benommen hast. Die ganzen Nachrichten und so, das war einfach ein bisschen zu viel. Ich war irgendwie unter Druck, glaube ich, und da habe ich einen Fehler gemacht.«

»Und das meinst du wirklich ganz ernst?«

»Total. Ich schwöre es dir.«

Nun atmete das Mädchen hörbar erleichtert aus. »Dann kann ich ja jetzt aufhören zu weinen. Oder weitermachen, aber nur aus Freude.«

»Nein, hör lieber auf, das gefällt mir besser.«

»Ja, das mach ich.«

Wieder trat Stille ein.

»Und du hast deinen Eltern wirklich schon erzählt, dass du ein Kind kriegst? Ich meine, das ist schon irgendwie ganz schön heavy, wenn man bedenkt, was dein Vater für ein Typ ist.«

»Ich habe ihm sogar gesagt, dass ich zum Jugendamt gehe, wenn er mich noch einmal schlägt, genau so, wie du es mir geraten hast. Das war echt gut.«

»Aber er wollte dich schon zu einer … also einem … Abbruch überreden?«

»Klar. Aber das läuft halt nicht.«

»Gut so. Und du hast deinen Eltern auch noch nicht gesagt, dass ich der Vater bin? Ich fände es nämlich total klasse, wenn wir das zusammen machen würden. So als junges Elternpaar.«

»Das würdest du machen? Das fände ich absolut klasse.«

»Logo würde ich das machen. Wir haben das zusammen angefangen und wir ziehen das auch zusammen durch. Aber ich fände es, wie gesagt, ganz wichtig, dass erst mal niemand weiß, wer der Vater ist. Da muss ich mich voll auf dich verlassen können, Sandra.«

»Versprochen, ich erzähle es ihnen nicht. Das machen wir zusammen.«

»Und sonst. Hast du es sonst noch jemandem erzählt?«

Nun stöhnte Sandra laut und auch ein klein wenig genervt auf. »Hör mal, so lang weiß ich das doch selbst noch nicht. Wem sollte ich denn davon erzählt haben?«

»Was weiß ich? Britta vielleicht, oder sonst wem aus deinem Kurs.«

»Wenn ich Britta erzähle, wer der Vater ist, kann ich es auch gleich bei Facebook einstellen. Ich mag sie echt gern, und sie ist echt meine beste Freundin, aber was Diskretion angeht, hat sie richtig viel Entwicklungspotenzial.«

»Das hast du aber schön gesagt.«

»Den Spruch habe ich von dieser Berufsberaterin, die neulich bei uns im Kurs gewesen ist. Die hat auch immer was von Entwicklungspotenzial gefaselt, wenn man in irgendwas richtig scheiße gewesen ist.«

»Also behalten wir die Sache erst mal für uns, Sandra. Ich gewöhne mich noch ein bisschen an den Gedanken, ein Kind mit dir zu haben, und du sagst bis dahin niemand, mit wem du es gemacht hast. In Ordnung?«

»Klar. Das bleibt erst mal unser kleines Geheimnis.«

Sie fing an zu kichern.

»Was ist?«, wollte er wissen.

»Eine kleine Überraschung habe ich noch für dich.«

»Echt? Was denn, werden es Zwillinge?«

»Nein, das wohl nicht. Aber meine Möpse wachsen in einem Tempo, das dir vermutlich richtig Spaß machen wird.«

»Echt, die werden schon größer?«

»Und wie. Da kannst du dich wirklich drauf freuen.«

»Das mach ich. Und du schreibst mir, wann du morgen Zeit hast und wir uns sehen können. Von mir aus kann es auch später am Abend sein, morgen habe ich nämlich einen vollen Terminkalender.«

»Morgen Nachmittag bin ich beim Reiten, aber ich melde mich, sobald ich es absehen kann.«

»Schön. Ich freu mich auf dich. Und ich … ich hab dich echt lieb.«

»Wirklich? Oder sagst du das jetzt nur so?«

»Nein, ich hab dich wirklich verdammt lieb, Sandra. Und die blöden Nachrichten tun mir verdammt leid.«

»Ich hab dich auch lieb. Ganz doll sogar.«

»Dann bis morgen.«

»Ja, bis morgen.«

20

»Danke, Doc«, sagte Hain, und beendete das Gespräch mit dem Rechtsmediziner Dr. Franz. Er starrte mit ausdrucksloser Miene auf den sich langsam leerenden Unfallort. Gerade wurde das total zertrümmerte Leichtkraftrad von Sebastian Probst auf einen Abschleppwagen gewuchtet.

»Und?«, wollte Pia Ritter auf dem Beifahrersitz des Mazda wissen.

»Die junge Schürmann war aller Wahrscheinlichkeit nach schon tot, als der oder die Täter ihr die Kehle durchgeschnitten haben, und die Ältere ist erdrosselt worden. Wobei die eh nicht mehr lang zu leben gehabt hätte, weil sie Krebs im Endstadium hatte. Der Doc sagt, ihr gesamter Körper sei voll von Metastasen gewesen.«

»Boah, wie furchtbar. Ich hoffe, mein Ende irgendwann wird eher schlagartig kommen.«

»Warten wir lieber ab, bis es so weit ist. Wenn man relativ jung und gesund ist, redet sich so was immer leicht daher. Wenn es allerdings irgendwann ernst wird, könnte es sein, dass man an jeder verdammten Stunde hängt.«

»Ich garantiert nicht. Und zur Not habe ich ja noch meine Knarre.«

»Mann, Mann, Mann, Pia. Was für ein Thema …«

»Wir müssen den Dingen nun mal ins Auge sehen, Herr Kollege. Aber zum Glück haben wir ja noch ein paar hoffentlich schöne Tage vor der Brust, bis es denn mal so weit sein wird.«

»Ja, das bleibt zu hoffen.«

Pia reckte sich und sah in den noch immer strahlend blauen Himmel. »Hoffnung ist in diesem Moment gerade ein gutes Thema. Ich hoffe nämlich wirklich, dass der Typ durchkommt.«

»Meinst du, er ist wegen des Meth vor uns abgehauen?«

»Keine Ahnung, wirklich nicht. Auf der einen Seite könnte man natürlich vermuten, dass er die beiden Frauen tatsächlich ausgeknipst hat, aber andererseits würde vermutlich auch die Drogenmenge reichen, um den Kopf zu verlieren.« Sie zögerte. »Aber wie auch immer. Selbst wenn er es gewesen sein sollte, ich meine die Sache mit den Morden, dann wäre er immerhin spätestens in zehn Jahren wieder raus. Und bei der Kohle, die in seiner Familie steckt, könnte sein Leben dann wieder einen guten Verlauf nehmen.«

»Herrje, du bist ja eine richtig kleine Sozialtante, Pia. Das hätte ich beim besten Willen nicht erwartet.«

»Lass stecken, Thilo.« Sie sah ihren Kollegen mit ernstem Gesichtsausdruck an. »Mein kleiner Bruder ist vor ein paar Jahren auf die schiefe Bahn geraten und trotz aller Sozialtantenhaftigkeit ist es mir bis heute nicht gelungen, ihn wieder so halbwegs geradezubiegen. Zurzeit sitzt er eine dreijährige Haftstrafe ab.«

»Ach du Scheiße«, murmelte Hain. »Das konnte ich ja nicht wissen. Tut mir wirklich leid, wenn ich dir mit meinem Spruch zu nahe getreten bin.«

Sie atmete tief ein und ließ die Luft langsam wieder entweichen. »Nee, lass mal. Ich spreche da eigentlich nicht drüber und musste deswegen auch schon mal einer Befragung durch unseren Dienstherrn über mich ergehen lassen, aber eigentlich verpacke ich es im Moment gerade ganz gut. Das liegt vielleicht auch daran, dass ich mir vorgenommen habe, ihn diesmal nicht im Knast zu besuchen.«

»Und das klappt?«

»Bis jetzt schon, ja. Manchmal fällt es mir schwer, aber irgendwie will ich auch konsequent sein.«

»Was heißt das genau?«

»Nachdem ich ihn beim letzten Mal an der Knastpforte in Empfang genommen habe, habe ich ihm das angedroht. Dass ich ihn eben bei einem eventuellen nächsten Mal nicht mehr besuchen würde. Und das werde ich jetzt auch durchziehen.«

»Was sagen deine Eltern dazu?«

Pia stöhnte auf. »Dieses Fass, lieber Thilo, machen wir

jetzt garantiert nicht auf. Dazu ist dieser Tag, auch wenn er noch so beschissen ist, viel zu schön.«

»Wie du willst.«

»Ja, genau das will ich.« Sie überlegte eine Weile. »Meinst du, wir müssen noch diesen Sportlehrer befragen, diesen Herrn Dieser? Ich meine wegen der Geschichte zwischen der Schürmann und Brenda Parker, die er belauscht hat.«

Hain nickte. »Darüber habe ich auch schon nachgedacht. Aber eigentlich hat uns Frau Parker alle Fakten geliefert, die ich bedeutsam finde. Ob er uns wirklich noch etwas erzählen könnte, das wir nicht wissen, glaube ich nicht.«

»Gut. Dann können wir zumindest in dieser Causa den Deckel drauf machen.«

»Das ja. Allerdings sollten wir den Jungs vom Rauschgiftdezernat noch einen Tipp geben wegen des Meth, das wir im Rucksack des Jungen gefunden haben. Nicht dass das noch untergeht bei der ganzen Aufregung.«

Pia zog ihr Telefon aus dem Sakko und erledigte den notwendigen Anruf.

»Eine Sache habe ich, während ich gerade mit dem Kollegen vom RD gesprochen habe, noch durchdacht«, stellte sie fest, während sie das Smartphone zurück in die Jacke schob.

Thilo Hain drehte den Kopf und bedachte sie mit einem anerkennenden Blick. »Multitasking«, fasste er mit Ironie in der Stimme zusammen. »Ich bin tief beeindruckt.«

»Spar dir deinen Sarkasmus. Oder besser noch: Du könntest ihn durch echte Begeisterung ersetzen, wenn du erfahren hast, was genau mir durch den Kopf gegangen ist.«

»Hmm. Und was ist das?«

»Ich habe gerade ein paar Dinge verknüpft, die wir zwar wissen, sie aber noch nicht miteinander in Verbindung gebracht haben.«

Sie begann, mit den Fingern abzuzählen.

»Da wäre zum einen die Tatsache, dass Evelyn Schürmann ihr Haus verkaufen wollte, was uns, wenn ich es richtig erinnere, in ziemliches Erstaunen versetzt hat wegen ihrer behinderten Mutter. Weil wir nun aber wissen, dass die Mutter Krebs im Endstadium und nicht mehr lang zu leben gehabt hat, wird da plötzlich ein Schuh draus. Weiterhin wissen wir, dass die Schürmann eine ziemliche Latte an Immobilien ihr Eigentum genannt hat, worüber allerdings niemand so richtig Bescheid weiß. Was wir aber nicht wissen, ist, ob sie die anderen Liegenschaften nicht vielleicht auch verscherbeln wollte. Und das sollten wir am besten möglichst schnell mit einem Anruf bei der Maklerin klären.«

»Wobei ich zu bedenken gebe, dass die Schürmann die anderen *Liegenschaften*, wie du das nennst, nicht unbedingt bei der gleichen Maklerin zum Verkauf angeboten haben muss. Bei ihrer Schrulligkeit könnte ich mir gut vorstellen, dass sie mehrere *Parasiten des Wirtschaftslebens* mit der Vermarktung der Immobilien betraut hat.«

Pia zog erneut ihr Telefon heraus.

»Die Kommunikation mit Maklern überlässt du bitte mir. Sei es nun die arme Frau, die ihr Haus verkaufen sollte und der du schon genug zugesetzt hast, oder noch weitere, ja? Wir wollen schließlich etwas erreichen, und wenn du die Leute schon im ersten Satz wissen lässt, was du von ihrem Broterwerb hältst, wird das nie was.«

»Da hast du ausnahmsweise mal wirklich recht.«

Zwei Minuten später war klar, dass Lisa Weinberg, die Mitarbeiterin des Maklerbüros Höger, Krumpe und Kaminski, bis auf das von den Schürmann-Damen bewohnte Haus keine weiteren Aufträge zur Vermarktung von Immobilien bekommen hatte.

»Jetzt geht der Anrufmarathon los«, brummte Pia und schob ihr Telefon zurück. »Aber den bringe ich lieber im Präsidium hinter mich, versorgt mit frischem, kühlem, von meinem Kollegen serviertem Mineralwasser. Außerdem habe ich dort leichteren Zugriff auf die notwendigen Telefonnummern.«

»Aye, aye, Käpten«, erwiderte Hain zackig und drehte den Zündschlüssel des kleinen Japaners um.

Im Präsidium angekommen wurde es jedoch zunächst nichts mit dem anvisierten Telefonmarathon, denn auf dem Schreibtisch der beiden lag ein nicht zu übersehendes weißes DIN-A4-Blatt, dessen einziger Inhalt aus

Ich will euch sehen und zwar pronto
Herbert

bestand.

»Oh, oh, das riecht nach mächtig Ärger«, murmelte Pia mit belegter Stimme.

»Schauen wir«, erwiderte ihr Kollege.

Kriminalrat Herbert Schiller erwartete die beiden zurückgelehnt in seinem Bürostuhl. Er bot seinen Mitarbeitern wortlos jeweils einen Platz an und blickte danach einfach durch die beiden hindurch. Als diese etwas bizarr anmutende Szene etwa zehn Sekunden angehalten hatte, erhob er sich, baute sich vor Pia Ritter auf und reichte ihr die Hand.

»Ich bin Herbert. Wenn Sie damit einverstanden sind, können wir uns duzen.«

Pia hätte nicht verunsicherter sein können, hob jedoch den Arm und reichte ihrem Chef die Hand. »Und ich bin die Pia«, sagte sie leise.

»Ja, ich weiß. Hallo, Pia.«

»Und ich bin der Thilo«, kam es von der Seite. »Und bevor das jetzt hier ein Ringelpiez mit Anfassen wird, komm besser zur Sache, Herbert.«

Schiller drehte langsam den Kopf zur Seite und sah Hain lange und durchdringend an.

»Ein warmes und herzliches Willkommen auch an Sie, Kollege Hain. Wie man hört, wurden Sie im Verlauf des Morgens das Opfer eines tätlichen Angriffs. Wollen Sie mir dazu etwas sagen?«

Er richtete sich auf und setzte sich direkt vor dem Hauptkommissar auf die Tischkante.

»Na, was war da los?«

Pia bemerkte, wie ihr Rücken langsam feucht wurde und ihre schweißnassen Hände sich verkrampften. Nur ihr Mund fühlte sich seltsam trocken an.

»Ich weiß absolut nicht, wovon du sprichst, Herbert. Wer soll denn wen tätlich angegriffen haben?«

Schiller fing an zu lächeln. »Denk einfach noch mal ein bisschen über den Verlauf des Vormittags nach, Thilo. Derweil befrage ich schon mal deine neue Kollegin, vielleicht kann die mir ja ein wenig auf die Sprünge helfen.«

Pia Ritter schluckte. »Herr Kriminalrat …, also, ich meine … Herbert, wäre es nicht besser, wenn Sie beide, … ich meine ihr beide, das, was es vielleicht zu besprechen geben könnte, unter euch ausmacht? Ich finde, ich kann in dieser Konstellation hier einfach nur verlieren, und das ist wirklich nicht fair.«

»Interessanter Einwand. Was meinst du zu ihrem Vorschlag, Thilo.«

»Wäre mir auch lieber, wenn du Pia aus dem Spiel lassen würdest. Wir beide sind alt genug, um die Sache allein zu klären.«

»Von welcher *Sache* genau sprichst du gerade?«, wollte Schiller grinsend wissen.

Nun zeigte auch Thilo Hain ein paar Anzeichen von Anspannung. »Der Sache, die sich heute Morgen in Voglers Büro zugetragen hat.«

»Und was genau hat sich da zugetragen.«

Pia suchte den Blickkontakt mit Schiller in der Hoffnung, möglichst schnell den Raum und die für sie nahezu unerträgliche Situation verlassen zu können, doch der Kriminalrat war komplett auf Hain fixiert.

»Also, was ist heute Vormittag im Büro des Ersten Hauptkommissars Ortwin Vogler passiert?«

»Ist er bei dir gewesen?«, blaffte Hain nun seinen Vorgesetzten an. »Hat er sich in seiner jämmerlichen Art bei dir ausgeweint?«

Schiller stand seelenruhig auf und ließ sich wieder in seinen Stuhl auf der gegenüberliegenden Schreibtischseite fallen. »Ich habe Vogler den ganzen Tag noch nicht gesehen«, gab er völlig kontrolliert zurück. »Aber ihr beiden müsst doch wissen, dass so eine Nummer, wie ihr sie heute Morgen bei ihm abgezogen habt, nicht zu vertuschen ist. Zumindest nicht, wenn man dabei so herumschreit wie er und du, Thilo, das getan habt.«

»Ich glaube«, mischte Pia sich leise ein, »dass ihr beide die Sache wirklich unter Männern klären könnt. Und deshalb würde ich jetzt gern zurück in unser Büro gehen und ...«

»Du warst doch dabei, Pia, oder?«, wollte Schiller ein wenig lauter als normal wissen.

Sie nickte.

»Dann wäre es mir wirklich sehr recht, wenn du hier bleiben könntest. Vielleicht gibt es ja unterschiedliche Wahrnehmungen, und da bin ich dann unter Umständen auf deine Schilderungen angewiesen.«

Wieder ein Nicken, diesmal aber eins der verkniffenen Art.

»Gut. Also, Thilo, wie hat sich euer Besuch bei Vogler heute Morgen nach deiner Erinnerung abgespielt?«

Hain schnaufte kurz durch und begann schließlich, den Vorfall im Büro des Ersten Hauptkommissars zu schildern. Er ließ nicht ein Detail aus und fügte nicht das Geringste hinzu. Als er geendet hatte, wandte er den Kopf nach links und betrachtete seine Kollegin, die mit versteinerter Miene dasaß und vermutlich nicht glauben konnte, was sie gerade mit anhören musste.

»Was dazu zu sagen, Pia?«

»Die Schilderung der Ereignisse war überaus ... präzise und absolut wahr. Mehr gibt es dazu nicht zu sagen.«

Schiller stützte den Kopf auf die rechte Hand. »Na denn, dann fasse ich also mal zusammen, Thilo. Du hast Ortwin Vogler, deinen direkten Vorgesetzten, über alle Maßen provoziert und praktisch dazu eingeladen, dir eine reinzuhauen. Soweit korrekt?«

Die beiden vor dem Schreibtisch nickten.

»Dann hast du das, was eigentlich unausweichlich war, völlig ohne Gegenwehr über dich ergehen lassen, während du, Pia, bis zu dem Moment deines Eingreifens komplett passiv warst.«

»Das stimmt, ja.«

»Dann hat Vogler das Büro verlassen, worauf du in der Folge Thilo eine geschmiert hast und ihr beide schließlich gegangen seid.«

Diesmal kam von der jungen Kommissarin nur ein gequältes Nicken.

»Und wie, meint ihr Helden, soll ich jetzt mit dieser verschissenen Situation umgehen? Was soll ich mit euch anstellen?«

»Zwei Sachen«, rief Thilo Hain mit heller, erregter Stimme. »Die erste ist, dass ich Pia in diese Scheiße reingeritten habe, und sie absolut nichts dafür kann, dass ich diesen Unsinn angezettelt habe. Und die zweite: Woher weißt du das verdammt noch mal alles, wenn du den ganzen Tag noch nicht mit Vogler gesprochen hast?«

Nun lachte der Kriminalrat laut und schallend auf. »Mein lieber Herr Kollege Hain, wir befinden uns hier in einem Polizeipräsidium. Das bedeutet, dass wir alle die meiste Zeit des Tages sehr dezent miteinander sprechen, so wie wir drei das gerade tun. Dafür wurde dieses Gebäude konstruiert, und dafür ist es gut. Nicht gut ist es, wenn man anfängt zu schreien; dann wird es hellhörig, laut und ist überhaupt nicht mehr diskret. Wenn du willst, kannst du gern mal einen Raum weiter gehen, und ich schreie dann die arme Pia hier mal so an, wie du vermutlich heute Morgen Vogler angeschrien hast. Du wirst dich wundern, wie gut jedes einzelne Wort da drüben zu verstehen ist.«

»Scheiße«, murmelte der Hauptkommissar.

»Nein, *das* ist nicht scheiße. Scheiße ist dein Verhalten gewesen, und zwar allergrößte Scheiße, lieber Thilo.«

»Was dann wohl heißt, dass ich mich von diesem Augenblick an als suspendiert betrachten kann.«

»War das eine Frage oder eine Aussage?«

Hain schüttelte unwirsch den Kopf. »Das ist mir so scheißegal, ob das eine Frage oder eine Aussage gewesen sein könnte, das glaubst du gar nicht, Herbert. Und jetzt sag endlich deinen Spruch auf, damit wir diese Veranstaltung hier beenden können.«

»Du verdammter Idiot«, zischte Pia Ritter in der seit ein paar Sekunden sicheren Überzeugung, niemals im Polizeipräsidium Kassel lauter als nötig zu werden. »Du bist es echt nicht wert, dass man sich auch nur einen Augenblick lang überhaupt mit dir beschäftigt. Geschweige denn, so etwas wie dein Partner werden zu wollen.«

»Na, da scheint sich ja in der doch eher kurzen Zeit der Zusammenarbeit schon das eine oder andere angestaut zu haben«, fasste Schiller die Situation nicht ganz unzutreffend zusammen. »Vielleicht willst du ihm ja wieder eine runterhauen.«

Nun hoben die beiden vor dem Schreibtisch nahezu gleichzeitig den Kopf. Hain fand vor seiner Kollegin seine Sprache zurück.

»Sag mal, hast du den ganzen Bau hier verwanzt, oder was?«

»Das ist, wenn man Mitarbeiter wie euch beide hat, überhaupt nicht notwendig. Solchen Schreihälsen wie euch muss man eigentlich nur zur richtigen Zeit am richtigen Ort begegnen. Das ist dann schon alles.«

»Wie meinen ... ich ... wie meinst du das?«, stotterte Pia sich unbeholfen zum Satzende.

Herbert Schiller streichelte sich aufreizend gelassen über seinen ansehnlichen Bauch. »Ich habe manchmal hier im Haus zu tun, und manchmal bin ich eben zufällig zur richtigen Zeit am richtigen Ort. Oder am falschen, das kommt sehr auf die Betrachtungsweise an. Heute Morgen jedenfalls war ich wieder mal im Haus unterwegs, und wie es der Zufall so will, genau in dem Moment, in dem ihr beide bei Ortwin Vogler zum Rapport angetreten seid. Der Rest ist einfach ein gutes Ohr und jede Menge Unterhaltung für lau.«

»Du verdammter …«, fluchte Hain mit gedämpfter Stimme los. Offenbar war Schillers Botschaft von den nicht sehr schalldämmenden Wänden des Präsidiums auch bei ihm angekommen. »Du hast nebenan gesessen und alles mit angehört? Hast dir deinen Spaß gemacht und uns praktisch ins offene Messer laufen lassen? Was bist du nur für ein Kameradenschwein.«

Der Kriminalrat lachte laut auf.

»Nein, ein Kameradenschwein bin ich nun wirklich nicht, lieber Thilo. Eher schon ein Vorgesetzter, der sich bis zur Erschöpfung um seine Leute kümmert. Meinst du, sonst würdet ihr beide jetzt noch hier rumsitzen? Oder wäre es nicht eher denkbar, dass ihr schon längst zu Hause wärt, natürlich ohne Marke und Dienstwaffe?«

Nun war der Hauptkommissar kurz davor, die Beherrschung zu verlieren. »Was, zum Teufel, willst du von uns? Uns noch ein bisschen vorführen, bevor du ernst machst?«

Der Mann auf der anderen Schreibtischseite winkte gut gelaunt ab.

»Ach was, die Sache mit der Suspendierung kannst du vergessen. Ich will dich … euch beide nicht suspendieren, obwohl ich diese Art von Gewalt im Dienst, speziell unter Kollegen, natürlich unter keinen Umständen gutheißen kann und will. Dass das mal gleich klar ist. Aber ich werde in diesem Fall Gnade vor Recht ergehen lassen, weil ihr beide ja noch in der, sagen wir mal, Kennenlernphase seid.«

Er beugte sich nach vorn und fing verschwörerisch an zu grinsen.

»Außerdem«, fuhr er flüsternd fort, »bin ich total begeistert davon, dass Pia dir eine reingehauen hat. Von mir aus hätte es noch eine extra sein können, aber ich will nicht undankbar erscheinen. Verdient hattest du die Watschn auf jeden Fall, schon für dein ganzes asoziales Verhalten im letzten Dreivierteljahr.«

»Danke.«

»Danke auch«, fügte Pia Ritter völlig konsterniert hinzu, die noch immer nicht komplett davon überzeugt war, alles richtig zu verstehen. »Das heißt, wir haben wirklich keine disziplinarischen Schwierigkeiten zu befürchten?«

»Von mir nicht«, erwiderte Schiller schnell. »Wie sich allerdings der geschätzte Kollege Vogler euch gegenüber verhalten wird, darüber kann ich natürlich nur mutmaßen. Aber wenn ich ihn richtig verstanden habe, bereitet er schon seine Demission aus Kassel vor. Irgendwie, so scheint es mir zumindest, hat er sich nie richtig in der Stadt eingelebt und fühlt sich demzufolge hier auch nicht wirklich wohl. Wie man hört, zieht es ihn zurück nach Wiesbaden.«

»Aber du hast doch vorhin gesagt, dass du den ganzen Tag noch nicht mit ihm gesprochen hast«, protestierte Hain.

»Nein, das hat er nicht«, widersprach Pia ihrem Kollegen. »Er hat gesagt, dass er ihn den ganzen Tag noch nicht *gesehen* hat. Von gesprochen war nicht die Rede.«

»Boah, was für eine Korinthenkackerei, Pia. Ihr beide passt echt zusammen.«

»Schön, oder«, bedankte Schiller sich. »Allerdings gibt es noch eine Sache, die ich gern mit ein wenig mehr Ernsthaftigkeit geklärt wüsste. Und zwar geht es um die Frage, Thilo, ob du es mit Vorsatz darauf anlegst, aus dem Dienst zu fliegen, oder ob du nur ein vollkommen durchgedrehter Vollidiot bist. Denn nur diese beiden Alternativen kommen infrage, wenn ich deinen Auftritt von heute Morgen Vogler gegenüber zu deuten versuche.«

Hain wandte sich zur Seite und bedachte seine Kollegin mit einem vernichtenden Blick.

»Du hast mit ihm darüber gesprochen! Du hast …?«

»Vergiss es, Thilo. Ich habe mit niemandem gesprochen.«

»Das stimmt, Herr Kollege Hain. Die Kollegin Ritter und ich haben uns tatsächlich noch nicht über dich ausgetauscht.«

Er zögerte eine Sekunde.

»Wobei, wenn ich euch gerade richtig verstanden habe, könnte ein solches Gespräch mit einem nicht zu unterschätzenden Erkenntnisgewinn für mich verbunden sein.«

»Dazu wird es aber nicht kommen, Herr … Herbert«, beeilte Pia sich anzumerken.

»Und das ist erstens gut so und zweitens würde ich diese Unterhaltung überhaupt nicht suchen. Aber trotzdem will ich eine Antwort von dir auf meine Frage, Thilo.«

Innerhalb der nächsten Minuten teilte der Hauptkommissar seinem Boss genau das mit, was er am Tag zuvor Pia erzählt hatte. Am Ende stand wieder die Erkenntnis, dass er es nicht mehr darauf anlegen werde, aus dem Dienst entfernt zu fliegen.

»Das heute Morgen war eher der Tatsache geschuldet«, schloss er seinen Bericht, »dass ich wirklich nur Vogler auf die Palme bringen wollte. Nicht mehr und nicht weniger.«

»Na, immerhin das ist dir mit Bravour gelungen. Wie es aussieht, wird der Erste Hauptkommissar Ortwin Vogler nie wieder auch nur einen Fuß in dieses Polizeipräsidium setzen.«

»Wow, das geht aber schnell«, zeigte Pia sich überrascht.

»Ja, das finde ich auch. Aber schon eine Stunde nach unserem, sagen wir mal, finalen Telefonat hatte ich seine Arbeitsunfähigkeitsbescheinigung auf dem Tisch. Und wenn ich ihn richtig verstanden habe, leidet er unter etwas Psychischem, was ja immer eine deutlich längere Behandlungszeit benötigt. Also, um es kurz zu machen, wir sind ihn los. Und im Namen des kompletten Kommissariats, davon gehe ich zumindest mal verschärft aus, darf ich euch beiden unseren Dank für euren aufopfernden und auch manchmal schmerzhaften Anteil daran aussprechen. Wobei ich es euch natürlich für die Zukunft rigoros untersage, euch gegenseitig mit Backpfeifen einzudecken.«

»Du bist so was von durchgeknallt, Herbert«, entfuhr es Thilo Hain spontan. »Du bist, verdammt noch mal, komplett irre.«

21

Eine halbe Stunde darauf konnten weder Hain noch Ritter die Geschehnisse im Büro ihres Vorgesetzten zur Gänze einordnen. Die beiden waren, nachdem sie sich verabschiedet hatten, zunächst in die Kantine gegangen, hatten eine Kleinigkeit gegessen und die Veranstaltung bei ihrem Boss nachbereitet. Nun erblickte Pia auf dem Monitor vor sich die Telefonnummern der Kasseler Makler, während ihr Kollege mit hinter dem Kopf verschränkten Händen mehr in seinem Stuhl lag als saß.

»Vermutlich können wir gar nicht genug irgendeiner dunklen Macht danken, dass das da eben so gut ausgegangen ist«, meinte Pia, während sie die erste Nummer eingab.

»Ach was, der ist genauso froh wie wir, dass der Idiot weg ist.«

Am anderen Ende der Leitung wurde abgenommen, und Pia rasselte ihre Fragen herunter.

Nein, bei diesem Maklerbüro kannte man keine Evelyn Schürmann und unterhielt auch keine Geschäftsbeziehungen zu einer.

So ging es eine viertel Stunde, bei Makler Nummer 8 allerdings landete die Kommissarin den ersten Treffer.

Hier wurden mehrere Wohnungen von Evelyn Schürmann zum Verkauf angeboten. Und nach etwas mehr als 90 Minuten war klar, dass die getötete Lehrerin sich von ihrem gesamten Immobilienbestand hatte trennen wollen. Keiner der beauftragten Makler wusste zu diesem Zeitpunkt, dass die Frau das Zeitliche gesegnet hatte, und Pia hätte den Teufel getan, es ihnen auf die Nase zu binden. Sollten sie selbst sehen, wie sie mit der Situation klarkamen.

»Ich krieg das nicht rund«, fasste sie die Erkenntnisse ihrer Telefonaktion schließlich zusammen. »Die scheint jeden verdienten Euro in Immobilien gesteckt zu haben, um sie dann in einer ziemlich konspirativen Aktion zu verscherbeln. Warum macht sie das?«

»Vielleicht«, ätzte Hain, »hatte sie ihren Traummann gefunden und wollte mit ihm in die Südsee auswandern.«

»Nette Idee, aber irgendwie ein wenig unglaubwürdig.«

»Stimmt. Bliebe noch die ziemlich krude Idee, dass sie erpresst worden sein könnte?«

»Erpresst? Mit was denn? Die war doch so diskret, da hätten vermutlich sogar wir uns die Zähne dran ausgebissen, wenn wir etwas Illegales oder für eine Erpressung Verwertbares bei ihr gesucht hätten. Also auf die Idee würde ich nicht kommen.«

»Hast du eine bessere?«

»Irgendwie gerade nicht.« Sie zögerte. »Oder warte, vielleicht ja doch.«

»Ich harre der Dinge mit angehaltenem Atem«, sinnierte Hain ironisch, nachdem er ein paar Sekunden auf weitere Einlassungen seiner Kollegin gewartet hatte. Die jedoch fixierte weiterhin die sich vor dem Bürofenster bietende Sommerszenerie.

»Die Erfolg versprechendste Möglichkeit«, machte sie schließlich ihre Gedanken öffentlich, »die ich sehe, besteht in der kompletten Durchsicht ihrer Tagebücher. Wenn man diese Kladden denn so nennen will.«

»Die aus ihrem Keller?«

»Genau die. Wenn ich es richtig im Kopf habe, reichen die etwa sechs Wochen zurück; und vielleicht finden wir im Haus ja doch noch ein aktuelleres Exemplar.«

»Aber wir haben dort alles auf den Kopf gestellt«, versuchte Hain sich vor dieser, wie er fand, langweiligen Aufgabe zu drücken. »Wollen wir es nicht lieber so machen, dass du da allein hinfährst und das in total eigener Verantwortung übernimmst?«

»Und was gedenkst du, in dieser Zeit zu tun?«

»Ich könnte gepflegt in den Feierabend gehen und meinen beiden Sprösslingen beim Wachsen zusehen.«

»Du hast sie wohl nicht mehr alle«, protestierte Pia. »Entweder wir machen das gemeinsam, oder wir lassen es. Allein werde ich den Job auf jeden Fall nicht erledigen.«

Der Hauptkommissar sah auf seine Armbanduhr. »Mensch, Pia, es ist 16:55 Uhr. Jeder hier im Präsidium freut sich auf den wohlverdienten Feierabend, nur du musst Mucken machen.«

»Wir können es auch auf morgen früh vertagen, aber wenn wir etwas finden und es dann, auf welche Weise auch immer, zu spät sein sollte, werde ich dich mit Freude den Wölfen zum Fraß vorwerfen. Außerdem könntest du ruhig ein wenig Demut zeigen bei dem unverschämten Glück, das du heute hattest.«

»Das würde ich als Argument gelten lassen. Aber wirklich nur das.« Er schwang sich aus dem Bürostuhl. »Ich rufe nur kurz zu Hause an und erkläre meiner vermutlich bittere Tränen weinenden Familie, dass ihr Ernährer mal wieder Überstunden machen muss. Und das nur, weil seine neue Kollegin an einer unheilbaren Profilneurose zu leiden scheint.«

»Ich dachte, deine Carla geht auch einer geregelten Beschäftigung nach?«

»Oh, verdammt, was weißt du eigentlich nicht von mir und meiner Mischpoke?«

21.1

Gesendet von Erzengel um 17:01 Uhr

*Ich denk an dich und freu mich wie
irre auf die Zeit mit dir und dem Baby
E.*

*

Gesendet von Sandra um 17:02 Uhr

*Boah, das ist echt geil. Und wenn ich mir
überlege, dass du eigentlich Schluss machen
wolltest, dann noch viel geiler.
Außerdem verspreche ich dir, dass ich nie
mehr so zickig sein will.
1000 Küsse
S.*

22

Die Fahrt durch den üblichen Feierabendverkehr in den Stadtteil Waldau verlief mehr als stockend. Immer wieder mussten die beiden an Ampeln anhalten oder es ging nur im Stop-and-Go weiter.

»Dieser piekfeine Sommer ist für die Documenta-Macher vermutlich wie ein Sechser im Lotto«, kommentierte Pia Ritter die Massen der Kunstbegeisterten, die sich zwischen den einzelnen Ausstellungsbereichen hin und her schoben.

»Vermutlich, ja. Aber war das nicht immer so, dass sich die Menschen hier geballt haben, wenn Documenta-Zeit war?«

»Keine Ahnung, ich bin nicht so kunstaffin.«

»Aber in der Stadt warst du doch schon während der letzten Ausgaben, oder?«

»Schon. Aber wir von der Trachtentruppe haben mit der Documenta nie viel zu tun gehabt, weswegen ich das ganze Theater eigentlich immer ziemlich leidenschaftslos gesehen habe. Ein paar der übrig gebliebenen Kunstwerke finde ich ganz gut, wie zum Beispiel den Laser, aber mit vielen anderen kann ich so rein gar nichts anfangen.«

»Ich finde die Spitzhacke in der Aue klasse«, erwiderte Hain, während er mit einem zackigen Manöver die Spur wechselte, weil eine Frau in einem SUV mit eingeschalteter Warnblinkanlage unbedingt in zweiter Reihe anhalten musste. »Und meine Jungs sind sowieso maximal begeistert von dem Ding. Das ist für die der schönste Abenteuerspielplatz der Welt.«

»Kann ich verstehen. Ich hatte da auch schon mal ein … Abenteuer.«

»Ach was. Du hast aber nicht wirklich dort …?«

»Vergiss es. Über so was rede ich vielleicht mit meiner besten Freundin, Thilo, aber auf keinen Fall mit dir.«

»He, Pia, nur ein einfaches Ja oder Nein. Bitte!«

»Never ever.«

»Das nehme ich als klares Ja.«

»Von mir aus kannst du das machen oder es lassen, ist mir Wurscht.«

Das Haus, in dem die Schürmann-Frauen gelabt hatten, lag in der prallen Nachmittagssonne, wirkte jedoch selbst in dieser romantischen Stimmung um keinen Deut attraktiver. Hain hatte das Amtssiegel an der Tür entfernt und war dabei, mit seinem Lockpicking-Werkzeug das Schloss zu öffnen.

»Das sollte aber ein wenig schneller gehen, wenn du mich fragst«, ätzte Pia.

Der Hauptkommissar zog die Arme zurück und hielt ihr das Besteck hin.

»Mach es besser, wenn du es kannst.«

»Nichts einfacher als das«, gab sie zurück, griff die beiden kleinen Metallstäbe und schob sie mit routinierten Bewegungen in die Öffnung. Keine fünf Sekunden später schwang das Türblatt nach innen.

»Voilà«, murmelte sie gut gelaunt und reichte ihrem Kollegen die Werkzeuge.

»Glückstreffer«, brummte er schmollend.

»Na ja, vielleicht eher der Einsatz modernerer, aktuellerer Bewegungen. Das, was du gerade gesehen hast, ist sozusagen state of the art. Deine Schulzeit als Schlossknacker dürfte schon ein paar Jahre zurückliegen, wenn ich das richtig sehe.«

»Boah, das kann ich ja leiden. Gerade trocken hinter den Ohren und noch ganz frisch im Geschäft, aber schon die fetten Sprüche loslassen.«

»Lass uns reingehen. Sonst kommen mir noch die Tränen von deiner rührseligen Verteidigungsarie.«

»Gern. Du fängst im Keller an, ich schaue, ob ich oben bei ihr auf oder im Schreibtisch eine aktuelle Ausgabe ihrer gesammelten Tageszusammenfassungen finde.«

»So machen wir es.«

Die Umsetzung von *So machen wir es* gestaltete sich mühseliger als erwartet, denn in den Kladden, die Pia im Keller sichtete, fand sich nicht der geringste Hinweis auf eine Erpressung oder sonst eine Erwähnung, die mit Evelyn Schürmanns Tod in Verbindung zu stehen schien. Hain stellte das Büro der Lehrerin komplett auf den Kopf, jedoch ebenfalls ohne verwertbares Ergebnis. Als er sicher war, in diesem Raum nichts Relevantes mehr zu finden, untersuchte er die anderen Zimmer auf der Etage, jedoch mit dem gleichen Ergebnis. Schließlich entschied er sich, noch einmal das komplette Erdgeschoss zu filzen. Eher aus Faulheit begann der Kommissar mit der kleinen Küche und landete dabei den ersehnten Volltreffer. Nachdem er die Schränke, Anrichten und auch Hängeschränke durchsucht hatte und sich eigentlich schon dem Wohnzimmer zuwenden wollte, fiel sein Blick auf den mit einer rot-weiß karierten Wachstischdecke belegten, vermutlich aus den Nachkriegstagen stammenden Küchentisch. Er riss mit einer kraftvollen Bewegung das Tischtuch herunter und suchte an der langen Seite nach einer Schublade.

Fehlanzeige.

Allerdings wurden seine Bemühungen auf der gegenüberliegenden Seite belohnt. Dort befand sich tatsächlich die vermutete Lade. Er zog sie heraus und wurde beim ersten Anblick des Inhalts von dem Impuls heimgesucht, in Triumphgeschrei auszubrechen. Hier lag tatsächlich das Tagebuch mit den letzten Aufzeichnungen der ermordeten Lehrerin.

»Pia, du kannst aufhören zu suchen und raufkommen«, rief er laut und, obwohl er sich wirklich darum bemühte, es nicht zu tun, mit einer gehörigen Portion triumphalen Gehabes.

»Da hat das blinde Huhn wohl das Korn des Tages gefunden«, kommentierte die Kommissarin. Hain betrachtete weiterhin seinen Fund und tat so, als hätte er nichts gehört.

In den nächsten Minuten studierten die beiden den Kladdeninhalt, und zwar von hinten nach vorn. Vieles von dem, was Evelyn Schürmann aufgeschrieben hatte, war so verklausuliert, dass es, zumindest auf den ersten Blick, keinen Sinn ergab. Andere Ereignisse, speziell schulische, und darum ging es hauptsächlich in den einzelnen Absätzen, waren lediglich mit Initialen oder auch nur mit Bezeichnungen wie *Der Idiot, Der Herr Oberlehrer* oder *Monsieur Kleingeist* umschrieben. Das las sich dann so:

Mit Monsieur Kleingeist gehen mal wieder alle Gäule durch. Hat mich auf dem Flur abgepasst und mir zum wiederholten Mal vorgeworfen, ich sei eine Sozialschmarotzerin. Weil er angeblich vom Direktor gezwungen worden war, eine Doppelstunde für mich zu übernehmen. Eine einzelne Doppelstunde! Er prangert das an, obwohl er im letzten Jahr insgesamt 11 Tage wegen angeblicher Krankheit (er ist ein Trinker, ich bin, was das angeht, vollkommen sicher) nicht zum Unterricht erschienen ist. Er ist einfach ein widerlicher Mensch!

Zwei Tage darauf findet sich folgender Eintrag:

Die Fettkrake beruft sich mir gegenüber auf ältere Rechte, was die Belegung der Räume angeht. Ältere Rechte! Ich denke, sie sollte endlich beim Schulamt gemeldet werden, damit diese verbalen Attacken ein für alle Mal ein Ende haben. Vermutlich werde ich das mal wieder selbst erledigen müssen.

Unter dem gleichen Datum verzeichnete Evelyn Schürmann folgende Episode:

Der Herr Oberlehrer ist beim Ausparken gegen den Wagen einer auf ihr Kind wartenden Mutter gefahren. Es gab eine riesige Aufregung, weil er ihr vorgeworfen hat, sie habe rechtswidrig länger als drei Minuten in der Parkverbotszone gestanden. Aus diesem Grund wollte er ihr zunächst die Regulierung des Schadens verweigern. Erst auf Intervention des Autobahndreiecks ließ er sich erweichen, von seiner kaum haltbaren Position Abstand zu nehmen. Ein Betrüger, den man sofort bei der Polizei anzeigen sollte!

Nach übereinstimmender Meinung von Hain und Ritter stand *Autobahndreieck*, in Anlehnung an die namensgebende Straßenverzweigung in Osthessen, für Direktor Hattenbach.

»Die hat sie doch wirklich nicht mehr alle gehabt«, fasste Pia Ritter die bisherigen Erkenntnisse zusammen.

»Und so jemand wird auf Kinder und Jugendliche losgelassen«, setzte Hain fassungslos hinzu.

Auch die Beschreibung und Bewertung eines Elterngesprächs fand sich:

Gespräch mit den Eltern des Schmetterlings: Wie immer sind sie mir gegenüber überaus arrogant und selbstgefällig aufgetreten. Haben mir unterstellt, dass die unbefriedigenden Leistungen ihres Sonnenscheins mehr mit mir als mit der eindeutig zu erkennenden Faulheit dieses Rotzlöffels zu tun haben. Empörend! Diese komplett unterbelichteten, neureichen Fatzkes mit ihrem benzinfressenden, angeberischen Geländewagen werden noch merken, was es bedeutet, ein leicht zurückgebliebenes Kind großzuziehen. Ich jedenfalls habe mich endgültig dazu entschlossen, seine Leistungen von nun an nur noch am unteren Ende des mir möglichen Bewertungsschemas zu definieren. Hoffentlich gelingt es mir dadurch auch in diesem Fall, das Kind seiner eigentlichen Leistungsklasse, nämlich maximal Realschule, zuzuführen.

»Das glaube ich ja alles nicht«, stieß Hain völlig entsetzt aus. »Ich habe mir gerade vorgestellt, dass einer meiner Jungs bei solch einer Irren Mathematikunterricht hätte. Und ich konnte förmlich spüren, wie mir dabei das Messer in der Tasche aufgegangen ist.«

»Was man dir gewiss nicht verdenken kann. Wenn ich ein Kind hätte, würde es mir garantiert genauso gehen.«

Sie überblätterten einige Seiten, deren Inhalt so verworren war, dass er vermutlich nur sehr schwer zu entschlüsseln sein würde.

»Hier, sieh mal da«, wies Pia auf einen Eintrag genau drei Wochen zuvor.

Der Zünsler geht immer massiver gegen mich vor. Nun hat er mir, während ich auf dem Weg zur Toilette war, angedroht, mich wirklich und endgültig fertigzumachen. Er hat sich furchteinflößend vor mir aufgebaut wie ein Urtier oder einer dieser Rocker, die man hin und wieder im Fernsehen sieht, und ich habe es wirklich mit der Angst zu tun bekommen. Erst als ich ihm damit gedroht habe, laut und gellend zu schreien, hat er von mir abgelassen. Langsam werde ich ein wenig unruhig, was ihn betrifft. Er ist sich sicher (und kann es leider auch sein), dass ich nichts gegen ihn vorbringen kann. Vielleicht sollte ich etwas Ähnliches mit ihm veranstalten wie weiland mit dieser jungen

Referendarin … Ein Spaß wäre es allemal, zumal es ihn endgültig aus meinem Dunstkreis entfernen würde. Allerdings schrecke ich ein wenig vor den neuerlichen Schmerzen zurück, die eine solche Maßnahme verursachen würde.

»Wer könnte dieser *Zünsler* sein?«, fragte Hain mehr sich selbst als seine Kollegin.

»Was ist denn ein Zünsler? Weißt du das?«

»Nee, keine Ahnung. Ich kenne nur diesen komischen Buchsbaumzünsler, und das auch nur deshalb, weil diese Viecher bei unseren Nachbarn einen Buchsbaum komplett kahl gefressen haben, und Carla darauf die beiden, die wir hatten, vorsorglich gleich mal durch eine andere Rabatte ersetzt hat.«

»Aber was es außerdem damit auf sich haben könnte, weißt du auch nicht?«

»Absolut nicht, nein.«

Die Polizistin kramte ihr Mobiltelefon aus der Jackentasche und gab den Begriff *Zünsler* in ihre Suchmaschinen-App ein. Auf der dann aufgerufenen Wikipedia-Seite konnte sie lesen, dass es sich bei den Zünslern um eine Familie der Schmetterlinge innerhalb der Zünslerfalter handelte.

»Ein Schmetterling!«, rief sie laut aus. »Wir hatten doch vorhin schon mal was mit einem Schmetterling.«

Hain blätterte hastig zurück und kam schließlich wieder auf der Seite an, die sie ein paar Minuten zuvor durchgelesen hatten.

»Hier: Gespräch mit den Eltern des Schmetterlings. Da muss es irgendeinen Zusammenhang geben.«

»Aber wie kriegen wir raus, wer oder was genau sich hinter diesen komischen Umschreibungen verbirgt?«

»Das ist die große Frage«, gab Hain schulterzuckend zurück.

Pia wollte gerade ihr Telefon zurückstecken, als ihr offenbar etwas einfiel. Mit der freien Hand kramte sie in der rechten hinteren Tasche ihrer Jeans und brachte ein kleines weißes Papierstück zum Vorschein. »Er hat doch gesagt, dass wir ihn auch nach der Schule stören können, oder?«

Hain hatte nicht die geringste Ahnung, wovon sie sprach.

»Na, Hattenbach, der Direktor. Er hat mir doch bei unserem ersten Besuch seine Visitenkarte in die Hand gedrückt.«

Sie wählte eine der aufgedruckten Nummern.

»Vielleicht kann er uns ja helfen. Und wenn nicht, kennt er unter Umständen jemand, der es kann.«

Direkt mit ihrer letzten Anmerkung wurde das Gespräch am anderen Ende angenommen.

»Ja, Hattenbach.«

Pia stellte sich vor und schilderte dem Schulleiter ihr Problem. Warum genau sie sich für jemanden mit der Bezeichnung *Schmetterling* interessierte, ließ sie zunächst offen.

»Ich fürchte, da kann ich Ihnen leider nicht helfen«, beschied Hattenbach ihre Anfrage zunächst abschlägig. »So direkt bin ich nun auch wieder nicht mit den einzelnen Schülern vertraut.«

»Hmm«, machte Pia. »Wir suchen nach einem Schüler, der in Mathematik keine gute Figur macht und dessen Eltern einen großen Geländewagen fahren. Es könnte ein SUV sein, vielleicht aber auch ein echter Geländewagen.«

Der Schulleiter überlegte eine Weile. »Es gibt ganz sicher der eine oder andere aus der Elternschaft, der einen Wagen dieser Gattung fährt, und der eine oder andere ist mir sicher auch schon aufgefallen, aber im Detail kann ich Ihnen leider keine Auskunft geben. Ich weiß es einfach nicht.«

»Gut«, sagte die Kommissarin und wollte das Augenmerk

auf einen anderen Aspekt aus Evelyn Schürmanns Aufzeichnungen lenken. »Es muss da einmal einen Zwischenfall mit einer jungen Referendarin gegeben haben. Also mit Frau Schürmann und dieser jungen Frau. Können Sie sich da an etwas erinnern?«

»Und ob ich das kann, Frau Ritter. Das hat übrigens damals, es wird vielleicht sieben oder acht Jahre her sein, auch in allen Zeitungen, zumindest den lokalen, gestanden.«

»Ja? Das haben wir noch nicht recherchiert.«

»Das macht nichts, ich erzähle es Ihnen.«

Er hielt kurz das Mikrofon zu und murmelte anscheinend etwas zu jemandem in seiner Nähe.

»Entschuldigung, bitte. Meine beiden Enkel sind hier und hassen es, wenn sich ihr Großvater nicht zu 100 Prozent auf sie konzentriert.«

»Nein, bitte, ich muss mich entschuldigen. Und ich hätte Sie sicher auch nicht um diese Uhrzeit gestört, wenn es nicht wirklich wichtig wäre.«

»Das macht gar nichts. Wenn Sie wüssten, wie oft ich auch noch um zehn Uhr abends auf diesem Apparat Anrufe erhalte, wäre ihre Zurückhaltung deutlich kleiner.«

»Das ist sicher nicht immer vergnügungssteuerpflichtig.«

Hattenbach brauchte einen Moment, bis er den tieferen Sinn ihres Satzes in seinem Kopf decodiert hatte.

»Nein«, lachte er schließlich laut auf. »Das ist es beileibe nicht. Aber ich will Sie nicht mit meinen Problemen behelligen, Sie haben sicher sehr viele eigene, um die Sie sich kümmern müssen. Und vielleicht hängt eines davon mit Simone Kaspar zusammen, jener jungen Referendarin, nach der Sie mich gefragt haben. Sie war im zweiten Jahr bei uns an der Schule, eine aufgeweckte, engagierte Kraft im naturwissenschaftlichen Bereich. Jeder, also fast jeder, konnte sie wirklich gut leiden und ist gut mit ihr ausgekommen, mit Ausnahme von Frau Schürmann. Und was die Geschichte dramatisch werden ließ, ist die Tatsache, dass Frau Kaspar sich rein gar nichts von Frau Schürmann hat bieten lassen. Sie stand mit beiden Füßen fest auf dem Boden und hat sich gegen alle Ungerechtigkeit und sämtliche Übergriffe, von denen es einige gab, gewehrt. Aber dann kam dieser Tag, der leider alles verändert hat.«

»Was genau ist an diesem Tag passiert?«, fragte Pia, die in der Zwischenzeit ihr Telefon auf Laut gestellt hatte, sodass Hain mithören konnte.

»Angeblich, und das sage ich mit aller Vorsicht, hat Frau Kaspar Frau Schürmann eine Treppe hinuntergestoßen. Es gab keine Zeugen und es stand Aussage gegen Aussage. Ein vom Gericht bestellter Gutachter hat ausgesagt, dass die einzige logische Erklärung für den Vorfall tatsächlich eine Gewalttat durch Frau Kaspar gewesen sein konnte.«

»Was hat Frau Schürmann bei der Sache denn für Verletzungen davongetragen?«

»Oh, da muss ich jetzt tief in meiner Erinnerung kramen.«

Er ließ sich einen Augenblick Zeit.

»Es waren ein Bruch eines Oberschenkels und ein Schädelbasisbruch. Außerdem eine größere Anzahl von Prellungen und, ach ja, ein Jochbeinbruch.«

»Das muss dann vermutlich eine längere Treppe gewesen sein.«

»Die längste, die es bei uns an der Schule gibt.«

»Und was hat Frau Kaspar zu der Geschichte gesagt?«

»Die Arme war total durch den Wind, wie Sie sich vermutlich vorstellen können. Sie hat mir gegenüber in einem

Vier-Augen-Gespräch Stein und Bein geschworen, dass sie Frau Schürmann an diesem Tag nicht einmal angefasst hat. Die hat sich, nach Aussage von Frau Kaspar, ohne ein Wort zu sagen, einfach über die erste Stufe fallen lassen und ist bis zum Ende der Treppe geflogen.«

»Haben Sie der Frau geglaubt?«

»Frau Kaspar?«

»Ja.«

»Jedes Wort. Aber leider war ich nicht ihr Richter. Sie wurde wegen schwerer Körperverletzung an Frau Schürmann, die noch dazu als Zeugin vor Gericht aussagte, verurteilt, was ich auch heute noch als großen, großen Justizirrtum beklage. Aus dem Schuldienst ist sie kurz darauf ausgeschieden, und was sie heute macht, kann ich Ihnen leider nicht sagen.«

Pia und Hain schüttelten im Takt den Kopf.

»Das klingt ja alles sehr merkwürdig«, stellte die Oberkommissarin schließlich fest, während Hain sich den Namen der Referendarin notierte.

»Ja, und es war auch sehr merkwürdig. Aber leider, oder eigentlich ja glücklicherweise, leben wir in einem Rechtsstaat, was manchmal, wie für mich in diesem speziellen Fall, nur sehr schwer auszuhalten ist.«

Wieder schien es, als würde Hattenbach eine Hand auf die Sprechmuschel legen.

»Aber jetzt muss ich leider zum Schluss kommen«, bekundete der Schulleiter, »sonst werde ich von meinen beiden Indianern hier an den Marterpfahl gebunden und bei lebendigem Leib geröstet.«

»Oh je, daran wollen wir auf gar keinen Fall Schuld haben. Auf jeden Fall vielen Dank für Ihre freundlichen Auskünfte.«

»Gern. Wenn ich helfen kann, einfach wieder melden.«

»Darauf werde ich vielleicht zurückkommen.« Sie beendete das Gespräch und schob das Telefon zurück. »Wieder eine, deren Skalp offenbar an Evelyn Schürmanns Gürtel gebaumelt hat.«

»Ja«, stimmte Hain seiner Kollegin zu. »Und eine weitere potenziell Verdächtige obendrein.«

»Nach so vielen Jahren?«, zeigte Pia sich eher skeptisch. »Das kann ich mir nicht wirklich vorstellen. Vielleicht wohnt sie ja auch schon längst nicht mehr in Kassel.«

Diese Frage ließ sich mit einem einzigen Anruf klären. Anschließend waren beide darüber informiert, dass im Melderegister der Stadt Kassel eine einzige Simone Kaspar verzeichnet war. Die Adresse deutete auf eine sehr gute Wohngegend hin.

»Wollen wir noch schnell vorbeifahren?«, fragte Hain, was bei seiner Kollegin für absolutes Erstaunen sorgte. »Ist gar nicht weit. In zehn Minuten sind wir da, fragen sie kurz nach einem Alibi für die Tatzeit und schon sind wir im Feierabend.«

»Das hätte ich jetzt nicht erwartet, aber gut. Fahren wir bei ihr vorbei.«

Das Haus, in dem Simone Kaspar wohnte, lag am Ende einer ruhigen Seitenstraße im Stadtteil Bettenhausen. In der Luft lag Grillgeruch und auf der Straße spielten ein paar Kinder.

Pia ging voraus, sah auf das Klingelschild und nickte. »Kaspar«, bemerkte sie leise und schellte.

Nach etwa 20 Sekunden wurde die dunkle Haustür mit der bunten Verglasung langsam geöffnet und ein freundlich dreinschauender Mann tauchte auf.

»Guten Abend«, sagte er mit leichtem Schweizer Akzent,

wobei seine Verwunderung über den unangekündigten Besuch weder zu übersehen noch zu überhören war.

Pia stellte sich und Hain vor und kam ohne große Vorrede zur Sache. »Wir sind auf der Suche nach Simone Kaspar. Sie wohnt doch hier?«

»Ja. Oder besser: eigentlich, ja.«

»Darf ich fragen, wer Sie sind?«, meldete sich Hain von hinten.

»Norman Kaspar. Ich bin Simones Vater.«

»Und was meinen Sie damit, dass Ihre Tochter *eigentlich* hier wohnt, Herr Kaspar?«

»Dürfte ich vorher erfahren, was die Polizei von ihr will?«

»Wir haben ein paar Fragen an sie im Zusammenhang mit einem Tötungsdelikt. Wir verdächtigen Ihre Tochter nicht, es geht eher um ein kurzes Klärungsgespräch.«

»Da muss ich Sie leider enttäuschen. Simone ist seit etwa drei Wochen wieder im Ludwig-Noll-Krankenhaus. Es geht ihr zurzeit wieder nicht gut.«

»Sie ist in psychiatrischer Behandlung?«

»Das sollte man vermuten, wenn sich jemand im Ludwig-Noll-Krankenhaus aufhält, ja.«

»Steht ihre Erkrankung im Zusammenhang mit den Ereignissen von vor ein paar Jahren?«, wollte Pia wissen. »Dieser Sache an der Bertha-von-Suttner-Schule?«

»Ihre Erkrankung ist eine direkte Folge dieser *Ereignisse*«, konkretisierte Norman Kaspar. »Aber kommen Sie doch bitte herein, da redet es sich sicher angenehmer als hier zwischen Tür und Angel.«

»Das ist sehr freundlich, vielen Dank.«

Der Hausherr bat die beiden auf die Terrasse, stellte einen Krug mit Wasser und drei Gläser auf den Tisch und nahm auf einem der Holzstühle Platz.

»Ich muss Ihnen leider gleich zu Anfang unseres Gesprächs sagen, dass es mir nach so vielen Jahren noch immer sehr schwer fällt, über die Ereignisse von damals zu sprechen. Die Wunden, die dieser verdammte Tag in unserem Leben hinterlassen hat, werden nämlich nie wieder verheilen.«

Pia nickte verständnisvoll.

»Wir wissen, dass Ihre Tochter kurz nach dem Prozess aus dem Schuldienst ausgeschieden ist. Was ist dann passiert?«

Kaspar griff nach seinem Wasserglas, nahm einen tiefen Schluck und lehnte sich zurück.

»Simone ist nie wieder die gewesen, die sie vor diesem Tag war. Oder nach dem Prozess, das kann ich nicht so detailliert unterscheiden. Auf jeden Fall hat sie seitdem nie wieder in ihrem Leben auch nur ein einziges Mal gelacht.« Er stellte das Glas zurück. »Spätestens mit dem Prozess hat sich ihr Leben komplett verändert. Sie wurde von Woche zu Woche depressiver, bis sie am Heiligen Abend in diesem Jahr versucht hat, sich das Leben zu nehmen. Das war der Zeitpunkt, an dem sie zum ersten Mal in die Klinik kam. Seitdem geht es ihr mal besser und mal weniger gut – wie gerade. Aber sie hat, wie gesagt, seitdem nicht mehr gelacht. Und das, obwohl sie vorher ein wirklich lebenslustiger, interessierter und kontaktfreudiger Mensch gewesen ist. Meine Frau und ich sind daran fast zugrunde gegangen.« Er schnaubte. »Nun ja, zumindest unsere Ehe hat es nicht überlebt.«

»Sie haben sich scheiden lassen?«

»Ja.«

»Ihre Tochter«, hakte Hain nach, »hat nach unseren Informationen immer behauptet, dass sie Frau Schürmann an diesem Tag nicht einmal berührt und diese ihren Sturz selbst herbeigeführt habe. Glauben Sie ihr?«

Norman Kaspar lachte laut auf. »Haben Sie Kinder, Herr Kommissar?«

Hain nickte.

»Gut. Was also würden Sie an meiner Stelle antworten?«

»Vermutlich das Gleiche wie Sie jetzt.«

»Ja, vermutlich. Aber vielleicht wären Sie nicht gar so unausweichlich, ja fast fanatisch davon überzeugt wie ich, dass ihr Kind völlig unschuldig ist. Aber das vermag ich nicht zu beurteilen. Auf jeden Fall weiß ich mit hundertprozentiger Sicherheit, dass Simone dieser Frau nichts getan hat. Ich weiß es, weil Simone es mir gesagt hat, und ich weiß es, weil ich meine Tochter kenne. Sie hat diese Frau definitiv nicht die Treppe hinuntergestoßen.«

»Und trotzdem«, bemerkte Pia, »hat dieser Vorfall Ihre gesamte Familie betroffen und auch getroffen. Wenn ich Sie richtig verstanden habe, ist seitdem nichts, wie es vorher war.«

Kaspar nickte. »Besser kann man den Status quo nicht beschreiben. Diese Frau Schürmann hat mit ihren völlig haltlosen Anschuldigungen unsere gesamte Familie und dazu das Leben von Simone zerstört. Und zu aller Schande ist sie damit vor Gericht auch noch durchgekommen.«

»Frau Schürmann ist tot«, erklärte Pia dem Mann emotionslos. »Sie wurde das Opfer eines Gewaltverbrechens.«

»Ach«, zeigte sich im Gesicht von Norman Kaspar schlagartig eine Erkenntnis ab. »Und Sie kamen in dem Gedanken hierher, dass Simone vielleicht etwas mit diesem Tod zu tun haben könnte.«

»Wir wollten ausschließen, dass es so ist«, gab Pia zurück.

»Nun, wie auch immer. Ich kann Ihnen versichern, dass meine Tochter niemals in ihrem Leben einem Menschen etwas Schlechtes angetan hat. Und auch wenn ich den Tod von Frau Schürmann als bekennender Christ und Mensch bedaure, so komme ich als Vater von Simone nicht umhin, eine gewisse Freude darüber zu verspüren.«

»Das bleibt Ihnen unbenommen, Herr Kaspar«, teilte Hain ihm schulterzuckend mit. »Allerdings wäre es schön, noch zu erfahren, wo Sie in der vorvergangenen Nacht zwischen 23 Uhr und 3 Uhr gewesen sind. Natürlich nur, um auch Sie aus dem Kreis der potenziell Verdächtigen streichen zu können.«

Norman Kaspar holte tief Luft, gestattete sich ein kaum auszumachendes Grinsen und schloss dann für ein paar Sekunden die Augen.

»Ich gestehe hiermit sehr freimütig ein, dass ich am Tag der Scheidung von meiner Frau tatsächlich mit dem Gedanken gespielt habe, diese furchtbare Frau zu töten. An diesem Tag ist mir mein komplettes Leben um die Ohren geflogen, wie ein Freund es einmal ein wenig flapsig, aber doch sehr zutreffend, ausgedrückt hat. Ich hatte mir wirklich vorgenommen, mein Leben mit ihrem zu verrechnen, jedoch musste ich erkennen, dass ich als kaltblütiger Killer leider eine katastrophale Fehlbesetzung bin. Ich stand zwar ein paar Stunden vor der Schule herum und habe sie auch mit dem Fahrrad davonfahren sehen, bin dann jedoch wie ein geprügelter Hund abgezogen und konnte diese erneute Niederlage nur dadurch überwinden, dass ich mich sinnlos betrunken habe. Ich schäme mich noch heute für dieses Verhalten, kann es aber natürlich nicht ungeschehen machen.«

Pia fragte sich kurz, ob seine Scham eher der seinerzeitigen Mordlust oder dem anschließenden Besäufnis geschuldet war.

»Und was Ihre Frage betrifft: Ich war natürlich hier zu Hause und habe im Bett gelegen wie jede Nacht. Zeugen kann ich dafür leider keine benennen, weil ich, wie gesagt, allein lebe. Und auch wenn mich diese Aussage nicht entlastet, so ist sie dennoch so wahr wie alles andere auch, das ich Ihnen gerade erzählt habe.«

Er griff erneut nach seinem Wasserglas und trank den Inhalt in einem Zug aus.

»Und was meine Tochter angeht, Herr Kommissar, die können Sie ebenfalls von Ihrer Liste streichen. Sie befindet sich, auf eigenen Wunsch übrigens, auf der geschützten Station des Ludwig-Noll-Krankenhauses, weil sie erneut stark suizidgefährdet ist. Und das bedeutet, dass sie 24 Stunden am Tag beaufsichtigt wird. Ihr ist es nicht einmal möglich, die Station zu verlassen.«

Norman Kaspar sah zunächst Hain an, dann Pia Ritter, während sich in seinen Augen Tränen bildeten.

»Sie können das prüfen, gern, aber behelligen Sie bitte Simone nicht persönlich. Fragen Sie beim Personal der Station nach oder sprechen Sie meinetwegen mit ihrem Arzt. Aber bringen Sie sie bitte nicht dazu, sich über einen gegen sie gerichteten Mordverdacht Gedanken machen zu müssen.«

»Das werden wir nicht«, beschwichtigte Hain den Mann. »Falls es notwendig werden sollte, was ich nicht glaube, werden wir, das verspreche ich Ihnen, mit dem Personal der Klinik sprechen.«

Kaspar atmete sichtlich erleichtert aus. »Dafür bin ich Ihnen wirklich sehr dankbar.«

22.1

Gesendet von Erzengel um 18:54 Uhr

*Hab gerade überlegt, dass ich morgen
blaumache. Wollen wir uns einen Tag
am See gönnen? Bitte, sag ja, ich würde
mich nämlich wie irre drüber freuen.*

*

Gesendet von Sandra um 18:58 Uhr

*Du hast doch gesagt, du hättest morgen
so einen vollen Terminkalender? Warum
geht denn jetzt plötzlich Blaumachen?*

*

Gesendet von Erzengel um 19:01 Uhr

*He, ich werde Vater. Da muss ich bis dahin
doch noch jede freie Minute auskosten.
Nein, im Ernst, ich kann es mir leisten,
blauzumachen, und der Terminkalender
war vielleicht gar nicht soooo voll …*

*

Gesendet von Sandra um 19:02 Uhr

Ich kann trotzdem nicht. Hab gerade vor einer halben Stunde Britt hoch und heilig versprochen, dass ich nach der Schule mit ihr einen Bikini kaufen gehe. Die dreht komplett durch, wenn ich das jetzt absage.
Kuss S.

*

Gesendet von Erzengel um 19:03 Uhr

Dann ist dir Britta wohl wichtiger als ich?

*

Gesendet von Sandra um 19:03 Uhr

He, nun mach bitte nicht schon wieder komisch! Ich melde mich direkt nach dem Reiten bei dir und dann können wir ja immer noch an den See fahren.

*

Gesendet von Erzengel um 19:05 Uhr

Bitte sei nicht beleidigt oder böse, ich hab es wirklich nicht so gemeint. Wir

sehen uns dann also nach dem Reiten.
Kuss und gute Nacht
E.

23

Sören Wills lehnte sich in seinen Bürostuhl zurück und legte die Füße auf der Schreibtischplatte ab. Genussvoll zog er an seiner Zigarre, blies graue Schwaden in die Luft, klopfte vorsichtig die Asche ab und fing an zu grinsen.

»Ich werde übrigens Opa«, erklärte er seinem Gegenüber, dem Kasseler Immobilienunternehmer Lars Bräsow.

Der ließ vor Schreck fast seine Zigarre fallen. »Was sagst du da?«

Wills nickte. »Sandra ist schwanger.«

»Was? Das glaube ich nicht. Die ist doch noch nicht mal 17.«

»Stimmt. Aber für ungeschützten Sex ist das offenbar alt genug.«

»Und? Wie geht es jetzt weiter?«

»Ich werde natürlich dafür sorgen, dass sie dieses Balg nie bekommt, obwohl sie sich im Augenblick noch ziemlich vehement gegen eine Abtreibung wehrt. Außerdem will sie partout nicht damit rausrücken, welcher Vollidiot sie mit seinem Ejakulat aufgepumpt hat.«

Bräsow, nicht nur ein guter Freund der Familie, sondern auch Sandras Patenonkel, konnte sich ob der Wortwahl seines ältesten Freundes ein Grinsen nicht verkneifen. »Und was hast du geplant? Wie willst du deine kleine Madame dazu überreden, das Kind wegmachen zu lassen.«

Wills winkte ab. »Ich habe sie zunächst mal im Internat in Salem angemeldet. Das ist so was wie mein Faustpfand. Ich fände es zwar wirklich vernünftig, wenn sie ihre Schule dort zu Ende und das Abitur machen würde, aber dagegen läuft sie seit längerem Sturm. Und so werde ich die Geschichte in Form eines politischen Deals über die Bühne bringen. Abtreibung gegen das Recht, weiterhin in Kassel wohnen und zur Schule gehen zu dürfen.«

»Du bist manchmal schon ein echter Schweinehund, Sören«, bemerkte der Immobilienmann nicht ohne Hochachtung.

Die beiden kannten sich seit ihren Kindergartenzeiten, waren sogar in der gleichen Straße aufgewachsen. Und trotz unterschiedlicher Studienorte und langjähriger Abwesenheit aus der nordhessischen Metropole hatte ihre Freundschaft nie gelitten. Nachdem beide nach dem Studium und den ersten Berufserfahrungen zurückgekehrt waren, sahen sie sich mindestens einmal in der Woche, um gemeinsam ihrer großen Leidenschaft für kubanische Zigarren zu frönen. So wie Bräsow Sandras Patenonkel geworden war, nahm Wills die gleiche Funktion für den ältesten Sohn seines Freundes ein. Und selbst ihre Frauen pflegten eine, wenn auch nicht gar so intensive Freundschaft. Über die Jahre hatten die beiden Männer sich ein Netzwerk von Freunden und Bekannten, von Zuträgern, Nützlingen und Informanten aufgebaut, das sie auch in wirtschaftlicher Hinsicht zu nutzen wussten. Wills informierte Bräsow über Planungen, die dessen Immobilieninteressen dienlich sein konnten, der Immobilientycoon hingegen unterstützte den politischen Aufstieg seines Buddys mit allen ihm zur Verfügung stehenden Mitteln, und das waren nicht wenige. Auch die Tatsache, dass der Landrat sich große Chancen ausrechnen durfte, Hessischer Ministerpräsident zu werden, war nicht unerheblich auf Bräsows leidenschaftliche und gelegentlich auch finanzielle Unterstützung zurückzuführen. Die beiden verstanden es darüber hinaus, ihre Männerfreundschaft sehr diskret zu behandeln, sodass bisher keine Gerüchte über ein zu inniges Verhältnis an die Öffentlichkeit gedrungen waren. Nun jedoch machte sich der Mann vor dem Schreibtisch offensichtlich ernsthafte Sorgen.

»Du solltest das besser nicht auf die leichte Schulter nehmen, Sören. So eine Geschichte lässt sich, wenn sie erst mal den Weg an die Öffentlichkeit gefunden hat, nur schwer wieder einfangen. Und ein Ministerpräsidentenkandidat, dessen 16-jährige Tochter schwanger ist oder ein Kind abgetrieben hat, bringt garantiert jede Menge schlechte Publicity.«

Er legte seine Zigarre in dem schallplattengroßen Aschenbecher vor sich ab.

»Und es erscheint mir wirklich zweifelhaft, Sandra mit irgendwelchen Tricks oder Drohungen gefügig machen zu wollen. Dazu ist sie viel zu clever und durchsetzungsstark.«

»Ganz der Vater eben«, gab Wills grinsend zurück. »Aber im Ernst, ich bin mir sicher, dass meine Strategie aufgehen wird. Sie will so sehr ihr Abitur in Kassel machen, dass sie sich garantiert darauf einlässt. Und die Anmeldung in Salem ist bisher eigentlich eher eine unverbindliche Anfrage, aber das werden wir Jessica sicher nicht auf die Nase binden.«

»Du hast ihr erzählt, du hättest Sandra dort angemeldet, obwohl das gar nicht ... Du hast echt Eier, Mann.«

Der Politiker legte seine Zigarre ebenfalls im Aschenbecher ab und verschränkte die Arme hinter dem Kopf. »Ich muss mir für die Zukunft ohnehin einen Plan machen, wie es mit Jessi weitergehen soll. Am liebsten würde ich sie mit Höchstgeschwindigkeit in die Wüste schicken, aber das geht wegen der aktuellen Entwicklungen nicht. Wenn es mit der Kandidatur nicht geklappt hätte, wäre ich schon beim Anwalt gewesen, aber so muss ich wohl oder übel noch ein oder zwei Jahre durchhalten.«

»Fickst du die Kleine mit den dicken Titten aus dem Jugendamt noch?«

»Ja, und mit immer größerer Freude. Und das Schönste daran ist, dass sie mir noch nie mit irgendwas anderem gekommen ist. Sie will den Sex, nimmt ihn sich und basta.«

»Besser geht es ja wohl nicht.«

»Davon würde ich nicht sprechen, wenn ich danach zu einer Frau fahren muss, die ich schon seit geraumer Zeit nicht mehr riechen, sehen oder anfassen kann.«

Er griff wieder nach der Zigarre.

»Aber wenn die Dinge so laufen, wie ich es mir vorstelle, dann werde ich sowieso nach Wiesbaden gehen, und sie wird hier in Kassel bleiben. Das sollte der glückliche Beginn unseres Auseinanderdividierens sein.«

»Du willst sie wirklich nicht mitnehmen nach Wiesbaden? Weiß sie das schon?«

»Nein, wo denkst du hin! Das werde ich mit ihr besprechen, wenn der Umzug ansteht. Warum sollte ich dieses Fass unnötig früh aufmachen?«

»Und du hast wirklich nicht die geringste Ahnung«, kam Bräsow noch einmal zurück zu Sandras Schwangerschaft, »welcher Hirni ihr das Kind angedreht hat?«

Wills schüttelte angewidert den Kopf. »Ich wusste zwar, dass sie die Pille nimmt, und habe auch vermutet, dass sie schon mal was mit einem Jungen hatte, aber sie war bisher immer so klug, uns den jeweiligen Favoriten nicht vorzustellen. Aber dass sie das mit der Verhütung und dem Drumherum nicht auf die Reihe bekommt, löst bei mir jetzt keine große Verwunderung aus. Sie ist manchmal wie ein Zehnjährige, was eigentlich ganz süß wäre, wenn es nicht um wirklich essenzielle Dinge wie zum Beispiel eine ungewollte Schwangerschaft gehen würde. In ganz vielen Bereichen erscheint sie mir wirklich schon sehr erwachsen, aber leider, wie gesagt, in den für mich völlig unpassenden.«

Wills dachte einen Augenblick lang darüber nach, seinem Freund von der Drohung der Tochter zu berichten, ihn wegen seiner körperlichen Übergriffe bei der Polizei und beim Jugendamt anzuzeigen, verzichtete jedoch darauf. Er wusste, dass Lars Bräsow in der Kindheit von seinem Vater sehr oft körperlich misshandelt worden war und es hasste, wenn Kinder geschlagen wurden. Zumindest war es ihm immer wichtig gewesen, in der Erziehung seiner eigenen Kinder bisher ohne jegliche körperliche Züchtigungen ausgekommen zu sein.

»Außerdem«, fuhr der Landrat fort, »gibt es da noch jede Menge andere Druckmittel, die ich einsetzen kann. Zum Beispiel würde ich, wenn Sandra weiter herumzickt, mit ihr mal in das Kasseler Frauenhaus fahren. Ich würde einen schönen Händeschütteltermin mit der kompletten Familie daraus machen und ihr gleichzeitig am Objekt darlegen, was aus einem Menschen werden kann, der so blöd war und viel zu früh ein Kind gekriegt hat. Und wenn das immer noch nicht reichen sollte, wird mir garantiert noch mehr einfallen.«

»Ja, das steht zu befürchten, Sören. Wobei ich dich ganz eindringlich davor warne, ihr irgendwelche Gewalt anzutun, um das Kind wegzukriegen.«

Der Politiker hob abwehrend die Arme. »He, he, das solltest du nicht mal denken, Lars. Ich will, dass es Sandra gut geht, und das werde ich bestimmt nicht dadurch erreichen, dass ich ihr in den Bauch trete oder sie verprügle. Nein«, log der Politiker seinen besten Freund weiter an, »ich werde versuchen, sie als besorgter Vater zu überzeugen, ihr Leben nicht mit 17 wegzuwerfen, auch wenn das wirklich keine leichte Aufgabe werden dürfte.«

»Falls es helfen könnte, würde ich auch ein Gespräch mit ihr führen«, schlug Bräsow vor. »Du weißt, ich hatte immer einen etwas anderen Zugang zu ihr als Jessi und du.«

»Danke, aber ich befürchte, das würde sie im Augenblick mehr gegen uns aufbringen, als es Positives bewirkt.«

24

»Von mir aus brauchen wir nicht im Ludwig-Noll-Kran-kenhaus nachzufragen, ob Simone Kaspar zur Tatzeit brav im Bett gelegen und geschlafen hat. Ich glaube dem Vater einfach, dass sie viel zu krank ist für so eine Nummer. Also könnten wir praktisch auf der Stelle Feierabend machen und alles Weitere morgen Früh besprechen. Ich bin näm-lich total kaputt.«

Hain nickte seiner neuen Kollegin begeistert zu. »Perfekt, das sehe ich genauso. Wo soll ich dich absetzen?«

»Lass mich einfach irgendwo in der Stadt raus, ich will mir noch eine Armbanduhr kaufen. Jetzt, wo ich ein biss-chen mehr verdiene, wird es Zeit. Meine alte ist seit mehr als einem halben Jahr hinüber.«

»Was Besonderes?«

»Ach was. Ich brauche etwas am Arm, das mir die Zeit anzeigt, nichts zum Angeben. Diese Prahlerei mit den Uhren ist mehr etwas für euch Kerle.«

Der Hauptkommissar startete den Mazda und legte den ersten Gang ein. Als der kleine Japaner auf der Leipziger Straße stadteinwärts rollte, hob er seinen rechten Arm und wies Pia auf seine Uhr hin.

»Die hat keine 50 Mücken gekostet. Von wegen also *mehr etwas für euch Kerle …*«

»Ausnahmen bestätigen die Regel«, erwiderte Pia, wäh-rend sie sich die Haare im Nacken zusammenband. »Und als Vater von zwei Kindern ist es sowieso komplett Essig mit dem Luxus.«

»Wie wahr.«

Er ließ eine Straßenbahn passieren, gab erneut Gas und wischte sich dabei eine Schweißperle von der Stirn. Obwohl es bereits kurz nach 19 Uhr war, zeigte das Außenthermometer des Cabrios noch immer rekordverdächtige 32 Grad Celsius an.

»Es fühlt sich gar nicht mehr so an, als würden wir erst seit ein paar Tagen zusammenarbeiten«, bemerkte er mit starr auf die Fahrbahn gerichtetem Blick.

Pia Ritter sah ihn irritiert an. »Was?«

»Na ja, ich finde, es fühlt sich an, als würden wir schon viel länger miteinander arbeiten.«

»Vielleicht, weil ich dich zusammengeschissen und dir eine runtergehauen hab. Aber du hast recht, für mich fühlt es sich auch nach länger an.«

»Schön«, sagte er.

»Ja, das ginge schlechter.«

Sie stieg am Altmarkt aus, verabschiedete sich mit einem Augenzwinkern und einem »Bis morgen« und war kurz darauf zwischen den vor ihm an der Ampel wartenden Autos verschwunden. Hain freute sich auf Carla, die Kinder und auf die gegrillten Rippchen, die seine Frau ihm für den Abend versprochen hatte.

Die drei erwarteten ihn bereits an der Tür, wo seine Jungs allerdings nur kurz standen, denn es war ein längst etabliertes Ritual, dass die beiden sich in den Mazda warfen und Autofahren spielten. Früher hatte es immer Geschrei darum gegeben, wer hinter dem Lenkrad Platz nehmen durfte, doch nun wechselte man sich schiedlich-friedlich ab, was bei den Eltern für ein deutlich weniger belastetes Nervenkostüm sorgte.

»Na, brutzelt der Grill schon?«, wollte Thilo nach einem innigen Begrüßungskuss wissen.

»Nein. Wir wussten ja nicht, wann der Herr nach Hause kommt, also ist er noch kalt. Aber immerhin liegt die Holzkohle schon am richtigen Platz.«

»Super. Es ist eh besser, wenn sich ein Fachmann um die wirklich wichtigen Dinge kümmert.«

Carla stieß ihm ansatzlos den Ellbogen in die Rippen, sodass er laut aufstöhnte.

»Das kriegst du zurück«, rief er laut, doch sie war schon auf der Treppe und lange vor ihm im Haus.

Zwei Stunden später war die komplette Familie satt, die Kinder im Bett, die übrig gebliebenen Spareribs in der Küche, und Carla und Thilo saßen wie Frischverliebte Arm in Arm nebeneinander im Loungesofa. Er hatte ihr von seinem Tag erzählt, sie ihm von ihrem, und schließlich saßen sie einfach ein paar Minuten da und schwiegen. Sie schauten der Sonne zu, wie sie hinter den Koniferen unterging, den Himmel blutrot tränkte, während die Grillen um die Wette zirpten. Alles in allem hätte die Situation wohl nicht kitschiger sein können.

»Bist du immer noch zufrieden mit deiner neuen Partnerin?«, wollte Carla schließlich wissen. »Oder läuft es wieder auf so eine Katastrophe hinaus wie mit den letzten beiden Spaßvögeln?«

»Nein, das ist schon was ganz anderes. Pia weiß, was sie macht, und was sie macht, macht sie richtig gut. Wir ergänzen uns prima, und das ist etwas, das ich bisher nur aus der Zusammenarbeit mit Paul kannte.«

»Kannte sie ihn eigentlich auch?«

»Ja klar. Wir sind uns immer mal wieder über den Weg gelaufen in den Jahren.«

Carla nickte, kuschelte sich an ihren Mann und atmete

tief ein. »Und wenn ich das dann richtig deute, wirst du es nicht mehr darauf anlegen, rausgeworfen zu werden.«

Hain schluckte. »Wie … was? Wie meinst du das?«

Sie küsste ihn sanft auf den Mund. »Na hör mal, das war doch im letzten Dreivierteljahr kaum noch zu übersehen. Ich finde, du hast dir alle Mühe gegeben, aber offenbar hast du es ziemlich verkackt.«

»Ich habe es verkackt, rausgeworfen zu werden?«

Ein erneutes Nicken.

»Wie kommst du überhaupt darauf? Das würde ja bedeuten, dass wir nur mit deinem Geld auskommen müssten; und das stelle ich mir alles andere als berauschend vor.«

»Das hatte ich mir auch schon alles ausgemalt. Mit unserem Notgroschen und ein bisschen Sparsamkeit hätten wir es hingebracht, aber spätestens nach einem Jahr hätte ich dir Beine gemacht.«

»Du hättest es akzeptiert, wenn ich bei den Bullen in den Sack gehauen hätte?«

»Vor einem halben Jahr hätte ich dich auf meinen Schultern aus dem Präsidium getragen, so unerträglich warst du in dieser Zeit. Und wenn es dir keinen Spaß mehr macht, warum solltest du es dann tun?«

Er zögerte. »Vielleicht, weil es der Deal ist. Wir Menschen müssen manchmal Dinge tun, die uns keinen Spaß machen.«

»Wir müssen aber keine Dinge tun, die uns auffressen. Die uns depressiv machen. Und die uns jeglichen Spaß am Leben rauben.«

»Das klingt gut, aber wäre es wirklich so einfach gewesen für dich?«

Carla ließ sich ein wenig Zeit mit ihrer Antwort.

»Pauls Tod hat uns alle aus der Bahn geworfen, Thilo, auch wenn ich ihn nicht so gut kannte wie du. Selbst mich hat diese furchtbare Geschichte monatelang beschäftigt; und mit mir die vielen anderen Menschen, die auch nur im Entferntesten mit ihm zu tun hatten. Und dabei rede ich bewusst nicht von Maria, die vermutlich genauso gelitten hat wie du als sein bester und engster Freund. Ja, die Welt hat wegen des Todes von Paul Lenz gelitten, aber irgendwann musste sie sich auch mal weiterdrehen. Allerdings hatte ich bei dir die Befürchtung, dass es dich komplett aus der Bahn werfen würde.«

»Was ja irgendwie auch geschehen ist«, gestand er freimütig ein.

»Was geschehen ist, ja. Umso froher bin ich, dass diese Pia deine neue Partnerin geworden ist, denn, wie ich dir neulich schon gesagt habe, hat sich ihr Auftauchen deutlich positiv auf deine Stimmung und dein Verhalten ausgewirkt. Erstaunlich, aber wahr.«

Nun war es Thilo, der seine Frau ganz nah zu sich heranzog und liebevoll küsste. »Das macht mich echt froh, dass du das so siehst. Und es tut mir wirklich leid, wie ich im letzten Jahr gewesen bin.«

»Ach, lass mal! In guten wie in schlechten Zeiten, haben wir uns mal versprochen, und ich denke die schlechten Zeiten haben wir bis ans Ende unserer Tage abgehakt.«

Wieder küssten sie sich und genossen den Moment, während Thilo sanft ihren Rücken streichelte und ein wohliges Brummen dafür erntete.

»Hättest du es eigentlich lieber gesehen, wenn mein neuer Partner wieder ein Mann gewesen wäre?«, fragte er schließlich leise.

»Warum das denn?«

»Na ja, ich meine nur so.«

Carla setzte sich auf, achtete aber darauf, dass seine Hand weiterhin ihren Rücken berührte. »Hm. Wenn ich mir überlege, wie das mit den anderen beiden Kandidaten gelaufen ist, dann natürlich nicht. Den einen vermöbelt, den anderen im Wald ausgesetzt – nein, das brauche ich nicht noch mal. Allerdings glaube ich, dass du darauf abzielst, ich könnte nach all den Jahren eifersüchtig sein, weil du von nun an mit einer weiteren Frau den Mazda teilst. Ist dieser Eindruck richtig?«

»Vermutlich, ja.«

»Dann kann ich dir sagen, dass es für mich komplett wurscht ist, ob dein Partner ein Mann oder eine Frau ist. Du weißt, dass Eifersucht noch nie meine große Stärke war, und das wird sich jetzt auch nicht mit Pia ... wie heißt sie hinten?«

»Ritter.«

»Ja, das wird sich jetzt auch nicht mit Pia Ritter ändern. Ich weiß, dass es da draußen noch ungefähr 3,7 Milliarden Frauen gibt, die sich zwar vermutlich nicht alle um dich reißen, aber ein ganz und gar unattraktiver Bursche bist du halt leider auch nicht. Also, was sollte Pia Ritter den anderen voraushaben?«

»Die Tatsache zum Beispiel, dass wir unglaublich viel Zeit miteinander verbringen.«

»Ach, Thilo, das macht mir die wenigste Angst. Ich kenn dich, zu viel Gemeinsamkeit geht dir doch viel eher auf die Nerven. Frag mich, ich bin Spezialistin auf diesem Gebiet.«

»Also machst du dir überhaupt keine Sorgen, weil es eine Frau ist?«

Carla schüttelte den Kopf und zuckte gleichzeitig mit den Schultern. »Nö. Und außerdem würdest du viel mehr verlieren als gewinnen, wenn du blöd genug wärst, mit deiner Kollegin etwas anzufangen.«

»So?«, fragte er süffisant. »Was genau würde ich denn verlieren?«

»Zum einen würdest du den in jeder Beziehung perfekten, innigen, höchst erotischen Sex mit mir verlieren. Und deine Kinder sowieso, denn du musst nicht denken, dass ich dir was schenken würde, wenn es so weit wäre. Das Haus hier könntest du dir genauso von der Backe streichen wie die Stereoanlage, die würde auch hierbleiben. Und zu guter Letzt müsstest du sehr, sehr froh sein, wenn du nicht auch noch deine Männlichkeit verlieren würdest, denn irgendwie, glaube ich zumindest, würde ich es keiner anderen Frau gönnen, das Kamasutra mit dir zu erleben.«

Hain kratzte sich nachdenklich am Kopf.

»Meinst du der Zeitpunkt, zu dem ich dich noch zurückgeben kann, ist abgelaufen?«

Sie grinste ihn an. »Darauf kannst du Gift nehmen.«

24.1

Gesendet von Erzengel um 22:45 Uhr

Hi Sandy!
Schläfst du schon?

*

Gesendet von Sandra um 22:46 Uhr

Wollte dich auch gerade ansimsen. Hatte
bis eben den totalen Ärger mit meinem Vater.
Er hat mich so derb verprügelt, dass mir
alles weh tut. Können wir uns noch sehen?
Am liebsten würde ich in deinem Arm
einschlafen.
S.

*

Gesendet von Erzengel um 22:47 Uhr

Wow, das ist ja echt krass. Hoffentlich ist
dem Baby nichts passiert. Mit Sehen und
Im-Arm-Schlafen klappt schlecht. Du weißt
doch, dass meine Eltern, was das angeht, wirklich
komisch sind. Ich würde gern, aber es geht echt
nicht.
Ich drück dich trotzdem ganz fest
E.

*

Gesendet von Sandra um 22:49 Uhr

Verdammt, warum kann es denn nicht einfach mal so laufen, wie ich es gern hätte? Immer will mir irgendjemand sagen, wie es zu sein hat. Was juckt es denn, was deine Eltern wollen, du bist doch volljährig! Bitte tu was, sonst kriege ich den totalen Flash

*

Gesendet von Erzengel um 22:50 Uhr

Ich könnte dich abholen und dann mit dir in ein Hotel gehen. Wäre das nicht eine coole Idee?

*

Gesendet von Sandra um 23:01 Uhr

Sorry, hat bisschen gedauert, weil meine Mutter sich meinen geschundenen Körper angucken wollte. Das mit dem Hotel finde ich total doof, ich will doch die Nacht nicht in einem fremden Bett verbringen

*

Gesendet von Erzengel um 23:03 Uhr

Dann müssen wir leider in getrennten Betten schlafen. Es tut mir echt leid, aber mit meinen Eltern ist in der Beziehung überhaupt nicht zu reden. Vielleicht sollten wir einfach so schnell wie möglich zusammenziehen, also du, das Baby und ich. Das fände ich total klasse, und mit der Kohle würden wir das garantiert auch hinkriegen.
1000 Küsse für die Nacht
E.

*

Gesendet von Sandra um 23:04 Uhr

Meinst du das echt ernst? Das wäre der totale Wahnsinn, wenn ich hier rauskommen würde. Aber verarsch mich bitte nicht, das würde ich dir mächtig übel nehmen.
Schlaf auch gut und träum was Schönes
S.

*

Gesendet von Erzengel um 23:06 Uhr

Ich meine das total, total, total total ernst. Versprochen und geschworen.
Bis morgen
E.

25

Hain wachte um 6 Uhr auf. Carla lag auf dem Rücken, hatte den Mund ein wenig geöffnet und schnarchte leise. Der Polizist betrachtete seine Frau lange und mit einem warmen, innigen Gefühl.

Gut, dass es dich gibt, dachte er, bevor er sich leise und auf Zehenspitzen ins Bad ging. Mit geschlossenen Augen stand er ein paar Minuten später unter einem heißen Wasserstrahl und blickte gerade dem Seifenschaum hinterher, wie er ablief, als die Tür der Duschkabine vorsichtig aufgeschoben wurde und Carla auftauchte.

»Was machst du …?«

»Pssst«, gab sie zurück und drängte sich an ihn.

»Und wenn die Jungs aufwachen?«

»Das werden sie nicht. Du musst nur leise genug sein.«

»Wie, *leise genug*?«

Carla antwortete nicht, sondern fuhr einfach sehr langsam mit ihrer Zunge an seinem Oberkörper abwärts. Thilo hob den Kopf, hielt sein Gesicht in den Brausestrahl und trank etwas Wasser.

»Wenn das mal gut geht mit der Lautstärke …«

Gegen 7:45 Uhr betrat er von der Rückseite her das Polizeipräsidium. Zu seiner großen Überraschung saß Pia schon auf ihrem Platz und ließ ihre Hand mit der Maus darin über die Tischplatte kreisen.

»Hallo«, begrüßte sie ihren Kollegen freundlich. »Du siehst gut aus heute Morgen. Viel besser als gestern.«

Der Hauptkommissar dachte an seine Erlebnisse der vergangenen Stunde und lächelte. »So? Könnte ich mir aber eigentlich gar nicht erklären, wenn es denn wirklich so wäre. Aber du siehst auch besser aus als gestern Morgen, wenn dich das freut.«

»Ja, freut mich.«

»Warum bist du schon hier? Ich dachte, du hast es nicht so mit dem frühen Aufstehen.«

»Bei mir wurde wohl gestern im Lauf des Tages direkt gegenüber eine Baustelle eingerichtet, und heute Morgen pünktlich um 6:30 Uhr haben die Arbeiter mit ihrem gruseligen Tagwerk begonnen. Es hat sich bei mir im Bett angefühlt, als gäbe es ein Erdbeben, aber dem war dann doch nicht so. Sie haben nur mit einem fetten Bagger einen ziemlich dicken Baum umgelegt.«

Hmm, dachte Hain, *dein Morgen scheint irgendwie nicht so abgefahren gewesen zu sein wie meiner*, doch er schwieg sich darüber aus.

»Und was treibst du da am PC? Irgendwelche Dinge, über die ich Bescheid wissen müsste?«

Sie schüttelte den Kopf. »Ach, ich hab mich nur mal in einem Forum von Lehrern umgesehen. Ist schon echt krass, was man da alles zu lesen kriegt. Aber immerhin auch schön mitzubekommen, dass es unter den Pädagogen richtig viele gibt, die so ganz anders sind als diese ganzen Pflegefälle, mit denen wir in den letzten Tagen zu tun hatten.«

Die Kommissarin hob den Kopf, ließ sich nach hinten in ihren Stuhl fallen, verengte die Augen zu Schlitzen und sah ihn überaus ernst an.

»Außerdem gibt es da noch etwas in eigener Sache, das ich gern mit dir besprechen würde.«

Thilo Hains Herz setzte mit der Beendigung ihres Satzes für einen Schlag aus. Dann beschleunigte sich sein Puls schlagartig und der Schweiß trat ihm aus allen Poren.

»Sag es nicht, Pia, bitte, tu mir das nicht an. Ich will nicht, dass dein Einsatz hier schon wieder vorbei ist, weil ich so ein Arschloch bin. Ich werde an mir arbeiten, ehrlich, und wenn das nicht klappt, kannst du mir ja von Zeit zu Zeit immer wieder mal eine reinhauen …«

Die junge Kommissarin hob die Augenbrauen, legte die Stirn in Falten, während über ihr Gesicht die kaum wahrnehmbare Andeutung eines Grinsens huschte. »Wenn ich jetzt sagen würde«, replizierte sie schließlich, »dass ich aber ganz doll sicher bin, dass es die Zusammenarbeit mit dir nicht bringt, würdest du dann diese Show noch ein bisschen fortsetzen? Das Programm ist nämlich ohne Frage oscarreif.«

Er brauchte einen Wimpernschlag, um den Inhalt ihrer Worte zu kapieren. »Das heißt, du wolltest mir gar nicht klarmachen, dass du nicht mehr mit mir arbeiten willst?«

»Nö.«

Er atmete erleichtert aus. »Dann vergiss doch am besten, was ich gerade alles von mir gegeben habe.«

Er ging zum Fenster und sah auf die erwachende Stadt.

»Oh Gott, wie peinlich.«

»Na ja, richtig peinlich muss dir das jetzt nicht sein. Und mich freut es, weil ich mir nämlich wirklich gerade heute Morgen darüber klar geworden bin, dass ich es mit dir probieren würde. Und wenn du tatsächlich an dir arbeiten willst, um nicht mehr so ein Arschloch zu sein, und wenn ich dir wirklich ab und zu eine reinhauen …«

»Stopp«, rief er laut. »Das reicht!«

»Echt? Ich könnte, glaube ich, noch bis heute Mittag.«

»Vergiss es. Sag mir lieber, was du mir eigentlich auf die Nase binden wolltest.«

Pia ließ sich wieder nach vorn fallen und wartete ein wenig mit ihrer Antwort. »Ich wollte dich eigentlich nur fragen, wie das laufen würde mit uns, wenn ich nicht schreiend und zeternd und mit wehenden Haaren im Lauf des Vormittags die Biege mache. Weil du ja eigentlich so etwas wie mein, ich sag mal, Vorgesetzter wärest. Oder besser, bist du es ja de facto.«

Sie wurde ernst.

»Wie ist das denn bei dir und Paul gelaufen? Wenn ich mit euch zu tun hatte, hat er eigentlich nie so was wie den Boss raushängen lassen. War das immer so oder nur in der Öffentlichkeit?«

»Ach je«, erwiderte er mit zerknirschter Miene. »Du hast das schon ganz richtig erkannt. In der Öffentlichkeit war der gute Paule immer so was wie mein Partner, aber wehe, wir waren allein, dann ist er ein richtiger Despot gewesen. Immerzu musste ich Kaffee kochen und ihn herumkutschieren und wenn es gepasst hat, bekam ich auch noch seine Schuhe auf den Schreibtisch gestellt mit dem schriftlichen Hinweis, dass die Dinger mal von Grund auf gereinigt werden müssten. Es war schon eine kolossale Last, mit ihm zu arbeiten, ehrlich.«

Sie sah ihn unsicher an. »Du verarscht mich, oder?«

»Nein, ich schwöre, genau so war es.« Nun allerdings konnte der Hauptkommissar sein Lachen nicht mehr unterdrücken. Er prustete los und ließ dabei Spucketropfen auf Pias Arbeitsplatz regnen.

»Scheiße, Mann, das geht ja gar nicht. Sie zog ein Papiertaschentuch aus der Hose und warf es ihm hin. »Wegwischen, sofort.«

Hain gehorchte ohne Widerwort und beseitigte seine DNA.

»Du kannst wirklich ein richtiges Arschloch sein«, blaffte sie ihn an.

»Aber mit dem festen Vorsatz, an mir zu arbeiten«, gab er, noch immer feist grinsend, zurück. »Und was unsere Zusammenarbeit angeht, ich bin da eher pragmatisch eingestellt. Der Einzelne ist nichts, das Team ist alles. Und wenn ich dann noch der Einäugige unter den Blinden sein darf, bin ich wunschlos glücklich.«

»Und ich für meinen Teil könnte es auf den Tod nicht leiden, von dir in welcher Form auch immer herumkommandiert zu werden. Das wäre ein echter Grund für mich, den Job zu wechseln.«

Der Hauptkommissar wurde ernst. »Ich stehe auch nicht so darauf, herumkommandiert zu werden, und zum Glück hatte ich da mit Paul den besten Vorturner der Welt. Also könnte ich ja versuchen, es ihm gleichzutun und ein ebenso wertschätzender, ebenso kollegialer und vor allem ebenso loyaler Vorgesetzter zu sein, wie er es war, denn dass ich das der Form nach bin, können wir nun mal leider nicht wegdiskutieren. Wenn es hart auf hart kommt, hat einer den Hut auf, und in unserem Fall werde das dann ich sein, was aber in erster Linie gegenüber unseren Vorgesetzten gilt. Im Innenverhältnis wirst du hoffentlich nie merken, dass ich der Senpai bin und du der Kōhai.«

Pia sah ihn verwirrt an. »Was?«

»Das Kōhai-Senpai-Prinzip. Nie davon gehört?«

»Never ever.«

»Dann ist das deine Lektion für heute, also nach Feierabend. Alles über das Kōhai-Senpai-Prinzip rauskriegen, was es zu wissen gibt. Hilft im Leben wirklich weiter, glaub mir. Selbst meine Jungs zu Hause kennen dessen Grundlagen schon.«

»Du bist«, stellte sie kopfschüttelnd fest, »ohne Frage der durchgeknallteste Typ, der mir jemals begegnet ist. Und das ist jetzt ausnahmsweise mal als Kompliment gemeint.«

»Vielen Dank«, gab er mit einer gehörigen Portion Sarkasmus im Unterton zurück.

Die junge Kommissarin sprang aus ihrem Stuhl hoch. »Was uns allerdings nicht davon abhalten sollte, uns weiter mit den mannigfaltig vorhandenen Verdächtigen im Schürmann-Fall zu beschäftigen.«

Sie ließ sich von Hain die am Vorabend mitgenommenen Kladden der Lehrerin reichen und schlug diejenige auf, in der sie schon geschmökert hatte.

»Ich habe die ganze Nacht darüber nachgedacht«, meinte sie schmunzelnd, »was es mit diesem komischen Zünsler und dem Schmetterling auf sich haben könnte. Und ob es da wirklich einen Zusammenhang mit dem beschriebenen Schüler und dem Eltern-SUV gibt.«

Sie griff nach der Liste mit den Namen der Lehrer, die ihnen Direktor Hattenbach bei ihrem ersten Besuch ausgehändigt hatte.

»Und ob du es glaubst oder nicht, es gibt eine viel schlüssigere Deutung für den Schmetterling.«

Hain, der ihrem Vortrag mit großem Interesse gefolgt war, sah sie fragend an. »Nun machen Sie es mal nicht so spannend, Frau Kollegin.«

»Ha«, gab Pia triumphierend zurück, »du bist nur neidisch, dass du da nicht drauf gekommen bist.«

»Das kann ich leider erst entscheiden, wenn ich weiß, welcher geniale Gedankengang aus deinen Hirnwindungen gekrochen kommt. Oder ob es sich nicht viel eher um einen gemeinen Hirnfurz handelt.«

Sie wies auf einen Namen der Lehrerliste. »Hier, lies.

Dann wirst du garantiert wieder unter dem Stein verschwinden, unter dem du heute Morgen hervorgekrochen bist.«

Der Hauptkommissar fixierte die von ihr hervorgehobene Stelle. »Werner Motte. Schon klar, es geht um Motten. Die Dinger fliegen auch, aber was hat das sonst noch mit Schmetterlingen zu tun?«

Sie deutete auf den Monitor ihres Computers. Hain ging um den Schreibtisch herum und las die erste Zeile eines Wikipedia-Eintrags: »Die Zünsler (Pyralidae) sind eine Familie der Schmetterlinge innerhalb der Zünslerfalter (Pyraloidea).«

»Und jetzt einfach eine Seite zurück, bitte.«

Er kam ihrem Wunsch nach und konnte folgenden Satz lesen: »Die Echten Motten (Tineidae) sind eine Familie der Schmetterlinge (Lepidoptera).«

»Die Alte hatte«, stieß Pia Ritter fast ein wenig zu enthusiastisch aus, »zwar voll einen an der Waffel, aber gebildet war sie auf jeden Fall. Und deshalb bin ich felsenfest überzeugt davon, dass der *Schmetterling* nur dieser Werner Motte sein kann.«

Hain dachte kurz nach. »Stimmt, so muss es sein. Das ist echt herausragend gute Arbeit, Pia. Ich ziehe beeindruckt den Hut vor dir.«

»Ich weiß. Aber trotzdem danke für dein Kompliment.«

»Was jedoch nur heißen kann, dass wir diesem Motte einen Besuch abstatten müssen.«

Pia grinste über das ganze Gesicht. »Besser hätte ich es nicht zusammenfassen können. Am ehesten sollten wir ihn in der Schule zu fassen kriegen. Was meinst du?«

»Definitiv, ja.«

*

»Ach je«, erklärte Direktor Hattenbach den Kommissaren eine halbe Stunde später, »das tut mir wirklich leid für Sie, aber Herr Motte hat sich für heute krank gemeldet. Sie können demzufolge auch nicht mit ihm sprechen.«

Hain schüttelte den Kopf.

»So ganz plötzlich ist er also krank geworden?«

»Nun ja, manchmal wird man am Morgen mit einer Krankheit konfrontiert, die man beim Zubettgehen noch nicht bemerkt hatte. Das kennt, denke ich, doch jeder von uns.«

»Hat er sich bei Ihnen persönlich krankgemeldet?«, wollte Pia wissen.

Hattenbach zögerte. »Nein, bei meiner Sekretärin, Frau Hommel. So wie es die übliche Vorgehensweise ist.«

»Können wir kurz mit ihr sprechen?«

»Selbstverständlich. Warten Sie, ich hole sie.«

Ein paar Sekunden später stand Elke Hommel im Büro des Rektors. Die etwa 40 Jahre alte Frau hatte offenbar eine kurze Nacht hinter sich, darauf zumindest wiesen die tiefen Ringe unter ihren Augen hin. Außerdem war vieles von der Freundlichkeit, durch die sie noch beim ersten Besuch der Kommissare auf sich aufmerksam gemacht hatte, wie weggewischt.

»Ich habe viel zu tun«, ließ sie die Besucher wissen. »Wenn Sie sich also bitte kurzfassen würden.«

Es schien, als sei Hattenbach von ihrem Auftreten sehr erstaunt und auch ein wenig merkwürdig berührt. Er legte die Stirn in Falten und fixierte seine Mitarbeiterin mit weit geöffneten Augen.

»Natürlich, es wird nicht lang dauern, Frau Hommel«, unternahm Hain einen Versuch der Beschwichtigung. »Wir wüssten gern von Ihnen, was Herr Motte Ihnen genau über seine Erkrankung gesagt hat.«

»Von einer Erkrankung war nie die Rede. Er hat mir nur mitgeteilt, dass er seinen Unterricht heute nicht wahrnehmen kann. Das war alles.«

»Aber Sie haben doch zu mir gesagt, dass …«, intervenierte Hattenbach vorsichtig.

»Auch davon kann keine Rede sein, Herr Direktor. Ich habe einzig kundgetan, dass Herr Motte heute aus dringenden persönlichen Gründen nicht zum Unterricht erscheinen wird.« Sie funkelte ihren Boss an. »Alles Weitere entspringt somit rein Ihrer Fantasie.«

»Ja«, ruderte er zurück, »dann muss ich da wohl etwas durcheinandergebracht haben. Also ist er nicht erkrankt. Hat dann ja auch sein Gutes, oder?«

»Wo wohnt Herr Motte? Können wir seine Adresse von Ihnen bekommen?«

»Hindenburgweg 26«, kam es im Gleichklang und wie einstudiert von Peter Hattenbach und Elke Hommel.

»Ich wusste gar nicht, dass Sie die Adresse des Kollegen Motte auf Abruf im Kopf haben?«, zeigte Hattenbach sich einigermaßen erstaunt über seine Vorzimmerdame.

»Purer Zufall. Ich habe einfach ein gutes Gedächtnis.«

25.1

Gesendet von Erzengel um 07:12 Uhr

Guten Morgen, mein süßer Schatz.
Schon wach?

*

Gesendet von Sandra um 07:21 Uhr

War gerade auf dem Klo und hab
mich komplett ausgekotzt. Vielleicht
liegt es ja an dem Alien in meinem
Bauch, aber ich glaube eher, dass mein
bescheuerter Herr Vater mir eine saftige
Gehirnerschütterung verpasst hat.

*

Gesendet von Erzengel um 07:22 Uhr

Oh Gott, das klingt ja furchtbar. Kann ich
irgendetwas für dich tun?

*

Gesendet von Sandra um 07:23

Vielen Dank, das ist echt lieb, aber

es geht schon wieder besser.
Allerdings könntest du mich
morgen zum Jugendamt begleiten,
da werde ich auf jeden Fall
meinen Alten anzeigen.

*

Gesendet von Erzengel um 07:25 Uhr

Ich bin dabei. Wollen wir das nicht schon
heute machen?

*

Gesendet von Sandra um 07:28 Uhr

Nein, heute muss ich mich um andere
Sachen kümmern. Aufs Reiten
verzichte ich zwar, muss aber
trotzdem in den Stall. Ich melde mich,
sobald ich fertig bin.

*

Gesendet von Erzengel um 07:30

Das machen wir, ich freu mich drauf.
Und bitte denk dran, dass du auf keinen
Fall mit irgendjemandem über unser
noch ganz kleines Geheimnis sprichst.
Das will ich echt mit dir zusammen

machen, und zwar bei allen Leuten,
die wir kennen.

*

Gesendet von Sandra um 07:30 Uhr

Geht klar, hab ich dir doch versprochen.
Bis später.

26

»Frau Motte?«

Die etwa 45-jährige Frau, die nach dem Klingeln der Polizisten an der Haustür des schmucken Einfamilienhauses Hindenburgweg 26 geöffnet hatte, verschränkte die Arme vor der Brust.

»Ja? Was kann ich für Sie tun? Wollen Sie mir etwas verkaufen?«

Sowohl Hain als auch Ritter zogen ihren Dienstausweis aus der Tasche und hielten ihn der überaus abweisend wirkenden Frau hin.

»Polizei? Was ist denn geschehen?«

»Wir würden uns gern mit Werner Motte unterhalten. Ist er zu Hause?«

»Nein, ist er ganz sicher nicht.« Sie drehte sich ein wenig zur Seite. »Ich habe ihn seit letzter Nacht um 2 Uhr nicht mehr gesehen.«

Die Kommissare tauschten einen kurzen Blick aus.

»Gibt es etwas, das für uns interessant sein könnte?«, wollte Pia Ritter wissen.

»Wenn es für Sie von Interesse ist, dass ich ihn in unserem Ehebett mit der Schulsekretärin in flagranti erwischt habe, dann würde ich Ihre Frage glatt mit Ja beantworten.«

»Ups«, rutschte es Hain heraus.

»Das tut mir ... uns sehr leid, Frau ... Motte?«

»Ja, noch können Sie Frau Motte zu mir sagen, Viola Motte. Aber wie es aussieht, bin ich das die längste Zeit gewesen. Diese Demütigung werde ich mir auf keinen Fall gefallen lassen.«

»Verständlich. Und Sie haben wirklich keine Ahnung, wo wir Ihren Mann finden können?«

»Versuchen Sie es in der Schule. Normalerweise unterrichtet er jetzt.«

»Von dort kommen wir gerade«, teilte Hain der Frau mit. »Ihr Mann hat sich für heute vom Unterricht abgemeldet.«

»Dann können Sie es bei seinem Flittchen versuchen. Vielleicht ist er ja bei ihr untergekrochen.«

»Sie meinen Frau ... Hommel?«

»Sie sind offensichtlich bestens informiert. Natürlich geht es um diese schreckliche Person.«

Der Hauptkommissar ließ den Blick ein wenig durch die Vorstadtidylle um sich herum schweifen. Während er das tat, bewegten sich in zwei der gegenüberliegenden Häuser die

Vorhänge. Offenbar waren das Auftauchen der Polizisten und die Konversation mit Frau Motte von nicht unerheblichem Interesse für die neugierigen Nachbarn.

»Können wir vielleicht für ein paar Minuten reinkommen, Frau Motte? Ich meine, es muss ja nicht sein, dass ...«

Sie nickte. »Ja, von mir aus. Schlimmer kann mein Tag vermutlich ohnehin nicht mehr werden.«

Mit leicht wackligen Schritten führte sie die Beamten ins höchst spießig eingerichtete Wohnzimmer, wo die drei auf der dunkelbraunen Ledergarnitur Platz nahmen.

»Kannten Sie«, nahm Hain die Befragung mit fester Stimme wieder auf, »eigentlich Evelyn Schürmann, die zu Tode gekommene Kollegin Ihres Mannes?«

»Was heißt denn *zu Tode gekommene*? Ich habe gelesen und auch im Fernsehen mitbekommen, dass sie ermordet wurde. Gibt es daran Zweifel?«

»Nicht wirklich.«

»Aha.«

»Kannten Sie die Frau?«

»Von Kennen kann Gott sei Dank keine Rede sein. Ich habe sie einmal auf einem Sommerfest der Schule kennengelernt, aber das ist viele Jahre her. Was ich allerdings sehr gut in Erinnerung habe, sind die vielen Eskapaden, mit denen sie in der Schule jeden gegen sich aufgebracht hat. Wirklich jeder hat seinen Strauß mit ihr auszufechten gehabt, ob sie oder er nun wollte oder nicht.«

»Davon hat Ihnen vermutlich Ihr Mann erzählt?«, hakte Pia nach.

»Ja, genau. Davon hat mir mein Mann mehr als einmal in aller Ausführlichkeit berichtet. Was er mir leider nicht mitgeteilt hat, ist die Tatsache, dass er die Sekretärin des Direktors besteigt. Oder besser die ihn.«

Hain konnte sich ausmalen, dass es in der Nacht zu einer wirklich unschönen Begegnung der drei gekommen war. Verständlicherweise waren diese Bilder noch sehr präsent und hatten sich tief in Viola Mottes Gedächtnis eingegraben.

»Das tut mir … uns wirklich sehr leid, Frau Motte«, gab Pia mit belegter Stimme zurück. »Was uns darüber hinaus aber noch interessieren würde, ist, wie das Verhältnis zwischen Ihrem Mann und Frau Schürmann gewesen ist. Gibt es da etwas Erwähnenswertes?«

Die Frau des Lehrers starrte die Polizistin länger an. »Ob es da *etwas Erwähnenswertes* gibt? Natürlich gibt es das. Mein Mann hat diese Frau abgrundtief gehasst, wie das alle seine Kollegen getan haben. In seinem Fall war der Hass vermutlich noch etwas intensiver, weil er Fachbereichsleiter Naturwissenschaften am Bertha-von-Suttner-Gymnasium ist und sich praktisch jeden Tag mit ihr auseinandersetzen musste.«

Sie kramte ein Papiertaschentuch aus der Hosentasche und putzte sich die Nase.

»Was natürlich dazu geführt hat«, ergänzte sie, »dass sein Groll und sein Zorn auf sie von Tag zu Tag größer geworden sind. Ich konnte es irgendwann nicht mehr hören und habe ihn gebeten, sich versetzen zu lassen, was er jedoch rundweg abgelehnt hat. *Lieber bringe ich diese Furie eigenhändig um, als mich wegen ihr aus dem Paradies vertreiben zu lassen*, hat er einmal zu mir gesagt. Ich vermute das hängt auch damit zusammen, dass er sich Hoffnungen macht, doch noch Rektor zu werden.«

Pia stutzte. »Er bezeichnet das Bertha-von-Suttner-Gymnasium, wenn ich sie richtig verstehe, tatsächlich als *Paradies*?«

»Das hat er immer, ja. Er wollte niemals an einer anderen Schule unterrichten.«

»Interessant.«

»Ja, das finde ich auch. Speziell mit einer Kollegin wie dieser Frau Schürmann.«

»Aber das hat er doch vermutlich eher abstrakt gemeint? Oder könnten Sie sich vorstellen, dass Ihr Mann tatsächlich zu … einer Straftat fähig ist?«

Viola Motte überlegte eine Weile. »Darüber habe ich mir wirklich noch keine Gedanken gemacht.«

Wieder eine Phase des Nachdenkens.

»Aber wenn Sie mich so direkt fragen, könnte ich es mir vorstellen, ja. Ich dachte immer, ich würde ihn kennen, aber dem ist, wie ich seit letzter Nacht sicher weiß, nicht so. Also, warum sollte er nicht auch seiner Kollegin die Kehle durchgeschnitten und danach ihre Mutter erwürgt haben?«

»Sie sind im Moment ziemlich verletzt«, meinte Pia Ritter emotionslos. »Wir werden Ihre Einlassungen deswegen sehr mit Vorsicht genießen.«

Die Frau auf dem Lederstuhl gegenüber sah die Kommissarin ärgerlich an. »Und ob ich verletzt bin, Frau Polizistin. Aber ich kann es mir trotzdem vorstellen, dass mein Mann diese Schürmann umgebracht hat. Und zwar einfach deshalb, weil er sie abgrundtief gehasst hat. Abgrundtief und weit darüber hinaus.«

»War Ihr Mann in der Nacht, in der die Morde passiert sind, hier zu Hause?«

Viola Motte überlegte kurz. »Das war … ja, da hatte ich Nachtschicht. Sie müssen wissen, ich arbeite als Krankenschwester im Elisabeth-Krankenhaus. Fast ausschließlich im Nachtdienst, weil ich ohnehin Schlafstörungen habe. Und in dieser Nacht war ich im Krankenhaus. Ich kann

Ihnen also nicht sagen, ob Werner hier war oder vielleicht mit Frau Hommel Körperflüssigkeiten ausgetauscht hat wie in der vergangenen Nacht, oder ob er mit finsteren Absichten in der Aue unterwegs war. Möglich wäre meiner Meinung nach alles.«

Pia Ritter stand auf. »Warum sind Sie in der vergangenen Nacht früher als geplant von der Nachtschicht nach Hause gekommen?«

»Ich hatte vermutlich etwas Falsches gegessen. Auf jeden Fall hatte ich mich mehrmals übergeben und konnte einfach nicht mehr. Wir haben für solche Fälle einen Springer, den habe ich gerufen und bin dann sofort nach Hause gefahren.«

Sie zögerte.

»Also wie gesagt, in der letzten Nacht war mein Mann ganz gewiss hier; ob das auch für die Nacht der Morde zutrifft, dazu kann ich beim besten Willen nichts sagen.«

»Wir werden ihn dazu befragen, wenn wir ihn gefunden haben.«

»Ja, machen Sie das. Und richten Sie ihm bitte von mir aus, dass sein gepackter Koffer hier für ihn zur Abholung bereitsteht.«

Pia schüttelte den Kopf und reichte der Frau eine ihrer Visitenkarten. »Das machen Sie mal besser untereinander aus. Und falls Ihr Mann hier auftaucht, richten Sie ihm bitte aus, dass er uns auf jeden Fall sofort anrufen soll, und zwar unverzüglich. Bis jetzt suchen wir nach ihm als Zeugen, aber wenn er weiterhin nicht auffindbar ist, kann daraus ruck, zuck die Fahndung nach einem hochgradig Tatverdächtigen werden.«

*

»Motte blüht noch was, wenn er wieder nach Hause kommt. Die war ganz schön angepisst von ihrem Kerl«, fasste Hain seine Eindrücke auf dem Weg zum Auto zusammen.

»Na ja, ich kann verstehen, dass sie ihn im Moment nicht recht leiden mag. Ich war zwar noch nicht in ihrer Situation, kann mir aber vorstellen, dass die Heimkehr ins eheliche Schlafzimmer, wo der Herr des Hauses gerade seine Gespielin besteigt, alles andere als Begeisterung bei mir auslösen würde.«

»Dem würde ich voll und ganz zustimmen. Und deshalb werten wir ihre Story vom Hass auf Schürmann auch mit der nötigen Distanz.«

»Vollkommen richtig«, stimmte Pia zu. »Die ist maximal verletzt und würde im Augenblick alles unternehmen, um ihrem Mann zu schaden.«

»Trotzdem würde ich gern noch mal zur Schule fahren und dieser Frau Hommel ein paar Fragen zu der Geschichte stellen. Vielleicht kann sie uns ja wirklich sagen, wo wir ihren Hengst finden.«

»Gut, machen wir das.«

Elke Hommel saß hinter ihrem Schreibtisch, blickte kurz auf, als zuerst Hain und dann Ritter das Vorzimmer betraten, senkte dann jedoch sofort wieder den Blick.

»Ich kann nicht sagen, dass mich Ihr neuerlicher Besuch überrascht«, brummte sie mit deutlichem Missmut im Ausdruck.

»Ja, so etwas haben wir uns schon gedacht, Frau Hommel«, gab Thilo Hain fast ein wenig zu herzlich zurück. »Wir wollten uns nur dafür bedanken, dass Sie uns so zuvorkommend mit Informationen zu Herrn Motte bedacht haben.«

»Wenn Sie zu wissen glauben, dass ich Ihnen etwas über seinen aktuellen Aufenthaltsort erzählen kann, liegen Sie leider komplett daneben. Wir haben heute Morgen kurz telefoniert, mehr nicht. Und dabei hat er mir nur mitgeteilt, dass er nicht zum Unterricht kommt und ein bisschen Zeit zum Nachdenken braucht. Die habe ich ihm gegeben, und zwar bis ans Ende seines Lebens.«

»Soll das heißen, Sie haben …?«, wollte Pia wissen.

»Genau das, ja. Ich bin ebenfalls in einer Partnerschaft und möchte auf keinen Fall in irgendeinen Rosenkrieg hineingezogen werden.«

»Na«, meinte die Kommissarin, »da drücken wir Ihnen aber alle Daumen, dass das klappt. Wenn wir Frau Motte gerade richtig verstanden haben, ist die Chance dafür allerdings nicht wirklich groß.«

»Die wird sich schon beruhigen.«

»Waren Sie in der Nacht«, mischte Hain sich von der Seite ein, »in der Evelyn Schürmann und ihre Mutter ermordet wurden, auch mit Herrn Motte zusammen?«

»Nein.«

»Sind Sie sicher?«

Die Sekretärin bedachte ihn mit einem Blick, der sonst vermutlich exklusiv für renitente Schüler reserviert war. »Ich kann mich schon erinnern wie, wo und mit wem ich die Nächte in dieser Woche verbracht habe, Herr Kommissar. Und in dieser Nacht habe ich ganz friedlich in meinem eigenen Bett gelegen und geschlafen.«

»Kann das jemand bezeugen?«

»Nein, das müssen Sie mir einfach so glauben.«

»Müssen muss ich es nicht, aber ich könnte es zumindest versuchen«, gab Hain sanft lächelnd zurück.

»Gibt es sonst noch etwas?«, wollte die Frau hinter dem

Schreibtisch im gestreiften Kostüm und mit der strengen Frisur gereizt wissen.

»Im Augenblick gerade nicht. Aber Sie werden es als Erste erfahren, wenn sich das ändert. Versprochen.«

»Dann ...« Die Sekretärin brach ab, weil die Tür zum Rektorzimmer aufging und Peter Hattenbach mit gesenktem Kopf das Vorzimmer betrat.

»Frau Hommel, hier habe ich eine Vorlage, die ...« Überrascht über die erneute Anwesenheit der Beamten, vergaß er den Rest seines Anliegens. »Ach, haben Sie noch etwas vergessen? Kann ich Ihnen noch irgendwie behilflich sein?«

»Hm«, machte Hain. »Eigentlich nicht.«

»Und was machen Sie dann noch hier?«

»Wir hatten ein paar Fragen an Ihre Frau Hommel.«

Nun zeigte sich der Direktor des Bertha-von-Suttner-Gymnasiums wirklich erstaunt. »Frau Hommel? Das ist ja interessant. Was weiß denn *meine Frau Hommel*, was ich nicht weiß?«

Die Augen der Polizisten richteten sich auf die Sekretärin, die jedoch keine Anstalten machte, die Frage ihres Bosses zu beantworten.

»Sollen wir das übernehmen, Frau Hommel?«, sprach der Kommissar die Frau deshalb direkt an.

»Nein«, erwiderte sie nach einem kurzen Zögern. »Ich werde das erledigen.«

Direktor Hattenbach hatte während des kurzen Dialogs zwischen den beiden hin und her geschaut. »Würde mich bitte mal jemand aufklären, was gerade hier vor sich geht? Im Moment stehe ich nämlich hier herum wie ein kleiner, unwissender Idiot.«

»Die Polizisten hatten ein paar Fragen an mich in einer

privaten Angelegenheit«, versuchte Elke Hommel sich ein wenig unelegant aus der Affäre zu ziehen.

»In einer *privaten Angelegenheit*? Was genau soll denn das nun wieder heißen?«

»Das heißt genau das, was es ist, nämlich eine private Angelegenheit, die für Sie sicher nicht von Interesse ist«, erklärte die Vorzimmerdame ein wenig zu laut. »Und deswegen bitte ich Sie, nicht weiter zu insistieren.«

Hain nickte den beiden zu und schob Pia mit sanftem Druck Richtung Tür.

»Sie werden sich schon zusammenraufen«, vermutete er nicht ganz zu Unrecht, verabschiedete sich freundlich und verschwand keine Sekunde später mit Pia durch die Tür.

»Ich finde, unser Schulmeister Motte wäre auf der Fahndungsliste ganz gut aufgehoben«, meinte Hain, nachdem sie sich vor der Tür die Sonnenbrillen aufgesetzt hatten. »Was meinst du?«

»Klar. Ich hadere zwar noch etwas mit seinem möglichen Tatmotiv, aber alles andere als nach ihm fahnden zu lassen, wäre nach meiner Überzeugung geradezu fahrlässig.«

»Erledigst du das?«

»Ja, mach …«, wollte die Oberkommissarin antworten, als Hains Telefon in seiner Jackentasche sich meldete.

Er nahm das Gespräch an, hörte einen Augenblick zu, stellte eine Rückfrage und beendete das Telefonat.

»Sebastian Probst ist aus dem Koma aufgewacht. Er ist zwar noch nicht vernehmungsfähig, aber es geht aufwärts mit ihm. Langsam zwar, aber immerhin.«

»Das ist doch mal eine gute Nachricht. Den können wir dann für morgen oder übermorgen auf unsere Liste setzen.«

»Mensch, Pia, nun lass den Jungen doch wenigstens …«,

wollte Hain den Elan seiner neuen Kollegin ein bisschen bremsen, jedoch wurden die beiden von der mit rudernden Armen herbeieilenden Elke Hommel unterbrochen.

»Gut, dass ich Sie noch erwische«, gab die Sekretärin ihnen ein wenig außer Atem zu verstehen. »Ich will besser allen drohenden Schwierigkeiten aus dem Weg gehen und werde deshalb zur Gänze mit Ihnen kooperieren.«

Pia Ritter und Thilo Hain sahen sie überrascht an.

»Was genau hat denn zu diesem spontanen Sinneswandel geführt?«, wollte Pia wissen.

»Mein Boss hat mir klargemacht, dass es sehr unschön für mich ausgehen kann, wenn ich *nicht* mit Ihnen kooperiere. Und das möchte ich auf keinen Fall. Also.«

»Was, *also*?«

»Also heißt, dass ich Ihnen mitteile, wo Sie Werner Motte finden können.«

Hain stöhnte genervt auf. »Und wo genau ist das?«

»Bei mir zu Hause. Er ist bei mir zu Hause.«

»Aber hatten Sie nicht vorhin erwähnt, dass Sie ebenfalls in einer Beziehung leben?«

»Das … ist«, stammelte Frau Hommel ein wenig herum, »leider nicht mit ein paar Worten zu erklären. Mein Mann ist Verkehrsluftfahrzeugführer, also Pilot, und kommt frühestens übermorgen Abend zurück. Wir dachten, bis dahin eine Lösung … gefunden zu haben.«

Sie atmete schwer durch.

»Mit der Aussage, dass ich mich von Herrn Motte trennen werde, hatte ich Sie vorhin allerdings wirklich nicht angelogen. Das ist mein fester Vorsatz, und das werde … habe ich auch getan. Er ist heute Morgen um halb fünf völlig fertig bei mir aufgetaucht und hat mich gebeten, ihm wenigstens einen Unterschlupf zu gewähren, bis er sich mit seiner Frau, in welcher Weise auch immer, geeinigt hat. Das konnte ich ihm nach … dieser langen Zeit einfach nicht abschlagen.«

»Zerreißen sich denn Ihre Nachbarn nicht das Maul, wenn da so einfach ein fremder Mann bei Ihnen unterschlüpft?«, wollte Pia Ritter wissen.

»Nein, nein«, wiegelte Elke Hommel ab. »Wir leben in einem Penthouse, auf der Etage sind nur wir, und der Aufzug startet in der Tiefgarage. Eigentlich kennt in dem Haus keiner den anderen, deshalb hat das sicher auch noch niemand bemerkt.«

»Und wie lange sollte der Zustand, dass Herr Motte bei Ihnen *Unterschlupf* findet, andauern?«

»Ich habe ihm gesagt, dass er spätestens heute Abend verschwinden muss. Ich will das nicht länger.«

Die Sekretärin wischte sich über die feuchten Augen.

»Das, was ich in der vergangenen Nacht erlebt habe, hat mir geradezu die Augen geöffnet für das, was Werner und ich unseren Partnern angetan haben. Vermutlich hat Frau Motte Ihnen etwas dazu gesagt, deshalb verzichte ich darauf. Aber ich kann Ihnen versichern, dass es extrem demütigend ist, von der Ehefrau des Sexualpartners in flagranti überrascht zu werden – und das auch noch in deren Schlafzimmer.«

»Ich hatte Sie vorhin gefragt«, hakte Hain nach, »ob Sie in der Mordnacht auch mit Herrn Motte zusammen gewesen sind. Können Sie sich erinnern?«

Die Sekretärin nickte.

»Und Ihre Antwort dazu hat sich nicht verändert?«

»Nein. Allerdings …«

»Ja?«

»Ich weiß wirklich nicht, ob ich darüber sprechen möchte, Herr Kommissar.«

»Worüber?«

Elke Hommel brauchte ein paar Sekunden, um sich zu überwinden. »Es gab da eine Situation neulich nachts, die mich ... ein wenig ... ratlos zurückgelassen hat.«

»Mensch, Frau Hommel, nun lassen Sie sich doch nicht jedes Wort aus der Nase ziehen«, zischte der Hauptkommissar ein wenig lauter, als er es geplant hatte. Allerdings machte ihn die Art der Schulbediensteten regelrecht gallig.

»Wir haben über den Tod von Frau Schürmann gesprochen«, beeilte die sich nun, den Ärger des Kripomannes zu besänftigen, »und Werner ... also Herr Motte, hat ein paar wirklich merkwürdige Andeutungen dazu vom Stapel gelassen. Zunächst habe ich mir wirklich nichts dabei gedacht, aber mit der Zeit haben mich seine Kommentare dazu einigermaßen verunsichert.«

»Haben Sie ein Beispiel?«, wollte Pia Ritter wissen.

»Nun, er hat so etwas gesagt wie: Wenn man für eine Kugel für sie gesammelt hätte, wären 50 Euro von mir auf jeden Fall drin gewesen. Und er hat mir gegenüber ganz offen eingestanden, dass er Frau Schürmann in Gedanken schon mehrfach grausam gefoltert oder auf perfide Art umgebracht hat. *In Gedanken* natürlich nur, das hat er ausdrücklich und mehrmals betont, aber ein gewisser Restzweifel ist bei mir trotzdem geblieben.«

»Würden Sie ihm die Morde zutrauen?«

Sie zögerte. »Dazu möchte ich nichts sagen und bitte auch um Ihr Verständnis. So etwas über einen anderen Menschen zu sagen, bedeutet nach meiner Meinung, den Stab komplett über ihn zu brechen. Und das kann ich wirklich nicht tun.«

»Na ja, wie auch immer«, fasste Hain mit entschlossenem Gesichtsausdruck zusammen, »immerhin haben Sie ja noch die Kurve gekriegt und sich auf die Zusammenarbeit mit uns eingelassen. Wenn wir ihn allerdings ohne Ihre Aussage bei Ihnen gefunden hätten, wären Sie definitiv wegen verschiedener Straftaten dran gewesen.«

»Ich weiß«, gab sie kleinlaut zurück. »Und jetzt muss ich wieder hineingehen. Der Direktor wartet sicher schon auf mich.«

»Klar«, stimmte Pia der Frau freundlich lächelnd zu. »Wenn Sie uns vorher noch die Adresse Ihres Penthouses geben, dann haben wir es ein gutes Stück leichter. Und wo wir gerade dabei sind, einen warnenden Anruf bei Motte würden wir wirklich nicht gut finden, also lassen Sie ihn besser.«

Elke Hommel nannte den Kommissaren die Adresse und gab ihnen die PIN für die Einfahrt zur Tiefgarage. Außerdem nannte sie ihnen den Code, ohne den es unmöglich war, mit dem Lift auf ihre Penthouseebene zu gelangen.

»Und ich hatte auf keinen Fall vor, ihn anzurufen. Das können Sie mir glauben.«

»Machen wir.«

26.1

Gesendet von Erzengel um 10:22 Uhr

Na, schon auf dem Reiterhof?
Wie geht es dir?
Ich denk an dich
E.

*

Gesendet von Sandra um 10:33 Uhr

Ich kann mich kaum bewegen, diesmal
hat er es echt übertrieben. Aber das kriegt
er doppelt und dreifach zurück. Ja, bin im
Stall und brauche noch eine Weile.
Kuss
S.

*

Gesendet von Erzengel um 10:35 Uhr

Ich freu mich ganz doll auf dich.
Fühl dich gedrückt
E.

27

»Hast du dir gestern eigentlich eine Uhr gekauft?«, wollte Hain auf der Fahrt von seiner Kollegin wissen.

»Nee, leider nicht. Es gab zwar ein paar Modelle die mir gefallen haben, aber ich konnte mich einfach nicht entscheiden. Was jedoch nichts Neues ist für mich, ich bin nun mal eher die Zögerliche.«

»Im Job merkt man davon aber nicht viel«, gab Hain grinsend zurück.

»Reitest du schon wieder darauf herum, dass ich dir eine runtergehauen habe?«

»Nein, das meine ich ausnahmsweise mal nicht. Ich denke da eher an deine Art, mit den Menschen umzugehen; die ist wirklich klasse. Und deswegen könnte die Guter-Bulle-böser-Bulle-Nummer mit dir auf Dauer richtig Spaß machen.«

»Wobei noch längst nicht ausgemacht ist«, brummte Pia, »wer von uns den guten Bullen gibt und wer den bösen.«

Sie hatten den Friedrichsplatz erreicht und sahen beide nach rechts, wo es eine der aktuellen Documenta-Attraktionen zu bestaunen gab. Dabei handelte es sich um die stilisierte Nachbildung der Athener Akropolis, die in der Hauptsache aus entweder noch immer oder zumindest in der Vergangenheit verbotenen Büchern bestand. Angeblich war das Kunstwerk aus mehr als 100.000 der indizierten Werke errichtet worden, jedoch dürfte die genaue Anzahl noch niemand nachgezählt haben.

»Das Ding sieht schon irgendwie geil aus, oder?«, zeigte Pia sich beeindruckt.

Hain nickte, rückte sich die Sonnenbrille zurecht und

ließ den Mazda an der gerade auf Rot springenden Ampel zur nächsten Querstraße ausrollen.

»Ja, das finde ich auch. Und außerdem ist für mich die Idee klasse, dass mordsmäßig viele Menschen rund um den Erdball verbotene Bücher gespendet haben, um das ganze hier realisieren zu können.«

»Echt? Das wusste ich gar nicht.«

Hain lachte laut los. »Ja, das dachte ich mir. Viele Kasseler selbst wissen so gut wie gar nichts über die Documenta, aber das war schon immer so. Wir leben während der jeweiligen Sommermonate mit den kunstinteressierten Touristen aus aller Welt, aber so richtig Anteil an der Ausstellung nehmen die Mehrzahl der Kasseler nicht. Obwohl das Event wirklich groß und bedeutend für die Stadt ist.«

»Ich werde auf jeden Fall mal hingehen«, sagte Pia Ritter.

»Hmm. Das hab ich mir die letzten Male auch immer vorgenommen, und komischerweise ist immer irgendwas dazwischengekommen. Deswegen sind wie auch immer geartete Pläne für einen Rundgang über die Ausstellung in diesem Jahr gar nicht existent.«

»Macht sich deine Frau denn gar nichts aus Kunst?«

»Doch, klar. Sie wollte schon mal ein Kunstwerk aus vollgekackten Windeln machen, hat es sich dann aber anders überlegt und sich dafür entschieden, einen von hyperaktiven Zwillingen verursachten Wäscheberg zu malen. Wobei, ich glaube, daran sitzt sie noch.«

Nun musste Pia lachen. »Also eher weniger kunstaffin.«

»Das trifft es ziemlich genau.«

Das Haus, in dem sich Werner Motte nach Aussage seiner Geliebten aufhielt, befand sich im sogenannten Vorderen Westen, einer angesagten und für Kasseler Verhältnisse relativ hochpreisigen Wohngegend. Das modern gehaltene

Gebäude war wohl erst vor ein paar Jahren erbaut worden, denn alles am und um das Grundstück herum erstrahlte im Glanz des Neuen. Hain stoppte an der Tiefgaragenzufahrt, gab die PIN ein und schon schnellte die schwarz-gelb lackierte Schranke nach oben.

Selbst der Parkbereich für die Mieter oder Eigentümer sah sauber und gepflegt aus. Jede Fuge und jeder Pinselstrich auf dem Boden drückte aus, dass hier Menschen wohnten, die sich Luxus leisten konnten oder zumindest wollten. Die beiden Polizisten stiegen aus, traten auf einen der beiden Fahrstühle zu, warteten, bis sich die Türen öffneten, und tippten den notwendigen Code ein, um zur Penthouseebene zu gelangen. Oben angekommen drängten sie sich nacheinander durch die matt glänzenden Fahrstuhltüren und traten zur in klassischem Weiß gehaltenen Eingangstür. Pia Ritter drückte auf die Klingel ohne Namensschild. Keine Reaktion. Hain schlug zunächst mit der flachen Hand, dann mit der Faust gegen die um keinen Millimeter nachgebende Tür.

»Herr Motte, öffnen Sie, hier ist die Polizei«, brüllte der Hauptkommissar. »Wir wissen, dass Sie sich in der Wohnung aufhalten.«

Erneut keine Reaktion.

Hain griff zu seinem Lockpicking-Werkzeugset und wollte sich an die Arbeit machen, doch Pia schüttelte den Kopf.

»Gib ihm noch eine Minute. Vielleicht steht er gerade unter der Dusche oder so was.«

Ihr Kollege nickte, grinste und sah auf seine Uhr. Nach exakt 60 Sekunden drehte er feixend den Kopf nach rechts.

»Jetzt in Ordnung?«

»Verdammt, du kannst wirklich ein nervtötendes Arschgesicht sein«, entfuhr es Pia Ritter, die trotzdem eine einladende Geste Richtung Türschloss machte.

»Na, das ist doch mal eine Ansage.«

Elke Hommel und ihr Ehemann hatten sich bei der Auswahl des Schlosses vermutlich mehr vom Preis als von Sicherheitsaspekten leiten lassen, denn es dauerte keine Minute, dann hatte der Schließzylinder verloren.

»Das machst du schon nicht schlecht«, meinte die Polizistin bewundernd, während er das Werkzeugset wieder im Sakko verstaute und nach seiner Dienstwaffe griff. Auch Pia zog ihre Heckler & Koch P30 aus dem Holster und richtete sie ebenso selbstbewusst wie lehrbuchmäßig nach vorn.

Die von Hain mit dem Fuß bewegte Tür schwang langsam in den Flur und gab die ersten Details des Hommel-Penthouses preis. Die einzige Lichtquelle der Wohnung war eine illuminierte Milchglasscheibe am Ende des Flurs. Sie beleuchtete lediglich matt den ganzen Nippes, der entweder auf Säulen, an der Wand befestigt oder direkt auf dem Boden die Zimmer ausfüllte. Der Weg durch die Wohnung glich praktisch einem Slalom.

Pia wies ihren Kollegen mit ihrer Pistole deutend auf ein vermutlich echtes und sehr wertvolles Katana-Schwert hin. Hain nickte, er hatte die Waffe ebenfalls schon gesehen. Mit leisen, langsamen Schritten umkurvten die beiden Kommissare Vasen und Skulpturen, um schließlich an der Glasscheibe anzukommen. Dahinter war komplette Ruhe; kein einziger Ton drang in den Flur. Hain bedeutete seiner Kollegin mit einer Kopfbewegung die Tür zu sichern, er selbst legte die linke Hand auf die Türklinke und drückte sie langsam herunter. Mit einer flüssigen Bewegung schob er auch diese Tür nach vorn und blickte in das beeindruckend helle und große Wohnzimmer der Hommels. Auch hier stand

Nippes im Überfluss herum, und in diesem Moment wurde Hain klar, dass diese Sammlung Mitbringsel der vielen Auslandsreisen des Ehemanns sein mussten. Thilos Blick wanderte einmal durch den Raum, um erleichtert festzustellen, dass niemand anwesend war.

So beeindruckend die Größe des Raums war, so wenig konnte Hain mit der Einrichtung anfangen. Irgendwie sollte das wohl die Kopie einer südafrikanischen Lodge darstellen, was allerdings in einem Kasseler Hochhaus über alle Maßen deplatziert wirkte. Die vielen Holzspeere und Tierfelle an den Wänden waren sicher auf die eine oder andere Art kostbar, auf den Kommissar hingegen wirkten sie in diesem Umfeld eher peinlich. In diesem Moment hob er den Kopf und hielt inne. Aus einem Raum, der sich am linken Ende des Wohnzimmers anschloss, war ein gedämpftes Geräusch zu ihm gedrungen. Er konnte den Laut nicht zuordnen.

Pia, die leicht versetzt hinter ihm stand, nickte. Sie hatte es ebenfalls gehört.

Sie gingen auf die Tür zu, hinter der sie die Geräuschquelle vermuteten, und stellten sich daneben auf. Diesmal waren die Aufgaben ohne Absprache verteilt. Hain drückte auf die Klinke, gab der Tür einen Stoß und stürmte, die Waffe im Anschlag, nach vorn.

Rechts stand ein großes Bett, überragt von einem offen stehenden Moskitonetz, dahinter befand sich ein begehbarer Kleiderschrank und direkt daneben saß an einem Schreibtisch Werner Motte nur in Unterhosen und mit einem großen Kopfhörer auf den Ohren. Der Lehrer hatte die beiden Eindringlinge noch nicht wahrgenommen und wippte mit dem Oberkörper zum Takt der Musik, während er aus dem Fenster und über die Dächer der umliegenden Häuser sah. Dafür, dass er in der vergangenen Nacht im heimischen Schlafzimmer beim Beischlaf mit der Geliebten erwischt worden war, versprühte er erstaunlich gute Laune.

Hain überlegte einen Augenblick, wie er dem Mann am besten klarmachen konnte, dass er nicht mehr allein in der Wohnung war. Doch diese Gedanken wurden innerhalb einer einzigen Zehntelsekunde zur reinen Makulatur. Ob es der berühmte siebte Sinn oder ein von der Bewegung der Tür herrührender, kühler Luftzug war, spielte eigentlich keine Rolle. Motte jedenfalls schoss in diesem Moment so abrupt in die Höhe, dass die kabellosen Kopfhörer sich zuerst in Richtung Genick verschoben und schließlich zu Boden fielen. Gleichzeitig mit dieser Bewegung drehte er sich um und ging auf den ihn irritiert anstarrenden Hain los. Die Geschwindigkeit, mit der das alles geschah, war definitiv atemberaubend, und bevor Hain auch nur versuchen konnte auszuweichen, hatte ihn ein krachender Faustschlag erwischt.

Der Polizist taumelte nach hinten, doch Werner Motte dachte gar nicht daran, es bei diesem einen Schlag zu belassen. Er setzte nach und versuchte, den seine Waffe umklammernden Polizisten erneut zu erreichen. Doch diesmal war Hain besser vorbereitet. Er drehte sich zur Seite, rollte sich ab und ließ so den Schlag Mottes ins Leere laufen.

»Hör auf, du Idiot, wir sind von der Polizei«, schrie er den Mann in der hellblauen Unterhose an, doch der war für Worte offensichtlich nicht erreichbar.

»Stopp!«, ertönte es nun hinter den beiden hell und laut. Motte stellte jede Angriffsbemühungen ein, drehte sich zu Pia Ritter um, die mit ihrer Waffe auf ihn zielte, und hob ein wenig ehrfürchtig die Arme.

»Na also, geht doch«, brummte die Polizistin. Sie machte

einen Schritt zu Seite, damit Thilo Hain nicht zwischen sie und Motte geraten konnte. »Und jetzt sind und vor allem bleiben wir alle ganz vernünftig und hören auf, aufeinander einzuprügeln. Klar?«

Motte nickte.

»Legst du ihm dann Handschellen an, Thilo?«, fragte die Oberkommissarin den längst wieder auf die Beine gekommenen Hain, und jeder aufmerksame Zuhörer hätte natürlich wahrgenommen, dass mit der Frage eine kleine Prise Ironie transportiert werden sollte und auch wurde.

»Erledigt«, murmelte Hain kurz darauf unnötigerweise, denn das Ratschen der Handschellen war nicht zu überhören gewesen. Er gab dem Lehrer einen Stoß, sodass der auf das Bett fiel, und ließ sich selbst auf den Stuhl fallen, in dem Motte vorher gesessen hatte.

»Was wollen Sie denn von mir?«, war das Erste, was Motte nun zu sagen hatte. »Und warum dringen Sie hier einfach so ein, in eine fremde Wohnung, und fallen auch noch gleich über mich her?«

Hain, der dem Mann am liebsten eine geschmiert hätte, grinste ihn an. »Wollen wir Ihre Fragen einstweilen nach hinten stellen, bis unsere beantwortet sind, Herr Motte?«

»Was soll das alles?«, musste als Antwort genügen.

»Wir wissen, was sich letzte Nacht in Ihrem Haus abgespielt hat, Herr Motte. Was …«

»Ich kann mir nicht vorstellen«, ging der Gefesselte dazwischen, »dass das, was da geschehen ist, in irgendeiner Weise illegal ist, Herr Kommissar.« Er ruckelte an den Handschellen auf seinem Rücken herum. »Also, erklären Sie es mir bitte.«

Der Hauptkommissar wandte den Kopf nach links und sah seine Kollegin an. »Willst du das machen, Pia? Ich befürchte nämlich, dass ich bei dem guten Herrn hier die Contenance verlieren könnte.«

»Aber gern.« Sie hob einen Stuhl vom Boden auf, der bei der Rangelei umgekippt war, ließ sich mit der Lehne nach vorn darauf nieder und sah Motte direkt ins Gesicht. »Wir verdächtigen Sie des Mordes an Ihrer Kollegin Evelyn Schürmann sowie deren Mutter, Herr Motte. Das ist der Grund, warum wir Sie hier behelligen mussten.«

»Was? Was sagen Sie da? Ich soll die Schürmann ermordet haben? Wie kommen Sie denn auf diesen Blödsinn?«

»Es gibt Anhaltspunkte, die den Verdacht bei uns haben aufkommen lassen.«

»Was sollen denn das für *Anhaltspunkte* sein?«

»Erzählen Sie uns bitte zunächst mal, wo Sie in der besagten Nacht gewesen sind, beziehungsweise wo sie diese verbracht haben.«

Motte erhob sich, sodass er sitzen konnte, und sah die Polizistin schwer atmend an. »Könnten Sie mich vielleicht von den Handschellen befreien? Sie können sich darauf verlassen, dass ich keine Sperenzchen mache, aber so hier in Unterwäsche herumzuliegen, mit auf dem Rücken gefesselten Händen, das ist wirklich entwürdigend.«

Hain und Ritter tauschten einen kurzen Blick, dann stand der Polizist auf und kam der Bitte des Lehrers nach.

»Darf ich mir meine Hose und mein Hemd anziehen?«

Hain nickte. »Machen Sie das. Aber lassen Sie mich dabei besser immer Ihre Hände sehen, sonst wird der Vormittag verdammt ungemütlich für Sie ausgehen.«

»Jaja, mach ich, danke.«

Kurz darauf saß der Lehrer in Hemd und Hose wieder auf dem Bett.

»Es ist absolut absurd zu glauben, dass ich meine Kollegin Evelyn Schürmann und ihre Mutter auf dem Gewissen habe«, begann er leise. Sein Tonfall war ein deutlich anderer geworden. »Ich habe sie zwar gehasst, sehr gehasst sogar, aber ich habe sie nicht umgebracht.«

»Wo waren Sie in der Mordnacht.«

»Ich war zu Hause.«

»Zeugen?«

»Leider nein. Meine Frau hatte Nachtwache und …« Er zögerte und schluckte. »Und in dieser Nacht hatte ich auch keine andere Frau in unserem Ehebett liegen.«

»Das ist jetzt nicht gerade das, was wir ein wasserdichtes Alibi nennen«, gab Hain ihm, noch immer gereizt, zu verstehen.

»Das müssen Sie mir bestimmt nicht erklären, aber ich kann Ihnen leider nichts anderes sagen. Sie können mir glauben, dass ich es gern anders hätte, aber es ist nun einmal so, dass ich allein zu Hause war.«

»Was haben Sie denn gemacht? Sind Sie früh zu Bett gegangen, haben Sie ferngesehen oder am Computer gesessen?«

Motte überlegte eine Weile. »Zunächst habe ich einen Test korrigiert, und danach habe ich noch etwas im Internet gesurft.«

»Wo und wie denn? Lässt sich das irgendwie überprüfen, vielleicht durch einen Chat ? Oder haben sie in dieser Zeit eine Mail geschrieben?«

Der Lehrer überlegte.

»Nein, leider nichts dergleichen.«

»Das ist schlecht. Und dann?«

»Dann bin ich zu Bett gegangen und auch relativ schnell eingeschlafen.«

»Es wird nicht besser.«

Motte bedachte den Polizisten mit einem bösen Blick. »Was soll es mir denn bringen, wenn ich die Frau und auch noch ihre Mutter umgebracht hätte? Sie suchen doch immer bei solchen Mordfällen nach einem plausiblen Motiv. Aber was soll denn mein Motiv sein?«

»Sie haben vorhin selbst gesagt«, erklärte Pia Ritter, »dass Sie Frau Schürmann gehasst haben. Hass ist für uns auf jeden Fall ein Mordmotiv.«

»Mensch, dann hätte ich sie garantiert schon viel früher umgebracht, das können Sie mir glauben. Sie ist mir und allen anderen Kollegen doch schon seit Ewigkeiten auf die Nerven gegangen. Warum hätte ich, wenn ich das wirklich gewollt hätte, dieses ganze Theater mit ihr so lang aushalten sollen?«

»Sagen Sie es uns.«

»Außerdem gäbe es, wenn ich es recht überlege, im Kollegenkreis jede Menge anderer Aspiranten, die für den Mord an ihr infrage kämen. Ich könnte Ihnen auf der Stelle bestimmt ein halbes Dutzend nennen, denen ich das zutrauen würde.«

»Vielleicht haben die ja alle kugelsichere Alibis«, bluffte Pia Ritter.

»Ja, von mir aus, aber wenn Sie mich fragen, dann ist die Kollegin Parker, Brenda Parker, die Englischlehrerin, eine viel heißere Kandidatin für den … oder besser, die Morde als ich. Frau Parker hat seit Jahren jede Menge Ärger gehabt mit der Schürmann und mir gegenüber sogar einmal angedeutet, dass sie die Kollegin am liebsten killen würde. Genau das hat sie damals gesagt, *killen*.«

»Es wird Ihnen nichts helfen, wenn Sie jetzt hier Ihren Kollegenkreis durchdeklinieren und jeden als potenziellen Täter denunzieren. Sie selbst haben sowohl Ihrer Frau wie auch Ihrer Geliebten gegenüber Andeutungen gemacht, die Ihre Tatbeteiligung mehr als plausibel erscheinen lassen.«

Motte wurde blass. »Aber …« Er rutschte nervös auf der Bettkante hin und her, schluckte und wandte sich schließlich der Polizistin zu. »Aber das waren doch lediglich … Hirngespinste. Ja, Hirngespinste waren das. Ich könnte niemals einen Menschen umbringen, das müssen Sie mir einfach glauben. Ich bin ein Anhänger der Friedensbewegung, ich habe als Jugendlicher damals im Bonner Hofgarten gestanden und für Frieden demonstriert, da kann ich doch niemanden umbringen.«

Pia Ritter konnte weder mit dem Bonner Hofgarten etwas anfangen, noch erschien ihr die Herleitung schlüssig.

»Sie wären garantiert nicht der Erste in der Menschheitsgeschichte, der jemanden umbringt, obwohl er irgendwann vor langer Zeit mal an einer Friedensdemo teilgenommen hat. Also wie gesagt, ein Alibi wäre mir deutlich lieber als diese gewagte These.«

»Das habe ich nicht«, knurrte der Lehrer. »Und wenn Sie mich noch so knechten, ich habe niemanden, der meinen Schlaf bezeugen kann.«

»Tja«, bemerkte Hain gelassen. »Dann werden Sie uns jetzt aufs Präsidium begleiten und eine Aussage machen. Wie es danach weitergeht, muss der Haftrichter entscheiden.«

Nun wich auch die letzte Nuance Farbe aus Mottes Gesicht.

»Sie meinen, ich muss vielleicht ins Gefängnis? Und dort auch bleiben?«

»Wenn Sie tatsächlich der Mörder von Evelyn Schürmann und ihrer Mutter sind, und darauf deutet augenblicklich einiges hin, wird es darauf hinauslaufen, ja. Mörder verbringen in der Regel eine Weile im Gefängnis.«

Nun hielt es den Lehrer nicht mehr auf dem Bett. Er sprang in die Höhe und baute sich vor dem Hauptkommissar auf. »Aber ich habe es nicht getan. Ich war es nicht, ich schwöre es. Was soll ich …?« Er stoppte seinen Satz, schlug sich mit der flachen Hand an die Stirn und fing heiser an zu lachen.

»Was ist so lustig?«, wollte Pia Ritter wissen.

»Wie würde es Ihnen gefallen, wenn ich vielleicht doch beweisen könnte, dass ich zu Hause war? Wenn ich beweisen könnte, irgendwann zwischen 00:15 Uhr und 01:15 Uhr, so genau kann ich es nicht sagen, an meinem PC gesessen habe?«

»Allerdings könnte auch jeder andere Mensch an Ihrem PC gesessen haben. Die Tatsache, dass Ihr PC Verbindung zum Provider hatte, sagt zunächst erst mal gar nichts aus.«

»Aber ich kann Ihnen genau sagen, auf welcher Internetseite ich gewesen bin. Das würde auf jeden Fall beweisen, dass ich es war.«

»Auf welcher Seite waren Sie denn unterwegs?«, fragte Hain.

Werner Motte holte tief Luft. »Wenn ich Ihnen das jetzt sage, muss ich die Garantie haben, dass Sie mit niemandem darüber sprechen. Ich möchte und muss unbedingt vermeiden, deswegen zum Gespött der Leute oder gar meiner Schüler zu werden.«

Pia sah ihn an und zuckte mit den Schultern. »Also Pornoseite oder Datingportal«, konstatierte sie ruhig. »Wobei mir persönlich das eine so egal ist wie das andere. Aber Sie haben jetzt die wahnsinnige, unwiederbringliche Chance, eine in diesem Fall äußerst skeptische Frau zu überraschen.«

Der Lehrer war ihren Ausführungen mit immer größer werdenden Augen gefolgt. Nun schloss er die Augen und schluckte erneut. »Die Pornoseite«, gestand er kaum wahrnehmbar ein.

»Aber ich denke, dass es sich wirklich um meine ureigenste Privatsache handelt, wie ich meine schlaflosen Nächte verbringe. Sie befragen meinen Provider, und wenn er meine Aussage bestätigt, bin ich hoffentlich aus dem Schneider.«

»Wir werden sehen«, widersprach Pia. »Und die Zeit, bis das geklärt ist, werden Sie auf jeden Fall im Präsidium verbringen. Diese Unannehmlichkeit können wir Ihnen auch unter den neuen Umständen nicht ersparen.«

»Aber …«

»Jetzt ist einfach mal Schluss mit *aber*, Herr Motte. Wir lassen Sie jetzt aufs Präsidium bringen und sehen zu, dass wir einen Richter kriegen, der uns die Genehmigung erteilt, Ihre Surfdaten aus der fraglichen Nacht zu erhalten. Und denken Sie mal besser nicht, dass diese Prozedur innerhalb von ein paar Minuten erledigt sein wird. Meiner Erfahrung nach sollten Sie sich besser mit einer Zahnbürste und, wenn Sie es benötigen, auch mit Rasierzeug bewaffnen.«

»A…«

Ein Blick von Hain ließ Motte verstummen. Mit zeitlupenartigen Bewegungen drehte er sich Richtung Tisch und hob den Kopfhörer auf.

»Und was ist eigentlich mit dem jungen Gabriel, diesem Referendar?«, wollte er in einem offenbar letzten Akt der Haftvermeidung wissen. Der hat sich immer lustig gemacht über Frau Schürmann, vor und hinter ihrem Rücken. Ich selbst war vor nicht allzu langer Zeit Zeuge einer ziemlich handfesten Auseinandersetzung der beiden. Dabei hat er ihr massiv gedroht.«

Hain, der ebenfalls aufgestanden war, spielte mit den Handschellen, die er noch immer griffbereit hielt. Er hatte nicht die geringste Lust, Motte weiter zuzuhören, wie er seine Kollegen denunzierte, doch irgendwie tat ihm der Mann mittlerweile sogar etwas leid.

»Und worum genau ging es bei dem Streit?«

»Das weiß ich leider nicht.«

»Aber Sie haben doch gerade gesagt, dass Sie Zeuge der Auseinandersetzung waren?«

»Das war ich auch. Aber leider durch zwei Scheiben hindurch und auch noch über den Schulhof. Ich habe gesehen, wie die beiden im Pavillon gegenüber gestritten haben, gehört habe ich leider nichts.«

»Wie müssen wir uns das vorstellen? Was haben Sie denn gesehen?«

»Ich habe gesehen, dass Florian Gabriel sich in überaus drohender und feindseliger Weise vor ihr aufgebaut und sie auch mehr oder weniger angefasst hat. Am Hals, meine ich.«

»Er hat sie gewürgt?«

»Nein, das nun gerade nicht. Eher ein wenig … geschüttelt.«

»Und wie hat Frau Schürmann reagiert?«

»Die hat ihn nur ausgelacht. Einfach ausgelacht. Aber so war sie nun mal. Der hat vor rein gar nichts gegraust, und schon überhaupt nicht vor so einem heurigen Hasen wie diesem Gabriel.«

»Warum haben Sie den Vorfall nicht gemeldet?«

Werner Motte lachte laut auf. »Da hätte ich aber viel zu tun gehabt, wenn ich jede Auseinandersetzung, die jemand aus dem Kollegenkreis oder von mir aus auch ich selbst mit der Schürmann gehabt habe, gleich gemeldet hätte.«

Er zuckte mit den Schultern.

»Ich war auf dem Sprung und dachte, ich frage den Gabriel bei Gelegenheit mal, worum es da ging. Aber wie es dann manchmal so kommt, es geht einfach unter, und irgendwann ist es aus dem Kopf. Außerdem war so etwas, wie gesagt, bei Evelyn Schürmann eher die Regel als die Ausnahme. Wissen Sie, was sie mit einer anderen Referendarin vor ein paar Jahren veranstaltet hat?«

»Sie meinen Simone Kaspar?«

»Ja. Wenn Sie den Namen kennen, dann wissen Sie sicher auch, was für eine dramatische Geschichte sich dahinter verbirgt. Vielleicht hat ja sogar das arme Ding Rache für diese Schweinerei von damals genommen, wer weiß?«

Wir wissen, dachte Pia Ritter, ließ seine Frage jedoch unbeantwortet im Raum stehen.

27.1

Gesendet von Sandra um 13:01 Uhr

Ich bin hier fertig. Wenn du willst,
kannst du mich jetzt abholen.
Kuss S.

✳

Gesendet von Erzengel um 13:01 Uhr

*Bin fast schon unterwegs. Freu mich auf
dich.*
1000 Küsse
E.

27.2

Gesendet von Flo um 13:03 Uhr

Hi Laura,
ich komme so gegen 21:00 Uhr
in Hamburg an. Hab mich in der Schule
für den Rest der Woche krankgemeldet
und mein WG-Zimmer schon geräumt.
Freu mich total auf dich und das Leben
mit dir an der Alster.
Flo

*

Gesendet von Laura um 13:07 Uhr

Hallo Flo,
das klingt wirklich großartig und ich kann es
noch gar nicht fassen, dass du diesem
langweiligen Kassel wirklich den Rücken
kehren willst ... Aber hier ist alles vorbereitet
für dich und uns.
Ich küsse dich
Laura

28

»Komisch, dieser Florian Gabriel steht gar nicht auf der Liste, die wir von Hattenbach gekriegt haben.«

Hain ließ das DIN-A4-Blatt des Schulleiters auf den Schreibtisch segeln.

»Vielleicht, weil er nur Referendar ist, was weiß ich? Ich rufe einfach bei dem Direktor an und frage ihn nach der Adresse.«

Damit griff Pia Ritter zu ihrem Telefon und wählte.

»Nein, Herr Direktor Hattenbach ist gerade in einer

Besprechung«, wurde ihr kurz darauf von Elke Hommel überaus kühl mitgeteilt, »und leider für niemanden zu sprechen.«

»Vielleicht können Sie uns ja weiterhelfen«, entgegnete die Polizistin freundlich und fragte die Sekretärin nach Florian Gabriel.

»Herr Gabriel hat sich heute Morgen per Telefon krankgemeldet. Er wird bis zu den Sommerferien wohl nicht mehr unterrichten können; und danach sowieso nicht mehr, denn er wird unsere Schule verlassen.«

»Haben Sie selbst heute Morgen mit ihm gesprochen?«

»Ja, natürlich. Das ist meine Aufgabe.«

»Und warum verlässt er das Bertha-von-Suttner-Gymnasium?«

»Die genauen Hintergründe entziehen sich meiner Kenntnis. Herr Direktor Hattenbach hat mich lediglich darüber informiert, dass er sein Referendariat nicht bei uns beenden und darüber hinaus auch nicht an unserer Schule angestellt werden wird.«

»Gut. Dann bräuchte ich die genaue Adresse von Herrn Gabriel.«

»Herr Gabriel wohnt im Schifferweg 16«, bekam sie nach einer Weile des Wartens mitgeteilt. Danach gab es eine kleine Pause.

»Haben Sie Herrn Motte … angetroffen?«, fragte die Vorzimmerdame immer noch sehr kühl, jedoch auch ein wenig verschämt.

»Ja, das haben wir tatsächlich. Im Moment befindet er sich hier auf dem Präsidium, aber wie es mit ihm weitergeht, kann ich Ihnen leider nicht sagen. Wir ermitteln weiter, und das dauert seine Zeit.«

»Hat er etwas zu Ihren Vorwürfen gesagt?«

»Dazu werde ich Ihnen gegenüber keine Aussage treffen. Fragen Sie ihn einfach selbst, wenn Sie ihn das nächste Mal sehen.«

»Das werde ich machen. Gibt es sonst noch etwas?«

»Nein. Und vielen Dank für Ihre Hilfe.«

»Gern geschehen. Auf Wiederhören.«

»Wow, die und wir werden in diesem Leben wohl keine Freunde mehr.« Pia steckte das Telefon weg und versorgte ihren Kollegen mit den Gesprächsteilen, die er nicht hatte hören können. »Die war aber mal richtig angepisst.«

»Wer will es ihr verdenken? Irgendwie fliegen da gerade ein paar Leben gewaltig auseinander, und wenn sie nicht aufpasst, ist ihres eins davon.«

»Meinst du echt, sie kann die Nummer mit Motte vor ihrem Mann geheim halten?«

Hain zuckte gleichgültig mit den Schultern. »Versuchen wird sie es. Aber ob es gelingt? Mir ist es egal, das muss jeder selbst wissen. Wer sich auf ein Auswärtsspiel einlässt, muss die Folgen im Kopf haben, und die sind nun mal in der Regel existenziell.«

Pia sah ihn interessiert an. »Sprichst du aus Erfahrung?«

»Seit Carla nicht mehr, aber was die Jahre davor angeht, will ich mich gar nicht besser machen, als ich es war. Ich wurde zwar nie von einem gehörnten Ehemann mit seiner Ehefrau im gemeinsamen Ehebett erwischt, aber es hat manchmal definitiv nicht viel gefehlt.«

»Huh, das hätte ich dir gar nicht zugetraut. Du wirkst auf den ersten Blick gar nicht so … draufgängerisch und wild.«

»Jetzt bin ich eben Familienvater, und das kuriert einige Wildheit und das meiste des ehemaligen Draufgängertums ziemlich gut.«

»Fehlt es dir nicht manchmal?«

Der Hauptkommissar dachte eine Weile nach. »Ich müsste lügen, wenn ich jetzt komplett Nein sagen würde, aber ich bekomme ja etwas für diesen Verlust als Ausgleich geboten. Glaub mir, wenn ich nach der Arbeit heimkomme und die Jungs mir in die Arme springen, dann will ich mit keiner noch so heißen Affäre tauschen.«

Wieder eine Denkpause.

»Und was ich auf keinen Fall riskieren würde, ist, dass ich ihnen sagen muss, dass der Papa und die Mama nicht mehr miteinander können, weil der Papa seinen Schwanz nicht unter Kontrolle gehabt hat. Das wäre wirklich der komplette Super-GAU für mich. Und wie es ist, ohne Vater aufzuwachsen, habe ich selbst erlebt, das ist alles andere als lustig.«

»Ist er früh gestorben, dein Vater?«

»Nö. Er war nur ein immens großes Arschloch, das seinen Schwanz ganz und gar nicht unter Kontrolle halten konnte.«

Pia sah beschämt zu Boden. »Tut mir leid, dass ich so unsensibel nachgefragt hab.«

Ihr Kollege lachte laut auf. »Das ist wirklich Quatsch, Pia. Diese Geschichten liegen mehr als 30 Jahre zurück, und mittlerweile hat er sich, soweit ich weiß, mit großem Wohlbehagen totgesoffen. Also, was sollte mir das heute noch bedeuten?«

»Hattest du Kontakt zu ihm in den Jahren, nachdem er euch verlassen hatte?«

»Also erstens hat er nicht uns verlassen, sondern meine Mutter hat ihn glücklicherweise hochkant rausgeworfen, und zweitens hat er von diesem Moment an keine müde Mark mehr für uns abgedrückt. Wir hatten ein einziges Mal Kontakt, aber der war so schräg, dass ich dir besser nichts davon erzähle.«

»Nein, lass mal.«

Sie stand auf und schlüpfte in ihre leichte Lederjacke.

»Der Schulmeister ist versorgt und sitzt in der Gewahrsamszelle, die Hommel hasst uns wie die Pest, und wir beide brechen jetzt auf und fragen bei diesem Florian Gabriel nach, über was genau er sich mit Evelyn Schürmann so intensiv gestritten hat.«

29

Sandra Wills hatte die zwei Pferde, die sie an diesem Tag zu versorgen hatte, in den Stall gebracht und war auf dem Weg zu der etwa einen Kilometer im Wald liegenden Kreuzung, an der sie sich schön öfter mit Florian Gabriel, ihrem Erzengel, getroffen hatte. Diesen Nickname hatte er sich selbst gegeben mit dem Hintergrund, auf keinen Fall mit seiner Schülerin in irgendeine private Verbindung gebracht werden zu können.

»Das müssen wir unbedingt so machen«, hatte er ihr erklärt, »um auf jeden Fall zu vermeiden, dass irgendjemand, der sich an deinem Telefon zu schaffen macht, eine Verbindung zwischen uns herstellen kann.«

Das Mädchen war zwar ein wenig irritiert gewesen, hatte ihm jedoch trotzdem zugestimmt.

»Und wir werden uns auf jeden Fall nur SMS schreiben, auf keinen Fall irgendwelche WhatsApp-Nachrichten. Das ist mir echt zu gefährlich.«

Sandra war definitiv klar, auf welch dünnes Eis sich Florian mit der Liebesbeziehung zu ihr eingelassen hatte, doch irgendwie fand sie sein Verhalten auch ein wenig paranoid. Und trotzdem hatte sie alle seine Bedingungen erfüllt in der Hoffnung, in ihm die große Liebe gefunden zu haben, nach der sie sich in ihrem ebenso kurzen wie bewegten Liebesleben schon immer so sehr gesehnt hatte.

Nun ging sie mit schnellen Schritten und auch ein wenig aufgeregt in Richtung der Kreuzung, an der sie sich bei ihrem ersten Date getroffen hatten.

»Wie wäre es, wenn wir uns mal außerhalb der Schule treffen würden?«, hatte sie ihn keck gefragt. Entgegen all ihrer Befürchtungen hatte dieser gut aussehende, selbstbewusste junge Mann sofort zugesagt. Und noch oben im Wald, in seinem Golf, hatten sie sich zum ersten Mal wild und leidenschaftlich geküsst. Beim zweiten Treffen hatten sie miteinander geschlafen, und spätestens in diesem Moment war ihr klar geworden, dass ein Mann in seinem Alter einfach viel cooler war als die Jungs, mit denen sie sich bis dahin abgegeben hatte. Auch sexuell natürlich. Er hatte Sachen drauf, die Sandra nie für möglich gehalten hätte und auch noch nicht gekannt hatte, obwohl sie seit ihrem 13. Lebensjahr sexuell aktiv war.

Ihr Atem hatte sich deutlich beschleunigt, sie schwitzte ein wenig, und irgendwie fühlte sie sich schon *ziemlich schwanger*, als sie die letzte Anhöhe zur Kreuzung hochkraxelte. Dann setzte sie sich keuchend auf den großen, kalten Stein, der in etwa 30 Meter Entfernung zur Straße eine Gabelung im Wald vor allzu engen Kurvenradien schützte. Dort blickte sie auf ihr Telefon, doch es waren seit dem Verlassen des Reiterhofs keine neuen Nachrichten für sie eingegangen.

Vielleicht klopft mein Herz ja so heftig weil ich mich so drauf freue, diesem dämlichen Kerl von meinem Vater heute Abend meinen Freund vorzustellen. Bestimmt hört er dann auf, mich durchzuprügeln, weil Florian mich bestimmt vor ihm beschützt.

Sie sah auf ihre Armbanduhr und grinste.

Eigentlich müsste er schon da sein. Aber Pünktlichkeit war ja noch nie seine Stärke.

In genau dem Moment, in dem sie das dachte, bremste Florians alter Golf auf dem Waldweg, bog dann langsam nach rechts ab und brachte schaukelnd und wippend die letzten Meter bis zu ihr hinter sich. Mit dem Ersterben des Motors sprang das Mädchen auf, lief zur Fahrertür und riss sie auf.

»Hi, mein Erzengel«, rief sie vor Freude sprühend. »Für einen Augenblick hatte ich gerade eine Scheißangst, dass du es dir anders überlegt hättest. Aber jetzt bist du ja da.«

»He, he, nun lass mich doch erst mal aussteigen«, bat der Referendar.

»Du siehst ja furchtbar aus«, rief er nach einem kurzen Kuss. »Deinen Alten sollte man auf der Stelle in den Knast stecken.«

Sandra nickte und umklammerte ihn wie ein kleines Äffchen die Mutter.

»Nun warte doch mal«, rief Florian Gabriel, »und lass mich ein wenig Luft holen, du Klette.«

»Sei nicht so böse zu mir, bitte. Ich hab mich so gefreut auf dich. Und auf die Zeit, die jetzt vor uns liegt.«

Gabriel machte sich mit etwas sanfter Gewalt frei von ihr. »Was ist denn?«, wollte sie mit großen Augen wissen.

»Hast du was?«

»Na ja, Sandy. Irgendwie geht mir das doch alles viel zu schnell. Vielleicht sollten wir noch mal überlegen, wie wir besser aus dieser Schwangerschaftsscheiße rauskommen könnten.«

»Was heißt denn hier *Schwangerschaftsscheiße*? Sag mal, spinnst du? Vor einer halben Stunde hast du mir noch geschrieben, wie doll du dich auf mich freust, und jetzt redest du hier so einen Müll?«

»Nun warte doch mal, Sandra. Ich bin einfach noch nicht bereit für ein Kind. Das musst du, verdammt noch mal, verstehen. Und wenn ich nicht dazu bereit bin, dann will ich es auch nicht.«

»Wie stellst du dir das denn vor, du Arsch? Soll ich unser Baby jetzt allein kriegen und großziehen?«

»Das musst du ja nicht. Es gibt doch noch andere Möglichkeiten, als das Kind zu kriegen.«

»Ach ja? Fängst du jetzt auch so an wie mein verblödeter Vater und redest gleich nur noch von Abtreibung?«

Gabriel trat einen Schritt zurück. »Das muss doch alles nicht sein, Sandra. Wenn du nur ein paar Tage lang vernünftig bist, haben wir alle diese beschissene Situation hinter uns, und ich kann …«

Sandra kam hinter ihm her und baute sich vor ihm auf. »*Was* kannst du? Los, spuck's aus, du Idiot.«

»Ich werde nach Hamburg gehen, schon bald. Und ich werde auf keinen Fall als Vater dieses Kindes zur Verfügung stehen.« Er drehte das Gesicht von ihr weg. »So, nun ist es raus, und du solltest meine Entscheidung so annehmen, sie wird sich nicht ändern, Sandy.«

»Nenn mich bloß nicht mehr so, du blödes Arschloch«, schrie Sandra völlig hysterisch. »Sandy dürfen mich nur meine Freunde nennen, und zu denen gehörst du auf keinen Fall mehr, wenn du eine Abtreibung von mir verlangst und außerdem in dieses blöde Hamburg verschwindest.«

Über ihre Wangen rannen dicke Tränen, und ihr Gesicht war heftig gerötet.

»Und außerdem werde ich dich auf jeden Fall als Vater angeben, vor dieser Verantwortung kannst du dich nämlich nicht drücken. Und in der Schule werde ich gleich morgen allen stecken, wer der Vater des Kindes in meinem Bauch ist.«

Gabriel wartete eine Weile, doch von Sandra kam nichts mehr außer einem leisen Wimmern. Dann trat er auf sie zu und versuchte, sie in den Arm zu nehmen.

»Verpiss dich, du Bastard«, schrie sie, während sie ihm einen Stoß gab, sodass er fiel und mit der Schulter gegen einen hinter ihm liegenden Stein knallte.

»Mensch, Sandra, nun sei doch vernünftig«, sagte er und fuhr mit einer Hand über die schmerzende Schulter. »Wenn du jetzt keine Zicken machst, kriegen alle Beteiligten die Kurve, ohne dass irgendwem etwas passiert.«

Sie deutete auf ihren Bauch. »Und was ist mit dem kleinen Wurm hier drinnen? Der soll weggemacht werden, damit dein Leben so weitergehen kann wie bisher und du wahrscheinlich in Hamburg gleich die nächste Schülerin angräbst und bumst.«

»Das ist wirklich gemein von dir, Sandra. Ich war echt verliebt in dich, aber ein Kind will ich auf keinen Fall, und außerdem verändert das die Situation komplett.«

»Soll das heißen, dass du mich nur deshalb nicht mehr lieb hast, weil ich schwanger bin? Wenn das so ist, dann bist du wirklich der größte Arsch auf der ganzen Welt.«

»Und wer sagt mir eigentlich«, brüllte Gabriel nun ansatzlos, »dass ich wirklich der Vater dieses ... Kindes bin? Vielleicht hast du ja noch mit anderen rumgemacht, was weiß ich?«

»Du Wichser«, rief Sandra heulend und voller Empörung. »Du bist so ein verdammter Wichser. Ich hab mit keinem anderen auch nur rumgeknutscht, seit das mit uns läuft, und das weißt du auch ganz genau. Und jetzt leck mich!«

Damit wandte sie sich ab und machte sich auf den Weg Richtung Straße. Nach ein paar Metern jedoch drehte sie sich noch einmal um und deutete mit dem ausgestreckten Zeigefinger auf ihn.

»Mit mir musst du echt nicht mehr rechnen, Florian. Ich bin fertig mit dir. Und wenn das alles vorbei ist, dann bist du wirklich im Arsch, das schwöre ich dir.«

»He, Sandra, nun warte doch mal«, gab er ihr fast sanft zu verstehen, während er versuchte, ihr hinterherzueilen. Als er bei ihr angekommen war, legte er die Hand auf ihre Schulter und stoppte sie so.

»Was ist noch?«, blaffte sie ihn an.

»Ich weiß, dass meine Konsequenz jetzt bestimmt schwer auszuhalten ist für dich, aber ich kann einfach nicht anders. Bitte, so glaub mir doch.«

»Es ist bestimmt nicht so, dass ich dir nicht glaube, was du redest. Mir gefällt es nur einfach nicht. Und jetzt lass mich, ich will echt nichts mehr mit dir zu tun haben.«

»Jaja«, schrie Gabriel nun. »Dir geht es nur um dich, verdammt noch mal, einzig und allein um dich. Aber ich bin auch noch da, und ich habe für uns Opfer gebracht, die du nicht mal für möglich halten würdest. Und deshalb habe ich jedes Recht, diese Abtreibung zu verlangen.«

Sandra drehte sich um, sah ihn misstrauisch an. »Von was sprichst du?«

»Ist nicht wichtig.«

»Klar ist es wichtig. Los, erzähl schon, welche Opfer du für uns gebracht hast.«

»Das ist jetzt wirklich scheißegal, Sandra. Glaub mir einfach, dass es so ist.«

»Du hast gar nichts gebracht, und schon gar keine Opfer oder so was. Du wolltest mich ficken, du hast mich gefickt, und jetzt lässt du mich fallen wie eine heiße Kartoffel, du Wichser.«

Florian Gabriels ohnehin kaum zu bändigende Wut war mit jedem ihrer Worte deutlich größer geworden.

»Du willst es einfach nicht verstehen, was? Ich habe uns den Arsch gerettet, ich ganz allein. Sonst wäre ich schon längst nicht mehr am BvSG, ganz sicher nicht mehr.«

Er baute sich drohend vor ihr auf.

»Ich habe diese blöde Kuh zum Schweigen gebracht, weil sie uns in meinem Wagen gesehen hat, beim Sex. So, jetzt weißt du es.«

Sandra Wilms brauchte einen Moment, bis sie das Gehörte irgendwie verarbeitet hatte.

»Du willst damit sagen, dass du die Schürmann …? Du warst das?«

»Ja«, brüllte er sie an. »Ja, ich war das. Und ich habe es gemacht, um uns beide zu schützen. Oder hätte ich sie mit ihrem Wissen zum Direktor rennen lassen sollen?«

Sandra schluckte und wich einen Schritt zurück. »Nein. Aber du kannst doch nicht einfach so einen Menschen umbringen, Florian.«

»Hä?«, höhnte er. »Sie hat mir mit Bildern gedroht, die sie angeblich gemacht hat. Was hätte ich denn sonst tun sollen? Wenn unser Ding rauskommt, kriege ich nie mehr eine Anstellung an einer deutschen Schule. Oder was glaubst du?«

»Aber sie war doch ... und ... ihre Mutter. Die ist ja auch ...«

»Der habe ich vermutlich einen Gefallen getan, vergiss sie. Mir geht es darum, dass wir beide jetzt nicht den Kopf verlieren und uns wie erwachsene Menschen benehmen. Ich habe dir und uns einen Gefallen getan, und du tust uns und mir jetzt auch einen Gefallen. Das kann doch nicht so schwer zu verstehen sein, verdammt noch mal.«

Sandra wich mit weit aufgerissenen Augen einen weiteren Schritt zurück. Sie starrte dabei völlig entsetzt den Mann an, dessen Kind sie unter dem Herzen trug. »Und das alles wegen der Drohung einer komplett bekloppten Lehrerin und ein paar Bildern ...«

»Diese Bilder gab es gar nicht«, zischte er. »Sie hat nur geblufft.«

»Aber was hätte sie denn erreichen wollen? Ich verstehe das alles nicht.«

»Sie wollte, dass ich es dem Direktor erzähle. Wenn ich das mit uns einfach nur beendet hätte, wäre das für sie nicht genug gewesen. Sie wollte mich unbedingt am Galgen sehen, und deswegen hat sie das, was ihr passiert ist, auch völlig verdient, diese blöde Fotze.«

In diesem Moment veränderte sich etwas in Sandras Haltung. Sie starrte Gabriel zwar weiter an, drehte sich aber ruckartig um und rannte los. Der Referendar setzte ihr sofort nach, hatte sie nach wenigen Metern erreicht und riss sie am Arm zurück.

»Aua«, schrie Sandra auf, »genau da hat mir doch gestern Abend mein Vater draufgehauen. Lass mich los, Florian, bitte.«

Gabriel jedoch ballte seine Hände zu Fäusten, sodass Sandra erschreckt zurückzuckte.

»Hör sofort …«

Weiter kam sie nicht, denn der Referendar hatte blitzartig sein Knie gehoben und es ihr mit voller Wucht in die Magengrube gerammt. Sandra klappte wie ein Taschenmesser zusammen, sank zu Boden und übergab sich.

»Du willst keine Abtreibung, du blöde Fotze«, brüllte er das auf dem Boden kauernde und noch immer würgende Mädchen an. »Du willst keine Abtreibung? Dann warte mal ab, wie ein Schwangerschaftsabbruch nach Erzengel-Manier aussieht.«

Damit riss er sie vom Boden hoch, stellte sie auf die zitternden Beine und schlug ihr mit der rechten Faust erneut brutal in den Magen. Diesmal jedoch hatte er Sandra an den Haaren festgehalten, sodass Sandra nicht zu Boden sinken konnte. Sie schrie auf wie ein verwundetes Tier, versuchte, mit einer hilflosen Bewegung ihren Bauch zu schützen, und konnte trotzdem nichts gegen Florian Gabriel tun, der ihr wieder und wieder in den Unterleib schlug. Dann wurde sie für ein paar Sekunden bewusstlos, jedoch leider nicht lang genug, um nicht mitzubekommen, wie er sie an ihren langen Haaren hinter sich her Richtung Auto zog. Sie versuchte, die unfassbaren Schmerzen an ihrem Kopf dadurch ein wenig abzumildern, in dem sie auf die Beine kommen wollte. Doch das wollte ihr nicht gelingen.

»Warum müsst ihr Fotzen euch immer so anstellen, wenn es ernst wird?«, schrie Florian Gabriel in den Wald, während er sie ohne jegliches Mitgefühl hinter sich her zog. »Immer nur Ärger mit euch.«

Sandra ruderte weiter mit den Armen und Beinen und hatte es fast geschafft, aufzustehen, doch im gleichen

Augenblick riss ihr Peiniger sie mit einem heftigen Ruck wieder zu Boden. Sie knallte mit dem ohnehin geschundenen Gesicht auf den harten Waldweg und war wieder für ein paar Sekunden ohne Bewusstsein. Das Nächste, das sie wahrnahm, war die offen stehende Kofferraumklappe des Golfs. Florian hatte sie hochgehoben und würde sie nun in den Kofferraum legen, der mit einer schwarzen Plastikfolie ausgelegt war.

»Bitte, Florian, lass mich einfach gehen«, bat sie murmelnd und kaum hörbar. »Ich will alles machen, was du willst, aber bitte lass mich gehen. Und ich ... verspreche dir, dass niemand jemals von uns und ... erfahren wird. Ich ... verspreche es hoch und heilig.«

»Ihr Weiber«, brummte Gabriel nun erstaunlich leise, jedoch mit immer noch unüberhörbarem Hass in der Stimme. »Man kann euch einfach nichts glauben. Die Schürmann hat auch kurz vor ihrem Ende gewimmert wie ein kleines Baby, aber genützt hat es ihr nichts. Rein gar nichts.«

Während Florian Sandras Körper langsam in den Kofferraum gleiten ließ, gab die Folie knisternde Geräusche von sich. Er betrachtete zufrieden den zusammengekrümmten Leib, stemmte die Arme in die Hüften und spuckte Sandra ins Gesicht.

»Na, wie gefällt dir das jetzt? Immer noch Lust, mir zu drohen und mir das Leben zur Hölle zu machen?«

Er beugte sich zu seinem Opfer, drehte den Kopf und kam mit seinem rechten Ohr ganz nah an Sandras Mund.

»Anscheinend nicht, ich höre zumindest nichts.«

Die Schülerin holte mit geschlossenen Augen ein paarmal Luft. Sie wusste genau, dass die erlittenen Schläge und Tritte auf keinen Fall ohne Folgen geblieben waren, dass ihr kleines Leben im Bauch heute sein Ende gefunden hatte, und sie wusste noch genauer, dass auch ihr Leben an diesem sonnigen, heißen Nachmittag enden würde. Mit letzter Kraft hob sie den rechten Arm und zog den Mann, den sie bis vor ein paar Minuten noch über alles geliebt hatte, zu sich heran.

»Na, noch das berühmte letzte Wort, du Schlampe?«, höhnte der.

Sie nickte, hustete mit schmerzverzerrtem Gesicht, fing trotzdem an zu grinsen und schob ihren Mund so dicht an ihn heran, dass ihre aufgeplatzten Lippen seine salzige, schwitzende Haut schmecken konnten.

»Du warst der grottenschlechteste Fick, den ich jemals hatte«, flüsterte sie in sein hingehaltenes Ohr. »Und dein Schwanz ist so winzig, dass ich mich fast über ihn totgelacht hätte.«

Dann wurde es still und schwarz um sie herum.

30

Die Adresse Schifferweg 16 bestand aus einem großen, Quaderförmigen Neubau im Stadtteil Harleshausen. Auf dem Klingelbrett fanden sich etwa 30 Namen.

»Hier«, wies Hain nach kurzem Suchen auf die dritte Reihe von unten. »Gabriel, Schönleber, Wiese. Offenbar lebt er in einer Wohngemeinschaft.«

Das sich anschließende Klingeln wurde nach wenigen Sekunden mit einem verrauschten »Ja, bitte?« aus dem zentralen Lautsprecher über den Klingeln beantwortet.

»Guten Tag, wir möchten zu Herrn Gabriel«, ließ Pia Ritter die anonyme Stimme wissen. »Florian Gabriel.«

»Der wohnt nicht mehr hier.«

»Wissen Sie, wo man ihn erreichen kann?«

»Na, am ehesten in der Schule. Er ist Referendar in …«

»Das wissen wir, aber da hat er sich krankgemeldet.«

»Ach was. So krank sah er heute Morgen gar nicht aus.«

»Meinen Sie, wir könnten uns kurz unterhalten? Wir sind von der Polizei und glauben, dass Herr Gabriel uns in einer Strafsache weiterhelfen kann.«

Kurze Pause.

»Polizei? Ich glaube nicht, dass ich Sie hereinlassen muss, oder?«

»Nein, das müssen Sie nicht, wenn Sie das nicht möchten. Allerdings haben wir wirklich nur ein paar vermutlich ganz harmlose Fragen an Sie wegen Herrn Gabriel.«

»Hat er was ausgefressen?«

»Davon gehen wir auf keinen Fall aus«, bog Pia die Wahrheit ein klein wenig zurecht.

»Ich weiß nicht. Ich hab es nicht so mit den … also der … Polizei.«

»Das hören wir öfter. Aber eigentlich sind mein Kollege und ich ziemlich nette Menschen.«

Wieder eine längere Pause.

»Na, dann kommen Sie mal hoch. Dritter Stock, gleich rechts neben dem Fahrstuhl.

»Ich die Treppe, du den Lift«, beschied Hain seiner Kollegin, nachdem sie das Treppenhaus betreten hatten. »Damit der gute Herr Gabriel uns nicht durch die Lappen geht, falls der Kerl uns gerade verladen hat und er es versuchen sollte.«

Diese Befürchtung stellte sich als unbegründet heraus, denn es gab nur einen unbesetzten Fahrstuhl, und im Treppenhaus begegnete dem Hauptkommissar ebenfalls niemand.

»Moin«, begrüßte seine Kollegin den jungen Mann, der sie durch die knapp geöffnete Tür freundlicher als erwartet anblickte, und hielt ihm ihren Dienstausweis hin.

»Ich glaube Ihnen, dass Sie von der Polizei sind«, gab er zurück und öffnete die Tür. »Ich bin Max Schönleber, der Eigentümer der Wohnung. Kommen Sie herein. Wir gehen am besten in die Küche, das ist so etwas wie unser Gemeinschaftsraum.«

Dieser Gemeinschaftsraum präsentierte sich zur Überraschung der beiden Polizisten in einem perfekt aufgeräumten Zustand. Es stand weder eine Tasse in der Spüle, noch irgendetwas auf dem Tisch, das dort nicht hingehörte.

»Ich stehe nicht so auf WG-Chaos«, erklärte Max Schönleber, dem der Blick der Kriminalbeamten nicht verborgen geblieben war. »Deshalb haben wir erstens eine Putzfrau, und zweitens sorge ich auch selbst dafür, dass jeder, der hier wohnt, sich um die Reinhaltung kümmert.«

Sowohl Hain als auch Ritter wunderten sich zwar über seine ausgefallene Wortwahl, ließen es jedoch dabei bewenden.

»Seit wann wohnt Herr Gabriel denn schon nicht mehr hier?«, fragte die Oberkommissarin stattdessen.

Schönleber sah auf die Uhr.

»Seit knapp vier Stunden.«

»Klingt, als wäre das ein wenig überhastet erfolgt. Sein Auszug, meine ich.«

»Ja, das stimmt. Er hat mir vor ein paar Tagen gesagt, dass er ausziehen wird, und gestern eine Frau als Nachmieterin angeschleppt. Die hat mir gepasst, also hat er heute Morgen seine Sachen in sein Auto gepackt und sich vom Acker gemacht.«

»Was für ein Auto fährt er denn?«

»Einen älteren Golf.«

»Wissen Sie zufällig das Kennzeichen?«

»Nein, da muss ich leider passen. Ich …« Er brach ab, fasste sich an den Kopf und stand auf. »Warten Sie. Als er hier eingezogen ist, hat er mir sein Kennzeichen mal aufgeschrieben, wegen des Parkplatzes, der zur Wohnung gehört. Normalerweise steht da mein Auto, aber wenn ich mal weg bin oder in den Semesterferien im Urlaub, war er ja frei. Und um ihm das Abschleppen zu ersparen, falls ich mal unerwartet nach Hause komme, hat er mir das Kennzeichen gegeben.«

Er kramte einen Zettel aus einer der Schubladen an der Anrichte, legte ihn auf den Tisch und setzte sich wieder.

»Danke. Und wie muss ich mir das jetzt genau vorstellen, wenn Sie sagen, er habe seine Sachen gepackt?«

»Flo hat hier nicht mehr gehabt, als in eine Reisetasche gepasst hat. Die hat er gepackt und gut.«

»Und Möbel? Hat er keine Möbel mitgebracht, als er hierhergezogen ist?«

Der junge Mann auf der anderen Tischseite schüttelte den Kopf. »Als ich hier eingezogen bin, habe ich die Wohnung komplett ausgestattet. Ich will nicht, dass hier jemand Möbel anschleppt, das würde mir nicht gefallen.«

»Das heißt also, dass die Wohnung tatsächlich ihr Eigentum ist?«

»So würde ich das nicht direkt sagen. Ich muss noch eine ganze Menge an die Bank bezahlen, aber ja, irgendwann in ein paar Jahren gehört sie dann mir.«

»Klingt wie ein vernünftiges Anlagemodell.«

»Ich studiere nicht umsonst BWL. Warum sollte ich jeden Monat Miete bezahlen, wenn ich, bei diesen niedrigen Zinsen, in ein paar Jahren eine komplette Wohnung abgezahlt haben kann.«

»Mit der Hilfe der anderen WG-Bewohner natürlich«, ergänzte Hain.

»Stimmt. Aber das ist ja nicht verboten, oder?«

»Auf keinen Fall ist das verboten«, gab der Polizist zurück. »Ich für meinen Teil finde das sogar sehr clever.«

»Danke.«

»Wie lang hat Herr Gabriel denn insgesamt hier gewohnt?«, wollte Pia Ritter nun wissen.

»Gut ein Jahr. Er hat im letzten Sommer hier in Kassel sein Referendariat angefangen und ist zu diesem Zeitpunkt eingezogen. Eigentlich hatte er vor, die beiden Jahre hier zu bleiben, aber offenbar hat er es sich kurzfristig anders überlegt.«

»Hat er auch hier in Kassel studiert?«

»Nein, studiert hat er in Marburg. Er ist, wie gesagt, erst für sein Referendariat nach Kassel gekommen.«

»Sind Sie mit ihm befreundet?«

Schönleber schüttelte den Kopf. »Ich habe es nicht so mit Freundschaften, speziell mit den Menschen, die hier wohnen. Für mich ist das eher eine Geschäftsbeziehung, deshalb achte ich, was das angeht, sehr stark auf die notwendige Distanz.«

»Aha. Und wie sieht es mit Herrn Gabriel aus? Hat er eine Freundin?«

»Ja, hat er. Aber die wohnt in Hamburg, und ich denke, dass er auch zu ihr ziehen wird. Aber das hat er mir jetzt nicht explizit gesagt, das ist eine Vermutung von mir.«

»Kennen Sie ihren Namen?«

»Ich weiß nur, dass sie mit Vornamen Laura heißt. Mehr kann ich Ihnen zu ihr nicht sagen. Sie war zwei oder drei Mal hier, aber ich bin auch viel unterwegs. Sie sieht klasse aus, wenn Ihnen das was hilft.«

»Eher nicht.«

»Wie ist es mit seinen Eltern oder anderen Verwandten? Wissen Sie da vielleicht etwas?«

»Flo kommt wohl aus einen winzigen Kaff im Vogelsberg, das zumindest weiß ich, aber das ist auch schon alles. Wir hatten, wie ich schon erwähnt habe, kein wirklich privates Verhältnis zueinander.«

»Und er hat heute Morgen mit Sack und Pack die Wohnung verlassen?«

»Ja, aber das habe ich doch schon erwähnt.«

»Wie war der Abschied?«

»Wie sollte der schon gewesen sein? Wir haben uns die Hand gegeben, und das war's.«

»War Herr Gabriel in den letzten Tagen anders als vorher? Vielleicht ein wenig aufgeregt oder irgendwie angespannt?«

Schönleber überlegte eine Weile. »Na ja, er war sowieso immer so ein bisschen rappelig. Und wenn Sie mich jetzt danach fragen, ja, in den letzten Tagen war er schon ziemlich komisch.«

»Geht das etwas genauer?«

»Vielleicht hat er etwas mit einer Perle am Laufen gehabt, ich meine, hier in Kassel. Neulich ist er erst morgens um kurz vor vier nach Hause gekommen, was absolut nicht normal war bei ihm.«

»Wann genau war das?«, riefen Hain und Ritter wie aus einer Kehle.

Wieder musste der BWL-Student ein paar Augenblicke nachdenken. »Vor vier Tagen. Ich weiß es noch so genau, weil ich noch am Lernen war und mir gerade einen Tee aufgebrüht hatte. Er kam herein und war irgendwie komplett aufgedreht, deshalb vermute ich, dass er von einer Frau gekommen ist.«

»Haben Sie mit ihm gesprochen?«

»In der Nacht?«

»Ja, natürlich in dieser Nacht.«

»Na ja. Er hat seinen Kopf hier hereingesteckt, mich begrüßt und bemerkt, dass es ja ganz schön spät ist, um noch zu lernen, und sich dann wohl ins Bett gelegt. Nein, warten Sie, er hat vorher noch geduscht.«

»Er hat geduscht? Morgens um vier?«

»Klar. Deshalb dachte ich ja, dass er von einer Perle kommt, mit der er …«

»Schon verstanden«, half Pia ihm, weil er den Satz offenbar nicht zu Ende bringen wollte.

»Na ja, das war insgesamt schon etwas merkwürdig, wenn Sie mich fragen. Am nächsten Tag, als er in der Schule war, habe ich nämlich gesehen, dass die Hose, die er in die Wäsche getan hatte, komplett eingesaut war.«

Er zögerte.

»Ich meine, die war an den Knien und am Hintern voll staubig und absolut verdreckt. Ich dachte noch, der hat es wohl unter freiem Himmel und so … Sie verstehen schon … mit ihr getrieben.«

»Die Hose ist bestimmt längst gewaschen, oder?«

»Ja klar. Und mitgenommen hat er sie natürlich auch.«

»Dürfen wir uns kurz in dem Bereich umsehen, den er bewohnt hat?«

»Klar«, nickte Schönleber. »Aber da gibt es wirklich nichts Aufregendes zu sehen außer meinen Möbeln und einem höchst mittelmäßigen Ikea-Teppich.«

Hain gab seiner Kollegin mit einer kurzen Kopfbewegung zu verstehen, dass sie diese Inspizierung allein vornehmen sollte. Er selbst griff zum Telefon und leitete, nachdem die beiden die Küche verlassen hatten, die Fahndung nach Florian Gabriel und dessen Golf ein.

30.1

Gesendet von Florian um 14:58 Uhr

> *Hi Laura,*
> *ich habe hier nur noch ein paar*
> *Kleinigkeiten zu erledigen, dann mache ich*
> *mich auf den Weg. Kann sein, dass ich*
> *sogar vor 21 Uhr in HH bin.*
> *1000 Küsse*
> *Flo*

*

Gesendet von Laura um 15:07 Uhr

Hallo Flo,
mach dir keinen Kopf, ich bin auf jeden
Fall zu Hause und freue mich auf dich.
Soll ich was Schönes kochen für uns?
Vielleicht asiatisch als Begrüßungsessen
in der großen Stadt?
Ich liebe dich
Laura

*

Gesendet von Flo um 15:09 Uhr

Asiatisch wäre echt klasse, aber weil
ich nicht weiß, wann genau ich bei dir
bin, würde ich lieber zu diesem tollen,
kleinen Chinamann am Alsterufer gehen.
Du weißt doch, den, wo man so herrlich
draußen sitzen und bei leckerem Essen
den Sonnenuntergang genießen kann.
Bis dahin
Flo

*

Gesendet von Laura um 15:12 Uhr

Klasse Idee, das machen wir.
Fahr bloß vorsichtig, damit dir
nicht auf den letzten Metern noch

was passiert.

Alles liebe

Hdgdl

Laura

31

Florian Gabriel warf das Telefon auf den Beifahrersitz, startete den Golf, legte den Rückwärtsgang ein und fuhr mit starr nach hinten gerichtetem Blick langsam zur Hauptstraße, wo er in Richtung Kassel einbog. Und es flammte Ärger bei ihm darüber auf, dass er sowohl dieses verdammte Panzerband wie auch den Klappspaten vergessen hatte.

Jeder nahezu perfekte Plan braucht einen kleinen Haken, weil es den perfekten Plan nun einmal nicht gibt, dachte er selbstzufrieden. Allerdings war er sich noch nicht im Klaren darüber, ob er noch einmal in seine ehemalige Wohnung im Schifferweg fahren sollte, wo er im Kellerraum zwei Rollen des in vielen Lebenslagen hilfreichen Klebebandes wie auch den Spaten liegen hatte. Natürlich hätte er in jedem Baumarkt der Stadt ebenso fündig werden können, doch im Grunde genommen wollte er für diese Schlampe in seinem Kofferraum keine 20 Euro mehr ausgeben.

Nein, keinen Cent mehr für dieses verdammte Miststück, das an der ganzen Sache schuld ist und zu blöd war zu verhüten.

Also zurück in den Schifferweg, wobei nun in seinem Kopf ein weiteres Problem auftauchte: Vor gut drei Stunden hatte er seine Schlüssel abgegeben. Somit hatte er auch keinen Zutritt mehr zum Keller.

Aber was heißt das schon? Dieses kleine, fummelige Vorhängeschloss da unten ist garantiert mit einem kräftigen Ruck zu beseitigen. Und in diesem Wohnblock geht doch ständig jemand ein oder aus, sodass ich nur ein paar Minuten Geduld haben muss, und schon sind alle meine Probleme gelöst.

Der Referendar schaltete in den fünften Gang und ließ den Wolfsburger Bestseller drehzahl- und verbrauchsschonend die lange Gerade zur Autobahnauffahrt hinunterrollen. Dort fädelte er sich in den Verkehr ein, schaltete erneut in den fünften Gang und hatte, unter konsequenter Einhaltung sämtlicher Verkehrsregeln, zehn Minuten später die Ausfahrt Kassel-Nord erreicht.

Ob sie schon tot ist? Scheißegal. Sie hätte nur meinem weiteren Leben im Weg gestanden. Und richtig gut war sie ohnehin nicht. In keinem einzigen meiner Bewertungsmaßstäbe.

Die weitere Fahrt nach Harleshausen dauerte etwa eine Viertelstunde, dann hatte er das Haus mit der groß auf die Fassade gemalten 16 in Sichtweite.

Also nur kurz in den Keller und mit Spaten und Panzerband wieder weg.

Er wusste genau, wie er mit dem Paket in seinem Kofferraum umgehen würde. Dass es noch diesen Umweg geben musste, war schade, aber nun einmal nicht zu ändern.

Mein Plan? Völlig einfach – und trotzdem genial!

Auf dem Weg nach Hamburg würde er die Autobahn A 7 bei Northeim verlassen und über Osterode Kurs auf den Nationalpark Harz nehmen. Dort, praktisch direkt zwischen Oderbrück und dem Oderteich, hatte er von seinem vor zwei Jahren verstorbenen Vater dessen Jagdhütte geerbt. Als Kind hatte er ihn immer wieder in diese Einsamkeit mitgeschleppt und wohl insgeheim darauf gehofft, dass der kleine Florian irgendwann seine Jagdleidenschaft teilen würde, was allerdings nur am Anfang geschehen war. Das Schießen und das Töten der Tiere hatten zunächst einen gewissen Reiz auf ihn ausgeübt, doch mit der Pubertät hatte sich vieles verändert und war auf einmal komplett uninteressant geworden. Die Hütte hatte er direkt nach dem Tod des Vaters verkaufen wollen, doch den potenziellen Interessenten waren die Preisvorstellungen Gabriels als so horrend überzogen erschienen, dass es zu keinem Abschluss gekommen war.

Gut so. Zwei Stunden Arbeit in dieser Einöde, und das Problem Sandra Wills ist endgültig erledigt. Von der Bildfläche getilgt, sozusagen.

Gabriel stellte den Golf etwa 200 Meter von Nummer 16 entfernt am Straßenrand ab, sah sich kurz um und machte sich dann auf den Weg. Näher wollte er auf keinen Fall ans Haus heranfahren, um nicht am Ende noch irgendwem aufzufallen. Mit schnellen Schritten näherte er sich dem Eingang und postierte sich zwischen den Briefkästen und der verglasten Tür.

Das geht schnell, machte er sich selbst Mut. *Hier will praktisch alle paar Minuten jemand rein oder raus. Also, es braucht höchstens ein paar Minuten Geduld.*

Er hatte etwa zwei Minuten gewartet, als sich die Fahrstuhltüren öffneten und ein Mann und eine Frau den Flur betraten. Sie waren so intensiv in ihr Gespräch verwickelt, dass sie sich überhaupt nicht für Gabriel interessierten, als der sich an ihnen vorbei und ins Innere des Hauses drückte.

32

Pia Ritter griff nach dem Türöffner des Mazdas, stoppte jedoch schlagartig die Bewegung und schlug sich mit der flachen Hand an die Stirn.

»Verdammt, wir hätten ihn nach einem Bild von Gabriel fragen sollen.«

»Gute Idee«, stimmte Hain ihr zu. »Daran hätte ich aber auch denken können. Wenn er eins hat, dürfte uns das deutlich weiterhelfen.«

»Warum sollte er keins haben? Immerhin haben die doch eine ganze Weile zusammengewohnt.«

»Hm. Wenn dieser Gabriel genauso schräg ist wie Max Schönleber, dann würde es mich nicht wundern, wenn sie keine Bilder ausgetauscht hätten.«

Sie ließ den Türöffner los und machte sich auf den Rückweg.

»Warte hier auf mich, das schaffe ich gut allein.«

»Ich würde aber auch …«, rief Hain ihr mit gespieltem Engagement hinterher, doch sie winkte nur ab.

Max Schönleber hatte tatsächlich ein Bild von Florian Gabriel auf seinem Mobiltelefon, eine Aufnahme von einer Unifeier ein halbes Jahr zuvor. Er spielte ihr das Bild über Bluetooth auf ihr Telefon, sodass die Kommissarin nach nicht einmal drei Minuten die Wohnung wieder verließ.

»Alles klar, ich hab eins«, erklärte sie ihrem Partner kurz darauf. »Und gut zu erkennen ist er auch darauf.«

»Leitest du es gleich ans Präsidium weiter, dass es Bestandteil der Fahndung wird?«

»Ja, gleich«, murmelte Pia und vertiefte sich in die Aufnahme von Florian Gabriel. »Der kommt mir irgendwie bekannt vor.«

Hain startete den Motor und legte den ersten Gang ein. »Ach was? Schon mal gesehen, oder wie?«

Sie hielt ihm das Telefon hin. »Wie ist es mit dir?«

Der Hauptkommissar betrachtete ein paar Sekunden lang das auffallend attraktive Gesicht Florian Gabriels.

»Verdammte Scheiße«, fluchte er laut, riss den Zündschlüssel aus dem Schloss und sprang über die geschlossene Tür des Cabrios. »Komm, du Blitzbirne, der ist uns gerade beim Verlassen des Hauses über den Weg gelaufen.«

Sie rannten nebeneinanderher auf das Haus mit der Nummer 16 zu, hatten es keine zehn Sekunden später erreicht und klingelten erneut bei Max Schönleber. Im gleichen Moment, in dem die Polizistin den Finger vom Taster nahm, rollte langsam ein unscheinbarer VW Golf an ihnen vorbei, von dessen Fahrersitz aus Florian Gabriel sie anstarrte. Ritter riss im Losrennen ihre Waffe aus dem Holster, kam jedoch ein paar Sekundenbruchteile zu spät, um sich noch vor der Kompaktklasse aus Wolfsburg in Stellung bringen zu können. Sie fluchte, hob die Waffe, legte an und ließ im gleichen Moment die Pistole wieder sinken.

Hain war mittlerweile schon auf dem Weg zum Mazda, sparte sich beim Ankommen erneut das Öffnen der Tür, setzte über die Kante und landete mit den Füßen auf dem Sitz. Pia wählte kurz darauf die sichere Variante und öffnete die Tür.

»Er ist an der Kreuzung nach links abgebogen, also Richtung Innenstadt. Vielleicht will er auf die Autobahn.«

»Aber er hat doch gesehen, dass wir hinter ihm her sind, oder?«, keuchte Hain.

»Worauf du einen lassen kannst. Der weiß, dass er am Arsch ist.«

»Warum hast du nicht auf die Karre geschossen? Die Sicht war frei, und es war keine Menschenseele weit und breit zu sehen.«

»Ich kann es dir nicht sagen, ehrlich nicht. Ich habe nur gedacht, dass wir hier in einem Wohngebiet sind, wo ein Querschläger jederzeit eine Katastrophe auslösen kann.«

»Gar nicht mal dumm gedacht. Ich verneige mich in Ehrfurcht.«

Pia verkniff sich eine Replik, griff stattdessen nach ihrem Telefon und löste eine der größten Polizeiaktionen der letzten Jahre aus.

»Wenn er vernünftig ist, sieht er ein, dass er keine Chance mehr hat, und gibt auf.«

»So stellt sich das für mich gerade gar nicht dar«, widersprach ihr Kollege mit einem Fingerzeig auf drei ineinander verkeilte und rauchende Autos auf der Kreuzung Wolfhager Straße/Zentgrafenstraße.

»Was für ein verdammtes Arschloch«, schrie Pia gegen den Fahrtwind. »Hoffentlich ist da nicht was Schlimmeres passiert.«

Sie beorderte einen Streifenwagen und zur Vorsicht auch einen Notarzteinsatz zur Kreuzung.

»Da«, wies Hain auf den sich rasend schnell entfernenden Golf weit hinter den Drei Brücken, »da ist er.«

Der Hauptkommissar umkurvte einen sich an die vorgeschriebenen 30 Stundenkilometer Höchstgeschwindigkeit haltenden Opel Vectra, scherte wieder auf die rechte Spur ein und gab erneut Vollgas.

»Blaulicht und Lalülala wären jetzt eine richtig klasse Sache«, schrie Pia ihrem Kollegen entgegen, während sie sich in den Sitz presste.

»Ich winke mit der linken Hand, du rufst laut *lalülala*«, brüllte Hain zurück.

»Idiot.«

Der Golf verlor einiges an Vorsprung, weil sein Fahrer gezwungen war, an der Ampel zur Gelnhäuser Straße zu warten, sodass der kleine Japaner bis auf etwa 200 Meter an ihn herankam.

»Der ist ja komplett irre«, kommentierte Pia die Fahrweise des Referendars, der in wildem Stakkato zwischen seiner und der linken Fahrspur hin und her wechselte. Kurz vor der Brücke über die Mombachstraße wurde es dann zu eng für ihn und einen entgegenkommenden Motorradfahrer, der eine Kollision nur durch eine Notbremsung vermeiden konnte.

Gabriel gab weiter Gas, raste nun auf der vierspurigen Wolfhager Straße stadteinwärts. Dennoch büßte er weiteren Vorsprung ein. Nur noch 70 Meter trennten die beiden Fahrzeuge. An der Kreuzung zur Holländischen Straße hätten Hain und Ritter aufschließen können, denn hier stauten sich die auf grün wartenden Fahrzeuge mindestens 200 Meter zurück.

»Jetzt haben wir ihn«, rief der Hauptkommissar begeistert, hatte jedoch nicht mit der Reaktion des Verfolgten gerechnet. Der Golf fuhr mit etwa 80 Sachen auf den Bürgersteig und ein ihm entgegenkommender Fußgänger konnte nur knapp ausweichen. Anschließend bog Gabriel mit noch immer hoher Geschwindigkeit in die Untere Königstraße ein.

»Lass es, Thilo«, schrie Pia, und jetzt war zum ersten Mal so etwas wie Angst in ihrer Stimme zu hören. »Fahr rechts, über die Gießbergstraße und die Mauerstraße, dann haben wir ihn, weil er Am Stern garantiert nicht so schnell durchkommt wie wir von der anderen Seite.«

Thilo Hain folgte ihrem Rat, lenkte jedoch erst im wirklich allerletzten Moment für die Rechtskurve ein und war zum wiederholten Mal erfreut über die zwar teuren, aber sehr wirkungsvollen Sportreifen, die er seinem kleinen Spaßbringer gönnte, und der daraus resultierenden kartähnlichen Straßenlage des Japaners. Mit Vollgas im dritten Gang kam er keine sieben Sekunden darauf an der Kurt-Schumacher-Straße an, trieb den Mazda mit wimmernden Pneus links über die Kreuzung und traf tatsächlich vor Florian Gabriel Am Stern an. Der Golf missbrauchte zwar die für die Straßenbahnen reservierte Mitte der beiden Fahrspuren, hatte jedoch mehrmals die Geschwindigkeit fast bis zum Stillstand herunterbremsen müssen. Und nun fuhr er auf die beiden Polzisten zu, die mit schussbereiten Waffen auf ihn warteten.

Für einen winzigen Augenblick hatte es tatsächlich den Anschein, als würde Gabriel anhalten und vielleicht aufgeben.

Doch dieser Anschein trog. Denn der Referendar hielt unerbittlich auf den Mazda zu, hinter dem Hain und Ritter gebückt standen, verriss die Lenkung erst im allerletzten Moment um ein paar Grad und erwischte Hains Sportwagen auf der linken Seite mit seinem rechten hinteren Kotflügel. Die beiden Kripobeamten spritzten nach hinten, rollten sich auf dem harten Pflaster ab und waren schon wieder auf den Beinen. Trotzdem konnten sie Gabriel nur noch dabei zusehen, wie er mit durchdrehenden Rädern Richtung Altmarkt davonraste.

Hain warf einen mitleidigen Blick auf den vor ihm stehenden Trümmerhaufen mit der völlig schief stehenden Vorderachse.

»Fuck«, murmelte er und blickte sich um. In den vielen Hauseingängen, Geschäften oder einfach auf der Straße sah er viele Schutz suchende Menschen, die ihn und seine Kollegin mit weit aufgerissenen Augen anstarrten.

»Pia, hier, los, rein mit euch«, rief in diesem Moment eine Stimme ein paar Meter entfernt. Der Kommissar hob den Kopf und erkannte die wild winkende Besatzung eines Streifenwagens, der mit laufendem Motor auf sie wartete.

»Das passt ja«, keuchte Pia, ließ sich auf die Rückbank fallen und zog Hain noch ein Stück zu sich heran, denn der Fahrer hatte längst Gas gegeben.

»Der Altmarkt ist zu, da kommt er nicht durch«, schrie der uniformierte Kollege auf dem Beifahrersitz. »Spätestens da kriegen wir ihn.«

»Das haben wir eben auch schon mal gedacht«, murmelte der Hauptkommissar eher zu sich selbst als zu den anderen im Wagen und hatte durchaus recht mit seinem Pessimismus. Gabriel war es erneut gelungen, seinen Häschern über den Bürgersteig und die sich anschließende Fußgängerampel zu entkommen.

»Scheiße«, fluchte der Fahrer, zog nach rechts und bog auf den komplett gesperrten Steinweg ein. Weit und breit war bis auf den etwa auf Höhe des Regierungspräsidiums dahinrasenden Golf kein Kraftfahrzeug zu sehen.

»Dann ist eben oben an der Fußgängerampel am Fridericianum Schluss«, erklärte der Beifahrer. »Die haben wir nämlich auch schon dicht gemacht.«

Pia Ritter presste sich in den Sitz des Opel Vectra und hielt dabei die Augen starr nach vorn gerichtet.

Warum habe ich damals, nach der Berufsberatung, eigentlich die Sache mit der Bürofachgehilfin nicht weiterverfolgt, schoss es ihr so spontan durch den Kopf, dass sie einen Wimpernschlag lang grinsen musste.

Etwa 80 Meter hinter der beschriebenen Fußgängerampel, über die man die Innenstadt verlassen und Richtung Staatstheater und Karlsaue gehen konnte, bot sich den vier Beamten im Streifenwagen das blanke Chaos. Gabriels Golf steckte im Heck eines Lieferwagens, neben dessen Fahrertür ein ungläubig dreinblickender Mann im Handwerkerdress stand. Seine Augen fixierten den angehenden Lehrer Florian Gabriel, der sich unter der geöffneten Kofferraumklappe des im vorderen Bereich total zerstörten Kompaktwagens zu schaffen machte. Die Polizisten konnten zunächst mit seinem Verhalten nicht das Geringste anfangen, und Hain hegte für einen Augenblick sogar den Verdacht, dass er dort mitgeführte Waffen bereit machte, doch mit einem Mal waren diese Gedanken komplett obsolet. Denn nun riss

Gabriel ein junges, schlankes Mädchen aus der Kofferraumwanne, das kaum stehen konnte, und drängte sich zwischen sie und den Golf. In seiner rechten Hand befand sich ein Messer oder etwas Ähnliches, mit dem er sich bedrohlich der rechten Halsseite seines Opfers näherte.

»Verdammt, was soll das denn jetzt?«, entfuhr es Pia Ritter. »Und wer ist das Mädchen?«

Die hinter der Polizeiabsperrung in ihren Autos wartenden Fahrer verließen nach und nach ihre Wagen, blickten neugierig zurück und wurden noch im gleichen Augenblick von dem guten Dutzend anwesender Bereitschaftskräfte mit harschen Worten angewiesen, hinter eine eilig eingerichtete Absperrung zu treten.

Florian Gabriel hatte alle Hände voll damit zu tun, das sich mit Händen und Füßen wehrende Mädchen unter Kontrolle zu halten, was ihm schließlich dadurch gelang, dass er ihr eine breite, blutende Schnittwunde an der rechten Halsseite beibrachte.

»Ihr bleibt hier und seht zu, dass er nicht irgendwie Richtung Altmarkt abhaut«, sagte Hain zu den Uniformierten und nickte Pia zu. Gemeinsam näherten sich die beiden langsam und mit erhobenen Händen Florian Gabriel und seiner Geisel. Im Näherkommen erkannten sie, dass es sich bei der Waffe in seiner Hand um ein Rasiermesser handelte.

»Ich verwette meinen Arsch darauf, dass wir gerade auf die Tatwaffe im Fall Evelyn Schürmann glotzen«, flüsterte Pia ihrem Kollegen zu.

»Und ich halte auf keinen Fall dagegen«, blockte der ebenso leise ab.

Offenbar waren alle vor dem Golf und dem Lieferwagen stehenden Fahrzeuge mittlerweile geräumt, denn nun zogen sich auch die Uniformierten hinter den Kordon zurück.

»Hauen Sie ab!«, schrie Gabriel völlig hysterisch in Richtung von Hain und Ritter. »Hauen Sie ab, oder ich schneide ihr die Kehle durch!«

»Und dann?«, erwiderte Pia, die stehen geblieben war und ihn ruhig und gelassen ansah. »Dann haben Sie noch einen weiteren Menschen auf dem Gewissen, Herr Gabriel. Aber wem bringt das jetzt noch was? Ihnen ganz bestimmt nicht, denn Sie sind jetzt schon komplett im Arsch. Besser, Sie legen das Messer auf den Boden, sich daneben und machen eine Zeit lang keinen Mucks.«

Hain warf ihr einen verstohlenen Blick zu. *Nicht übel, diese Ansprache,* dachte er.

Florian Gabriels Blick streifte wild umher. Offenbar versuchte der junge Mann, so etwas wie Ordnung in seine Gedanken zu bringen. Ob dabei auch die von Ritter angebotene Option eine Rolle spielte, war jedoch nicht ersichtlich. Er fixierte eine Weile das Naturkundemuseum, drehte sich dann um 90 Grad, sah zu den mittlerweile etwa 200 Schaulustigen hinter der Absperrung und schien in diesem Moment die Entscheidung zu treffen, wie die Situation sich nach seiner Meinung weiter entwickeln sollte.

»Lassen Sie mich gehen. Wenn ich niemanden mehr hinter mir sehe, lasse ich sie laufen.«

Hain schüttelte den Kopf. »Das können wir nicht machen, Herr Gabriel. Und das wissen Sie auch ganz genau.«

Irgendwo in der Ferne konnte man leise das Geknatter eines Hubschraubers hören.

»Ich wollte das doch alles nicht!«, schrie der Referendar nun laut. »Aber es ging nicht anders.«

»Messer weg, und auf den Boden. Um den Rest kümmern wir uns«, gab Hain zurück, ohne auf seine wimmernden Worte einzugehen.

Gabriel dachte nicht daran, sich der Anweisung des Polizisten zu fügen. Mit einer schnellen Bewegung trieb er seine Geisel nach vorn, schob sie links um den Golf herum und gemeinsam trabten die beiden mit wankenden Schritten auf dem breiten Bürgersteig Richtung Ampel. Ein an der etwa 20 Meter entfernten Hausecke des Fridericianums stehender Uniformierter erkannte blitzartig die Brisanz der Lage und zog sich wortlos zurück.

»Wir versuchen, es ohne unsere Kanonen hinzukriegen, ja?«, sagte Hain zu Pia, während sie in gebührendem Abstand hinter den beiden hergingen. »Ich glaube nämlich nicht, dass er ihr, wer auch immer das ist, etwas antun wird.«

»Hoffentlich behältst du recht«, erwiderte die Oberkommissarin, deren Skepsis praktisch bei jedem Buchstaben und jeder Silbe zu hören war.

»Vertrau mir einfach.«

»Hmm.«

Mittlerweile waren Gabriel und das Mädchen abgebogen und auf dem Weg Richtung Obere Königstraße. Alles um sie herum war weiträumig abgesperrt und niemand stellte sich ihnen in den Weg. Einzig links von ihnen, vor dem und um den Parthenon der Bücher, standen jede Menge Leute, die von dem sich um sie herum abspielenden Drama offenbar noch nichts mitbekommen hatten. Und in genau diese Richtung trieb Florian Gabriel nun die immer wieder bewusstlos werdende Sandra Wills.

»Was hat der vor?«, fragte Pia mehr sich selbst. »Der soll jetzt dieses verdammte Messer weglegen und Schluss machen mit dieser Scheiße.«

In diesem Moment brach die junge Frau vor Gabriel endgültig zusammen. Er riss an ihren Haaren, schlug mit der linken Faust auf sie ein und spuckte ihr sogar ins

Gesicht, doch sie bewegte sich nicht mehr. Mit einem langen, hilflosen Schrei sank Florian Gabriel neben ihr auf die Knie, das Rasiermesser noch immer direkt an ihrer Kehle.

»Jetzt reicht's«, murmelte Hain, riss seine Waffe hoch und nahm den Referendar ins Visier.

»Weg mit dem Messer oder ich schieße«, rief er.

Auch Pia kauerte nun neben ihm, die Waffe ebenfalls im Anschlag. Auf die höchstens 15 Meter Entfernung konnten beide glasklar erkennen, was in diesem Moment in Gabriels Hirn vorging. Der Mann hatte nichts mehr zu verlieren.

»Sie ist schuld an dieser ganzen Scheiße«, brüllte er tränenreich. »Wenn sie mich nicht da reingezogen hätte, wäre alles gar nicht so weit gekommen.«

Hain holte tief Luft. »Ich sage das jetzt zum letzten Mal, Herr Gabriel. Messer weg oder wir werden unweigerlich auf Sie schießen müssen. Lassen Sie es bitte nicht so weit kommen.«

Der Angesprochene hob den Kopf, sah für eine Weile in den blauen, wolkenlosen Himmel, senkte anschließend den Blick auf Sandra Wills und fällte eine Entscheidung.

Eine letzte Entscheidung.

Es war keine große Sache mehr.

Jetzt nicht mehr.

33

Alle Zeugen, die später befragt wurden, ohne Ausnahme alle, gaben an, dass sie »einen« Schuss gehört hätten. »Einen einzelnen Schuss«, der den Mann mit dem Messer getroffen, nach hinten geworfen und damit innerhalb von Sekundenbruchteilen kampfunfähig gemacht habe.

Die Wahrheit ist manchmal ein wenig komplizierter. Tatsächlich hatten Thilo Hain und seine Kollegin Pia Ritter einen Schuss abgegeben. Jeder von beiden hatte auf Florian Gabriel geschossen in der Hoffnung, das Leben der ihnen bis dahin völlig unbekannten Geisel retten zu können, was schließlich auch geschehen war.

34

»Wenn ich rauchen würde, hätte ich bis jetzt garantiert schon eine komplette Schachtel weggequalmt«, sinnierte Thilo Hain leise. Er lehnte am vorderen linken Kotflügel ihres neuen Dienstwagens, der auf dem obersten Deck des zum Klinikum Kassel gehörenden Parkhauses stand.

»Sei froh, dass du es nicht machst«, gab Pia Ritter von der anderen Kotflügelseite ebenso leise zurück.

Es entstand eine längere Pause.

»Gehst du zu dieser Psychotante?«, wollte er schließlich wissen.

»Klar. Kost nix, ist eine Fachkraft, und hilft mir bestimmt weiter. Du nicht?«

»Ich war schon zweimal bei meiner Angestammten. Sie hatte mich eigentlich schon abserviert, wegen der Sache aber eine Ausnahme gemacht.«

»Was soll denn das heißen, *sie hatte dich abserviert*?«

»Das erkläre ich dir später mal, ist im Moment nicht so wichtig. Lass uns jetzt losgehen, ja?«

»Klar.«

Eine Stunde später hatten die beiden sowohl Sebastian Probst, der mit seinem Leichtkraftrad verunglückt war, wie auch Sandra Wills Besuche abgestattet. Probst war definitiv auf dem Weg der Besserung, er konnte sogar schon ohne fremde Hilfe das Bett verlassen. Bei Sandra Wills lagen die Dinge leider anders. Sie hatte eine Fehlgeburt erlitten, mehrere Knochenbrüche und eine Leberquetschung. Die junge Frau lag apathisch in ihrem Bett, sprach mit niemandem und weinte die meiste Zeit des Tages. Das Ausheilen ihrer physischen Verletzungen würde noch etwa drei Wochen dauern, im Anschluss war ein längerer Aufenthalt in einer Spezialklinik im Schwarzwald geplant, den ihr Vater eingefädelt hatte.

Nach den Ereignissen vom Friedrichsplatz waren dessen Umfragewerte zur Wahl zum Hessischen Ministerpräsidenten glatt durch die Decke gegangen.

Sandra Wills hatte während des Besuchs kein Wort mit den Beamten gesprochen, bis auf eine kleine Ausnahme. Zum Abschied hatte sie kurz den Kopf gehoben und ein leises, kaum zu verstehendes Danke gemurmelt.

»Das war jetzt also unser erster gemeinsamer Fall«, resümierte Thilo, während er sich ein Stück Thunfisch auf ein Salatblatt jonglierte.

»Ja, das war er.«

»Bleibt immer noch die spannende Frage, ob es weitere geben wird. Du hast dich darauf, wenn ich es recht überlege, noch nicht endgültig eingelassen.«

»Hm.« Die junge Polizistin griff sich ein Stück Pizza, rollte es und schob sich die Hälfte davon in den Mund. »Wenn ich überlege, was ich in diesen paar Tagen alles mit dir erlebt habe, müsste ich eigentlich sofort wieder zur Trachtentruppe wechseln.«

»Ich kann Ihnen nicht ganz folgen, verehrte Kollegin.«

»Na ja. Wir hatten es mit einem Täter zu tun, der zwei Frauen auf ziemlich üble Weise kaltgemacht hat, nur um zu verhindern, dass die eine davon, die ihn zufällig mit seiner Schülerin gesehen hatte, es an die große Glocke hängt. Und an die große Glocke hätte es diese Schürmann garantiert gehängt, davon sind wir vermutlich beide überzeugt. Die arme Mutter war ihm vermutlich bei der Suche nach irgendwas im Zusammenhang mit dieser Romanze im Weg, das es, wie es jetzt aussieht, überhaupt nicht gegeben hat. Aber das werden wir vielleicht nie erfahren. Und ich scheiß auch ehrlich gesagt drauf, es zu wollen.«

Sie schob sich den Rest des Pizzastücks in den Mund.

»Diese Geschichte zwischen diesem Florian Gabriel und Sandra Wills ist so furchtbar, dass allein das uns schon einem ausgebildeten Therapeuten in die Arme treiben sollte, aber das kann ich immerhin als Nebenschauplatz abarbeiten, wobei es sich beim Hauptschauplatz leider darum handelt, dass ich vermutlich einen Menschen erschossen habe.«

»Oder ich«, gab Hain zu bedenken.

Pia schüttelte den Kopf. »Du, ich, wir beide? Was ändert das schon? Nichts, wenn du mich fragst.«

»Das kann man *so* sehen oder so.«

»Hm. Außerdem wurde noch dein geliebtes Cabrio irreparabel zerstört und wir haben es obendrein geschafft, unserem direkten Vorgesetzten zu einem für ihn wirklich wenig schmeichelhaften Abgang zu verhelfen.«

Die Frau griff nach der Serviette, wischte sich den Mund ab, und warf das Stück Papier auf den Teller.

»Und dann fragst du mich allen Ernstes, ob wir gemeinsam weitermachen? Ich fass es nicht.«

Thilo Hain bedachte seine Kollegin mit einem Grinsen. »Klingt wie ein aus dem tiefsten Herzen kommendes, völlig überzeugtes, einzigartig sicheres und laut herausgebrülltes Ja, wenn du mich fragst.«

»Ich sag's ja. Du bist komplett irre, Thilo.«

»Ich weiß.«

ENDE

Weitere Krimis finden Sie auf den folgenden Seiten und im Internet:

WWW.GMEINER-SPANNUNG.DE

Das Neueste aus der Gmeiner-Bibliothek

Unser Lesermagazin

Bestellen Sie das kostenlose Krimi-Journal in Ihrer Buchhandlung oder unter www.gmeiner-verlag.de

Informieren Sie sich ...

www ... auf unserer Homepage:
www.gmeiner-verlag.de

@ ... über unseren Newsletter:
Melden Sie sich für unseren Newsletter an
unter www.gmeiner-verlag.de/newsletter

f ... werden Sie Fan auf Facebook:
www.facebook.com/gmeiner.verlag

Mitmachen und gewinnen!

Schicken Sie uns Ihre Meinung zu unseren Büchern
per Mail an gewinnspiel@gmeiner-verlag.de
und nehmen Sie automatisch an unserem
Jahresgewinnspiel mit »mörderisch guten« Preisen teil!

GMEINER SPANNUNG